그 여름, 나는

/

Special Edition

Special Edition

그 여름, 나는

최수현 장편소설

가하)

그 여름, 나는

지은이 최수현
펴낸이 이형기
펴낸곳 도서출판 가하

초판인쇄 2018년 1월 22일
1판3쇄 2022년 7월 28일
출판등록 2008년 10월 15일 제 318-2008-00100호

주소 서울 영등포구 양평로 67, 1209 (당산동5가, 한강포스빌)
전화 02-2631-2846 **팩스** 02-2631-1846

www.ixbook.co.kr

ISBN 979-11-300-2650-3 03810

값 12,000원

copyright ⓒ 최수현, 2018

프롤로그
스물여덟, 여름의 시작

 그날은.

어느 여름의 따뜻하고 좋은 날이었다. 사실 개인의 모든 기억은 미화되기 마련이니 꼭 그렇지 않을 수도 있다. 하지만 최소한 비는 오지 않았고, 그것만으로도 재이에게는 좋은 날이었다.

"재이 씨, 뭐 하고 서 있어? 안 나가?"

"아, 이제 나가려구요."

이렇게 여름의 비가 오지 않는 모든 날에, 재이는 볕 쬐는 화분처럼 창가에 서 있고는 했다. 꼭 그날 같은 생각이 들어서, 돌아보면 누군가가 같은 말을 건넬 것만 같아서.

"아우, 여기 교차로부터 얼마나 막히는지. 누가 그렇게 좋아한다고 이 난리야?"

"에이, 과장님. 그렇게 말씀하시면 안 되죠, 월드컵인데."

"그러니까 그걸 누구 돈으로 다 한다는 거야? 세금 아니냐구, 세금."

벌써 몇 번은 반복한 이야기에 영미가 재이를 향해 눈을 찡그리며 싫은 티를 냈다. 여기 더 있다가는 자신에게도 같은 이야기가 반복될 것이 분명하다.

"저 진짜 가볼게요. 샘플 전달하고 공장도 들러보고."

"그래. 가서 말 잘하고. 혹시 그쪽 사람이 좀 마땅찮게 굴더라도 그러려니 해. 알지?"

"네."

좋은 이야기는 아니었지만 표 나게 고개를 끄덕였다. 안심해도 된다는 표현을 그렇게 크게 해줬는데도 김 과장은 당부에 당부를 덧붙였다.

비위 좀 잘 맞추고, 웃어주고, 모른 척도 좀 하라고.

지키지 못할 것 같은 모든 일들도 사회생활에서는 가능해야 했다. 평소라면 남들은 눈치채지 못할 소심한 싫은 티 정도는 냈겠지만 오늘은 군말 없이 문을 열었다.

"아."

벌써부터 공기가 후끈한 것이 여름의 때 이른 전조인지, 코앞으로 다가온 2002월드컵의 기내 심리 덕분인지 모르겠다. 아니면 원래 이쯤 되면 늘 이 정도 열기는 녹아 있는 건지도.

"이쪽 길로 가시면 안 돼요. 돌아가세요."

대로변에서 다음 신호등을 기다리는데 재이의 앞을 경찰 하나가 막아섰다. 몇몇 사람들은 대놓고 짜증을 내기도 하고 또 몇은 괜한 시간낭비를 하기 싫은지 바로 물러섰다. 그리고 재이는 잠시 멈춰 서서 물끄러미 앞을 보았다. 구경이라도 하는 것처럼.

"이거 월드컵 개막식 하는 거 미리 맞춰본다고. 30분은 더 있어야 끝나요."

대답을 바란 것도 아닌데 한번 넘겨다본 경찰이 일러주었다. 역시 그랬구나, 대단한 행사긴 하구나. 그러고도 그 자리에 서 있었다. 시간이 빠듯하지는 않아도 넉넉한 것도 아니건만 무슨 정신인지 알 수가 없다. 자신과는 영 상관없는 일인데 남들이 신난다니 그런 마음도 공기 중에 옮아오는 모양이다.

그 순간에는, 그냥 그 정도라 생각했다. 화창한 날씨에 아무리 그녀가 과거의 어느 날을 떠올렸다고 해도, 도로가 통제되는 흥겨운 행사 하나까지 과거와 결부시키지는 않았다. 기억 속의 그날은 지금보다 훨씬 더 덥고, 멀고, 떨렸으니까.

"재이 씨는 날이 갈수록 예뻐지네."

"감사합니다."

여기서 아니네 맞네 겸손을 내세우면 말만 더 길어진다. 뭐든 적당히. 이게 바로 김 과장이 원하는 거였다.

"남자친구 있어?"

"네."

"에이, 없는 거 다 아는데."

"있어요."

뻔한 수작도 모른 척했다. 이 정도는 김 과장 말 없이도 알게 모르게 넘길 수 있었다.

"여기 한번 보시면요, 지난번에 드린 샘플에서 업그레이드 됐는데."

"그럼 더 비싸다는 거잖아."

"네. 그렇긴 한데 만져만 봐도 확실히 감이 달라요. 여기 한번 직접 만져보세요."

"직접 만져? 무슨 그런 야한 소리를 해?"

거래처의 남자 직원 몇몇이 키득거렸다. 저 사람들도 사회생활 하는 중이니 저렇게 웃기다 표시를 해줘야 상사 면이 선다는 것을 잘 알았다. 진짜 이게 웃겨서 그런다고 생각하면 괜히 저만 서글퍼진다.

"샘플은 여기 놔두고 갈게요. 김 과장님이 오후에 전화 드린다고 하셨는데 그 전에 한번 보아주시면 감사하겠습니다."

지금 안 일어서면 곤란한 상황이 올 수도 있었다. 그건 직장생활 7년 차인 그녀의 감으로, 그 곤란한 상황에서 자신을 도와줄 만한 사람도 없다. 기껏해야 모른 척하는 정도겠지.

"벌써 가?"

"네. 전화가 와서요. 그럼 안녕히 계세요."

그 와중에도 인사는 깍듯이 하고 나왔다. 허겁지겁 서둘러 발걸음을 옮겼지만 어느 순간부터는 속도를 늦추었다. 애초에 전화는 온 적도 없다.

내가 너무 피곤하게 사나, 아니면 그냥 평범한 건가?

시계를 보니 공장까지 돌아가기에는 시간이 빠듯했다. 그나마 이쯤에서 끊고 나온 것을 다행으로 여기고 방향을 바꿨다. 1년에 택시를 타는 건 서너 번도 안 됐는데 오늘이 그 날이었다. 아무래도 도로 통제하는 걸 멍하니 보고 있었던 탓이 컸겠지.

무슨 상관이 있다고.

월드컵 그깟 게 뭐라고.

재이가 작게 웃었다. 남 탓 하는 거 싫어했는데 어리석게 굴었다. 정작 정신 팔고 있었던 것은 자신이면서 꼭 누가 억지로 그곳에 붙들어놓은 것처럼 투덜댔다. 어깨 한번 털고 큰 도로로 곧장 나왔더니 아직도 꽉 막혀 있다. 이쯤 되면 월드컵이라 짜증 내는 김 과장 마음도 억지는 아니다 싶어 그녀도 급한 대로 샛길을 찾았다.

"여기요!"

안 타던 걸 타겠다 마음을 먹어 그런지 오늘따라 택시도 안 잡혔다. 기껏 잡은 택시도 목적지를 듣고는 바로 창문을 올려버렸고, 그렇게 서너 대를 더 지나보냈다.

"신림동이요."

"이 시간에 먼데."

그러고도 가지 않길래 혹시나 타라는 건가 싶어 희망을 가졌다. 한 발 더 도로로 나서 뒷좌석 문을 열려고 했다가 기사 아저씨의 눈이 다른 데가 있는 것을 알았다.

"어디?"

내가 아니구나. 민망함에 도로 걸음을 물려 몸을 돌리는데 장신인 남자의 가슴께에서 눈이 멎었다.

"손님, 어디 가시냐고?"

"아닙니다."

투덜대던 택시 기사가 곧바로 브레이크에서 발을 뗐다. 목적지를 말조차 하지 않은 남자에게 궁금증이 생겼지만 제가 물을 일도 아니다. 하지만 빨리 장소라도 옮겨 제 급한 볼일부터 봐야 할 그녀의 앞이 두 번이나 가로막혔다. 한 번은 몰라도 두 번은, 그 남자가 자신에게 볼일이 있다는 뜻이다.

"이재이."

고개를 들었다. 서울 시내 한복판에서 제 이름 불리는데 확인하지 않을 여자는 없다.

"이재이 너 맞네."

아, 오늘 이러려고 그랬구나. 그때 생각이 많이 난다 했더니 이런 날도 다 있구나.

"너 나 몰라?"

잘 알았다. 다만 무슨 말을 해야 할지 몰랐다.

"……오랜만이야."

너무 반갑거나 들뜬 듯 들리지 않게끔 목소리를 가다듬었다. 이것 역시 사회생활 꽤 해봤으니 적절히 조절이 가능했다.

"안다는 거야? 모른다는 거야?"

재이가 고개의 위치를 바꿔봤다. 이름이라도 말해줘야 할까?

그는 여전히 잘생겼다. 제 키가 줄어든 것이 아닌 이상 그의 키는 확실히 더 커졌고 얼굴은 조금 그을었다. 길게 서늘한 눈은 남자다운 매력을 더했고 날카로운 턱선이나 현실감 없는 콧날은 진짜가 맞는지 만져보고 싶어졌다. 가장 많이 변한 것은 머리였는데 확실히 그 길이가 전과 비할 바 아니었다. 눈을 덮기 전의 앞머리가 바람에 흩날리자 일자의 진한 눈썹이 보였다 마는 모양새가 감질 난다.

윤제희, 오랜만이야. 이제 확실히 기억하는 거 맞지?

이렇게 이야기하면 만족하려나. 하기야 그는 누구에게도 잊힐 만한 사람이 아니었다.

"제희야. 뭐 해? 안 가고."

해를 등지고 다가온 여자가 그의 이름을 먼저 불렀다. 그는 돌아보지 않았지만 마주 서 있던 재이는 바로 보았다. 눈이 부셔서 음영만 간신한데도 상당한 미인의 태를 갖췄다.

"이재이."

친한 척 이름 안 부르길 잘했구나 싶었다. 할 말이 없어 잠깐 웃었더니 그가 해를 가렸다.

"진짜 나 몰라?"

이 정도면 뭐라도 대답을 해야 했다. 들고 있던 짐이 무거운 것도 모르다가 손에 땀이 나 미끄러지고야 바꿔 들었다.

"알지, 반장."

자연스러운 대답에 제희가 눈을 찌푸렸다. 자신을 아는 것은 확실해졌는데 어쩐지 마음에 드는 대답은 아니었다.

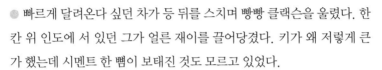

chapter 01
2002년, 너와 나

빠르게 달려온다 싶던 차가 등 뒤를 스치며 빵빵 클랙슨을 울렸다. 한 칸 위 인도에 서 있던 그가 얼른 재이를 끌어당겼다. 키가 왜 저렇게 큰가 했는데 시멘트 한 뼘이 보태진 것도 모르고 있었다.

"아. 고마워."

잡혀 있던 팔을 뺐다. 그의 팔이 무겁게 떨어졌지만 잠깐 잡혔던 자국이 남는 것은 아닐까, 순간 바짝 마른 목처럼 팔도 졸려왔다.

"일해?"

"응."

직장인이냐, 지금 일을 하는 중이냐, 의미가 모호했지만 둘 다 그녀에게 해당하는 말이다.

"저기, 내가 지금 바로 가야 해서."

사람이 말을 했으면 대답 좀 해주지, 제희는 방금 전처럼 비켜줄 마음이 없어 보였다.

"좀 멀리 가야 해서."

나도 가고 싶어 가는 건 아니야. 그런데 먹고사는 게 꼭 마음 같지는 않네.

"신림동까지 가야 하거든."

시간차를 두고 말했는데도 이렇다 할 대답이 없었다. 보란 듯 들고 있던 가방을 껑충 위로 들었다. 가방만 보여주려고 했는데 제희가 받아들었다.

"나 이 앞에 차 있어. 데려다줄게."

"아니야. 괜찮아. 오랜만에 만나서 그런 실례를 하면…….."

"네가 그런 말 하니까 좀 웃긴다."

얘는 거절하는 방법도 변함이 없다. 두어 발 떨어져 그들을 가늠하던 여자가 다가와 그의 팔을 잡았다. 그가 그녀의 팔을 잡았던 걸 흉내라도 내듯.

"제희야, 너 뭐 하는 거냐고. 우리도 들어가야지."

"너 먼저 가."

"뭐? ……친구야? 친구 만나서 그래?"

여자가 감춰둔 궁금증을 그제야 드러냈다. 최대한 자연스럽게.

"누군데?"

그가 가만히 있는데 재이가 나서 인사를 하는 것은 웃겼다. 눈을 내려 그녀를 담던 제희가 조용히 입을 열었다.

"……부반장."

어른이 되었다 느끼는 가장 확연한 것은 미성년자가 못 하는 일을 할 때였다. 옆에서 운전하는 제희를 보는 게 영 어색하다. 그는 보통 버스를 탔고, 자신은 종종 옆자리에 타곤 했다.

"운전 안 해?"

"응. 차가 없어서."

"없는 게 편해."

있는 사람이 그런 말을 하면 듣는 사람은 기분이 묘해진다.

"······아까 그 여자분 서운해할 것 같은데."

"너도 확실히 컸네."

"응?"

"말 돌릴 줄도 알고."

그가 웃는 모습이 낯설다. 별로 안 웃긴 것 같은데. 재이가 운전하는 제희를 보고 어른이구나 느끼는 것처럼 그는 다른 포인트에 어른의 기준을 두었다.

"신림동에는 무슨 볼일이야?"

"아, 저기, 공장이 있거든. 원단 공장인데."

말해놓고 보니 뭔가 부족하다. 몇 초 더 있다가 보충을 해봤다.

"나 의류회사 다니거든. 유니폼 제작하는 데."

"그렇구나."

신호대기 상태에서 제희가 나른하게 목을 기댔다. 운전하는 데 좋은 자세는 아니라 어쩜 위험해 보이기도 한다. 피곤한 듯싶기도 하고, 만약 조금 더 친했다면 운전 그만하라 말렸을 것이다. 저 데려다준다고 나섰는데 그런 말이 안 나와 문제였지.

"······너 동창회에서 못 본 것 같은데."

재이가 입을 떼지 않았다. 거기에 대해서는 별로 할 말이 없다.

"너 못 봤다고."

"아, 안 나갔으니까."

"왜?"

"······그냥."

그도 더 캐묻지는 않았다. 원래 그녀가 기억하는 윤제희라는 남자애 자체가 뭘 캐묻거나 관심을 두는 사람은 아니었다. 앞만 보고 운전하던 그가 어느 순간부터 말이 없어졌고, 대답할 것 없는 그녀도 어색하게 조수석 앞쪽으로 시선을 고정했다.

보일 듯 말 듯, 하트 스티커가 세 개, 세 개나 붙어 있다.

사람이 아무리 커가면서 성격이 바뀐다고는 해도 윤제희는 목에 칼이 들어와도 이런 거 안 붙인다. 누가 붙였다고 놓아둘 리도 없고.

애인 있나? 아까 그 여자?

아니면 좋을 텐데. 맞는다면 실례도 그런 실례가 없다.

"더 가야 돼?"

눈에 익은 골목길이 나온다 싶더니 그가 갈림길에서 속도를 늦췄다. 그녀가 어느 한 길을 손짓하면 바로 출발할 수 있게 적당히 중앙 차선에 섰다.

"아니, 여기 세워주면 돼."

"여기까지 와서 뭘. 어디야?"

그의 말대로 이미 신세는 졌고 자신은 늦었다. 저기, 하고 가장 작은 샛길을 가리키자 그가 군말 없이 차선을 변경했다. 뒤이어 오던 차 한 대가 빵빵, 화를 담았지만 제희는 신경을 쓰지 않았다.

다만 그녀의 마음이 불편해졌다. 전에 한 번도 똑같은 길에서 너무 뒤늦게 방향을 일러준 터라 동행한 직원에게 싫은 소리를 들은 적이 있었다.

"저기, 저기야."

굵은 자갈 밭에서 빙그르르 차가 돌았다. 빨리 내리는 게 낫겠다 했는데 여러 감정에 마지막 인사가 쉽지 않다.

"오랜만에 봤는데 신세만 졌네."

"언제 마치는데?"

"아……, 그게, 들어가봐야 아는 거라서."

때맞춰 공장 한구석 뒷문이 열렸다. 직원 하나가 그녀를 보더니 "재이 씨, 늦었어!" 하며 인사와 재촉을 같이 보냈다. 급한 마음에 두 발 다 내려놓고 머뭇대다가 뒤를 돌아보았다.

"고마워, 반장!"

차에서 내리지 않은 제희가 자신을 보려는지 고개를 숙였지만 여전히 표정은 잘 모르겠다. 그녀를 재촉하는 공장 직원 하나가 더 나왔고 그게 그녀의 발길을 재촉했다. 다시 돌아가 제대로 인사라도 하고 싶었는데.

반가워, 나 안 그래도 오늘 네 생각 났어. 그냥 하는 말이 아니라 진짜야. 살다 보니까 오늘 같은 날도 있는 게 믿기지가 않아, 윤제희.

이렇게. 적어도 이 정도는.

"너무 얇아서 비칠 것 같아요. 여름옷이라 안감 댈 것도 아닌데."

"에이, 그러면 단가에 못 맞추지. 금액을 올리든가."

"저도 그러고 싶죠."

멀리서 볼 때는 둥그런 무늬의 벽처럼 보였다. 한 발짝 한 발짝 가까워지면 각각의 무늬를 담은 둥근 단면이 모두 달랐고, 마른 손을 내밀어 만져보니 감기는 천 안쪽으로 제 손의 음영이 그대로 비친다.

"이제 와 그러면 어떡해. 얘기를 안 한 것도 아니고."

제 눈에만 그러나 했는데 옆에 선 공장장까지 지레 나서자 이대로는 확실히 문제가 될 듯했다. 하지만 여기서 얘기가 길어진들 문제가 해결되지는 않는다. 이런 상황에서 필요한 것은 말씨름보다는 그저 돈이다.

"일단 가져가서 보여드릴게요."

"재이 씨 대리라면서 이런 것도 바로 오케이 못 해?"

공장장이 왜 이런 식으로 나오는지는 잘 안다. 원하는 대로 발끈해주고 '알았어요!' 해주면 좋은데 그러기에는 재이도 사회생활을 좀 오래 했다.

"그러게요. 저도 대리쯤 되면 그렇게 할 수 있을 줄 알았는데."

기운이 빠지네요, 빨리 승진이나 해야겠어요.

안 어울리게 연기까지 하니 공장장도 피식 웃고 말았다. 그래도 다른 것들은 별문제가 없어 분위기는 화기애애했고, 사무실 들어가서 남은 이야기를 마저 할 때도 목소리는 어느 이상 높아지지 않았다.

"재이 씨, 근데 그 남자 누구야?"

"네?"

어찌 보면 되묻는 것이 내숭이었다. 같이 있는 남자를 볼 일이라고는 아까 차에서 내렸을 때뿐이다.

"아, 친구요. 오랜만에 만났어요."

"친구는 무슨."

"진짜예요. 고등학교 동창이에요."

"무슨 동창이 아직 자기를 기다려?"

믹스 커피를 내려놓는 공장장의 부인이 다 안다는 표정으로 웃었다. 그녀가 물 받으러 나갔다 오는 방향이 자신이 내렸던 뒤터의 자갈 밭 쪽 창가와 닿아 있었다.

"그 나이에 연애하는 게 죈가? 혹시 회사에 비밀이야?"

"어⋯⋯, 지금 밖에 있어요?"

"응? 어, 저기 있네."

일어선 김에 대신 확인이라도 해주려는지 반대편 창가로 턱을 삐죽 들었다. 그것 보라는 듯 환하게 웃자 마음이 괜히 싱숭생숭하다. 사실은 처음부터 이곳에 발 들이며 마음 한 자락은 떼어놓고 들어왔다.

"뭐 볼일이 남았나."

일부러 혼잣말을 크게 했는데 노련한 부부라 속지는 않았다. 재이도 얼른 서류를 펼쳐 보이며 디자인지에 동그라미를 쳤다.

"여기 한번 봐주세요. 전에 축구 동아리 유니폼 제작할 때 뒤에 닿는 부분이 까슬하다고 항의가 들어와서요……. 음……, 잠시만요."

나도 모르겠다.

후유, 한숨을 쉬고 드르륵 의자를 끌어냈다. 이러다 실수하면 그것도 제 잘못이니까.

이미 알고 있는 구조를 따라 두어 번 문이 열렸다 닫히고, 마지막 문에서 자갈 끌리는 묵직한 느낌이 철제 손잡이에 닿은 손끝으로 전해졌다. 밖이다.

"……반장!"

차를 두고 도망간 것이 아니라면 안에 있을 것이다. 괜히 입술을 물어보다가 조심스럽게, 그러나 다급하지 않게 다가갔다.

"어!"

진짜 도망간 모양이다. 운전석이 텅 비어 있었다.

"이재이."

"아, 놀랐잖아."

"네가 왜 놀라?"

뒤에서 뻗어 나온 손이 어깨에 내려앉았다. 다가왔으면 소리가 들렸을 텐데 그것도 몰랐다.

"왜 안 갔어?"

그녀는 원래 부끄럽거나 할 말이 없으면 이렇게 이유를 물어봤다. 본마음과는 조금 다르다.

"너 어떤 데서 일하는지 좀 봤어."

"왜?"

"그냥."

차 안에선 그녀가 '그냥' 하고 대답했는데 내려서는 그가 '그냥' 하고 말했다. 똑같은 말 한 번씩 주고받았는데 별로 남는 게 없다. 찜찜하기도 하고, 그런데 나쁘지는 않고.

"저기, 나 여기서 일하는 건 아니고, 거래처야. 여기 공장이거든."

"왔다 갔다 하는 거야?"

"응."

"뭐 타고 다니는데?"

"그냥, 버스."

오늘은 네 차 얻어 탔지만. 그런 행운이 늘 있는 건 아니잖아.

그래도 늘 있는 게 아니라 오늘이 더 오래 기억날지도 모르겠다.

"아직 언제 마치는지 몰라?"

"어……, 아식 할 얘기도 남았고. 여기 공장장님 나가실 때 태워주실 거야, 아마."

몇 년 동안 딱 두 번 얻어 타본 적 있었다. 이래야 마음이 편해질 것 같아 거짓말을 했는데 별 효과는 없다.

"그래, 그럼."

딸각, 그가 운전석 손잡이에 손을 댔다. 이번에는 확실히 나가는 걸 보아야 될 것 같은 마음에 한 걸음 물러서 그의 뒤에 섰다. 그리고 그가 몸을 돌렸고, 걸음을 물리지 않는 것이 그녀가 할 수 있는 가장 훌륭한 처신이었다.

"명함이나 한 장 받자."

"명함?"

"없어?"

직장인, 더군다나 그녀처럼 영업을 같이 뛰다 보면 그 정도는 필수품이었다. 없으면 욕먹기 딱 좋은. 그런데 지금은 없다.

"저기, 가방에 있어. 가방이 안에 있는데."

"기다릴게."

잘라 말하는 대답에도 전혀 무안하지 않았다. 이대로 헤어지면 두 번은 없는 사이라는 것을 서로 잘 알았으니까. 세상에는 우연이라 부를 만한 것들이 넘쳐나지 않았다.

재이가 문을 향해 조금 걸음을 빨리했다. 사무실에 있던 공장장 부부가 저들끼리 눈짓을 주고받는 걸 보니 이미 오해를 기정사실화한 모양이다.

"오랜만에 만났더니 명함을 좀 달라네요. 주문이라도 하려나."

속든 안 속든 말이라도 해봤다. 하필 남은 명함의 한쪽이 구겨져 양손 엄지 밑의 손 가장 두꺼운 살 사이로 꾹 눌렀다. 그런데도 접힌 자국이 선명해 마음에 들지 않는다.

"재이 씨 명함 여기도 있잖아. 내가 바꿔줄게."

공장장이 인심을 썼다. 서랍에서 꺼내준 자신의 반듯한 명함을 돈이라도 받는 것처럼 고맙게 받았다. 아마 자신이 나가고 나면 뒤에서 저녁거리 할 말이 하나 더 늘어날지도 모르겠다.

"이거, 내 명함."

원래는 두 손으로 건넬 일이 많았지만 제희는 자신의 친구였다. 스스럼없이 곧게 내밀자 그도 뒷주머니에서 지갑을 꺼내 자신의 명함을 꺼냈다. 그 동작이 간결하고 깔끔해서 일순간 시선을 빼앗겼다. 오늘, 여러 번.

"한일 유니폼 영업팀 대리 이재이."

성적표를 읽어 내리듯 그가 나지막하게 따라 읽었다. 기억도 가물한 성적표 이상으로 부끄럽다.

"하하, 뭘 또 별거라고 그걸 읽어."

"너는?"

"응?"

"너는 안 봐?"

자신의 명함과 질감부터 달랐다. 천은 아니었지만 질을 판단하는 데 익숙해진 손가락이라 명함 겉면을 쓰다듬어보고는 그 급을 바로 알았다.

"……한국대학병원 피부과 전공의 윤제희. 이야, 멋지네."

왠지 자신도 그래야 할 것 같아서 또박또박 소리로 들려주었다. 웃으면서 올려다보니 제희는 여전히 무표정하다. 그리 무감하니 누가 그 속을 알까.

"이제 내 이름 확실히 기억나?"

나는 바보가 아니야.

"그럼. 너 어쩐지 좋아 보이더라. 의사선생님 됐구나."

바라만 보는 남자를 놔두고 제 딴에는 호들갑을 떨어보았다.

하지만 이제야 안 척하는 자신의 연기가 썩 훌륭하지는 않았을 것이다.

다른 것은 몰라도 그가 의사가 되었을 거라는 것쯤은, 이미 오래전부터 알고 있었다.

chapter 02
3학년 3반, 반장과 부반장

이재이는 평소에 가장 좋아하고 고대하는 것은 늘 마지막까지 순서를 미뤄두었다. 식판에 가득 찬 반찬을 두고도 수북한 콩나물부터 꾸역꾸역 먹다가 계란말이는 마지막 하나 남고서야 아껴 먹었고, 책의 좋아하는 부분은 잠들기 직전에나 열어보았다. 행복한 기분 그대로 잠들 수 있게.

오늘도 그런 습관은 변함이 없었다. 집에 오자마자 청소를 하고, 아침 먹은 너저분한 그릇도 정리하고, 마지막으로 화장까지 닦아내고 나서야 가방을 뒤졌다.

"한국대학병원 피부과 전공의 윤제희."

다시 읽어봤다. 피부과 갔구나. 윤제희 피부가 좋더니 피부과 갔구나.

그녀는 태어나 한 번도 피부과에 가본 적이 없었다. 특별한 트러블은 없지만 자신이 있어서라기보단 갈 일이 없었다. 정확히는 그런 데 쓸 만한 돈이 없었다.

"……윤제희."

누워 있던 방향을 바꾸어 명함을 높이 들었다. 그리고 크고 진하게 돋워진 그의 이름만 따로 곱씹었다. 그토록 잘생긴 얼굴에 이런 여자 같은 이름이라니. 그때도 싫어했는데 지금이라고 좋아하지는 않겠지.

3학년 3반 교실에서 새 학기에 누군가 '제희야.' 하고 부르면 둘 다 고개를 돌렸다. 그리고 자신이 아니면 그녀는 얼굴이 벌게져 고개를 내렸다. 물론 제희가 아닌 경우도 있었는데 그는 그때도 고개는 안 숙였다. 조금 짜증 나고 피곤한 얼굴이랄까, 제 잘못도 아니면서 괜히 주눅 들게 하는 태도에 그녀는 초반에 그를 조금 피했었다.

"이 시간에 누구지?"

단조로운 휴대전화 음이 울렸다. 10시가 넘었는데 이 시간에 그녀에게 전화를 할 만한 사람은 별로 없었다. 발신자 번호 표시도 신청하지 않아 도무지 알 수 없어 망설이는 사이, 이미 전화는 끊겨버렸다.

[이재이 맞니?]

누굴까 생각하는 중에 문자가 도착했고 그녀가 자리에서 벌떡 일어났다. 잠이 확 달아나버렸다.

[나 윤제희야.]

알아. 그럴 거 같았어.

마치 옆에 있는 것처럼 괜히 두리번거렸다.

손이 늦어 키패드를 꾹꾹 누르는데 벌써 다음 문자가 도착해 화면을 덮었다.

[반장.]

제가 할 일은 '나 이재이 맞아.' 하고 보내는 것인데 그가 보낸 성마른 두 글자에 웃음이 먼저 나와버렸다. 내가 정말 자신이 누군지 모른다 생각했을까?

[응. 반장. 나 이재이. 혹시 전화했었니?]

맞춤법 하나라도 틀렸을까 봐 세 번을 다시 읽고 전송버튼을 눌렀다. 성인이 되고 나서 무언가에 이렇게 조심스러워하는 것이 얼마 만인지 모른다.

[맞구나, 너.]

[미안. 씻느라 못 받았어.]

둘의 속도가 다르니 문자가 자꾸 겹쳤다. 전화를 하면 좋은데 그러기에는 시간이 너무 늦어버렸고. 제희가 다시 전화를 걸어주면 좋을 것 같은데, 아니, 받아놓고 말도 잘 못할 것 같아 도로 문자가 편해졌다.

[오늘 너 거기서 볼 줄 몰랐어.]

[나도.]

처음으로 질문과 답이 맞았다. 어쩐지 빙그레 웃음이 났다.

[오늘 잘 들어갔니?]

[응.]

[그래, 푹 쉬고 다음에 보자.]

다음에, 라는 말은 보통 '다시 볼 일이 있겠냐만 기회 되면 한번'을 줄인 말로 써왔다. 그녀뿐 아니라 주위 사람들도 그렇게 썼으니 어느 정도 그렇게 보편화된 말일 텐데, 윤제희도 그럴까?

정확하고 또 정확했던 아이였다.

그러니 윤제희만은 아니라 믿고 싶었다. 다시 보면 말 한마디도 어려운 주제에.

[너 왜 아까 공장 차 안 타고 갔ㅣ]

휴대전화 화면에 커서가 깜박거렸다. 애초에 보내려고 쓴 문자는 아니었다. 마음에 남아 있는 알갱이가 손끝으로 몰렸을 뿐이다. 그렇게 그녀에게서 온 짧은 문자 몇 줄을 다시 읽었다.

"윤제희 너, 뭐 해?"

"집에 가보려고."

"아까 윤지가 너랑 나갔다가 혼자 와서 입이 이만큼 나왔던데. 무슨 일 있었어?"

"아니."

윤지랑 관련해서는 아무 일도 없었다. 이재이를 다시 만난 것은 오로지 제 문제였다. 누구와도 얽히지 않은 두 사람의 문제.

"아우, 이 짓은 언제 끝나냐. 죽겠네."

영우는 볼 때마다 같은 말을 했다. 입에서 나오는 모든 말의 끝에 '죽겠네.'가 붙어 있었다. 처음 병원생활 시작하고 지금에 이르기까지 말로 삼천 번을 죽은 사람이 바로 영우였다.

"넌 뭐 해? 수술 들어갔다가 잠이나 잔다며 드라마 볼 시간이 있어?"

"너야말로 내 공경 좀 해봐라. 아무도 안 한대서 어거지로 들어갔다 왔구만 이제 막 TV 하나 보는 걸로 타박이냐? 살맛 안 나서, 참."

살맛 안 나는 것치고는 영우는 헤벌레, 반쯤 넋이 나가 있다. 재방송으로 하는 드라마에 푹 빠져 헤어날 줄을 모른다. 그가 들어올 때부터 얼굴은 저 상태로 고정하고 말만 주고받았다.

"이거, 너 안 봤지?"

"뭐?"

"겨울연가. 너 얼마 전에 외국 애들 난리 날 때도 이거 안 봤잖아. 이거 끝장이거든. 아, 볼 때마다 미쳐버리겠구만, 아주."

본 적은 없지만 하도 귀가 울리게 듣다 보니 그 제목은 알았다. 다만 해줄 만한 말은 없어 셔츠 단추만 하나씩 채워 올렸다.

"최지우 봐. 아우, 진짜 저 얼굴이 사람이냐?"

답을 정해놓고 묻는 말에는, 동의를 하지 않는다면 입을 다무는 편이 더 나았다.

"사실 내용은 별거 없거든? 고등학교 때 둘이 만나서 사귀다가 커서 다시 만나는 거야. 근데 배우들이 죽여."

"……다시 만나?"

"응. 다시 만나는데, 아, 몰라. 이건 내용이 중요한 게 아니야. 그냥 최지우지."

아침에 같은 드라마를 보고 있던 1년차 여자 후배 하나는 '쌤, 이건 그냥 배용준이에요!' 하고 강하게 외쳤었다. 같은 걸 보고도 사람마다 나오는 말이 달랐다.

"잘돼?"

"뭐가?"

"다시 만나서 잘돼냐고."

무겁다고 소문난 제희의 고개가 돌아갔다. 여전히 두 발은 캐비닛 앞에 멈춰 있었지만, 이런 드라마 하나에 관심을 비치는 것 자체가 극히 드문 일이라 오히려 영우가 '그 최지우'에게서 눈을 떼어냈다.

"알고 보면 무슨 재미야."

처음으로 영우가 맞는 소리를 했다. 알고 보면 세상에 허무하지 않은 일은 없다. 그 옛날의 일 하나도, 미리 알았더라면 그는 조금 달라졌을지 모른다.

괜히 돌려받지 못하는 감정을 주고받고, 혼자 남겨지고. 영문도 모른 채 천하의 바보가 되는 그런 것은 여전히 질색이다.

「……한국대학병원 피부과 전공의 윤제희. 이야, 멋지네.」

벌써 외워버린 그녀의 명함은 큰 의미가 없었다. 제 이름을 다시 부르는, 조금 떨리는 그녀의 목소리가 떠올랐다.

「윤제희, 저기 나 이재인데, 넌 잘 모르겠지만 내가 부반장이거든……. 근데 이거 다른 반은 반장이 다 하는 거래.」

기억에 남은 첫 목소리와 닮아 있었다. 미묘하고 긴장된 그 떨림도.
눈 감으면 선한, 어느 교실 창가에서 세 번째 줄, 마지막 자리에서.

⁘

"그래서 뭘?"

제희가 그녀에게 공식적으로 처음 했던 말이다.
당시에 속으로 얼마나 욕을 했다고. 누구는 자기한테 말 걸고 싶어서
그런 줄 아나.
재이는 조금 억울했을 뿐이다. 다른 반은 다 반장이 할 만한 일을 두
고 그가 손 하나 꼼짝하지 않으니 저에게 모든 일이 돌아왔다. 애초에
윤제희라는 애 자체가 반장이라는 직책을 맡으면 안 되는 거였는데. 사
실 처음부터 기준도, 일관성도 없는 반장 선거이긴 했다.
"자, 주목! 우리 반도 반장을 뽑아야 하는데, 지원자 있어?"
당연히 없었다. 1993년도의 고3 교실은 그만큼 혼란에 가득 차 있었
다. 작년까지 시행되던 학력고사가 폐지되면서 올해부터 수능이라는 새
로운 입시제도가 도입되었다. 하지만 암기력 대신 사고력을 강화한다는
명목으로 이제껏 접하지 못한 문제들이 밀려오자 누구 하나 여유로운
사람이 없었다.
"정말 없어?"
8월과 11월, 두 번의 수능시험을 친다고 들었다. 비명만 없었지 아비
규환이 된 교실에서 귀찮은 감투를 쓸 사람이 어딨을까. 결국 누구도 불

만을 표하지 않는 '성적순 지정제'가 그 귀찮은 일을 해결해줬다. 단점이라면 한 사람이 모든 불만을 떠안기도 하는 그런 민주주의의 모순 정도.

"윤제희. 올해도 네가 해줘야겠다."

"싫습니다."

글자 사이의 빈틈을 습관처럼 검은 칠로 메우던 재이가 저도 모르게 고개를 들었다. 그녀뿐 아니라 귀를 열어놓고 있던 모든 아이들이 그랬다.

우와, 쟤 말하는 것 좀 봐.

"별로 할 건 없어. 이름만 올려놓는다 쳐. 아무리 이름뿐이라도 수긍갈 만한 애가 하는 게 옳지."

버릇없는 대답에도 선생님이 다른 지적을 하지 않았던 것은 제희의 그런 태도가 의도적이지 않다는 것을 이미 잘 알고 있었던 이유가 컸다.

치기 어린 반항도 아니고, 그냥 쟤는 원래 저런 놈이지. 거기다 그때나 지금이나 공부 잘하는 아이에게는 어느 정도 특권이 있었다.

"자, 다음 부반장은."

아무리 윤제희가 자기표현을 바로 하는 학생이라도 선생님이 말하는 중간에 끊을 정도는 아니었다. 그것 또한 잘 아는 선생님이 알아서 다음 지목으로 넘어갔다.

"음……, 이재이가 해볼까?"

"네에?"

너무 놀라 자리에서 일어날 뻔했다. 차라리 성적순대로 2등이라 치면 억울하지나 않지.

길게 살지는 않아도 평생 감투와는 인연이 없이 살았다. 1학년 때 담임선생님이 3학년 때 다시 담임이 되어 신기하다는 생각은 했지만 이런 부메랑이 있을 줄이야.

"이재이가 잘할 거 같은데."

"아니, 저는."

"재이 잘할 거야. 성실하니까."

이재이도 윤제희처럼 토를 달지 못했다. 그저 도리질 두어 번에 멍하니 망연자실해 있었다. 권력욕이 있는 것도 아니고, 있다 쳐도 52명 정원의 반에서 휘두를 수 있는 거라고는 돈 걷는 일밖에는.

"하아……."

한숨을 쉬다가 처음 제희와 두 눈이 마주쳤다. 그녀는 윤제희를 잘 알았다. 중앙고등학교에 다니는 다른 여자아이들처럼, 그 이상도, 이하도 아니었다.

「윤제희 진짜 잘생겼지? 김원준보다 나은 거 같아.」

입학식 이후로 매점이든, 화장실이든 여자아이들이 둘 이상 모이면 심심치 않게 들리는 소리였다. 보통 이런 이야기는 비밀로 속닥거리는 게 일반적이겠지만 윤제희의 경우는 그렇지도 않았다. 너무 좋아하는 사람이 많다 보니 공공의 연인이랄까, 나 하나 더 좋아한다고 해봤자 별 흥밋거리도 안 되는 그런 존재. 하지만 그녀는 그 시절에도 먹고사느라 바쁜 가족의 일원일 뿐이었고 그 덕에 또래다운 소녀 감성은 가지지 못했다.

"인마, 안준우! 너는 제발 입 좀 다물어라. 그리고 윤제희, 이재이, 마치고 나 좀 따라와."

고개를 푹 숙이고 한숨만 쉬다가 그 뒤를 따랐다. 그 와중에도 제희는 앞서고 재이는 두어 발짝 떨어졌다. 할 말도 없고, 동병상련 나눌 만큼 친하지도 않고.

"재이야, 아니, 제희 말고, 너. 부반장 재이. 하하."

발음이 비슷하다는 것은 고3 담임인 선생님을 한 번 더 웃게 만들었다. 제희나 재이나 뚱하니 서 있었고 다 큰 어른만 혼자 즐거워했다.

"더 잘됐네. 이름도 헷갈리는데. 반장, 부반장 하고 부르면 편하겠다."

"선생님, 저는 사정이 조금."

"왜, 재이 너 성실한 거 내가 잘 아는데."

칭찬인지, 아부인지 모를 말에 얼굴이 빨개졌다. 그리고 그 얼굴에서 열기가 식기 전에, 그대로 이재이는 부반장이 되었다. 윤제희는 아무 말도 없었고 돌아설 때도 먼저 등을 돌렸다.

"제희가 성격이 저래 봬도 나쁜 애는 아니야."

"……윤제희가 문제가 아니라요."

"자, 선생님이 우리 부반장 선물 줘야지. 이거."

교사용으로 나온 문제집이 재이의 팔에 가득 안겼다. 이런 뇌물 누가 좋아한다고. 그러면서도 주는 거니 또 받아들었다. 이건 윤제희랑 나눠야 하는 건지, 내가 다 가져도 되는 건지, 금방 다른 고민에 빠져버려 부반장 감투는 이미 머릿속에서 지워졌다.

"오오, 부반장. 이재이 졸업하기 전에 출세했네."

친구 몇이 놀리며 웃었다. 같이 웃어줄 기분도 아니라 그대로 털썩 자리에 앉았다. 색상도 화려한 문제집을 어쩌나, 말이라도 걸어볼까, 나는 있어봤자 다 풀지도 못하는데. 종례가 다가올 때까지 힐끔힐끔 윤제희를 쳐다봤다.

그러다 마지막에 택한 방법이 윤제희의 책상에서 잘 보이는 대각선 위치에 문제집을 쌓아두는 것이었다.

제가 필요한 게 있으면 먼저 말을 걸겠지. 제발 좀 걸어라. 나도 이거 싫다구.

"……다 있는 건데."

마지막 쉬는 시간에 뒤에서 윤제희가 걸어오는 것을 알았다. 그 긴 다리로 성큼성큼, 두 번 만에 자신의 책상에 닿았다. 여러 색상의 문제집이 그의 손을 한 번씩 거쳤다가 처음과 반대 방향에 쌓였다. 그 끝에 조용한 혼잣말이 수려한 입술의 움직임으로 읽혔다. 딱 그 앞에 있던 재이에게나 스칠 정도로.

저만큼 소심한 그녀의 짝이 놀라 입을 떡 벌리는데도 윤제희는 아무런 표정이 없었다. 그러냐, 그럼 이거 내가 다 가지겠다, 그 말도 못 하고 재이는 주섬주섬 문제집을 챙겼다.

그래. 어차피 이름만 올린다는 거, 이제 와 무를 수도 없고 받은 거나 챙기자. 이참에 공부나 하지.

결심은 열심히 해봤는데 제 대답 기다리는 윤제희를 앞에 두고는 아무 말도 못 했다. 그는 10여 초 그녀의 책상 앞에서 날이 서지도, 곱지도 않은 직선의 눈빛으로 그녀를 보다가 제 자리로 돌아갔다. 그러고 보면 둘 다 혈기가 입으로 솟구친다는 여느 고등학생들보다 말이 없어도 너무 없었다.

"저기, 국사가 빽빽이 안 낸 애들 열두 명 빨리 내래. 지금 나한테 줘."

"아, 뭐야."

"그리고 수학이 정석 푼 거 풀이 과정 없는 애들 다시 검사한대."

"으아, 수학 진짜 짜증 나."

"우윳값 13일까지 다 내래. 나 잔돈 없으니까 미리 끝에 600원 맞춰서 좀 주라."

"잔돈 나도 없어, 아우, 미리 말 좀 하지!"

교탁에 선 그녀가 한마디씩 할 때마다 이곳저곳에서 제 얘기다 싶은 아이들이 귀찮음과 짜증을 드러냈다. 자신이 전하는 이야기의 열에 아홉은 해당사항 없는 그녀로서는 무급 봉사나 마찬가지였지만 그 공을 알아주는 이는 누구 하나 없었다. 꼭 그 이야기를 전하는 재이도 한편으로 묶는 듯 곱게 보지 않았으니, 그녀는 매일매일이 억울했다.

"아, 우리 부반장. 이거 설문조사 하는 거 쉬는 시간에 좀 돌려줘. 고마워."

딱 일주일째 되던 날, 선생님의 무심함에 이재이가 폭발했다. 그렇다고 불을 뿜거나 교탁을 세게 두드릴 만큼 막나가지는 못했다. 그간 앞에서는 쳐다도 보지 않던 윤제희를 향해 서서히 걸음을 옮겼다. 이것도 용기라면 그녀에게는 대단한 거였다.

이제 네가 좀 해라! 나 벌써 문제집 값 하고도 남거든? 처음 패기는 꽤 그럴듯했다.

"윤제희, 저기 나 이재인데, 넌 잘 모르겠지만 내가 부반장이거든……. 근데 이거 다른 반은 반장이 다 하는 거래."

그러나 말을 할수록 목소리가 줄어들었다. 나는 여기서 왜 자기소개를 하고 있을까. 명색이 같이 감투 쓴 사람들이니 그 이름은 알았을 텐데 주절주절 따라붙는 말이 많아졌다.

"그래서 뭘?"

서로 주고받는 말을 대화라 한다면 이 둘이 대화를 한 것은 그날이 처음이었다.

"인간적으로 너도 좀 하라구!"

"……."

"넌 반장이잖아!"

윤제희는 처음으로 무감한 눈을 버렸고 이재이는 화가 났었다. 그날의 소감이었다.

❖

월드컵이라 그런지 어부지리로 이런 특수가 없었다. 각종 경기 유니폼에, 동호회 모임까지 평소의 두세 배로 주문이 밀려들었다. 그래서 원래라면 명함을 들고 주요 거래처를 돌아다녔을 재이 역시 오늘은 전화 주문을 받느라 의자에서 엉덩이도 떼지 못했다.

"네, 네. 알죠. 프린트 박으려면 시간이 더 걸리는데……, 아, 그러시겠어요? 저희야 감사하죠. 그럼 홈페이지에서 한번 보시고 다시 전화 주세요."

전화를 끊은 그녀가 얼른 펜을 찾자 옆자리의 영미가 바로 건네주었다. 방금 받은 주문을 메모한 재이도 전화를 끊자마자 자리에 뻗듯이 고개를 푹 숙였다.

"아, 월드컵도 한 번 하니 다행이지 매해 하면 죽어나겠다."

"그래도 남의 돈 받으면서 바쁘니까 더 낫지. 안 되면 눈치 보이잖아."

"그건 그래."

직장인의 비애라며 내뱉은 푸념에 누가 먼저랄 것도 없이 피식 웃고 말았다. 겨우 둘만 남은 작은 사무실에서 영미가 기지개를 켜더니 먼저 자리를 털었다.

"우리 나가서 맥주나 마실까? 오늘 날도 정말 좋던데."

"음……, 아니. 오늘은 그냥 쉬려고. 31일이지? 월드컵 개막하는 날이잖아. 사람 너무 많을 것 같아."

"그러게. 서두르지 않으면 집에도 못 가겠다. 그럼 나가자. 그런데 너 무슨 약속 있어?"

"어?"

휴대전화를 괜히 만지작거리던 제 손을 보고 하는 말이라 멋쩍은 재이가 얼른 손을 뗐다. 이틀 전, 그렇게 윤제희와 다시 만나고 나서 이틀 내내 휴대전화를 보고 또 봤다. 벨소리가 울리지 않으면 전화가 오지 않는다 생각하면 될 일인데, 혹시 휴대전화가 꺼져 있는 건 아닐까 두꺼운 폴더를 열었다 닫았다 하느라 그사이에 배터리가 다 닳을 지경이었다.

"아니, 약속 없어."

쓸데없이 힘 빠지고 싶지 않은 재이도 두 손으로 책상을 짚고 그대로 일어섰다. 얼마나 앉아 있었던지 허리가 다 아팠다. 고개도 좀 돌려보고 손을 털며 화장을 고치는 영미를 기다렸다.

"밤에 왜 화장을 해?"

"야, 이러니까 솔로 마인드지. 밤이라 화장하는 게 아니라 퇴근했으니까 하는 거라고."

콤팩트 속 작은 거울로 재이를 노려본 영미가 보란 듯 분첩을 톡톡 두드렸다. 같은 여자지만 저렇게 공들여 화장하는 모습이 신기했던 재이는 책상에 엉덩이를 걸치며 그 모습을 가만히 구경했다. 마음속으로야 어차피 집에 가면 지울 걸 왜 일거리 하나를 더 만들까 했는데, 립스틱 하나로 분위기가 달라지는 걸 보니 그 이유도 알 만했다.

"이거 새로 나온 거야. 김남주가 선전하는 건데 색깔 예쁘지?"

"어, 예뻐."

"너도 발라줄까?"

"에이, 난 됐어.

웃으며 고개를 내저었다. 아무리 봐도 너무 진하다.

"야, 너 전화."

"어?"

영미의 붉은 입술을 보느라 전화가 오는 것도 몰랐다. 하루 종일 사무실 전화를 붙들고 있으면서도 휴대전화를 놓지 않았는데 정작 벨이 울릴 때는 남이 먼저 알았다.

"……여보세요?"

발신자가 누군지도 모르니 함부로 제 피곤을 담지도 않았다. 혹시나, 혹시나 하며 조심스레 운을 뗐다.

– 이재이.

"어. 어, 반장. 나야."

제 이름 세 글자 불러준 게 다인데 가슴이 쿵쾅거렸다. 왼손을 든 김에 손등을 가만히 뺨에 가져다 댔다. 뽁뽁. 소리 내며 립스틱을 마무리하던 영미가 대번에 한쪽 눈을 치켜떴다.

– 오늘 시간 돼? 얼굴이나 보자.

"오늘?"

전화는 어제도, 오늘도 기다렸다. 무슨 말을 하건 반가울 거라 생각했는데 막상 오늘 보자고 하니 갑작스레 목이 탄다.

– 안 돼?

"아니, 그건 아니고. 내가 지금 회사라서……, 집에 좀 들렀다가 연락할게."

– 집엔 왜?

"할 게 조금 있어서. 집 정리도 좀 해놓고 오늘 말일이라 공과금이랑 관리비랑 이런 것도 좀 처리해야 하고……, 또 옷도 좀 갈아입고."

그녀답지 않게 주절주절 길어진 말에는 눈속임이 있었다. 제일 중요한 용건이 가장 마지막에 슬그머니 숨어 있었다.

– 그래. 들어가서 연락해줘.

"어, 안녕."

폴더를 닫지도 못하고 눈만 껌뻑거리며 그 자리에 멈춰 있었다. 영미에게 틈을 보이면 최소 사흘은 달달 볶일 걸 알면서도 그토록 무방비하게 굴었다. 너무 얼떨떨해서, 이미 평소와 다를 바 없는 휴대전화 화면에선 현실감을 찾을 수가 없다. 적당히 달아올라 살짝 뜨거워진 표면 온도만이 지금 자신이 윤제희와 통화했다는 것이 사실임을 알려주었다.

"너 뭐야? 누군데? 응?"

"저기, 영미야."

"응? 누구냐고? 남자지? 다 들렸어, 목소리!"

"나 그거 좀."

"뭐?"

"그거. 김남주 발랐다는 거."

어차피 들볶일 거, 이틀이든 사흘이든 큰 차이는 없었다. 그나마 영미는 집요함에 비해 끈기는 없었으니 그 정도로 오래가지는 않겠지.

"너 하여튼, 내일 봐."

꼬투리를 잡힐까 그냥 빙그레 웃기만 했다. 사실 해줄 만한 말도 없었다. 9년 만에 동창을 만났는데, 이것도 반가운 일이라 식사 한 끼 할 것 같다고. 여기까지가 가감 없는 진실이었다.

"잘 가. 이거 고마워."

그녀가 입술을 살짝 내밀자 영미가 콧등에 주름을 잡으며 어깨를 밀어냈다.

"너 예쁜 거 아니까 그런 건 남자 만나서나 해."

"하하."

"아이 씨. 내가 샀는데 네가 더 잘 어울리면 어떡해."

듣기 좋으라 투덜대는 티가 단박에 났다. 그래도 이런 동료도 있으니 직장생활도 할 만하구나 싶어 마음이 한결 가벼워졌다. 허리나 목이나 언제 아팠다는 건지 벌써 가물가물하다. 그렇게 영미와 헤어지자마자 그녀도 버스정류장 방향으로 몸을 틀었다.

가만있자. 입을 만한 옷이 과연 있기나 한가? 기계적으로 걸으면서도 머릿속에선 이미 옷장을 그려내고, 그 옷장을 열었다가 뒤져대는 이재이가 있었다.

"이재이."

회사에서 큰 골목으로 내려와 정류장으로 향하는 갈림길에서 전화로 들었던 목소리의 주인공을 마주했다. 다시 봐도 현실감이 없다. 그래서 보는 사람을 멍하게 만든다.

"반장! 너 여기서 뭐 해?"

"나 근처에 와 있었어."

"아, 그랬구나. 전화할 때 말하지 그랬어."

탓을 하려는 것은 아니다. 그저 당황했을 뿐인데 그 정도가 세다 보니 자연히 소리가 높아졌다.

"기다리려고 했지."

"어……, 그래두."

"그런데 생각해보니까, 공과금 그거 어차피 지금 시간에 못 내잖아."

윤제희는 그날과 비슷한 듯, 또 달랐다. 오늘도 정장을 입은 것도 아닌데 그제보다 더 무언가가 있어 보였다.

"집 정리도 꼭 지금 이 시간에 해야 하는 건 아니지 않아?"

"……."

해야 할 집 정리라는 게 애초에 없었다. 마주 보고 천천히, 또 감정을 섞지 않고 말하던 그가 한걸음에 그녀의 옆으로 자리를 옮겼다.

"그리고 지금 옷도…… 예뻐."

chapter 03
5월 31일, 꿈의 시작

● 기억 속에서 늘 두어 발짝 앞서 걷던 그와 나란히 걸었다. 그녀의 회사가 있는 동네이니 길이라면 재이가 더 잘 알아야 할 텐데, 어디가 어디인지도 모르고 발길 닿는 대로 걷기만 했다.

"……뭐 먹고 싶은 거 있어?"

"아니, 나는 다 좋아."

"그래도."

윤제희가 이곳까지 어떻게 와 있는지 잘 모르겠다. 볼일이 있어 왔다가 연락을 한 건지, 아니면 정말 날 보러 온 건지.

"우리 회사 근천데 내가 살게. 비싼 것도 괜찮아."

괜히 웃으며 한 발짝 앞섰다. 돌아보는 그 짧은 순간에 제희의 눈이 닿자 얼른 앞을 향하며 다시 한 걸음을 물렀다. 아무래도 아직은 떨어져서 걷는 게 편하다.

"그래. 네가 사줘."

"알았어."

"멀리서 왔으니까, 나."

아무래도 후자가 맞을 듯했다. 여름이라기에는 아직 서늘한 바람이 스치는데도 목은 후끈 말랐다.

"여기에서 조금 더 내려가면 고깃집 있는데. 거기 갈래?"

그녀가 알기에 거기가 이 동네에서는 가장 비싸고 고급스러운 곳이었다. 그녀가 감당할 수 있는 한도 내에서는.

"거기 맥주도 팔아?"

"어……, 팔걸? 왜?"

"목말라서."

별거 아닌 대답에도 제 속을 읽은 걸까, 살짝 물고 있던 입술이 간질거렸다. 어색한 와중에도 하고 싶은 말은 많고, 또 그럼에도 하고 싶지 않은 이야기들도 많고.

"이재이, 우리 그냥 여기 들어갈까?"

"어?"

그녀가 찾는 고깃집은 역을 지나쳐 100미터는 더 내려가야 했다. 그런데도 제희는 바로 옆 적당한 술집 하나를 가리키며 걸음을 멈춰버렸다.

"거기는, 거기는 그냥 그런 덴데. 조금만 더 가면 되는데……. 거기 한우도 팔고 괜찮은 데야."

"장소야 무슨. 고기는 다음에 내가 사줄게."

꼭 고기 먹고 싶다 떼를 쓰던 어린애가 된 기분이다. 그사이 벌써 문이 반쯤 열렸고 풍경 소리, 음악, 종업원들의 인사까지 연이어 들려왔다.

뭐 해? 문을 받치는 제희의 눈이 가늘어지자 무언의 압박이 그녀의 발을 끌어왔다.

어유, 저 고집. 저런 건 컸다고 변하는 게 아닌가 보다.

"아……, 여기 오랜만이다."

"오긴 와봤나 보네?"

"회사 근처잖아."

치킨과 맥주를 시켜놓고 테이블에 두 팔을 얹어두었다. 이틀 전 만났을 때는 서로 다른 일이 남아 있었지만 지금은 아니다. 말 그대로 대화를 위한 시간이 충분해 긴장감이 돌았다.

"일은 할 만해?"

"어. 그냥. 처음에는 힘들었는데 이것도 제법 오래돼서 그런지 할 만해……. 너는?"

윤제희가 이제 의사라니 기분이 이상했다. 그녀에게 윤제희는 그냥 반장이었는데. 그가 의사가 되었다는 것을 알고만 있는 것과 이렇게 직접 보는 것과는 느낌이 많이 달랐다.

"나도."

그가 어떤 성격인지 몰랐다면, 아마 '내가 마음에 안 들어 그러나.' 하고선 차인 여자처럼 자리에서 그만 일어났을지도 모르겠다. 장가라도 가려면 저런 거 고쳐야 할 텐데. 요즘 여자들이 얼굴만 본다고 생각하면 오산이다.

"그래도 너 잘 어울린다고 생각했어. 그날 의사선생님 됐다는 소릴 들어서 그런지, 다른 직업은 잘 매치가 안 되네. 하하. 처음에는 좀 이상했는데."

"나도 너 보니까 이상하더라."

자신과 동갑이니 이재이도 어디선가 사회생활은 하고 있겠지 했었다. 세월이 그 혼자에게만 흐르는 것이 아니라면 그건 당연한 법칙이었으니.

그런데도 이상했다. 이렇게 혼자, 자신이 모르는 곳에서 아무렇지 않게 잘 살고 있었다는 것이 다행스럽고, 또 배신감도 들었다. 넉넉한 감정을 가지는 것이 어른의 조건이라면, 자신은 아직 덜 자라 열아홉 살

여름에 그 끈이 매여 있었다.

"아저씨, 저기 월드컵 개막식 틀어줘요! 시간 다 됐는데!"

뒤에서 자리를 잡고 있던 시끌벅적한 테이블에서 젊은 목소리 하나가 불쑥 튀어나왔다. 리모컨 한 번에 우아, 하는 함성이 울려퍼지자 제희와 재이의 테이블에서도 어색함이 한결 걷혔다. 저게 입장권이 50만 원이래, 거짓말하지 마, 자연히 오르는 이곳저곳의 대화가 재이를 한번 돌아보게 했다.

"……들었어? 진짜 비싸다. 나 같은 사람은 평생 못 가겠어."

"입장권?"

"응."

"가보고 싶었어?"

"아니, 아니, 그게 아닌데. 얼만지도 몰랐거든. 근데 알아도 못 갔을 거 같아서……. 저게 그렇게 재밌나?"

이날을 위해 달았다는 대형 스크린으로 눈을 돌렸다. 하나하나의 표정은 잡히지 않아도 얼마나 들뜨고 설레는지는 익히 알 것 같았다. 눈 아파 별로라 생각했던 붉은색의 물결도 전혀 거부감이 들지 않는다.

"우와, 사람 봐. 한국 경기하나?"

"아니. 프랑스랑 세네갈."

"아, 반장 너 축구 좋아하는구나."

축구 안 좋아해도 남자라면 그 정도는 알았다. 오늘 시간을 비운다고 어젯밤을 새우면서도 축구 이야기는 지겹도록 들었다. 힘들어 죽고 심심해도 죽는 영우는 오늘 아침까지 수첩을 들고 다니며 도박사 흉내를 냈었다.

"이재이, 넌 축구 별로야?"

"아니, 그런 건 아닌데 볼 일이 잘 없으니까. 그래도 홍명보는 알아."

더 생각해보니 황선홍도 알고 있었다. 그래도 자랑은 아닐 것 같아 가만히 맥주만 한 모금 마셨더니 제희가 흐음, 작게 웃었다.

"누가 이길 것 같은데?"

"나? 나는…… 사실 잘 모르니까. 그래도 이름 들으니까 프랑스가 왠지 이길 거 같은데 응원은 세네갈 하려구."

"세네갈?"

"응. 세네갈."

사실 이름도 생소한 나라였다. 어디 있는지도 모르고. 지구본 주고 짚으라 한다면 아프리카 어딘가를 짚고 말, 이재이와는 평생을 두고 전혀 상관없는 나라다.

"아무도 응원 안 해줄 거 같아서."

"넌 참."

그때랑 변함이 없구나. 쓸데없이 마음만 약해서 늘 그렇게 남들 눈 안 닿는 구석 자리부터 살펴보는 건.

자기가 무슨 생각을 하는지도 모르고 한 손으로 턱을 괴고 화면을 물끄러미 보는 그녀를 바라보았다. 약지에 무심히 닿은 입술 색에 눈이 가 그도 입을 다물었다.

진하다. 낯설다. 그런데 또 예쁘다. 화장품의 인공적인 향을 딱 잘라 싫어하는 그였지만 가까이에서 맡아보고 싶어졌다. 무향, 아니면 그녀의 체향 정도나 간신히 나지 않을까.

"그럼 내기할까?"

"무슨 내기?"

"프랑스가 이길지, 세네갈이 이길지."

"하하, 그럼 난 프랑스. 응원은 세네갈 할 건데 그래도 프랑스가 이길 거 같아."

제가 해놓고도 얌체 같고 치사한 대답에 재이가 먼저 맑은 웃음을 터트렸다. 여전히 진지하게 그 입술만 보던 제희가 타는 갈증을 맥주로 잠재웠다.

"좋아. 나는 처음부터 세네갈 걸려고 했으니까."

"진짜? 혹시 세네갈이 잘하는 데야?"

"아니. 우승 후보는 프랑스야."

"그런데 넌 왜 세네갈에 걸어?"

"나는 세네갈도 저력이 있다고 봐."

하기야 월드컵까지 출전했으면 모르긴 몰라도 잘하는 나라겠지. 져주려 그러는 모양인가 했는데 역시 그런 건 아닌가 보다. 따져보면 감정은 접어두고라도 윤제희는 배려심 깊은 아이는 결코 아니었다.

"내기면 뭘 걸어야 하잖아."

"네가 이기면 고기 사줄게. 너 아까 고기 이야기 했잖아."

그런 거 아닌데, 고기는 내가 너 사주려고 했던 거야.

그런데 왜 그 말을 못 하고 있을까.

"네가 이기면?"

"생각해보고."

승낙의 의미로 짧게 두 번 고개를 끄덕거렸다. 축구라는 게, 아는 거야 홍명보 정도지만, 오늘만은 참 좋았다. 아니, 9년 만에 만나는 윤제희를 두고도 전혀 어색하지 않게 만들어줬으니 고맙다는 표현도 부족했다. 힘든 일이나 피하고 싶은 주제도 모두 미뤄두고 이렇게 흥겨울 수 있는 것은 오직 월드컵의 힘이었다.

"어떡해!"

마음으로는 세네갈을 응원하겠다는 재이의 눈이 동그래졌다. 곳곳에서 탄성이 들려오는 와중에 프랑스의 골대가 출렁이는 모습이 여러 각도에서 재생되기를 반복했다.

"세네갈이 넣었어! 봤어?"

같이 앉아 있었고 그도 눈이 있으니 잘 알았다. 앞에 앉은 이재이가 아니었더라면 그도 제법 놀랐을 것이다. 그런데도 초연해 있었던 것은 축구에 가야 할 눈이 여전히 이재이의 입술에 가 있었던 탓이다.

"아, 뭐야! 세네갈이 아프리카 강호 뭐 이런 건가 봐! 난 전혀 몰랐어!"

진심으로 억울해하는 그녀의 모습에 제희가 자신의 입술을 살짝 문지르며 웃음을 눌러두었다. 또래 친구들보다 감정 표현이 덜하다 여겼는데 그는 저런 모습을 여러 번 보았다. 자신만 아는 모습이라 더 좋았고.

"아, 정말. 역시 윤제희는 안 되는 게 없구나."

두 시간 후, 이것도 내기라고 기운이 축 처져버린 재이가 계산을 하고는 짧게 투덜거렸다. 진짜 속이 상해서라든가, 경쟁심을 느꼈던 것은 아니다.

그저 윤제희가 가진 운이 부러웠을 뿐.

"정말 그렇게 생각해?"

"응?"

"내가, 정말 안 되는 게 없다고 생각해?"

작은 맥주집 앞에서 제희가 농담인 듯, 진담인 듯, 그렇게 말을 건넸다. 그는 정말 안 되는 게 없었는데, 사실을 너무 진지하게 물으니 조금 얄미웠다.

"넌 매번 이겼잖아."

그때나 지금이나.

"질 때도 많았어."

그때도, 지금도.

의아해하는 그녀의 눈을 무심함으로 받았다. 감정을 조절한다는 것이 영 쉽지가 않다. 자신의 말에 '아, 그랬나?' 하고 마는 그녀의 무심함이 전혀 고마운지도 모르겠다. 네가 언제 그랬냐고 따져주기를 바라본다.

"재이 씨! 여기서 보네!"

계단을 먼저 내려간 재이가 술집 입구에서 남자들 서넛이 모인 일행과 마주쳤다. 깜짝 놀라다가 웃는 모습이 영 마땅치 않다. 그녀가 진심으로 웃는 것이 아니라 다행스럽기도 하고, 더 못마땅하기도 하고. 이틀 전부터 그의 기분은 늘 그 언저리에 머물러 있었다.

"축구 보러 왔어?"

"네, 조 과장님은요?"

"우리는 보고 왔어. 2차 가려고! 아, 프랑스가 질 줄이야. 말도 안 돼!"

우승 후보라더니, 잘하는 나라 맞구나. 길 가던 모든 사람들이 프랑스가 진 데 대해 한마디씩 하고 갔다. 아무리 생각해도 윤제희는 운이 좋은 아이였다.

"안 그래도 어제 전화했던 거 메모 봤지? 4일까지 유니폼 꼭 보내줘. 우리 그거 입고 응원도 하고 체육대회도 해야 하거든."

"네, 봤어요. 미리 주문 넣어놨으니까 꼭 맞출 수 있을 거예요."

"응. 그런데 그거 가져올 때 영미 씨 보내지 말고 꼭 재이 씨가 와! 내가 재이 씨 생각나서 3층에 연합의원에도 홍보해놨거든. 거기 직원 되게 많은 거 알지? 이왕이면 다홍치마라고 예쁜 사람이 가는 게 좋지. 영미 씨는 너무 말이 많아서."

자신의 칭찬보다는 동료의 흠을 잡는 것이 더 귀에 들어왔다. 영미가 말이 많기는 했지만 지금 제 앞의 남자보다는 적었다. 그래도 신경 써주었다니 감사는 하는 것이 마땅한 도리다.

"네. 정말 감사해요. 가는 김에 들러볼게요."

"감사하면 우리랑 2차 하자!"

"그래요, 재이 씨. 가요!"

몇 번 왔다 갔다 하며 안면을 튼 건축사무소 직원들이 그녀를 둘러쌌다. 제희가 바로 뒤로 다가와 어깨를 잡을 때까지 모두 신나는 기운을 주체하지 못했다.

"어어, 반장."

"아……, 재이 씨 일행 있었구나. 몰랐네."

못내 아쉬워하는 눈들을 평소의 배로 무심하고 날카롭게 대면했다. 보는 사람은 절로 웃음이 걷힐 만큼.

"이재이, 너 여기."

"응?"

자신을 기다렸을 제희에게 미안해 건축사무소 일행을 먼저 보내려 고개를 꾸벅했다. 그러나 제희가 한발 빨라 그 무리가 계단을 오르기도 전에 손수건을 꺼내 들었다.

"립스틱, 번졌어."

그 떠들썩하던 무리가 조용해졌다. 어색하게 웃더니 얼른 술집으로 자리를 피하듯 들어갔다. 그중에 제일 어색한 이재이는 꼼짝도 못 하고 얼음처럼 굳어버렸다.

"아까 이야기하려고 했는데."

"아아……, 고마워. 맥주 마시다 보니까……. 저기, 내가 하면."

"됐어. 거울 없잖아."

뿌리치지도 못하는 새, 손수건이 가만히 입가에 다가왔다. 입술에 닿는 천의 느낌이 보들거린다. 그냥 한번 문지르고 말 일인데 이렇게 우아하게 공들일 줄은 몰랐다. 꼭 천이 아니라 다른 어디, 보드랍고 뜨거운 것이 닿는 느낌에 어깨를 살짝 떨었다.

"하하, 안 바르던 거 발랐더니. 어쨌든 고마워. 손수건 그거 빨아야 할 텐데."

"4일날, 나 고기 사줘."

말투가 썩 다정하지는 않았다. 축구를 보며 휘기도 하던 눈이 조금 더 가늘어졌다. 누가 보면 평생 절간에서 자란 사람인 줄 알겠다.

"프랑스가 졌잖아. 나 고기 사줘."

"너 그날, 정말 누군지 말 안 해줄 거야?"

"네가 그게 왜 궁금한데?"

한 시간이나마 앉아 있으려 들어온 의국이 편한 덴 아니다. 제희가 들어오자마자 그를 기다리던 윤지가 이런저런 질문을 쏟아내더니 물러날 줄을 모른다. 정작 자신의 기분을 물어봐주었으면 하는 여자는 따로 있으니 지금은 그저 귀찮기만 했다.

"부반장. 이 말 한마디 해놓고 가버렸잖아. 그건 매너가 아니라구."

"난 처음부터 따로 가자고 말했었어."

분원에 다녀오는 길이었고 애써 제희와 시간을 맞추느라 무리를 했었다. 다른 이유 하나 없이 오는 길에 식사라도 단둘이 할 기회를 가지고 싶어서. 병원처럼 사람 많고 눈은 두 배로 많은 곳에서는 그럴 일도 거의 없었다.

"그래도 그렇지. 내가 그날 얼마나 황당했는지 알아?"

황당하다기보다는 화가 났었다. 그런데도 아닌 척, 관심 없는 척, 제희의 곁을 맴돌았다. 그녀에게는 그 수밖에 없었다. 한 치의 어긋남도 허용하지 않는 남자가 바로 윤제희였고, 그 옆에 있으려면 그가 그어놓은 선을 넘지 말아야 했다.

"자아, 첫 배당의 시간이 돌아왔습니다. 왔어요, 왔어."

휘파람을 불며 의국으로 들어온 영우가 예상치 못한 분위기에 움찔거렸다. 눈을 감고 의자에 앉아 있는 제희 옆에 손톱을 매만지며 초조해 보이는 윤지가 있었다.

"뭐야? 둘이 싸웠어?"

눈치라면 또 빠지지 않는 영우다. 처음 본 광경도 아니고 둘 모두 성격 대단한 사람들이니 얽히고 싶지 않아 적당히 화제를 넘겼다.

"싸우긴. 나랑 제희랑 그럴 일이 뭐가 있어. 그냥 얘기 좀 한 거야."

"얌마, 넌 자? 오늘 집에 안 들어가?"

영우가 의자 하나를 끌어와 제희를 툭툭 치자 그가 무거운 눈을 들며 어깨를 폈다. 영우는 벌써 장부를 뒤적이며 볼펜으로 줄을 긋느라 흥겨워 어쩔 줄을 몰랐다.

"자, 우리 의국도 전멸이구나. 나 말고는 다 프랑스 하더니 꼴좋아, 요 것들. 제희 너도 10만 원 날렸네. 세네갈 돌풍을 믿었어야지! 하하하."

"……너 내가 말한 거 알아봤어?"

"어? 응. 상현이 형한테 이야기해놨어. 거기 직원 수 엄청나잖아."

"그래. 고맙다."

자리에서 일어서자 피곤도 같이 떨어져나갔다. 아직 10분가량 남아 있어 세면대로 가 찬물부터 틀었다. 아직은 조금 차다 싶은 물에도 망설임 없이 얼굴을 적시니 머리가 쩽하다.

"어? 너 오늘 당직 아니지 않아?"

"바꿨어."

"어제도 바꿨다며? 왜?"

"4일날 빼려고."

월드컵 경기가 있는 날이다. 그 정도 되는 날에 당직을 빼려면 사흘 정도는 얹어줘야 거래가 가능했다.

"이 짜식, 축구에 관심 없는 척하더니. 그날은 응급 아니면 어차피 경기 보여줄 텐데 여기서 다 같이 보면 되지 뭐하러 사서 고생이냐?"

축구는 크게 관심이 없었다. 이곳에서 보건 저곳에서 보건, TV를 통해 보는 거라면 별 차이가 있을 리 없다. 다만 같이 보고 싶은 사람이 생겼다.

"아닌데. 네가 그런 거 볼 놈도 아니고⋯⋯, 어, 혹시 무슨 여자라도 만나냐?"

영우가 목청을 높이자 듣고 있던 윤지까지 자세를 바로 고쳤다.

"뭐야? 왜 대답이 없어? 소개팅도 안 했고⋯⋯. 무슨 첫사랑이라도 만났어?"

이재이를 첫사랑이라 생각해본 적은 없다. 간 크게 그에게 첫사랑에 대해 묻는 사람이 없었으니 그도 따로 누군가를 첫사랑이라 지정하는 유치한 짓은 안 했다. 그래서 지금 처음 그 생각을 해보느라 손에 괴어놓은 물을 지그시 응시했다.

"영우 너도 참, 첫사랑이 뭐 어때야 첫사랑인데?"

끼고 싶어 호시탐탐 기회를 노리던 윤지가 드디어 틈을 찾았다. 제희의 입에서 바로 아니라는 대답이 나오지 않으니 여자의 촉수가 돋아나고 있었다.

"남자랑 여자랑 의미가 다르지."

"그러니까 남자 입장에서는 뭔데?"

"생각하면 아련하고⋯⋯, 한 번씩 생각도 나고. 다시 보면 막 얼굴에서 눈을 못 떼고 그런 여자겠지. 아, 윤제희. 너 진짜 맞아?"

영우나 제 맘이나 같을 수야 없겠지만 '첫사랑'의 일반적 의미가 저러하다면 그것도 아니다. 그는 이재이를 자주, 삶에 방해가 되지 않는 선에서 가능한 한 많이, '그렇게' 생각했었다.

"얼굴에서 눈을 못 뗀다고? 에이, 그거 들으니 제희는 확실히 아니었다, 뭘."

윤지의 말이 맞다. 얼굴은 잠시였으니. 그가 늘 그려보고 떠올리던 이재이의 얼굴은 변하지 않았다. 그것은 찰나에 알 만한 것이라 바로 시선을 내렸다. 가느다란 약지에 반지가 있는지부터. 그거야말로 그의 본능이었고, 스물다섯 무렵부터 못내 자라던 불안의 뿌리였다. 그로 인해 원망과 포기로 눈가림해놓은 감정의 깊이가 제 생각보다 더 깊었음을 알았다.

"나 콜 왔어. 나갈게."

미처 닦아내지 못한 물기가 흐르다 턱 끝에서 방울져 내렸다. 그 모습에 넋을 잃은 윤지가 문이 닫히자마자 환상을 걷어내고 시치미를 뗐다.

"자! 박윤지 선생, 16강 진출 빨리 걸어. 내가 특별히 팁을 줄게. 된다에 걸어, 그게 배당이 세거든."

"……그게 되겠어? 아무리 우리나라라도 이긴 적 한 번도 없는데!"

"으이구, 왜 나한테 성질이야."

가만있자. 오늘 아침에 윤제희는 어디에 걸었나. 뒤적거리던 영우가 제희의 이름이 적힌 곳을 따라가다 웃음을 흘렸다. 안전빵 추구하다 한번 져보더니 무슨 각성이라도 한 걸까? 이 정도 베팅은 모 아니면 도였다. 똑똑한 체하더니 바보 같은 놈.

세상에, 윤제희가 뭐라고.

일 좀 하라 한마디 했을 뿐인데 반 아이들이 그녀를 다르게 보기 시작했다. 순하디순한 아이로만 대하던 그녀까지 동시에 그 위치가 상향될 만큼 그의 존재감은 대단했다.

"내가 뭘 하면 되는데?"

쌀쌀한 그 목소리를 듣자마자 후회했다. 그녀는 윤제희처럼 주목받는 아이와 대화해가며 그 시선이 제게까지 몰리는 것이 싫었다.

"그건 네가 알아서 해야지."

표정을 보니 그다지 할 분위기가 아니다. 차라리 반장 자체를 그렇게 기를 쓰고 안 한다고 하든가.

"에휴……, 이게 생각보다 할 게 좀 많아. 마치고 교실에서 잠깐만 볼 수 있어?"

"여기서?"

"응. 잠깐이면 돼. 꼭."

제 자리에 돌아가서도 한참을 더 신경 썼다. 몇 번의 수업과 같은 수의 쉬는 시간이 이어졌지만 윤제희와 대화를 해야 한다는 부담감이 상당했다. 이성으로서의 의식은 아니었다. 불편한 상대, 거리가 먼 존재, 거기다 남학생. 이런 사항들이 얽히고설켜 얌전한 여학생을 심란하게 만들었다.

"야, 너 정말 윤제희랑 둘이 이야기하려고?"

"그럼 어떡해?"

"근데 이거 비밀인데……, 너만 알고 있어. 윤제희가 1학년 때 자기 좋다고 불러낸 여자애 때린 적도 있대."

"뭐어?"

짝이랍시고 기껏 하는 말이 한층 더 심란함을 가중시켰다. 비밀은 끝까지 지켜야 비밀이지.

그건 그렇고 여자를 때릴 애로는 안 보였는데.

아니, 이제는 남의 일도 아니구나.

"하, 하지만 나는 윤제희한테 좋아한다고 고백하는 것도 아닌데 뭘."

"그러니까! 윤제희가 자기 좋다는 애도 때리는 판에 일 시키려고 혈안이 돼 있는 애는 때리고도 남지!"

아, 그럴싸하다. 목소리를 한껏 낮춘 짝의 말에는 알 수 없는 신빙성이 있었다.

"내가 무슨 혈안이 돼 있었다고 그래? 그냥 말 좀 한 것뿐이야……."

"아냐. 내가 딱 보니까, 윤제희가 너 보는 눈길이 심상치 않았어. 지금 감히 어디서 나한테, 막 이런 분위기였다니까?"

"아니야, 아니야, 나 안 그랬어."

"그걸 왜 나한테 말해……. 윤제희한테 말해야지."

종소리가 울리자마자 짝이 슬그머니 발을 뺐다. 1초에 1센티씩 고개를 돌려 윤제희의 의중을 떠보려고 했는데 한순간에 1초가 길어졌다. 그렇게 두 눈이 마주쳤다.

아, 진짜 때리겠는데.

아무리 봐도 윤제희는 앞뒤로 앉은 다른 남자아이들과는 달랐다. 장난기 하나 없이 서늘해서는. 바로 제 고개를 찾아왔지만 얼마나 조마조마한지 그가 밖으로 나가버린 것도 몰랐다.

"이재이, 이거 애들 책상에 하나씩 올려놓고 여기 명단에 적힌 애들 불러다가 주소 고치라고 해. 요놈들이 주소를 바꿔놓네. 내가 모를 줄 알고, 나 참."

"네."

"재이야, 3반만 이거 제출 왜 이렇게 늦어? 너 여기 온 김에 이것 좀 보고 가!"

그날따라 참 일도 많았다. 지금 자신은 윤제희를 잡고 일 좀 나누자고 말해야 할 참인데 한번 교무실에 내려왔다가 일거리만 가득 쌓였다. 아무래도 자신은 뭐 시키기 좋은 인상인가 보다. 그렇게 원망스레 한 팔 가득 짐들만 늘려 왔다.

있으라고 했으니 설마 딴 데 가지는 않았겠지!

날 잡은 김에 꼭 이야기해야 하는데. 오늘 같은 기회가 또 오지는 않을 텐데.

두근 반 세근 반 계단을 올랐다. 아무리 생각해봐도 때린다는 건 백 퍼센트 과장된 소문일 것이다.

그래도 명색이 전교 1등인데 설마하니 여자나 때릴까. 평소에 하는 거 보면 귀찮아서라도 손도 안 올릴 애였다. 늘 묵묵히 제 자리만 지키거나 아이들 사이에 둘러싸여 대답도 거의 없는 고요한 모습만 보여왔다.

"뭐야!"

들어오는 김에 복도에 널어둔 분필지우개까지 야무지게 챙겼다. 그렇게 뒷문을 슬그머니 여는데 교실이 텅 비어 있다.

이럴 수가, 윤제희가 튀었다.

"이 씨, 없어! 또 없어!"

사람이 그렇게 말을 했는데 어쩌면 그냥 갈 수가 있을까. 나는 저 때문에 고민하느라 세 시간을 날려먹었는데!

"야! 윤제희! 너는 무슨 인간이!"

며칠간 쌓아두었던 열이 확 올랐다. 들고 있던 분필지우개를 그대로 들고 윤제희의 책상을 퍽퍽 내리쳤다.

"네가! 알려달라며! 이 나쁜 놈아!"

넓적한 책상과 얇은 얼굴 어디에 닮은 점이 있다고, 있는 힘껏 뿌연 먼지를 만들었다. 그래도 속이 안 풀려 신나게 더 내리쳤다.

"사람을! 혼자! 다 부려먹고!"

"내가 언제?"

침이 꿀꺽 넘어갔다. 앞문에 팔짱을 끼고 기대어 있던 윤제희의 크지도 않은 목소리가 분명히 들렸다. 얼굴도 못 보고 그대로 굳어 뽀얀 분필가루를 몽땅 뒤집어썼다. 뚜벅뚜벅 걸어오는 발소리도 심상치 않다.

'닦아놓을게.', 아니면 '미안해.' 둘 중 하나가 나와야 할 입에서 책임감 없던 짝의 얼굴이 먼저 떠올라버렸다.

"때, 때리지 마……."

"……."

"말로 해! 때, 때리면 나도 가만히 안 있을 거야!"

호기롭게 외치고도 쥐구멍으로 숨고 싶었다. 그러면서도 몸과 마음은 또 달라 먼저 뒷걸음질 치던 발이 책상다리에 엉켜 그 자리에 넘어졌다.

확실히 올려다보는 윤제희는 또 다르다.

"……안 때릴게, 넌."

올려다봐서 다른 게 아니었다. 웃으니까 달리 보였을 뿐. 믿을 수 없게도 그 날카로운 얼굴 가득히 웃음이 넘쳤다.

그리고 또 한마디, 그가 했던 말이.

❖

"내가 뭘 하면 되는데?"

사이즈별로 유니폼을 챙겨 들어온 낯선 사무실에 윤제희가 있었다. 햇살이 가득한 창에서 돌아보는 방향까지 같았다. 상황을 이해할 수 없는 의아함에, 마음을 한껏 끌어올리는 그 웃음도.

"반장! 네가 왜 여기에 있어?"

"……이번에는 내가 알려줄까?"

자신을 향해 내밀던 손까지.

너무 같아서, 또 너무 달라서. 재이가 두 눈을 감아버렸다.

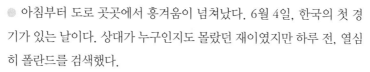

● 아침부터 도로 곳곳에서 흥겨움이 넘쳐났다. 6월 4일, 한국의 첫 경기가 있는 날이다. 상대가 누구인지도 몰랐던 재이였지만 하루 전, 열심히 폴란드를 검색했다.

"올리사데베. 이름도 어렵네."

흑인 스트라이커의 이름이 작은 모니터에 가장 먼저 떴다. 폴란드는 동유럽 국가일 텐데 왜 흑인이 있을까. 인종차별은 아닌 순수한 궁금증으로 기사를 읽어 내리다 서서히 고개를 끄덕였다.

"진짜 이기고 싶은가 보다."

나처럼.

이재이는 윤제희를 이겨보고 싶었다. 하는 일도 다르고, 겹칠 일도 없다지만 작은 내기 하나라도 이겨보고 싶었다. 단순히 약이 올라 그런 것은 아니고, 지는 것 못 참는 윤제희가 다시 한 번 자신을 찾아오지 않으려나, 그런 사소한 바람 때문이다.

그녀는 윤제희 앞에서 말도 잘하고 활발하고 싶었다. 9년 전 어느 날처럼 고갯짓으로 의사를 표현하고 침묵에 휩싸여 사각사각 연필 소리만 내고 싶지도 않다. 나는 이렇게 커서 축구도 보고 아는 것도 꽤 많고 세상일에 제법 관심이 많다는 것을 보여주고 싶다.

"이 대리! 재이 씨!"

"아, 네."

윤제희한테 그럴듯하게 보이려면 축구 선수 이름을 외울 것이 아니라 제 일부터 열심히 해야 하는 건데. 얼른 자리에서 일어나 자신을 찾는 곳으로 속도를 붙였다.

"오늘따라 왜 넋이 빠졌어? 요즘 같은 특수에 그렇게 멍하니 있으면 어쩌자는 거야!"

"죄송합니다."

"하여튼 요새 사람들은 말이야, 돈 받고도 감사할 줄을 몰라. 나 때는……."

잔소리가 평소보다 길어졌다. 이 시간에 차라리 일을 하는 게 더 나을 텐데 그런 생각까지는 안 하나 보다. 멀리서 넘겨다보던 영미와 다른 직원들이 쯧쯧 혀를 찼지만 특별히 기분이 상하지는 않았다. 과장님이 이 시간쯤이면 히스테리 한번 부리는 것은 예사였고 오늘은 그 차례가 드물게 자신에게 돌아왔을 뿐이다.

"오늘 퇴근하는 길에 사거리 건축사무소에 갔다가 가."

"아…….'"

"왜, 못 간다는 거야?"

"과장님. 거기 제가 대신 가기로 했는데."

미리 말을 맞춰둔 영미가 빼꼼 고개를 내밀었는데도 김 과장은 가차 없었다. 손짓 한 번으로 두 사람의 입을 막아버렸다.

"영미 씨는 제 할 일이나 똑바로 해! 이게 다 뭐야? 한 칸씩 어긋난 거 안 보여? 그리고 인터넷 좀 미리 배워두라 했지! 창이 안 뜨잖아! 이제 인터넷 주문이 대세라는데 언제까지 이럴래?"

영미가 곤란하다는 얼굴로 재이를 쳐다보았다. 이미 영미가 해야 할 내일의 일을 미리 해둔 재이였지만 다른 말 할 것 없이 '나는 괜찮아.' 멋쩍게 웃고 말았다. 어쩐지 일이 너무 잘 풀린다 했더니.

"간 김에 이 대리는 3층에 연합의원 거기도 들러. 단체 티 맞춘다는데 말 좀 잘해서 가을 유니폼도 이야기 한번 던져봬. 알았지?"

"네."

입술을 꾹 다물고 자리로 돌아왔다. 가는 날이 장날이라고, 오늘 정말 왜 이럴까. 견본 몇 장과 배달할 짐을 챙겨서는 터덜터덜 사무실을 나섰다. 그래도 아직까지는 시간이 있으니 이렇게 기죽을 필요는 없다. 건축사무소야 이미 맞춰둔 티셔츠만 전달하면 되는 것이고 의원에 가서도 늘 하던 대로 설명만 하면 한 시간도 안 걸릴 것이다. 굳이 윤제희에게 연락해 '오늘 늦을지도 몰라.' 말해놓기는 일렀다. 그렇게 믿고 싶기도 하고.

"재이야!"

계단을 채 내려오기도 전에 영미가 사무실 문을 열었다. 자신에게 향한 표정이 애매해 좋은 일인지 나쁜 일인지, 감을 못 잡겠다.

"거기 나더러 가래!"

"응? 너?"

"어, 방금 양 부장님이 오셔서 나보고 가래. 연합의원 거기는 오늘 바빠서 다음에 보자고 했고."

"아, 정말?"

이 정도면 그녀에게는 희소식 중에 희소식이었다. 그런데도 봉투를 건네받은 영미가 가지 않는 걸 보면 뭔가 남은 말이 더 있는 모양이었다.

"……근데, 너 다른 데 가야 할 일이 생겨서."

"어딘데?"

"그게, 수원……. 좀 멀지?"

미안해하는 목소리가 결코 영미의 탓이 아닌데도, 원래처럼 괜찮다 말을 못 꺼냈다. 웃어주지 못한 것은 물론이었고.

「전에 거래했던 사람한테 소개받았대. 네 명함 받아 연락했다고. 부장님 되게 좋아하던데……. 그래도 마치고 바로 퇴근하라니 좋게 생각해, 재이야.」

직장인으로 생각하면 좋은 일이었고 여자 이재이에겐 슬픈 일이었다. 지하철 한구석에 앉아서 휴대전화를 다시 만지작거렸다. 벌써 열 번도 더 확인한 문자함의 끝에 '마치고 전화 줘.' 하고 군더더기 없는 제희의 흔적이 있었다. 아직은 시간이 있다지만 수원까지 갔다 와서 다시 만나 경기를 보는 것은 포기해야 했다. 아쉽거나 좋지 않은 일로 연락올 하는 것은 더 이상 없었으면 했는데 현실은 꼭 그녀의 마음 같지가 않다.

[반장. 나 이재이. 오늘 일이 갑자기 생겨 수원에 가야 할 것 같아. 미안한데 다음에 봐도 될까?]

지금이라도 회사에서 돌아오라는 벨이 울릴까, 그 한계까지 전화를 기다려보았다. 이런 문자는 안 보내고 싶어서. 하지만 그런 일은 한 번도 없던 터라 더 늦기 전에 엄지를 눌렀다.

"아."

집에서는 한 번씩 전송 실패 화면으로 짜증을 돋우던 문자가 너무 제때 망설임 하나 없이 가버리니 그것도 허탈했다.

올리사데베. 두덱.

폴란드 선수들의 발음도 어려운 이름들이 빙그르르 돌아갔다. 기껏 외워봤는데 제 입에서 나올 일은 없을 듯하다. 아쉬운 대로 입에서 가만가만 되뇌다가 바로 불이 들어오는 휴대전화를 확인했다.

[그래.]

조금 전까지 허탈하고 아쉬운 마음이었다면 지금은 왠지 쓸쓸했다. 단답형의 문자가 그 마음의 다라고 생각하지는 않지만 자꾸만 눈이 간다. 그래, 그래. 그녀가 하루에도 열 번도 더 하고 듣는 말인데 그 흑백 화면에서 눈을 떼지 못했다.

다음에 언제 보자는 말도 없었고, 이렇게 늦게 연락한 자신에게 화가 났을 수도 있다. 그래도 그렇지, 요새 문자 한 통에 30원이라니 한 자에 15원짜리 비싼 문자를 받았다. 다른 사치 안 하고 살았는데 이건 정말 분에 넘친다. 윤제희 애는 경제관념이 없어도 이렇게 없을까, 조금은 변했나 싶었더니 손가락도 주인처럼 단호해 꼭 필요한 말만 하나 보다.

그렇게 재이는 수원역으로 가는 지하철에서 제희를 생각하고, 미안해하고, 욕하고, 아쉬워했다. 그곳이 종점이 아니었다면, 틀림없이 목적지를 지나쳐버렸을 것이다.

"저, 한일 유니폼에서 왔습니다. 이재이라고 하는데, 오늘 5시까지 온다고 말씀드렸거든요."

"아……, 잠시만요. 확인 좀 해볼게요."

힘들게 도착한 곳은 들어서기가 무서울 만큼 대리석 바닥에 윤이 났다. 의료기기를 만드는 회사라니 어느 정도 예상은 했지만 생각보다 훨씬 더 커다란 건물에 어쩐지 주눅이 들 것만 같았다. 자신이 못나서라는 생각보다는 사실 이런 곳에 와본 적이 없었다.

"네. 확인되셨구요. 이거 걸고 3층 오른쪽 끝으로 가시면 돼요. 거기 담당자분 내려와 계실 거예요."

"네."

짐가방을 고쳐 들고 엘리베이터를 잡았다. 조명 하나까지 예사롭지 않은 곳이라 구경할 것이 많다는 좋은 점도 있었다. 그러느라 3층의 응접실은 더 갈 것도 없이 어느새 그녀의 코앞에 닿아 있었다.

"안녕하세요? 한일 유니폼에서 나왔습니다."

노크 두어 번 하고 문을 열었다. 남자 하나가 창가에 서 있는데 뒷모습이 어딘지 낯익었다. 장신에 모델 같은 사람이니 잡지 어딘가에서 보았나 했는데 그건 아닐 듯하다. 그녀는 잡지를 안 보니까.

"……일단 여기 견본부터 좀 봐주시면."

"내가 뭘 하면 되는데?"

길게 생각할 것도 없었다. 한 번에 몰랐던 것이 이상했으니까.

저렇게 늘씬하고 날카로운 사람이 윤제희 말고 또 있을까.

"그럼 디자인만 고르고, 치수만 알려드리면 돼요?"

"네. 여자분들은 아무래도 입어보시는 게 나으니까 저희가 견본 보내드리면 입어보시고 체크해주셔도 돼요."

책상 위 팸플릿에 시선을 두면서도 마음은 창가로 가 있었다. 책 한 권을 뽑아 와 뒤적거리는 제희의 옆모습이 보일 듯 말 듯하다.

"남자들 위에 셔츠는 하나 더 있어야겠는데."

"……네?"

"저기, 셔츠 이야기 했는데."

"아, 그렇게도 많이 하세요. 아무래도 여름이니까 매일 빨기가 번거롭잖아요."

뺨이 달아올랐다. 쳐다보지는 않아도 아마 저를 보면 웃지나 않으려나. 재이는 아직 영문도 모르고 이 자리에 앉아 통 집중을 못 했다.

"형, 저 잠깐 사무실 구경 좀 할게요."

"그래. 내 방에 가 있든가. 이거 끝나면 밥 같이 먹을까?"

"아니요. 약속 있어요."

"넌 여기까지 내려와서 무슨 약속을 하고 와? 취소 못 하는 거야?"

"못 해요."

"무슨 약속인데 취소를 못 해?"

"……고기 사준대서요."

눈을 내리깔고 있던 그녀가 입을 꼭 다물었다. 힘을 풀면 웃음이 나와버릴지, 헛기침이 나와버릴지.

문이 닫히고 다시 자신을 향해 앉은 남자가 "저 자식이 왜 갑자기 고기야." 혼잣말을 했다. 그 이유를 알 듯, 모를 듯한 재이가 싱긋 웃자 이야기는 다시 팸플릿의 앞뒤로 돌아갔고, 이번에는 아무런 문제도 없이 매끄러웠다. 제희와 한 공간에서 조마조마하고 산만했던 그녀의 마음 하나는 이미 그가 문을 나설 때 손잡아 데리고 나갔으니까.

제희에게나 재이에게나 수원은 낯선 곳이었다. 따지고 보면 지하철로 한 번에 오는 곳이니 그리 먼 것도 아닌데 연고가 없으니 올 일이 없었다. 그래서 이번에는 전보다 한 발 더 가까이 붙었다. 낯선 곳의 불안함이 가실 수 있게.

"나 정말 깜짝 놀랐어. 네가 거기 있을 거라 상상도 못 했는데."

"그래."

"너 병원에 있는 줄 알았거든. 내가 문자도 보냈었어. 봤지?"

"응."

그의 간결한 대답은 여전히 한 글자에 15원을 넘어섰다. 그럼에도 그 음성에는 문자로는 전해지지 않는 감정이 녹아 있어 듣는 사람이 초조해지지 않았다. 나한테 화난 것이 아니구나, 제 딴에 놀래주려고 한 거구나.

"이렇게 멀리 다닐 때가 있어?"

"응. 자주는 없는데 그래도 부르면 가야지. 전에는 춘천에도 갔다 왔었어."

"혼자?"

"응. 혼자. 가면 구경이라도 해야겠다 했는데 혼자는 안 해지더라. 기차 타고 집에 오는데 되게 허탈하더라구. 음……, 뭐랄까."

굳이 자세한 설명이 필요하지는 않았다. 윤제희는 이미 그 기분을 잘 알고 있었으니까. 춘천도 아니었고, 기차도 아니었지만, 누구보다 잘 알았다. 아무런 성과 없이 매 서울땅을 다시 딛는 순간마다 그 주먹에 허망함과 좌절감을 움켜쥐었었다.

"얼른 서울 가자."

"응. 일도 잘 풀렸는데 고기 사줘야지."

차를 두고 왔다는 제희와 강남으로 가는 버스를 탔다. 그가 운전을 할 때 신기하다 생각했는데 이렇게 제법 어두운 광역버스 옆자리에 타고 있는 그도 신기하기는 마찬가지다. 하기야 세상 천지에 윤제희를 다시 만났는데 무엇을 하건 안 신기하다는 것이 더 이상한 일이다.

"피곤해?"

"……아, 응. 오늘 계속 어딜 다녀서 그런가. 좀 피곤하네. 미안."

"자."

말뿐이었다면 그 자리에서 잠들고 말았을 것이다. 그런데 한 칸 건너 자신의 의자 손잡이로 갑자기 몸을 기울이는 제희로 인해 두 눈이 최대치로 커져버렸다.

"등 좀 기대봐. 이쯤은 괜찮아?"

"어, 어."

까다로운 눈에는 아직 부족하다는 건지, 제희가 갑자기 그녀의 어깨

옆 작은 빈 공간을 짚었다. 닿을 듯 말 듯. 눈에 보이지 않는 그의 악력이 의자를 조금 더 뒤로 밀어젖혔다.

"자."

"그래, 어……, 고마워."

윤제희 옆에서 잠들 수 있을 거라 생각 못 해봤다. 있던 잠도 달아날 거라 생각했었고. 그런데도 주책맞게 피곤이 몰려왔다.

"반장……."

"응?"

"……내가 피곤해서 그런지 자꾸 기억이 가물해. 그런데 있잖아……, 아……, 나 왜 이러지……."

눈이 반쯤 감겨서 제가 무슨 말을 하는지도 모르겠다. 하지만 물어보고 싶었다. 자신보다 머리 좋은 윤제희라면 분명 대답을 해줄 수 있을 텐데.

우리 예전에 이런 적이 있지 않냐고.

흔들리는 버스 안에서 불편한 줄도 모르는 그녀가 마지막 말은 입안에 가둔 채 잠이 들어버렸다.

"잘 자."

대답이 나온다면 그것은 괴이한 일이다. 그런데도 그 입술을 가만히 들여다보았다. 전 같은 붉은색도 아니고 지금은 피곤이 겹쳐 다소 창백하기도 한다. 닦아줄 화장의 흔적도 찾기 힘들다.

아쉬운가? 그거야 당연한 말이다. 이재이에 대한 윤제희의 감정에는 기쁨이든 슬픔이든, 주된 감정이 무엇이든 아쉬움은 꼭 하나 붙어 있었다.

"재이야."

그녀가 하려던 말을 알 것 같다. 이런 날이 분명히 있었고, 그는 분명히 기억했었으니까. 꼭 좋은 머리가 아니더라도, 사람이라면 누구나 생각하고 또 생각하는 기억은 이렇게 사진처럼 선명해지기도 한다.

❖

"음, 그러니까. 네가 월수금에 교무실에 가면 내가 화목토에 갈게."

"알았어. 그게 끝이야?"

"아니, 아니. 아직 안 끝났어."

눈앞에 선 이재이의 표정에는 백 가지 할 말이 더 남아 있었다. 아직 허옇게 남은 분필가루가 교복 위에 소복한데도 거울을 못 봤으니 알 리가 없다.

"뭐가 또 남았어?"

"아, 많아. 되게 많아."

벼르고 있었던 표가 단단히 났다. 낡은 책상 서랍 안에서 수첩까지 꺼내서는 그가 해야 할 일들을 조목조목 일렀다.

"그걸 다 하라고?"

"네, 네가 안 할 땐 나 혼자 했어……."

"너도 안 하면 되잖아."

"넌 그걸 말이라고!"

화를 내봤자 소용이 없는 애니 제 힘만 낭비하기는 싫었다. 거기다 윤제희가 때리지 않는다는 것도 아직 증명이 되지 않았다. 물론 때리는 것도 못 보긴 했지만.

"그렇게 스트레스 받으면서 할 바에는 그만두는 게 낫지."

"그걸 몰라서 그런 게 아니잖아."

"가자."

"응?"

"그럼 가서 안 한다고 하자."

무슨 뚱딴지같은 소리냐 한마디 하고 싶은데 윤제희가 자리에서 일어나 그 길고 곧은 몸을 세우자 생각이 달라졌다. 확실히 뭔가 있어 보인다. 그래, 윤제희 같은 애가 가서 안 한다고 할 때 붙어 있으면 나도 덩달아 이 허물을 벗을 수 있겠지.

생각해보니 이것도 기회다 싶어서 그를 놓칠까 얼른 뒤를 따랐다.

"임 선생님 퇴근하셨는데?"

"네?"

"좀 전에 나가셨어. 왜?"

"아니……, 드릴 말씀이 있어서."

교무실에 들어가기도 전에 입구에서 국사 선생님과 마주쳐 비보를 들었다. 매일 자리에 붙어 뭐 하나라도 더 시킬 게 없나 하시던 분이 오늘따라 왜 이렇게 퇴근이 빨랐을까.

"삐삐 쳐줘? 급한 거야?"

급하다면 급했다. 내일은 일요일이고 다음 날부턴 또 새로운 한 주가 시작될 텐데 이런 일은 하루빨리 말하고 싶었다.

"벌써 버스 타셨으면 삐삐 쳐도 집에 가서나 연락하실 수 있을 텐데. 너네도 집에 가야지."

"선생님 댁이 여기서 멀어요?"

"임 선생님 집이, 보자……, 나도 한번 가봤는데 거리는 좀 있지. 그런데 너네는, 많이 급한 거야?"

저렇게 심각하게 물으시니 그 정도는 아닌 것 같다. 어쩔 수 없구나, 하고 몸을 돌리려는데 윤제희는 여전히 풀을 먹인 듯 빳빳했다.

"네. 급한 일이라서요. 혹시 모르니 주소 좀 받을 수 있을까요?"

다른 아이들이었다면 너네가 그렇게 급할 일이 뭐가 있냐 핀잔이나 들었을 것이다. 하지만 윤제희의 과묵한 입에서 한마디씩 나올 때 따라 붙는 긴장감은 선생님에게도 예외가 없었다. 조금 의아해하면서도 결국은 적어준 메모를 들고 제희와 재이는 버스정류장에 섰다. 다른 누가 있는 것도 아닌데 최대한 멀리 떨어져서.

"가는 건 좀 그렇지 않을까?"

"하루라도 빨리 말해야지."

"하긴……, 다음 주부터 또 뭐 한다고 엄청 시킬 텐데 빨리 말하는 게 낫겠다."

재이는 딜레마에 빠졌다. 자신이 말을 안 하면 침묵이었고 말을 하자니 어색했다. 그건 둘째치고, 도대체 자신이 왜 토요일 오후에 의정부에 가고 있는지부터 헷갈리기 시작했다.

"만 원짜리 낼 거면 표를 미리 사야지!"

버스표를 먼저 넣고 자리로 가는데 제희는 아직 앞에 있었다. 버스 기사가 싫은 소리 하는 걸 보고야 종종걸음으로 가서 한 장을 더 떼어내 넣었다. 다시 뒷좌석으로 돌아와서는 만약 '고마워, 다음에 갚을게.'라고 한다면 '됐어. 그 정도는.' 이렇게 답해주려고 준비했다.

그런데 윤제희는 아무 말이 없었다. 안 하는 감사를 억지로 찔러 받을 마음은 없지만 입술은 몇 번 삐죽였다. 안 하면 말아라, 나도 오늘 부반장 감투 벗어내면 졸업할 때까지 너랑 말할 일도 없으니까.

어색한 그녀가 창가에 고개를 기댔다. 제 뒷자리에 앉아 있을 것으로 짐작은 되지만 벌써 여러 사람이 왔다 갔다 했으니 확실히 어디에 있는지도 모르겠다. 고개만 살짝 돌리면 되는데 그게 또 쉬운 게 아니라 답답한 마음에 창문에 손을 댔다. 뻑뻑한 창문이 잘 열리지 않아 작은 손잡이에 두 손을 다 얹었을 때, 뒤에서 기다란 팔이 뻗어 나와 그 창문을 대신 열었다. 한 번에, 그것도 부드럽게. 그래서 고개를 돌리지 않고도 윤제희가 뒤에 앉았겠구나 했다.

윤제희도 제게 고맙다는 말을 안 했으니 이재이도 그런 말은 안 하고 둘 다 그저 무심히 창밖, 같은 풍경만 보았다. 도착할 때까지, 말 한마디 없이.

"여기 맞지? 국사가 버스 내리면 바로 보이는 데라고 했는데. 상록아파트."

"응."

"그런데 선생님 댁에 가는데 빈손으로 가도 될까?"

좋은 소식 전하러 가는 것도 아닌데 어쩐지 송구스럽다. 버스 안에서는 일단 내려서 집만 찾으면 나는 도저히 부반장 못 하겠다, 이 소리를 하고 오려고 했는데. 열아홉 살쯤 되니 어쩔 수 없는 예의라는 것도 알아서 집 앞에서 미적거렸다.

"잠깐만."

윤제희가 말릴 새도 없이 두 동짜리 아파트의 맞은편 작은 상가에 있는 슈퍼로 달려갔다. 1분도 안 돼서 다시 나온 그의 손에는 병 음료수 상자 하나가 들려 있었다.

반장 쟤 만 원짜리 깼겠다, 그 생각 하나만 했다.

어차피 윤제희 따라 묻어 온 거 선물도 묻어 가보자. 사실 일도 내가 더 많이 했으니까.

"저기!"

입구 옆 놀이터에서 선생님이 그네를 타는 아이를 지켜보고 있었다. 대여섯 살쯤 되어 보이는 아이는 아빠를 꼭 닮아 그런지 한눈에 부자관

계란 걸 알 수 있었다.

"선생님 아들인가 봐."

"지금 해?"

"어……, 그래."

조금 망설여졌다. 그네에서 내린 아이를 빙그르 돌리니 이곳까지 꺄르르 웃음소리가 들렸다. 선생님은 학교에서 볼 때와 밖에서 볼 때가 완전히 달랐다. 엄한 표정도 없고, 입에 붙은 잔소리도 없었다.

"당신! 여기 아직 있으면 어떡해!"

놀이터 뒤에 다다라 '선생님' 하고 불러볼 참에 이번에는 제3의 인물이 등장했다. 아빠만 닮은 줄 알았던 아이는 엄마도 닮아 그 인물이 선생님의 부인이라는 것도 알아버렸다.

"어어……, 정욱이랑 잠깐 놀아준다고."

"내가 말했잖아! 찌개 올려놨으니까 두부 한 모 사서 바로 오라고! 왜 사람을 두 번 나오게 만들어!"

"그게 아니라. 나도 일하고 뭐 하고 이제 막 왔는데 피곤해서……."

"당신만 피곤해? 나도 논 거 아니야! 하루 종일 집안일 하고 쥐꼬리만 한 월급으로 어떻게 좀 해보겠다고 동동거리고 쫓아다녔다구!"

일이 요상하게 돌아갔다. 풀이 죽은 담임선생님의 얼굴 어디에도 재이가 알던 핵주먹 타이슨은 없었다.

"가자."

그러거나 말거나 한 발 더 내딛는 윤제희를 다급히 잡았다. 옷깃만 잡으려 한 것이 급한 마음에 팔을 잡고는 얼굴이 달아올랐다. 그때도 그는 '왜?' 하는 감정 없는 눈빛이었다.

"아니, 우리가 지금 가면 선생님 부끄러울 거 아냐."

"여기까지 와서?"

"……어휴."

일단 한숨을 쉬었는데 답은 없었다. 선생님은 여전히 부인에게 쪼이고 있고 아들은 그 와중에 뭘 사달라 보채고 있었다. 뒤에서 보는 선생님은 학교에서의 자신 이상으로 처량했다.

"그럼 넌 가서 말해. 난 갈래."

"넌 왜?"

고개를 내리고 흔들었다. 윤제희는 이미 제 손을 떠났고 자신은 이미 결심을 굳혔으니 더 있으면 뭐 할까. 바로 앞 정류장으로 다시 걸어오는데 무슨 이런 하루가 다 있을까 싶었다.

"윤제희. 너는 왜? 넌 안 하겠다고 해도 돼."

"……나도 됐어."

그가 그냥 돌아온 것은 의외였다. 선생님이 부인한테 잡아먹히거나 말거나 '나는 안 합니다.' 꼭 말하고 돌아올 줄 알았다. 그게 너무 의외라 돌아오는 버스에서 제 옆자리에 앉은 것은 따로 신경도 못 썼다.

"창문 열어줄까?"

"아, 아니. 괜찮아. 앞자리에 열려 있는데 뭘."

돌아오는 길의 반은 갈 때처럼 아무 말도 하지 않았다. 그러다 무심코 발끝에 걸리는 음료수 상자에 재이가 먼저 입을 열었다.

"이거 괜히 샀다. 비쌀 텐데."

"안 비싸."

"……그래도 선생님 안 드리길 잘했다. 말도 못 했는데 드리고 오면 아깝잖아."

"너 마실래?"

"어?"

난 그런 뜻은 아니었는데.

그의 손길 몇 번에 병이 울리는 소리가 맑았다. 아차, 하는 사이에 그녀의 손에 오렌지색 선명한 주스병이 들어왔다. 집에 들고 가 모아놓고 싶을 만큼 병은 예뻤다.

"왜 안 마셔?"

"아니, 마실 거야."

새콤하고 상큼한 주스가 입을 축이자 심란했던 마음도 언제 그랬는지 모르겠다. 한 모금, 두 모금 주스를 다 마시고 나니 또 다른 주스가 무릎 위에 놓였다.

"무거워서 들고 가기 귀찮아."

귀찮다면야 뭐.

도착할 때까지 이재이는 주스를 세 병이나 마셨다. 그러고 나니 슬슬 눈이 감긴다.

"……어른 돼도 사는 게 다 피곤한가 봐."

눈은 감았는데 서슬이 퍼런 부인한테 한마디도 제대로 못 하고 하얗게 질려가던 담임선생님이 떠올랐다. 저런 게 진정한 인생이라면 그다지 경험하고 싶지 않은데.

"응."

"……주스는 고마워."

"나도 고마웠어."

버스표를 가리키는 것임을 알고 재이가 오늘 처음으로 웃었다. 그녀가 환하게 웃으면 눈을 못 떼는 남학생들이 벌써 반에도 서넛이 넘었다. 윤제희가 알기로는.

"……그래도 일은 나눠서 해야 돼!"

"그래."

"꼭!"

"응."

확답을 받은 이재이가 잠이 들었고, 그는 앞쪽의 열린 창문을 닫아주었다. 곱게 잠든 그녀의 입술에 주스가 살짝 묻어 있었고 그걸 본 윤제희가 웃었다. 소리는 내지 못하고, 만지지도 못하고.

❖

"이재이! 일어나. 내려야지."

그의 손이 어깨에 닿아 조심스레 흔들었다. 만약 이 손길의 목적이 자는 이를 깨우는 거라면 큰 효과는 없었다. 이렇게 조심스러운 손길에 깰 사람은 극히 드물다.

"어……, 다 왔네."

오히려 이재이는 밖에서 들리는 함성에 깼다. 도착한 강남에선 어두운 거리에도 붉은 옷을 입은 사람들이 눈길 닿는 모든 곳을 환하게 밝히고 있었다.

"몇 시지? 벌써 시작한 거 아니지?"

"아냐. 한 시간 남았어."

"아, 놀라라. 다행이다."

"왜? 며칠 만에 축구에 관심이 생겼어?"

눈가가 살짝 가늘어지는 제희의 웃음은 언제 보아도 낯설고, 또 좋다. 그래서 놀리는 걸 알면서도 마주 웃고 말았다. 그랬더니 또 막상 그의 웃음이 쏙 들어가버렸다.

"사람들이 거리에서 뭘 하나 봐. 술집에 자리가 없나?"

평소에도 사람 많기로는 빠지지 않는 곳이었지만 오늘따라 더 많았다. 거리 응원을 접해본 적이 없으니 그녀의 눈이 휘둥그레졌다.

"와, 우리도 얼른 들어가자. 내가 꼭 반장 고기 사줘야지."

"……그래. 가자."

"이러다가 시작하겠다, 얼른."

사람들이 들떠 있으니 자다 깬 그녀도 같이 들떴다. 뭔지는 몰라도 굉장히 신날 것 같은 예감이 벌써부터 강해졌다. 눈앞의 고깃집에 대형 화면도 보이는 것이 딱 적당할 것 같아 이번에는 그녀가 먼저 그 문을 열었다. 그리고 돌아보는 순간, 제희에게 한 팔을 잡혔다.

"이재이."

"어, 응?"

"한국이 16강 갈 것 같아?"

뜬금없는 질문에 문을 잡은 팔에서 힘이 빠져 다시 스르르 닫혀버렸다. 축구에 관심 있냐 놀리더니 한번 이겨본 사람의 승부욕도 못하시는 않았다.

"그게 뭐야. 갑자기?"

"내기 해."

"내기? 또 이긴 사람 말 들어주는 거야?"

그의 잘생긴 턱과 웃음 띤 시선이 끄덕거렸다. 어려운 폴란드 선수들의 이름도 외워뒀으니 내기를 하게 될지도 모른다 생각은 했다.

"이번에는 내가 먼저 걸어. 16강 갈 거야."

"에이……, 그러면 나는 못 간다에 걸어야 해?"

"그래야 내기가 되잖아."

그의 말이 맞다. 그사이 장난이라 생각했던 눈이 평소처럼 진지해져 그녀를 사로잡았다. '이번에는 고기니 다음에는 뭘까?' 생각하는 중에 그에게 그 생각이 바로 읽혔다.

"미리 말하지만, 이번에는…… 먹는 거 아냐."

chapter 05

인내는 쓰고 열매는 달다

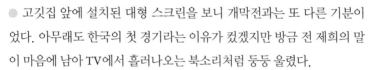

● 고깃집 앞에 설치된 대형 스크린을 보니 개막전과는 또 다른 기분이었다. 아무래도 한국의 첫 경기라는 이유가 컸겠지만 방금 전 제희의 말이 마음에 남아 TV에서 흘러나오는 북소리처럼 둥둥 울렸다.

"비싼 고기 사줘야 하는데 미안."

"아냐."

곁들어 나온 계란찜과 쌈채소를 제희의 앞으로 밀어주었다. 이런 시끌벅적한 곳에서도 젓가락을 정갈히 놀리던 그가 흠칫 눈을 들었다.

"많이 먹으라구."

"응. 너도 먹어."

계란찜은 다시 재이에게 돌아와 처음처럼 테이블 중앙에 놓였다. 그걸 가만히 바라보는 사이, 다른 테이블에서는 벌써 난리가 났다. 이번만은 한국이 이길 거라는 의견이 여기저기서 분분했고, 그사이에 벌써 선수들의 얼굴이 화면을 지나갔다.

"저기 흑인 있잖아. 저 폴란드 선수."

"응."

"저 사람이 원래 폴란드 사람 아닌데 귀화시켰대. 워낙 잘해서 데려왔나 봐."

어젯밤에 찾아본 내용들이 자연스레 입에 올랐다. 그녀의 생각대로 제희는 꽤 놀란 표정을 지었고, 늘 그렇듯 별다른 표를 내지는 않았다. 딱 그녀가 원했던 반응이다.

"넌 잘됐네. 폴란드 이겨야 하니까."

"아냐, 아냐. 한국이 이겨야지."

"내가 이기라고?"

웃음에는 웃음으로. 간만에 눈치 볼 것 없는 후련함이 좋았다. 소주잔을 기울이고 목을 축이니 오늘 하루 수원까지 다녀왔다는 것이 벌써 가물거린다.

"그나저나 너, 이기면 뭘 부탁하려고 그렇게 분위기는 잡는 거야?"

"부탁 아닌데."

"그럼 뭔데? 알고는 있어야지. 내가 못 들어주는 거면 어떡해?"

"약속은 좀 지켜줘, 부반장."

천하의 윤제희도 술이 들어가니 단단하던 몸에서 한결 힘이 빠졌다. 9년 전, 그녀가 반장 윤제희에게 입에 달고 다닌 말이라 모른 체할 수가 없어 웃고 말았다.

"그걸 마음에 다 담아뒀어?"

"너무 많이 들었지."

그건 사실이다. 선생님의 지명으로 억지 감투를 쓴 날과 별개로 어느 토요일, 선생님이 쥐 잡듯 잡히는 장면을 본 후 마음으로 그 자리를 받아들였다. 그 후 제희가 멀뚱히 앉아 손을 놀리면 그녀가 다가가 같은 말을 했었다.

「약속은 좀 지켜줘, 반장.」

딱히 꾀를 부린 것도 아니었고, 어떤 때는 이미 일을 마친 경우도 있었는데 이재이는 윤제희가 놀고 있는 꼴을 못 봤다. 가만가만, 정말 하나 보자, 그렇게 벼르고 감시를 했다. 도대체 자신이 평소에 어찌 보였기에 저렇게 못 믿는 건지, 그는 처음으로 진지하게 타인의 시선에 신경을 쓰고는 했다.

"에이, 어쨌든 일은 내가 더 많이 했어."

"아닐걸?"

"아, 네가 그런 소리 하면 억울하지! 선생님한테 물어보면 될 텐데."

아직 의정부에 사시려나, 중얼거리는 그녀를 보며 제희가 다시 술을 따랐다. 취하지는 않아도 이렇게 적당히 달아올라 흥겨운 모습이 좋았다. 수원에서 보았던 그녀는 깜짝 놀라고 밝게 웃기도 했지만 피곤해 보였다. 그녀가 느끼고 싶지 않다는 어른의 무게가 가득이라 그의 마음도 무거웠다.

"예전에 아이러브스쿨 이런 거 할 때 꼭 찾고 싶다 생각했었는데. 이제는 학교에 안 계시겠지?"

"찾고 싶던 사람이, 선생님이 다야?"

"어? 아니. 아……, 애들 다 궁금했지."

그 애들과 선생님을 모두 합친 것보다 더 보고 싶던 사람이 너였고.

옛이야기에 마냥 웃을 수 없는 그녀가 말 대신 그의 술잔에 투명한 소주를 따랐다. 불만스레 바라보던 그도 더 이상은 묻지 않고 잔을 들었다. 쨍, 하고 술잔이 부딪치는 소리가 나야 했는데 갑작스러운 함성에 묻혀버렸다.

"어! 골 넣었나 봐! 한국이 넣었대!"

입을 가리고 어쩔 줄 모르던 그녀가 자리에서 일어나 폴짝폴짝 뛰었다. 이미 안팎에서 오르는 환호에 귀가 다 따가울 지경이다.

"그렇게 좋아?"

"응. 넌 안 좋아? 아, 이러면 내가 지는 건데! 어쩌지? 나 어쩌지?"

마음껏 좋아하기에는 제희의 의미심장한 눈이 못내 걸리는지 휙휙 변하는 그녀의 표정이 웃겼다.

그래, 마음껏 좋아해. 한번 좋아해봐.

긴장을 풀고 입가를 올리자 허락이라도 받은 것처럼 더 좋아 빙글거렸다. 이재이는 술이 오르면 남자 어깨도 이렇게 막 만지는구나. 이렇게 아무렇지 않을까. 그녀와 닿은 어깨에 힘이 들어가버렸다.

"아, 말도 안 돼. 진짜 이기려나 봐!"

"그러게."

큰 관심이 없던 그까지 눈을 떼지 못하는 경기가 이어졌고, 후반전에 유상철이 쐐기골을 넣자 이제는 앉아서 경기를 보는 사람이 없을 정도였다.

"어떡해, 어떡해! 제희야."

"뭐?"

"나 심장이 터질 것 같아!"

뚫어져라 화면만 보고 있던 그녀를 마찬가지로 그렇게 봤다. 제 입에서 반장, 윤제희 따위의 한발 물린 호칭이 아닌 '제희야.'라는 부름이 처음 나왔다는 것은 알까?

"우와아아!"

두 골을 먼저 넣기도 했지만 후반 들어 더욱더 강해진 한국 대표팀은 결국 월드컵 역사상 첫 승리를 거머쥐었다. 흥분한 사람들은 테이블에 올라가기도 했고 그걸 말려야 할 주인은 숯불을 들고 포효하고 있었다. 그렇기 때문에 제자리에서 폴짝폴짝 뛰는 이재이 정도는, 옆에 있는 윤제희의 눈에만 들어왔다.

"아! 진짜 이겼어! 이길 수도 있구나!"

"그렇게 좋아?"

"응. 너무 좋아!"

이미 내기 따위는 잊어버린 지 오래였다. 특별히 애국심 가지고 산다 생각은 안 해봤는데 그녀도 한국인이라 몸속에서 무언가가 끓어올랐다. 부글부글 끓어 넘칠 듯, 한계점에 다다를 것 같은 그런 쾌감. 얼마나 좋았는지 제희를 몇 번이나 잡고 흔들면서도 그걸 몰랐다.

"오늘 진짜 잠 안 올 것 같아. 진짜 잘했지?"

"응. 잘하더라."

그도 사람이니 놀라고 즐거운 마음이야 같다. 거기다 그는 경기에서만 이긴 것이 아니니 이재이보다 두 배는 더 놀라야 했고.

"넌 왜 그렇게 좋아? 아는 사람도 홍명보뿐이라며?"

"아냐, 황선홍도 있었어! 그날은 그냥 말을 못 했던 것뿐이야!"

"아아, 그래?"

"진짜거든?"

여자들의 쨍쨍한 울림을 싫어하던 그였지만 이재이의 높아진 목소리만큼은 듣기가 좋았다. 그래서 그답지 않게 농담을 던지고, 끊임없이 말을 시켰다. 어린 시절 옆에 두던 장난감처럼, 자꾸 말하게 만들고 싶고 움직이게 하고 싶다.

"아, 있잖아. 정말 좋아. 아침에만 해도 그냥 경기 하나 보다 했는데 이렇게 좋을 줄 몰랐어!"

"하하하."

그의 나직하고, 몹시 드문 웃음이 흘러나오는데도 제 감정에 취해버린 재이는 확인할 생각도 못 하고 말을 이었다.

"사람들이 이길 거라 생각 못 했잖아. 다른 나라에서도 다 그랬을 거 아냐. 어떻게 이기겠냐고. 그런데도 이겨서 더 좋아. 아, 정말…….”

“그렇게까지?”

“응. 막 전부 못할 거라 생각했는데도 잘하는 게 좋아. 잘해서 보여주
는 게…….”

나도 언젠가는 그럴 수 있을 것 같아서.

짧은 눈맞춤에 그 감정이 고스란히 느껴졌다. 주변의 열기도 전해지
지 않을 만큼 재이의 마음 역시 뜨거웠다. 잘 걷고 있던 그의 걸음이 먼
저 멎을 만큼.

“어, 반장. 왜?”

“…….”

“아 참, 너 소원이 뭐야? 왜 말을 안 해줘?”

“16강 가면 그때 말할게.”

뭘 그렇게 뜸을 들이냐 타박도 잠시, 여러 곳에서 나온 사람들의 물결
에 휩싸여 그저 앞으로 향했다. 손 한번 안 잡고도 제희는 재이 옆에 꼭
붙어 그 자리를 지켰다. 꼭 16강이 아니더라도 그냥 말해버리는 거야 어
렵지 않았다. 그런데도 오늘을 넘겨버린 것은, 아직 그녀가 말하지 못하
는 무언가가 그의 마음을 긁고 또 긁어놓았기 때문이다. 이재이가 변하
지 않았다면, 그건 채근해서 들을 만한 일들이 아니었다. 이제 막 제 눈
앞에 두었는데 재촉하듯 몰아대고 싶지는 않다. 아직까지는 견딜 만하
니까.

그러니 이런 일 하나에 뛸 듯 좋아하는 이재이의 모습을 두 번 정도 더
본 다음에, 그리고 그녀가 정말 스스로 뭐든지 다 할 수 있을 것 같을 때,
그때도 나쁘지는 않겠지.

이미 제 옆에는 두 팔을 쭉 뻗고 흥분 가득한 밤공기를 들이마시는 이
재이가 있으니까.

"하아, 반장. 너무 신나! 정말 너무 좋아."

나도.

나도 그래. 이재이. 재이야.

열아홉 살의 그는 이재이를 좋아했다. 어떤 특별한 계기나 상황이 있었던 것도 아니다. 꼭 영화나 드라마에서처럼, 말 그대로 드라마틱한 사건이 있지 않아도, 그런 감정은 얼마든지 찾아왔다. 처음부터 허락받아 정중히 약속 잡고 오는 감정도 아니었고.

"이거 이렇게 하면 안 돼. 선생님이 여기 적힌 대로 하라고 하셨는데……."

자신이 하는 일이 마음에 들지 않는 것이 역력한 얼굴로 서 있는 여자애 하나를 두고도 그런 감정은 생겨났다.

아무리 무심해도 그 역시 남자라 이재이가 예쁘다는 것은 알았다. 같은 반 남자애들이 '이재이는 눈이 진짜 예쁘지 않냐?' 하고 쑥덕거릴 때 그도 침묵으로 동의했었다. 또 다른 아이들이 '이재이는 피부가 정말 하얘서 밀가루 같다.' 할 때도 티 나지 않게 고개를 끄덕였다. 또 누군가는 '부반장은 코가 그린 것처럼 오똑하다.' 감탄하기도 했는데 그때도 그는 격하게 공감했다, 속으로만.

쟤는 도대체 안 예쁜 데가 어디 있을까, 그러다 그걸 못 찾아 제 눈에 지나치게 예쁘단 걸 알았다. 물론 그만 아는 예쁜 점은 남들 입을 빌릴 필요도 없었다. 머리카락을 귀 뒤로 넘기면 손가락으로 한 마디쯤 다시 흐르는, 그녀의 어깨선 조금 넘는 생머리라든가, 지금처럼 불만이 있으면 아랫입술이 살짝 솟는 앙증맞은 입매가 거기에 속했다.

"별로 차이 없는데."

그 입술이 움직이는 것을 보려고 일부러 퉁명하게 굴었다.

"그치만……, 다른 반은 다 원래대로 낸단 말이야."

"아닐걸."

"진짜야, 진짠데……, 이게 뭐야. 다 튀어나오고. 으음."

다른 사람이 그랬다면 그것이 남자건 여자건 진작에 집어치웠다.

그럼 네가 하라, 그러고 말았겠지. 그 사람한테 무슨 감정이 있는 것도 아니고, 그건 윤제희라는 인간의 성격일 뿐이다. 마음에 안 들면 안 드는 사람이 하면 되는 거고, 안 하는 사람은 애초에 지적 따위는 하면 안 되는 거고.

"반장. 잘 봐봐. 자를 대고 표부터 만들어야지. 이렇게."

이렇게 두 번, 세 번 자신의 일을 원칙대로 지적하는 여자애 따위는 상대해서도 안 되는 건데, 분명히 그런데. 그는 또 어느새 그녀의 말대로 자를 찾아 선을 긋고 있었다. 아무짝에도 쓸모없는 급식 확인표 하나를 만드느라.

"봐봐. 훨씬 깔끔하잖아."

고개를 숙이고 있던 재이가 고개를 들자 이번에는 그가 고개를 내렸다. 그대로라면 교복 사이로 그녀의 뽀얀 가슴이 그대로 드러났을 것이다.

아니, 더 솔직히 이미 봐버렸다. 그 찰나가 고등학교 남학생의 뇌리에 남아 여름밤을 설치게 만들 줄 알았다면, 이왕 본 거 그냥 조금 더 봐버릴 것을. 그랬다면 쓸데없이 상상을 더해 잠자리를 적시는 유치한 짓은 안 했을지도 모르는데.

"음, 그래도 다음부턴 이건 내가 할게. 너는 그냥 교탁에 나가서 하는 이야기만 좀 해주라."

"왜?"

"내가 나가면 애들이 말을 잘 안 들어서."

"누가 안 듣는데?"

그는 알고 싶었다. 누가 이재이 말을 안 듣는지, 멍청하게 키득거려 그녀를 부끄럽게 만드는지. 만약 알게 된다면 단단히 벼를 마음으로 기다렸더니 그녀는 두 번 생각하지도 않았다.

"너."

"뭐?"

"너잖아. 내 말 제일 안 듣는 사람."

당연한 걸 왜 물어봐. 당연히 너지.

마주 보고 웃은 것은 그때가 또 처음이었다.

❖

"너 요새 우리 몰래 뭐 하지?"

"뭘?"

"그렇잖아. 왜 차트 보면서 히죽거려? 너 무슨 복권 당첨됐냐?"

영우는 언제나처럼 흰소리를 했지만 아주 틀린 말은 아니었다. 히죽대지는 않았지만 분명 웃기는 했다.

"제희야, 우리 오늘 미국 경기 볼 때 미리 뭐 좀 시킬까?"

"그래."

"너 뭐 먹고 싶어?"

호시탐탐 그의 옆자리를 노리던 윤지도 다가왔다. 요새 들어 그가 이상하다는 것은 영우보다 그녀가 더 잘 안다. 짐작 가는 바도 있긴 했지만 일부러 모른 체했다. 아직 자신이 나설 만한 때는 아니니 저러다 지레 마음이 식기를 기다리는 중이었다.

"김 교수님이 생전에 너 끼고도시더니 오전에는 한소리 하시더만. 자리에 좀 붙어 있어."

"알았어."

"그나저나 상현이 형도 너 밥도 안 먹고 그냥 갔다고 하던데. 수원까지 갔으면 왕갈비 얻어먹지 그랬냐."

"약속 있어서."

"무슨 약속?"

다시 윤지가 끼어들었고 제희는 대답 자체를 하지 않았다. 슬슬 성가셔진다. 방금도 9년 전을 떠올리기는 했지만, 그 성격에 재이가 아닌 윤지가 그렇게 나섰더라면 제게 건네는 자를 부러트려버렸을 것이다. 새삼 이재이가 자신에게 어떤 존재인지, 그렇게 깨달을 계기가 생겨버렸다.

"제희 네가 봐도 상현이 형은 대박 났지? 나도 진작에 벤처로 뛰어들걸. 첨에 학교 그만둘 때만 해도 뒤에서 미쳤다 욕먹더니 지금은 상현이 형이 제일 잘나가. 사람 일 모른다고, 진짜."

진짜 사람 일은 모른다. 그날 통제된 도로를 피해 평소에 가지 않던 사잇길로 나오지 않았더라면, 생각만 해도 아찔하다.

그래서 또.

그의 모든 결론은.

이재이가 보고 싶다.

"야, 너 또 웃었지? 웃은 거 맞지?"

손가락질까지 하는 영우를 뒤로하고 휴대전화를 꺼냈다. 그의 여름밤을 지새우게 했던 것은 이재이의 하얀 가슴이었지만, 지금 그를 웃게 하는 것은 그냥 여자 이재이였다.

– 응, 반장! 나 이재이.

말을 안 해도 아는 저 이름은 통화할 때마다 늘 앞머리에 붙었다. 하루에 두 번은 통화를 하는데도 꼭 제 이름부터 꺼낸다.

"뭐 해?"

– 친구랑 응원해.

"같은 회사 동기라는 사람?"

– 응.

"집에서?"

– 아니, 집에 있다가 나왔어. 답답하고 사람들 많은 데 가보고 싶어서.

사람들 많은 곳에서 폴짝거리다 자신의 어깨를 두드리며 좋아했던 그녀가 떠올랐다. 그런 이유로 재이의 대답이 몹시 마음에 들지 않았다.

"집에 어떻게 가려고?"

– 괜찮아.

나는 안 괜찮아.

– 아, 나 친구가 불러서. 그럼 일 열심히 해!

"응."

생전 미련 둔 적 없던 휴대전화를 두어 번 쓸어보았다. 만약 급한 얼굴로 달려와 "ER, 인마!" 하고 소리치는 영우가 아니었다면 세 번이고, 네 번이고 계속해서 쓸었을 것이다. 그는 그날 미국 경기를 보지 못했다.

"재이야, 뭐 해? 들어가자."

경기는 1대1로 비겼다. 이만하면 잘한 거라는 반응도 있고 실점 후 득점이라 다행스러워하는 사람들이 많았다. 그런데 이재이는 썩 내키지가 않았다.

윤제희와 봤을 때는 이겼는데, 윤제희가 없으니까 못 이겼다.

다른 평론가나 동네 해설가들이 제각각 실점 요인에 대해 논문을 써대도 재이에게는 그 한마디로 끝이 나버렸다.

"많이 실망했어? 그래도 잘한 거지!"

"응. 맞아. 잘한 거 같아."

"그런데 표정이 왜 그래?"

"그냥."

진 경기는 아니라 사람들은 여전히 흥겨워했다. 돌아오는 길에 옆자리의 사람들이 16강 가능성을 점치며 확률을 따지는 것을 들었다. 마지막 상대인 포르투갈이 워낙 강력한 상대라는 것도 그 자리에서 흘려들었다.

지면 안 되는데.

제희가 이겨야 하는데.

어차피 제가 내기에서 이겨봤자 빌 만한 소원이 없다. 욕심을 안 부리고 살았고 얼마 전에 그 보답이라 할 만한 것도 받았다. 그래서 윤제희가 이겼으면, 이번에는 자신이 꼭 들어줄 수 있기를 바랐다. 그러니 포르투갈이 아무리 잘한다고 해도, 설령 그녀 사전에 축구 최강국이라 쓰여 있는 브라질이랑 싸운대도, 한국은 꼭 이겨야 했다.

그래도 그날은 제희가 시간이 있다니, 이기겠지. 그렇고말고.

6월 14일은 새벽부터 남달리 고요했다. 만나는 사람마다 비장함이 넘쳐흘렀고 남자들은 둘만 모여도 16강 가능성을 타진했다. 폴란드가 미국을 이겨주면, 포르투갈과 비기기만 해도, 각각의 경우의 수가 펼쳐졌지만 재이가 들어서 알 만한 내용은 별로 없었다. 그녀가 생각하는 것은 이제 곧 강남역에서 제희를 만나기로 했다는 사실 하나뿐이다.

"자, 오늘은 오랜만에 정시 퇴근하지!"

날이 날이니만큼 퇴근시간이 가까워올수록 잔소리를 달고 다니던 김 과장마저 고마운 소리를 했다. 웬일이냐, 믿을 수가 없다 삐죽대는 영미의 어깨를 다독여주고 얼른 나섰다. 그간 두 번의 경기에는 따로 붉은 티를 입지 않았지만 오늘은 입고 싶었다. 이대로 지게 된다면 다시 입을 일이 없을지도 모른다. 거기다 명색이 유니폼 회사 직원인데.

"영미야, 잘 가."

손을 크게 흔들고 바로 집으로 들어왔다. 스포츠 경기를 보기 전에 샤워를 하고 옷을 갈아입는 여자가 자기 말고 또 있을지 모르겠다.

"어, 반장. 나 이재이."

— 뭐야? 반장이 누구야?

깜짝 놀라 전화를 고쳐 들었다. 발신자 번호는 여전히 신청하지 않았지만 시간만 보고는 당연히 제희라 생각했던 제 잘못이다.

"엄마. 나야."

— 너 누구 전화 기다려?

"아냐. 친군데, 오늘 경기 본다고⋯⋯."

그녀는 엄마와 통화를 할 때마다 뭔지 모르게 마음이 내려앉았다. 성인이 되고 난 후 엄마와 통화를 할 때면 좋은 소식보다는 나쁜 소식이 더 많았다.

— 너는 팔자도 좋다. 지 에미는 죽자 사자 일해도 아직 덜 끝나 이러고 있는데.

"⋯⋯응. 미안해. 힘들지?"

— 그걸 아는 애가 목소리가 그렇게 방방 떠 있어?

다른 사람도 아니고, 엄마와 통화를 하는데도 좋은 것을 감춰야 하는 걸까? 문득 제 모습이 우스워졌다. 보글보글 부풀어 오른 거품을 입김 한 번에 푹 꺼트려버린 기분이다.

"엄마, 그런데 무슨 일 있어?"

- 아니, 그게……, 재우가 말이야. 뭘 등록을 해야 한다는데…….

오늘도 시작은 예외가 없었다. 오늘만은 이런 이야기 듣고 싶지 않았는데. 차라리 엄마가 일이라도 하지 않았다면 그녀도 같이 화를 냈을지도 모르겠다. 하지만 엄마는 본인의 말대로 하루에 열두 시간 이상을 서서 일했다. 그걸 잘 알기 때문에 그저 듣고만 있던 재이의 고개가 푹 수그려졌다.

"미안해! 내가 늦었어."

"아냐, 아냐. 나도 방금 왔어."

그녀의 눈을 들여다본다. 그가 모르는 무언가가 또 하나 늘어났다.

"……무슨 일 있었어?"

"아, 피곤해서. 그냥 좀 피곤해서 그래."

퇴근 직전에 통화했던 이재이는 이렇게 피곤해하지 않았다. 아직 묻지 못한 말들이 많이 남아 있는 지금, 그녀가 정말 피곤한 게 나을지, 차라리 거짓말이라 감추는 것이 나을지 똑똑한 그로서도 알 수가 없다.

"병원까지 나오느라 힘들었지?"

"아냐, 여기 근처 구경도 하고."

"미안, 요새 너무 정신이 없다 보니까."

그가 병원 코앞이나마 이렇게 나오는 데는 그 대가가 혹독했다. 아직 병원에 매인 몸이다 보니 미국전 때에는 차마 나올 수 없었지만 오늘 이 시간을 마련하고자 그는 또다시 며칠 밤을 새웠다. 그런데도 이상할 정도로 정신은 말짱했다. 피곤을 느끼지 못하는 강철도 아닌데, 가운 벗고 달려 나오는 순간부터 발에 힘이 붙었다.

"반장 너는 그래도 많이 변한 거 알아?"

"뭘?"

"미안하다는 말도 그렇게 하고."

재이가 장난스레 들고 있던 풍선 봉으로 그의 시야를 어지럽혔다. 호루라기를 불고 지나가던 무리들이 바짝 옆을 스치자 제희가 똑바로 서라는 듯 그녀의 팔을 잡아 돌렸다. 그녀의 얼굴이 밤에도 붉어져 고개를 돌려 딴청을 피웠다.

"사람이 갈수록 더 많아지는 것 같아."

"그러게."

"오늘 꼭 이기면 좋겠다."

오늘 이겨야 둘 다 좋았다. 윤제희는 내기에서 이길 테고 이재이에게는 또 다음 기회가 생길 테니. 둘 다 피 끓는 스포츠 정신과 애국심보다는 9년 만에 만난 서로에 대한 생각이 더 깊었다. 옆으로 바라보는 그의 모습이 며칠 전보다 더 단단한 것 같다. 만약 그도 자신과 다르지 않다면, 그 소원이 무엇인지 대충 알 것도 같아 그녀 역시 여러 날을 지새웠다. 그렇게 둘 다 다른 이유로 밤을 새우고도 서로에게 말하지 못했다.

"시작한다! 저기 봐!"

커다란 스크린에는 이곳과 같은 붉은 기운이 넘실댔다. 경기가 시작되고 사람들은 기다린 듯 대한민국을 외쳤다. 간간이 아슬아슬한 장면이 나오면 얼굴을 파묻는 이도 있었고 전반에 포르투갈 선수 한 명이 거친 백태클로 퇴장을 당하자 고함도 높아졌다.

"와, 어떻게 저렇게 해? 저러면 안 되는 거잖아!"

"잘못했네."

"말도 안 돼. 어떻게 저런 사람이 월드컵에 나왔지?"

얼굴이 벌게진 이재이는 화를 낼 때도 얌전했다. 퇴장이라는 결과에 만족하면서도 시간이 날 때마다 구시렁거리며 화면을 노려보았다. 그 모습을 파노라마로 지켜보던 그가, 이곳에 모인 사람들 중에서 유일하게 박지성이 백태클을 당했을 때에도 웃고 말았다. 다행히 그를 보는 사람이 없어 그렇지 흥분한 사람들 눈에 띄었으면 곤욕을 치렀을지도 모른다.

"반장, 반장. 이것 좀 마셔."

어떤 골도 나지 않았던 전반전을 마치고 하프타임이 되자 좀 쉬려는지 사람들이 바닥에 주저앉았다. 그사이 미리 준비해둔 음료를 꺼내 그에게 건네려던 재이가 앞에서 자리를 옮기는 사람들과 부딪혀 휘청거렸다.

"조심해야지."

제희가 얼른 그녀의 허리를 뒤에서 잡아 안쪽으로 옮겼다. 얼마나 놀랐는지.

얘는 여자 허리도 막 만지나? 거의 들어버렸는데? 나 허리에 살 좀 있지 않나?

그때나 지금이나 놀란 그녀가 하는 거라곤 커다란 눈만 깜박거리는 것뿐. 곧 아무렇지도 않은 채 다시 음료수를 건넸지만 이미 그 손이 떨렸다. 당연히 후반전이 시작되고도 경기에 집중을 못 하고 옆에 있는 제희에게 그 관심이 돌아갔다. 그가 처음부터 그랬던 것처럼.

"또 퇴장이야, 또! 이러다 정말 이기겠다!"

후반전에도 경고 누적으로 또 퇴장이 나왔다. 설마설마하며 두 손을 모으던 사람들이 목청을 한계치로 높이자 그녀도 제 힘을 짜냈다. 구호를 크게 외치다가 그와 눈이 마주치면 생긋 웃는 모습에 그도 무심함을 버렸다. 이 분위기에, 이 열기에도, 저 혼자 갓 쓴 양반 행세를 하던 윤제희 역시 더 이상은 어쩔 수가 없었다.

"우와아아아아!"

드디어 한국의 골이 터졌다. 믿을 수 없어 멍하니 바라보던 그녀가 눈물이 그렁그렁해 폴짝폴짝 난리가 났다. 모든 사람들이 서로를 부둥켜안고 기뻐하는데 유독 앞자리의 남자들은 그 정도가 심했다. 눈에 잡히는 대로 사람들을 껴안다가 뒤에 있던 미녀 이재이를 발견했다. 거기다 더 가관은 이재이도 넋이 나가 자기를 끌어안으려는 남자가 누군지도 모르고 손을 내민다.

"엄마야!"

"여기야."

언제 웃었다는 건지 살벌한 눈길이 남자들을 스치고 재이의 팔을 끌어당겨 제 품에 가뒀다.

"아, 놀랐네."

"여기라구."

네 자리는 여기잖아.

촉촉이 벌어진 입술에 바로 입을 맞췄다. 방금 전 마셨던 톡 쏘는 주스 향이 그대로 남아 있다. 9년 전 버스 안에서, 그때 마셨던 주스도 이런 맛이 아니었을까.

조금은 충동적이었다. 그것을 부정할 마음은 없다. 그게 아니고서야 참고 참았던 마음이, 스스로가 지독하다며 혀를 찼던 마음이, 사람 넘쳐나는 이 광장에서 가벼이 흘러나올 리는 없다. 하지만 그녀가 충동적이나마 다른 남자와 손끝 하나라도 닿을 수 있었다는 것이 그를 이리 만들었다. 그 꼴 보자고 참고 있던 게 아닌데, 그렇게 가볍게 자신을 확인시키려 했던 그의 생각이 묵사발 났다. 한번 맛본 그녀의 입술을 끊어낼 수가 없다.

"바, 반장. 이게. 나는……."

"너, 앞에 저 새끼들이랑 이러려고 했어?"

"아니야! 내가 무슨!"

"할 거면 나랑 해. 나랑 왔잖아, 여기."

그녀와의 첫 키스라면, 그 역시 수십 가지 방법으로 꿈꾼 적이 있었지만 이런 식은 아니었다. 황홀하기보다는 당혹함이 가득한 그녀에게 미안하다 싶으면서도 차마 달래줄 여유가 없었다. 오늘 그의 인내는 상대편 골대가 흔들릴 때 같이 허물어졌다.

"으음, 제희야……."

다시 입술을 찾았고 이번에는 키스가 더 길어졌다. 연인들과 이곳에 와 키스를 하는 커플이야 심심치 않게 많았지만 유독 고삐 풀린 윤제희는 더 격렬하고, 무자비했다. 오죽하면 그 와중에도 얼굴을 붉히며 쳐다보는 관람객까지 생겨났다.

"여기 나가면 우리 집 있어. 집으로 가."

"하, 하지만 아직 안 끝났는데……."

"이재이, 이 정도면 이긴 거야."

나도, 대한민국도.

그러니까 이쯤 되면 넘어와줘.

chapter 06
대란의 시초

병원 근처에 집을 얻었다고 했으니 그야말로 걸어갈 만한 거리였다. 하지만 그 인파를 뚫고 가는 것이 쉽지가 않아 밀쳐지고, 또 헤치고 가는 길이 꽤나 험난했다. 우여곡절 끝에 도달해 1층 엘리베이터 버튼을 눌렀을 때에야 그가 자신의 손을 잡고 있다는 것을 알았다.

"어, 어……, 저기. 손."

"손 왜?"

윤제희는 초록색 화살표에 시선이 꽂혀 손 같은 건 보지도 않았다.

망할 놈의 엘리베이터는 관리비만 꼬박꼬박 받아먹더니 기어 다니나? 5층 미만이었다면 진작에 뛰고도 남았을 텐데 안타깝게도 이재이는 그럴 체력이 없다. 오늘 그는 이재이의 체력이 필요했다. 어쩌면 많이.

"아니, 나는 정말."

한 손으로 운전을 하는 남자도 멋있다지만 한 손으로 비밀번호를 1초만에 다 누르는 남자도 제법 그럴싸했다. 그리고 커다란 현관문이 닫히자마자 열어놓은 창문 너머로 세상이 다 울릴 듯한 함성이 퍼져나갔다. 시계를 확인해보지 않아도, TV를 켜보지 않아도 그것이 무슨 의미인지는 둘 다 알고 있다.

"……봤지?"

나는 이겼어.

손을 잡고 있던 그가 대번에 허리를 감쌌다. 이미 그에게는 경기 결과 따위가 중요하지는 않았다. 다만 지금 이 순간, 책임감 강하고 약속 잘 지키는 이재이를 묶어둘 수 있다면 그것도 나쁘지는 않다.

"하지만."

남자의 감도 때때로 여자 못지않아 망설임 가득한 그녀의 뉘앙스를 알아들었다. 그다지 마음에 들지 않는다. 더 들을 것도 없이 바로 입술을 찾아들었다.

"으으음."

윤제희가 이재이의, 반장이 부반장의 입술을 빨아들이자 혀가 닿은 곳에서 시작된 뜨거움이 금세 전신을 감쌌다. 그가 제 성격처럼 가지런한 그녀의 치열을 훑더니 이내 어디까지 닿을 수 있는지 시험이라도 하는 것처럼 고개를 바싹 붙였다. 숨막히는 키스도 바깥 함성에 묻히자 별다르게 부끄럽지도 않았다. 거기다 눈을 감으니 이곳이 밖인지 안인지도 가물거린다.

이런 것도, 참 좋구나.

그래. 어쩌면 오늘만은 다 상관없을지 모르겠다. 그녀 인생이나, 대한민국에나 이런 일이 또 있을지는 모르니까 마음 가는 대로 한번 해보고 싶었다. 천하의 윤제희도 휩쓸리는 분위기라면 그녀라고 못 할 것도 없다.

열기가 올랐을 때, 취기 없이도 정신이 혼미한 이때라면. 거기에 상대가 윤제희라면.

"그런 거 아냐."

감은 것과 다름없는 그녀의 눈, 그 작은 틈에도 제희는 재이의 생각을 읽어 내렸다.

"……으응?"

"나 너랑 자고 싶어."

처음부터, 아주 처음부터 그랬어.

겨우 저런 거, 월드컵에 이기고 지고가 영향을 끼칠 만한 감정이나 의지가 아니었다. 충동이 없다면 그것도 거짓말이겠지만 바탕이 없는 충동은 아니다. 차곡차곡 쌓아둔 감정이 한번 드러내지도 못하고 감춰져 있다가 월드컵의 열기에 입구가 열렸다.

그러니 이 복잡한 마음을 어느 세월에 설명하고 있을까? 이재이에게 설명해봤자 이해도 못 하겠지만 지금은 설명할 시간도 없다. 아니, 아깝다는 표현이 더 정확했다.

"팔 들어."

나지막하고 단호한 말에 이끌려 팔을 들자 그대로 그녀의 붉은 티셔츠가 벗겨졌다.

"후우우."

한숨 한번 비장하게 쉰 제희가 그대로 그녀를 안아 제 침대로 이끌었다. 뭐가 그리 급하다고 문까지 걷어차버리자 안겨 있던 그녀가 깜짝 놀라 몸을 움츠렸다.

"미안."

손을 잡아끌고 옷을 벗겨내릴 때도 뻔뻔스러울 만큼 당당하던 그가 제 발짓이 만들어낸 소리에 깜짝 놀란 그 하나는 미안해했다. 괜찮다고 말할 새도 없이 그녀는 침대에 눕혀졌고 제희와 눈 한번 마주칠 틈도 없이 브래지어가 벗겨져 나갔다.

차라리 안 보면 좋았을 텐데, 얼굴 한번 보고 싶다는 작은 소망에 고개를 들고 있다가 타이밍 나쁘게, 혹은 좋게, 벌거벗고 나서야 윤제희를 마주 보았다. 뜨겁다. 그것 외에는 달리 표현할 방법이 없다.

꿀꺽, 어둠 속에서도 그의 목선이 표가 날 정도로 울렸다. 분위기 파악 못 하는 그녀의 웃음이 제 차례인가 싶어 나오려다 그대로 막혔다. 윤제희의 입술에, 이번에는 가슴에.

"으으응."

긴가민가했었다. 제가 제대로 봤었는지, 너무 열망이 강해 만들어낸 상상이었는지.

그런데 분명히 맞다. 자신은 이런 가슴을 보았었다. 상상이건, 현실이건 간에 그의 수많은 밤을 밝혔던 하얀 가슴이 분명 이랬다. 손에 닿는 폭신한 감촉이라든가, 입술에 착 달라붙는 맛에 코끝을 스치는 체향까지, 그의 밤을 여러 번 깨운 가슴이 맞다.

"바, 반장."

달아오른다. 그 말 한마디에 그는 열아홉 살로 돌아갔다. 이름 놔두고 저 '반장' 소리는 질리도록 한다 했는데 지금은 또 그게 좋았다. 열아홉 살의 그가 하지 못했던 행동을 이제야 하는 느낌이라, 머리가 다 주뼛 선다.

"엉덩이 좀 들어봐."

제 버클부터 풀어 내린 그가 급한 마음에 재이의 바지로 손을 뻗었다. 확 당겨 내려도 될 텐데 혹여 놀랄까 봐 억지로 숨을 참았다. 이러지도 저러지도 못하던 재이가 그냥 몸을 뒤척이자 그가 허리 아래로 손을 넣어 상체를 가까이 붙였다.

"하아……."

코가 닿을 정도로 가까이 내려와 있던 그의 수려한 얼굴에서 난데없이 길고 짜증스러운 한숨이 쏟아졌다. 영문을 알 수 없어 눈을 뜨자 이제는 이마까지 붙이고 그녀의 머리칼을 콱 움켜쥐었다. 뭔가 꾹꾹 눌러

담은 것처럼 아슬아슬해 보여 갑자기 불안해졌다.

"……왜? 왜 그래?"

"콘돔이 없어."

있으면 그것도 이상하긴 하다. 재이를 생각하고 기다리던 마음 하나에는, 분명 성인 남자인 그가 있었다. 새벽빛 어스름에 본능만 남았을 때, 발가벗고 제 밑에서 몸부림치는 그녀를 수없이 그리긴 했지만 미리 콘돔을 준비해놓고 그러지는 않았다.

"그러면……, 그러면 안 되는 거잖아."

이재이, 너만 괜찮으면 돼. 난 전혀 상관없거든.

그런데 차마 그 말을 못 한다. 이건 이재이가 먼저 괜찮다고 말해줘야만 풀리는 주문이었다. 자신이 남자라 본능에 급하고, 상대가 이재이라 더 급하긴 했지만 무책임하게 굴고 싶지는 않다. '내가 책임질게.' 그 간단한 말을 몰라 못 하는 것이 아니라 제 감정이 가벼워 보일까 차마 못 하겠다.

다른 거 아까워해본 적 없는 그였지만 자신의 오래된 감정만은 존중받고 싶었다.

"오늘 안 되는 날이야?"

"모, 몰라. 내가 그걸 어떻게 알아."

당황이 역력한 대답이 그 와중에도 마음에 들었다. 모른단다. 손끝까지 몰렸던 피가 이제야 제대로 돌기 시작했다.

"나 금방 나갔다 올게. 여기 있어."

그가 몸을 떼어내자 멍하니 깜박거리던 그녀가 재빨리 가슴을 가렸다. 그래봤자 늦었지만.

벌새가 날갯짓 한번 겨우 할 시간에 잠깐 보았던 그녀의 하얀 가슴이 9년 지난 지금까지 뇌리에 남아 있는데, 긴 시간은 아니라도 직접 보고 만지고 맛까지 보았으니 평생 잊힐 리가 없다. 그래도 그 무모한 손짓도 예쁘게 보이니 말리진 않았다.

"나 단추 채워줘."

"어, 어?"

"네가 해줘."

손이 없는 것도 아니면서 괜히 방만히 벌어진 셔츠 자락을 그녀 앞으로 내밀며 선이 예쁜 어깨를 짚었다. 한 손으로는 이불을 움켜쥐고 남은 손을 간신히 놀리다가 주뼛 시선을 드는 그녀와 눈이 마주쳤다. 지금이야말로 명백한 키스 타임, 놓치는 놈이 바보다.

"으음……, 음."

입술 하나도 그냥 떼지 않고 살짝 핥아 마무리했다. 떨어지고 싶지 않지만 이재이는 제집에, 그것도 침대 위에 있었고 오늘 밤은 길었다.

"기다려."

커다란 손이 그녀의 뺨을 감싼 채 집게손가락만 움직여 뺨을 도닥였다. 손가락 닿는 곳마다 얼굴이 붉어진 재이가 그가 몸을 돌리자마자 간신히 참았던 숨을 내쉬었다.

꼭 자신이 경기에 나가 뛴 듯, 그렇게 숨이 가빴다.

나 지금 여기서 뭐 하는 거야. 윤제희는 또 왜 저러는 거고.

"어, 없는데요."

편의점 아르바이트로 3년이 넘었으니 웬만한 요구에는 이골이 난 아가씨가 말을 더듬었다. 열기가 풀풀 날리는 조각 같은 남자가 제 대답에 인상을 쓰니 마음이 다 아플 지경이다. 하지만 있는데 안 주는 것도 아니고 정말 없었다.

"아까 다 나갔어요. 경기 끝나자마자."

"후우……."

"여, 여기서 100미터 정도만 더 내려가시면 거기 지점은 외져서 아마 남았을 거예요……, 아마도."

일곱 번째로 들른 편의점에서 그가 거칠게 머리를 쓸어내렸다. 그야말로 이 밤중에 콘돔을 찾아 삼매경에 빠질 줄도 몰랐고 여직원에게 직접 묻게 될 줄도 몰랐다. 처음에는 자신이 못 찾는 거겠거니 했는데 가는 편의점마다 그 칸이 황량했다. 눈 씻고 봐도 비슷한 것조차 없다. 망연자실 걸어 나오는 계단에서 고개를 드니 심지어 모텔들도 간판이 다 꺼져 있다.

만실이구나.

영우한테 듣기만 했지 실제로는 처음 보았다. 오늘의 열기가 그에게만 찾아오는 게 아닐 거라 예상은 했지만 콘돔이 품절이라는 것은 금시초문이다. 억울하고 또 억울했다. 자신은 16강이 문제가 아니었는데 이상하게 휩쓸려 이 꼴이 나버렸다.

차라리 발 빠르게 콘돔이 비치된 모텔로 갈 걸 그랬나 싶다가도 그건 아니다. 잘한 거라 억지로 다독였다. 일단은 이재이가 제집에, 저만의 공간에 있는 것을 보고 싶었으니까. 오다가다 길에서 마주친 것이 아니라, 돌아서면 모른 체할 것도 아니라, 그가 번호 누르고 들어가는 그의 집에 있는 것을, 자는 것만큼이나 원했다.

"저기, 혹시 모델이나 탤런트 쪽에 관심 없으……시구나."

이런 큰길을 다니면 종종 듣던 경쾌한 소리가 갈수록 음량이 줄어들었다. 누구 놀리나 싶어 힘을 준 눈이 뒤편 유리에 비쳐 제가 봐도 우스웠다.

사람 꼴이 참 별거 없구나. 결국 오기가 끓어 100미터만 더 가면 있다는 외진 편의점으로 향하다 편의점이 아닌 다른 곳에서 그 걸음이 멎었다.

"어서 오십쇼! 방금 나왔습니다!"

모락모락 김이 오르는 작은 포장마차 앞에서, 그렇게 잘 웃던 재이가 당황해 말도 못 하던 것을 떠올렸다. 혼자 두고 나왔는데, 지금 자신은 여기서 무얼 하고 있는 건지. 결코 오기나 충동으로 안을 여자가 아니라는 것을 그나마 너무 늦지 않게 깨달았다. 외지다는 편의점을 지척에 두고 그는 더 급한 것부터 사려 지갑을 열었다.

처음 10분 정도 그의 말대로 얌전히 침대에 누워 있던 재이가 몸을 벌떡 일으켜 주섬주섬 옷을 찾았다. 이래도 되는 건가 했는데 그건 스스로가 생각할 일이다. 자신은 제희가 좋았고 생각만 해도 가슴이 설렜으니 이러지 말라는 법은 없다. 하지만 이 열기에 슬그머니 묻어 가는 감정이 괜찮을까 하는 우려 역시도 어쩔 수가 없었다.

"아니지……."

다른 건 다 둘째치고라도 벗고서 반장네 집에 누워 있는 자체가 낯부끄럽다. 벌써 정신이 들었으니 이제 와 술 마실 게 아니라면 멀쩡한 척 연기는 못 하겠다. 그가 벗겼던 티셔츠와 바지도 꿰입고, 그러고 나니 침대에 앉아 있기도 뭐해서 거실로 나왔다. 남의 집 거실을 두리번대다 우두커니 벽에 기대었다.

"너 뭐 해?"

띠띠띠, 전자음이 들리더니 바로 현관에 불이 들어왔다. 갈 때는 빈손이던 그의 손에 검은 비닐봉투 하나가 들려 있자 그녀는 흡, 입을 다물었다.

저 안에 콘돔이 있는 걸까. 그러면 또다시 옷 벗어야 하나.

"느, 늦었네."

성큼 걸어온 제희는 몹시 못마땅해 보였다. 옷을 다시 입어서 그런 건가 했는데 어찌 말하기도 전에 손목이 끌려 소파로 데려갔다. 말 못 할 어색함에 고개를 푹 숙이는데 검은 봉투가 제 앞으로 놓였다.

아니겠지. 설마 콘돔을 나한테 주면서 어떻게 해보라고는 안 하겠지. 아무리 하고 싶은 거 다 하고 사는 애라도 그렇게까지는 안 하겠지.

"나, 나 못 해."

"뭘?"

"이런 거 어떻게 해. 그냥 네가 해. 너 남자잖아!"

"뭘?"

한 글자에 30원짜리 대답이 연이어 들려오자 재이가 눈을 질끈 감고 비닐봉지를 밀어버렸다. 그러다가 알았다. 콘돔은 이렇게 따끈하거나 부피가 크지 않다.

"어……, 어."

"따듯할 때 먹어. 너 이거 좋아했잖아."

그가 직접 비닐봉투에서 고로케를 꺼냈다. 김이 아직 모락거리는데도 눈에 뭐가 씌었는지 전혀 모르고 있었다. 얼떨결에 한입 베어 무는데 그걸 냉소적으로 보던 제희가 제 머리를 감싸고 소리를 높였다.

"아아아아아!"

"왜, 왜애? 무슨 일인데? 밖에 무슨 일 났어?"

"……콘돔 안 팔아."

먹는 사람 앞에 두고 할 소리는 아닌데 윤제희도 담고 담아두다 그만 폭발해버렸다. 아직은 아니다, 나는 참을 수 있다, 세뇌를 하며 들어왔더니 준비한 듯 옷 다 입고 있는 이재이를 보자마자 열통이 터졌다. 그런데도 이 속없는 여자의 표정이 스르륵 풀리기 시작하더니 급기야 큭 큭 웃느라 난리가 났다.

진심으로 묻고 싶다. 너는 이게 웃기냐고.

그걸 묻기도 전에 그의 헛웃음이 먼저 나와버렸지만. 예전부터 그는 그녀가 웃으면 아무 말도 못 했다.

그녀는 윤제희와 자지 않았지만 잠은 같이 잤다. 무슨 말이냐면, 그녀는 지금 그의 침대에 누워서 제희를 마주 보고 있었다. 아까는 터무니없는 열기에 녹아 그렇다지만 지금은 설명할 수도 없다. 그냥 이렇게 됐구나, 자연스럽게 여겼다. 아니, 여기려고 노력해보았다.

"지금 집에 못 가. 나가봤는데 밖은 난리가 났어."

제희나 재이나 안에서도 난리가 나긴 마찬가지였지만 그는 애써 목청을 가다듬었다. 여기서 동요하는 모습을 보이면 겁먹은 토끼 같은 이재이는 또 생각에 잠기고 말 것이다.

"아침에 버스 오니까 그때 나가. 아니면 내가 데려다줄까? 그게 낫겠어?"

"아냐, 버스 타고 가면 돼. 버스 타면 되지."

"그러든가."

그 대답 후에 정신을 차리니 여기에 누워 있었다. 그의 말에는 한참 후에 생각하면 꼭 함정이 담겨 있는 것을. 내미는 선택지는 항상 그녀가 선택하고도 이게 왜 이렇게 되나 찝찝했다.

"저기, 네가 집주인인데 침대는 네가 써야지."

"됐어."

"음……, 그래도 좀 아닌 것 같아."

남자답게 양보를 했으면 이불 들고 나가주면 고마울 텐데 윤제희는 옆자리에 누워 있었다. 너 왜 안 나가냐 물어보려다 보니 여기는 제희네 집, 제희의 침대였다.

"그런 소리, 늦었다고 생각하지 않아?"

베개에 묻혀 반 정도만 보이는 그의 눈이 가늘어졌다. 쿵 하고 내려앉는 가슴을 애써 모른 척 눈을 감았다.

"나도 잠 오면 갈 거야. 걱정 마."

"으응."

"어차피 나도 여기서는 잠 못 자."

잠이 든 척했다. 무슨 말인지 못 알아들을 만큼 숙맥은 아니었으니. 윤제희 역시도 이런 어설픈 연기에 속을 만큼 멍청이는 아니지만 적당히 속아주었다. 그리고 숨 고르는 소리가 몇 번 더 나고, 그 소리에서 적당한 규칙을 찾았다 싶을 때 쌔근쌔근 그녀는 잠이 들었다. 다시 봐도 속 편하다. 이렇게 편할 수가 있나.

"그래. 너라도 편해."

그는 잠이 오면 나가기로 했지만 잠이 오지도, 들지도 않아 날이 밝을 때까지 그녀를 지켜보았다. 그래도 그만하면 약속은 지켰으니 더 이상 죄책감은 없었다.

한국이 16강에 진출을 한 것은 누구에게나 기적 같은 일이었다. 평소라면 조금의 실수도 억지로 집어내 소리를 질렀을 과장님도 너그러웠고 고객들 역시 알아서 주문을 왕창 넣었다. 당연히 몸은 바빠도 마음은 가뿐했다. 다른 여느 직장인들처럼.

"야, 박지성 완전 멋있었지! 왜 이제껏 그런 사람을 몰랐을까?"

"나도 몰랐는데."

"아우, 야. 김남일도 멋있고! 완전 야성미가 넘치잖아."

벌써 국가대표팀 사진을 바탕화면에 깔아놓은 영미가 컴퓨터를 볼 때마다 황홀한 숨을 뱉어냈다. 그게 지겹지 않은 것은 이미 재이에게도 월드컵은 남다른 의미로 다가왔기 때문이다.

"8강 갈까?"

"가면 좋은데. 난 잘 모르겠어."

사실 16강에 가는 것도 생각 못 해봤으니 8강은 감이 안 온다. 지금처럼 경기를 여러 번 하는 건지, 한 번 하고 끝내는 건지도 모르겠다.

"이탈리아랑 누가 이길까? 아까 복도에서 보니까 과장님이랑 남자 직원들 완전 난리 났더라. 내기 수준을 넘었다니까?"

"하하."

웃음으로 얼버무렸다. 자신은 그 내기에 빠져 9년 만에 본 동창 집에서 밤을 보냈으니 내기 수준을 넘어선 것은 마찬가지다. 물론 속내는 달랐지만 남이 보기엔 그럴 것이다.

"넌 아무리 그래도 그렇지 붉은 악마 티서츠를 입고 출근하냐? 축구 엄청 좋아하나 했는데 뭘 아무것도 몰라."

"아……, 그냥. 다른 직원들도 입길래……."

이제는 웃음도 나오지 않아 자리에서 일어섰다. 잡히는 대로 팸플릿을 들고 나서니 별달리 의심하는 이들은 없었지만 제 볼이 벌써 티셔츠만큼이나 붉어졌다.

「소원이 너무 터무니없이 날아가서 어떡해?」

버스를 타고 가겠다고 나서는데도 제희가 기어이 차 키를 들고 따라 나섰었다. 눈 뜨고 나니 부끄러움이 밀려와 아무 소리도 못 하다가 겨우 한 말이 그 한마디였다.

「나 소원 안 썼어.」

「응?」

「어젯밤엔 너도 원했잖아. 아니야?」

　그러니 그게 왜 소원이 되냐는 거였다. 너무 태연하니 대꾸를 못 했다. 그가 고작 자신과 한번 자는 것에 소원을 걸지는 않았을 텐데. 잘 알면서도 정작 소원이 뭔지는 몰랐다. 어쩌면 사귀자거나 그런 게 아닐까 간질간질한 바람도 담았었는데 윤제희는 별말이 없었다. 그게 다행인지 실망인지, 마음이 복잡하다.

　소원을 빨리 써버려야 다음 내기가 있는데. 그래야 이탈리아 경기를 기다리는 남은 나날을 선물처럼 받을 수 있을 텐데. 약속이 없으면 다음도 없는 이 관계가 목을 꽉 조였다. 이제껏 잘 살아놓고는, 사람 마음이 이렇게나 간사하다.

"여보세요?"

　─ 누나. 나야.

"어, 재우야."

　─ 어제 내 문자 못 봤어?

"어어, 아침에 봤어, 미안."

　─ 저기⋯⋯, 엄마가 전화했지?

　남동생인 재우였다. 엄마만큼은 아니더라도 책임감이 더해 마음이 제법 무겁다.

"어, 맞아. 안 그래도 전화하려고 했는데⋯⋯."

　이건 거짓말이다. 하기야 할 테지만 되도록 안 하고 싶었다.

　─ 누나, 너무 신경 쓰지 마. 정 안 되면 어쩔 수 없지 뭐.

　이번에는 재우의 거짓말이었다. 그녀는 재우를 잘 알고 늘 돌아가는 패턴도 잘 알았다. 엄마가 화를 내거나 푸념을 하고, 재우는 적당히 손을 내젓고, 자신은 결국 돈을 보냈다.

"그래?"

– 맨날 누나가 해줬는데 또 그러긴 좀 그렇잖아.

말에 자신감이 없다. 재우는 엄마처럼 대놓고 이야기하지는 않아도 늘 그녀에게 기대고 싶어했다. 그러면서도 미안한 건지, 다른 방법이 없는 건지 꼭 이렇게 한 바퀴를 빙 둘렀다. 그런 생각 안 하려 해도 엄마와 다른 말이 오간 건지 궁금하곤 했다.

"그래, 그럼. 해주면 좋은데 나도 요새 좀 힘들어서."

– 응?

되묻는 음성에 당황스러운 기색이 역력한 것을 보니 확실히 제 생각이 맞았다. 뭐랄까, 어쩐지 서글프다. 그런데도 네 일은 이제 알아서 하라고 화를 내지 않는 것은 그 마음을 누구보다 잘 알기 때문이었다. 그녀도 그 나이에는, 자신처럼 억지로라도 기대고 손 벌릴 수 있는 사람이 있었다면, 싫어할 걸 뻔히 알면서도 눈 딱 감고 기대고 싶었을 것이다. 정말 그렇게라도 하고 싶었었다.

그만큼 간절했으니까, 재우도 그렇겠지. 모른 체 한 발 뺐지만 그녀는 자신의 다음 행동도 잘 알았다.

"재이야, 너 나가야지! 강남 쪽 병원이라는데?"

"응, 갈게!"

힘을 붙였다. 동생이든 가족이든, 그녀 역시 돈이 필요했다. 물가 비싼 서울에서 버텨내려면, 그래서 보고 싶은 사람도 한 번씩 보고 살려면.

두 시간으로 예상됐던 흉터 제거 수술은 세 시간이 훌쩍 넘어 끝났다. 환자가 아직 아이이다 보니 더 섬세한 손길이 필요했고, 나오자마자 보호자에게 잡혀 시간을 꽤 많이 보냈다. 아직 레지던트인 그가 해줄 만한 말이야 일단 기다려봐야 한다거나 차차 경과를 살펴보자 정도였지만 그는 그 말도 최대한 진중하게 해주었다. 분명 같은 말인데도 더 안도하는 가족들을 보면서 영우는 장난스레 그 말투를 흉내 내려 애쓰기도 했다.

"아우, 좀 쉴 만하다 싶으니까 수술이야."

"네가 다음인가?"

"응. 요새 사람들이 넋 놓고 살아 그런지 사고가 많네."

제희가 그날을 떠올렸다. 자신의 인생에 가장 넋 놓고 말았던 날. 그는 그날, 앞으로의 밤을 괴롭힐 새로운 핀업걸의 이미지를 각인시켰다.

"너는 무슨 동문회 회장 자리 노리냐? 상현이 형한테도 그러더니 왜 요새 전화질이야?"

"알 거 없어."

"알 거 없어도 들리는 게 많습니다."

알아도 모르는 척, 영우가 그의 어깨를 털었다. 그도 부인할 생각은 아니라 턱을 들어 넥타이를 조였다. 거울 뒤로 보이는 그 모습이 같은 남자끼리도 탄성을 내뱉게 했다.

"너 무슨 선보냐? 어휴, 눈이 부시네, 부셔."

어제도 그러더니 오늘도 정장을 입었다. 병원에서 쉴 새 없이 뛰다 보니 머리가 다소 흐트러지기는 했지만 완벽한 차림의 그는 그마저도 매력적이다. 윤제희가 그럴 리 있겠냐만 여기서 귀만 하나 뚫으면 TV에 나오는 섹시한 외국 선수 같은 느낌도 들 것 같다.

"나 이제 갈게. 수고."

"얌마, 너 그런데."

"왜?"

"윤지 말이야."

평소에 실없어 보이는 영우지만 이런 이야기는 함부로 하지 않았다. 그래서 그도 급한 와중에 시선을 기울였다.

"윤지가 요새 분위기 안 좋더라구. 너 알잖아, 걔가 너 예과 때부터……, 음. 내가 웬만하면 참견 안 하는 주인데. 여기 분위기도 그렇고."

"갈게."

어떤 뜻인지는 알아 이번에는 제희가 영우의 어깨를 툭, 두드렸다. 다만 별달리 해줄 만한 말은 없다. 그리고 코너를 돌자마자 길을 막듯 서 있던 윤지를 만났다. 이 바쁜 곳에서 일부러 사람 없는 이곳에 서 있었다면 그를 기다렸다 봐도 좋을 것이다.

"저기, 제희야!"

"응."

"어디 가? 너 어제도 나갔잖아."

"허락받았어."

"내 말은 그런 뜻이 아니고."

최근 들어 더 초조해졌다. 그녀의 감이 가리키는 사람은 분명 그녀보다 못했는데. 옷차림이나, 들고 있던 가방이나 자신과는 상대가 안 된다고 생각했다. 그런데도 그날 이후 윤제희는 하루하루 달라지고 있었다.

"음. 너 좋은 데 가나 보다 싶어서. 영우한테 들으니까 너 요새 선배들한테 전화도 하고 그런다길래. 좋은 데 있으면 같이 가자. 나도 너 따라 선배 찾아다니면서 밥이나 얻어먹게."

"그건 곤란해. 식사라면 따로 찾아가보든가."

"야아. 너 옷까지 이렇게 차려입고. 정말 선이라도 보는 거야?"

"그런 거 안 봐."

대화를 할수록 초조함이 거세지던 윤지가 돌려 말하기를 포기하고 의

문점을 바로 짚었다. 그런 방법은 좋지 않다 여겼지만 지금 와 그냥 보낼 수도 없었다.

"그럼 옷이!"

"좋아하는 여자한테 잘 보이고 싶어서."

"……."

"그래서 이렇게 입어봤어. 옷 같은 건 신경 안 쓰는 여잔데도."

눈을 내린 그가 바로 앞을 향했다. 실연이라도 당한 듯 구는 윤지가 입술을 물어뜯더니 몇 발짝 더 따라오다 멈췄다.

그는 평소대로 걸었고 병원을 벗어나자마자 차를 향해 달렸다. 야간 진료 시작 전 저녁시간에 맞추려면 그도 서둘러야 했다. 액셀러레이터를 조금 강하게 밟고, 지하에 내려갈 것 없이 발레파킹을 맡기고, 엘리베이터 대신 3층 계단을 달려 올라가고, 그래야만 이 소리를 직접 들을 수 있었다.

"어……, 반장. 안녕!"

아직도 민망한지, 반쯤 웃으면서도 살짝 손을 드는 이재이의 목소리를.

"정말 감사합니다. 마음에 드실 수 있게 준비할게요."

"감사야 이놈한테 해야죠. 뜬금없이 전화 와서는, 하여튼."

옆에 붙어 서 있던 제희를 보니 그녀가 알 정도로만 살짝 입매를 늘였다. 심란하고 부끄러운 마음에 얼른 앞을 향해 고개를 숙였다.

"나오면 바로 연락 드릴게요."

"그래요. 제희야, 너 약속했다! 나중에 여기서 일하기로!"

듣고 있기가 곤란해 뒤로 빠져 있다가 먼저 계단을 내려왔다. 그리고 얼마 안 돼 제희도 급히 내려왔다. 결 좋은 머리가 살짝 흐트러져 보고 있는 마음도 흐트러진다.

"천천히 내려오지."

"왜 먼저 내려가?"

목소리가 퉁명스럽다. 모르는 사람이 봤다면 '화가 났구나.' 착각하기 딱 좋았다.

"그냥. 너 편하게 얘기하라고."

"회사에서 바로 나왔어?"

"어. 은행 좀 갔다가……, 그리고 왔지."

"뭐 타고 왔어?"

"지하철. 지하철이 제일 빨라."

"그거 다 들고 안 힘들었어?"

"에이, 이 정도야 뭐. 지하철 안 다니는 데는 버스 타야 하는데 그거 몇 번씩 갈아타면 어떤 때는 눈이 안 떠져. 하하."

웃으라고 한 이야긴데 제희는 통 웃질 않았다. 말할수록 못마땅해하니 그녀도 입을 다물었다. 사실 그녀도 부끄럽다. 어제나 오늘이나 제희 얼굴만 봐도 그날의 일이 떠올랐다. 난생처음 남자가 제 벗은 몸을 보았는데 그녀 성격에 멀쩡한 것이 더 이상한 일일 것이다.

"오늘은 내가 밥 살게. 가자."

"아냐. 내가 사야지. 네 덕에 번번이 신세만 지고."

그가 입을 꽉 다물었다. 이재이의 머릿속에 무엇이 들었는지 그날처럼 낱낱이 벗겨보고 싶다. 가까워졌다 싶었는데, 이제 좀 살 만하겠구나 했는데, 그녀는 처음 만난 날처럼 눈을 못 마주쳤다. 그러라고 이렇게 차려입고 나온 것이 아니다.

"이리 줘."

그녀가 들고 있던 커다란 가방을 뺏어 들었다. 종종거리며 따라오던 재이가 그제야 그의 차림을 보았다. 어제도 그랬지만 눈부시게 멋지다. 만약 길을 다니다 윤제희 같은 사람을 보았다면 사라질 때까지 보았을지도 모르겠다.

"저기, 반장."

그가 몸을 돌려 다소 부담스럽다 할 만큼 가까이 다가왔다. 뒤에서 오는 사람들은 커다란 남자 혼자 서 있구나 할 만큼 그의 그림자에 그녀의 몸이 완전히 가렸다.

"뭐 먹고 싶은 거 생각났어?"

제희는 여전히 감이 빨랐다. 그녀에 관한 것이라면 이미 모두 보았다. 망설이는 눈빛, 초조한 손짓, 어색한 미소까지.

이제 와 한발 물러나겠다면 사절이다. 그녀는 자신에게 책임을 져야 했다.

"그건 아닌데. 음……, 저기 너 안 그래도 된다구."

"뭘?"

갈증이 섞인 단답형의 대답에 지나가는 여자들이 흘끗거렸다. 그걸 재이가 먼저 느끼고 저도 모르게 고개를 돌리자 그가 손가락 끝으로 다시 데려왔다.

"엄마야!"

"뭘? 뭘 안 해도 되는데?"

윤제희 정말 남자 맞구나. 정장 입고 이렇게 있으니 교복 입고 있던 그와는 또 달랐다. 유독 반짝거리는 이 남자가 너무 좋고 설레는데 또 마음이 아프다.

"오랜만에 만나서, 월드컵 되고 해서 자주 보고. 그래서 정말 좋아, 난."

"……."

"근데, 음, 네 일 하는 것도 힘들다고 들었는데 나 때문에 괜히 사람들한테 아쉬운 소리 하고 다니고……, 그러면 내가 마음이 불편해서. 안 그래도 된다구."

어찌 들릴지 몰라 중간중간 웃음을 섞었다. 수원에서는 너무 당황해 몰랐는데 어제도 오늘도, 뒤에 제희가 있다는 것을 알고 나니 마냥 좋아할 수는 없었다. 과장님이나 부장님이나 모두 좋아하는 일을 두고도 이재이는 못 그랬다. 말 나온 김에 제희가 들고 있던 제 가방을 다시 받으려 손을 뻗는데 그가 더 힘을 꾹 주어 손잡이를 놓지 않았다. 살짝 닿은 약지가 그의 손에 바로 엉키자 고개를 올렸다.

"그럼 난 너 언제 봐?"

"응?"

"그렇게라도 아니면 난 너 언제 볼 수 있어?"

간신히 잡은 그녀의 시선을 틈 하나 없이 꽉 붙들어 맸다. 그녀로선 어쩐지 눈물이 날 것만 같다.

"아니, 그거야……, 그냥 마치고 연락해도."

"월드컵 아니라도?"

"으응? 그, 그럼."

그럼 난 좋게.

"내기 같은 거 안 해도, 보고 싶으면 마음대로 연락하라는 건가?"

"……어?"

"그럼 내일도 나랑 봐. 모레도. 그다음 날은 못 나오는데 주말은 나랑 있어. 다음 주는 내일 병원 가서 확인하자마자 알려줄게."

너 나한테 자꾸 이러면 어떡해.

욕심 안 부린다 했는데 부리고 싶어졌다. 통장 잔고는 오늘 다시 바닥을 쳤는데 마음은 하늘에 닿아버렸다. 그래서 천천히 고개를 끄덕이다 그만 웃고 말았다.

"이거 소원 아니다?"

"으응? 뭐?"

"소원 쓴 거 아냐. 네가 먼저 보고 싶을 때 연락하랬으니까 난 매일 볼 거야. 네 말대로."

"……."

"약속은 좀 지켜줘, 부반장."

● "아무래도 마취 풀리면 아이가 많이 힘들어하거나 손을 댈 거예요. 정 힘들어하면 다시 진통제를 투여해야 하는데 그러면 너무 축 늘어져만 있을 거라. 당분간은 손 안 대게 밤에도 좀 지켜봐주세요."

"아휴, 네. 감사합니다, 선생님."

"아닙니다. 지원아, 약속했지?"

뜨거운 물을 엎어버려 화상을 입은 꼬마 환자가 울먹울먹하면서도 고개를 끄덕였다. 그는 아이를 좋아했지만 그렇다고 이렇다 할 표현은 못 했다. 달리 해줄 게 없으면서도 성인 환자만큼 발걸음이 쉽게 떨어지지가 않아 다시 무릎을 굽혔다.

"조금만 참으면 돼. 세 밤만."

"세 밤이요?"

"응."

아이의 가는 머리를 쓸어주자 손가락 새가 간질거렸다. 아파 어쩔 줄을 모르면서도 킥킥 웃는 것을 보니 달리 표현을 안 해도 그의 마음을 아는 듯하다. 원래 아이들이야말로 저 좋아하는 사람에 대한 감이 가장 뛰어났고 그게 그가 아이들을 좋아하는 이유였다. 솔직하니까.

"지원아, 너 줄 거 있댔잖아."

꼬마 숙녀가 부스럭대면서도 뭐가 그리 쑥스러운지 히히, 웃음소리부터 흘렸다. 그가 다시 앉아 손을 내밀자 그 위에 곧 빵 봉투가 놓였다.

"선생님. 내가 이거…… 주려고……, 히히."

"고마워, 잘 먹을게."

"그거 선생님이 먹어야 돼요. 이마에 점 있는 이상한 선생님 말고."

"응. 그래."

며칠 밤을 새우다가도 이런 때는 보람을 느꼈다. 그러니 조금 더 다정하게 굴면 좋을 걸, 타고난 성격이 있어 잘 그러지 못했다. 그걸 깊이 생각해본 적은 없었는데 요새는 종종 궁금해진다. 상대방이 자신을 어떻게 생각할지, 이재이가 자신을 어떻게 생각할지.

"오오, 웬 빵? 나 좀 먹자."

"이마에 점부터 빼고 와."

멋모르는 영우가 이마를 만져보다가 그래도 고픈 배가 먼저라 체면 불구하고 달려들었다. 원래 제 것은 아니니 미안하기는 한지 손에 잡히는 대로 제희에게도 하나 내밀었다. 빵을 그다지 좋아하지는 않지만 꼬마 숙녀 성의를 생각해 그도 한입 베어 물었다.

"이거 맛있다, 야. 백화점에서 파는 거잖아, 이거."

"그래?"

"응. 이거 다른 쌤들이 맛있는 데라던데. 그런데 난 입맛이 싸구려라 그런지 옛날 빵이 더 좋아. 학교 앞에서 팔던 소보로빵이랑 고로케 같은 거."

그가 알고 있는 누군가와 식성이 같았다. 그게 기분이 썩 좋지는 않다.

"고로케 좋아하지 마."

"……응? 지금 뭐란 거야? 왜?"

"너는 안 돼."

이재이가 고로케 좋아하니까.

엮이지 마. 그게 티끌만 한 거라도.

하굣길에 서면, 그 오른편엔 작은 동네 제과점이 있었고, 그곳 유리창 앞에는 잔돈을 세는 이재이도 있었다. 왼쪽 손바닥에 놓인 동전을 세어 보던 그녀는 활짝 웃으며 안으로 들어설 때도 있었고 한숨과 함께 돌아서기도 했다. 주로 후자가 많았다.

그는 당시에 지금의 배로 무뚝뚝해선 멈춰 서서 '너 뭐 하느냐?' 물어본 적은 한 번도 없었다. 대신 최대한 걸음을 천천히 옮기다가 재이와 눈이 마주쳐 '반장!' 하고 불러주면, 그날은 윤제희에게 운이 좋은 날이었다.

"자, 반장 어머니가 간식 넣어주셨어. 재이야! 네가 좀 하나씩 나눠 줘."

"네?"

"부반장 재이. 둘 다 헷갈려서 반장, 부반장 안 하면 어쩔 뻔했어! 내가 선견지명이 있지. 하하. 아이구, 경욱아. 너도 줄 테니까 자리에 좀 앉아라, 이놈아."

선생님이 주고 간 커다란 박스에는 그 제과점에서 파는 모든 빵이 골고루 있었다. 그렇게 주문을 했으니까. 이왕이면 이재이가 제 것 먼저 골라놓기를 바랐는데 역시나 안 그랬다.

"저기, 이거 다 다른 거라서 먹고 싶은 거 하나씩 가져가면⋯⋯."

조그만 목소리가 다 끝나기도 전에 아이들이 벌 떼처럼 달려들었다. "반장, 고맙다!" 사방에서 소리가 들렸지만 그는 심기가 사나워졌다. 아이들의 열화와 같은 성원에 겁먹은 재이는 또 뒤로 물러서 손도 못 댔다. 와글거리는 아이들이 다 빠져나가고 나서야 그녀는 상자를 들여다보았다. 입술을 꼭 다물며 웃는 것이 뭔가 있구나 했는데 그녀가 조심스레 빵 두 개가 남은 상자를 제일 뒷자리의 그에게로 들고 왔다.

"반장, 너도 먹어. 너네 엄마가 보내셨잖아."

"됐어, 난."

"그래도 먹어야지."

하나 집고 말면 그만인데 남은 빵이 두 개였다. 고로케와 단팥빵. 복권 추첨도 아니고 그깟 것에 윤제희가 긴장을 다 했다. 중간에 손을 놓고 고심하다 고로케 쪽으로 손을 내밀었다. 담백한 아이이니 기름기 많은 거 안 좋아할 것 같다 싶어 손이 갔는데 살짝 올려다본 그녀의 표정이 허탈했다.

이거구나. 고로케.

설마 할 것도 없이 바로 단팥빵을 집자 재이의 얼굴에 어쩔 줄 모르는 웃음이 가득 돌았다. 별로 감출 마음도 없는지 다른 아이들처럼 배시시 웃으며 그에게 인사를 건넸다.

"잘 먹을게, 반장."

역시나 잘 먹으라 소리도 못 했다. 그러나 다음부터 그의 어머니가 간식을 넣을 때면 다양성이고 뭐고 할 것 없이 그냥 고로케 53개가 배달되었다.

오늘처럼 남으면 이재이가 하나 더 먹겠지. 한번 향한 마음은 끝을 볼 수 없어 그는 지난 9년간 단 한 번도 고로케를 입에 대지 않았다.

늦어진 퇴근에 눈이 가물하면서도 끊임없이 휴대전화를 확인했다. 안 되겠다 싶어 부러 거실에 놓아두고 할 것 좀 하려 했더니 그것도 마음 같지가 않다.

이를 닦다가도 괜히 거실에 나와 휴대전화를 열어보고, 물을 끓이다가도 다시 돌아와 휴대전화를 열어보고. 그렇게 의미 없는 행보만 계속했다. 그래도 긍정적인 그녀라 적어도 살은 빠지겠거니 기지개를 켰다.

"윤. 제. 희."

이제는 심심하니 명함을 또 들여다보았다. 닳을까 조심조심 보다가 손으로 매끈한 감촉을 즐겼다. 제 것도 이런 거면 좋았을 텐데.

"여보세요?"

- 나야.

그는 이제 발신자 표시가 없는 전화에도 '나야.'라는 애매모호하고 확실한 사람이 되었다. 그녀의 전화를 받을 때 호칭이 없는 사람들은 가족 아니면 그뿐이었는데 그 둘의 느낌이 많이 달랐다.

- 뭐 해?

"응. 그냥 씻고 누워 있었어."

전화 속 침묵이 길어진다 싶으니 제 대답이 조금 민망하다는 걸 알았다. 그날의 일이 없다면 모를까, 그는 이미 자신이 벗고 누워 있는 것도 본 사람이다.

"어……, 책도 보고."

- ……그래.

"넌 뭐 해? 병원이야?"

오전에 들었으니 당연한 걸 또 물어봤다. 아직은 아무렇지 않게 일상 이야기로 화제를 돌릴 만큼 자연스럽게 굴지는 못했다. 그래도 궁금한 건 사실이다. 어디서 뭘 하는지, 밥은 먹었는지, 그런 것 전부가.

모르고 살았을 땐 어디서 잘 있는지나 알 수 있기를 바랐다. 당연히 잘 있을 거라 생각하면서도 의식적으로 제희를 멀리했다. 처음에는 그래야 한다고만 생각했고 나중에는 그마저도 용기가 없어져 무의식의 꿈에서만 간간이 그려보았다.

다시 볼 수 있을 거라는 기대는 안 하고 살았는데. 어른이 된 윤제희가 어떠할지 상상해보다 고개를 떨군 적이 몇 번 있었다.

원망하려나, 날 선 눈빛으로 보려나, 그게 두려워서.

그런데 다시 만난 제희는 그때보다 말도 잘하고 한 번씩 이상한 열감으로 그녀를 꼼짝 못 하게 사로잡기도 했다. 처음 한두 번은 월드컵 탓이다 미뤄놓았는데 지금은 아니란 것을 알았다. 그는 월드컵이 아니라도 자신이 보고 싶다 말해주었고 그것만으로도 그녀는 마냥 행복했다.

— 왜 이렇게 빨리 자?

"오늘은 그냥 조금 피곤해서."

— 많이 피곤해?

"아니, 많이는 아냐."

걱정할까 싶어 말을 바꿨다.

— 그럼 여기 와.

"응?"

— 오늘은 도저히 못 나가겠어. 보고 싶으니까 네가 와.

"뭐라고?"

— 안 돼? 네가 보고 싶을 때 연락하면…….

"알았어, 알았다구."

전화를 끊기도 전에 자리에서 일어섰다. 아직 덜 마른 머리에 닿은 목덜미가 서늘한데도 굳이 새 옷을 찾아 입었다. 늘 그리던 윤제희를 다시 보고, 보고 싶을 때 보고, 이렇게 밤에도 보자는데. 몇 벌 없는 옷이 젖는 정도가 아까울까.

　휴대전화를 들고 있던 그가 빙그레 웃었다. 이재이한테는 처음부터 이렇게 이래라저래라 하는 게 나았을지도 모르겠다. 풀어주면 딴생각이나 하고 있고, 그날부로 자신의 몸은 이재이에게 묶여버렸으니 마음이라도 자신이 움켜쥐고 싶다.

　이렇게 흐뭇한 계획은 그의 인생에 처음이다.

　“어……, 반장!”

　커다란 병원 로비에 있던 그를 주위 사람들이 흘끔거렸다. 멋모르고 그를 불렀던 재이가 뒤늦게 눈치를 보며 민망해했다.

　“약속 잘 지키네, 부반장.”

　이 소리 어디에 부끄러울 데가 있나고 그녀가 아무 말도 못 했다. 자신이 너무 속없는 여자는 아닐까, 그런 고민을 해본다.

　“밥은 먹었어?”

　“응. 오늘 거래처에서 얻어먹었어.”

　“거래처 어디?”

　“어디라고 하면 알아?”

　커다란 눈을 찡그리며 장난스레 놀려도 제희는 대답을 기다렸다. 모른 체 장난을 치기에는 그녀도 그의 마음을 잘 알았다. 자신 역시 궁금하다. 병원에서 밥을 먹었을 윤제희가, 누구랑 어떤 식사를 했는지.

　“너 바쁘지?”

　너무 당연하니 제희가 가는 한숨을 쉬었다. 안 바빴으면, 아니, 덜 바빴으면 이리 번거롭게 그녀를 오라고 할 일도 없었다. 달려왔을 그녀를 보는데 목덜미 한쪽에 물기가 서렸다. 화장기 없는 모습과 어우러져 사람만 없으면 장소가 어디든 다시 눕혀놓고 싶다.

"반장 너 가운 입은 거 보니까 진짜 의사선생님 같다."

"그래?"

"응. 신기해."

처음 본 건 아니지만 그때완 또 다르다.

그의 마음이야 알 바 없는 재이는 드라마 속 배우 같은 제희의 모습에 자꾸만 눈이 갔다. 깔끔하게 다림질한 가운을 보니 그래도 그 계통에서 일하는 티를 내려는지 시선에 제법 꼼꼼함이 서려 있다. 그리고 그 모습을 한참 위의 제희가 웃으며 지켜보았다.

"아, 호출 왔다."

"호출?"

"응. 들어가봐야 될 것 같아."

채 10분을 채우지 못했다. 제희야 일이 있으니 어쩔 수 없지만 그걸 뻔히 알면서도 마음이 허전했다. 그래도 자신이 미적대면 괜히 그가 미안해할까 먼저 등을 돌렸다.

"그럼 나 갈게. 너도 얼른 가봐."

"이재이."

호출기를 들여다본 그가 그녀를 먼저 쫓아왔다.

"우리 집에 가 있을래?"

"……으응?"

"어딘지 알잖아. 나 새벽에는 들어갈 수 있어."

"아냐. 어떻게 그래."

당황하자 목소리가 높아졌다. 의도적인 건 아니겠지만 그날 이후 제희가 꺼내는 모든 말이 자꾸 한 지점으로 몰렸다.

"그래, 그럼."

안으로 들어가야 할 제희가 먼저 밖을 향했다. 어차피 밖으로 나가야 할 그녀 역시 자연히 그의 옆에 서서 보조를 맞췄다.

"들어가지."

"택시 타는 거 보고."

"뭐하러. 아직 버스도 다니고 지하철도 다니는데."

그는 들은 척도 안 하고 택시승강장에 섰다. 앞에 있던 사람이 빠져나가자 그가 그녀의 등을 밀어 한 걸음 같이 옮겼다.

"나한테 미안해서 그러는 거면 안 그래도 돼. 너 일하느라 그런 거 뻔히 아는데."

"내가 왜 미안해?"

"뭐?"

"이재이는 약속 지키는 거잖아. 두고 볼 거야."

이런 면이 다 있었나 싶게 능글거렸다. 그럼에도 택시를 잡아 자신을 태우는 손길이 더없이 다정해 차마 눈을 흘기지도 못했다. 말과 마음이 다른 것, 그것이 윤제희의 매력이라면 매력이다.

"집 앞까지 꼭 부탁드립니다."

의자에 똑바로 앉기도 전에 그가 앞문을 열어 돈까지 미리 쥐여주고 몇 번이고 당부를 했다. 그리고 그의 모습이 사라지자마자 문자가 왔다.

[나야. 너무 억울해하지 마. 내일은 내가 갈 테니까.]

묘하게 설득력 있고, 묘하게 마음을 끌고, 묘하게 시선을 잡아둔다. 다른 사람에게는 뻔뻔스러워 보일 문자가 오직 이재이에게만 그렇게 보였다.

"남자친구가 아주 멋있네요? 잘 챙겨주고."

그런 거 아니에요, 아직은.

그렇게 대답하려고 했는데 그러지 못했다. 이게 남자친구가 아니면 뭘까 싶으면서도 아직은 관계가 명확치 않다. 윤제희의 진중함을 믿으면서도, 현실이 얼마나 무서운지는 어린 나이에 사회로 나와 자연히 터득하고 말았다. 그 씁쓸함을 혀 밑에 녹여 살고 있는 그녀가 조용하고 수줍게 말했다.

"네에."

어차피 다시 볼 일 없는 아저씨니까, 집에 가는 길지 않은 시간 동안 세상에 단 한 사람이라도 제희를 그녀의 연인으로 봐주는 사람이 있으면 좋겠다. 머뭇머뭇 거짓말 한번 하고, 누가 알까 그게 또 부끄러워 문자만 살폈다.

윤제희, 너 모르지?

나 지금 네 여자친구 됐어. 이 택시 안에서.

그 당시 한국대표팀의 객관적인 시각을 보면 대충 이러했다. 특출하진 않아도 내 자식이니까 잘하면 좋겠는데, 그 자식이 터무니없이 잘해버리니 부모의 어안이 벙벙해 꼬집어도 믿지 못할 현실 같은 거랄까. 그 부작용으로 비정상이다 싶을 만큼의 열기와 자신감이 대한민국 전체에 퍼져갔고 세상에 별 낙이 없는 사람들은 더더욱 심했다.

"영우야, 나 바꿔줘. 나 한국 우승하는 걸로."

"에이, 형. 이제 와서 그러면 안 되죠."

"박 쌤. 제발요. 저는 마지막에 했잖아요. 바꿔줘요."

"그러니까 더 안 되지. 이 기회주의자야."

물에 물 탄 듯 하던 영우가 수첩 들고 있는 오늘만은 가차 없었다. 잘하면 얼마 안 되는 월급보다 더 건지겠다 싶어 그는 병원 전체를 주무르는 도박사로 우뚝 서는 중이다.

"오, 조형준이. 드디어 왔구만. 꽁보리 주제에 근무이탈 하면 쓰나!"

"넌 아직도 이러고 다니냐? 이 인간 말종아."

그들의 대학 동기이자 인턴만 하고 공보의로 가 있던 형준이 오랜만에 병원을 찾았다. 운이 없어도 너무 없어 전라도 어느 섬에 가 있던 그가 거의 흑인이 되어 나타나자 영우가 손가락질까지 하며 웃어댔다.

"얌마! 너 온 김에 표백 좀 하고 가라."

"너는 못 믿겠고 제희한테 좀 해달라고 할랬더니 안에서 자더라?"

"걔는 잘 때 됐지. 요새 계속 밤샜거든. 안 그래도 시간 되면 깨워달라고 했는데. 그나저나 선물 안 사왔어? 경기 볼 건데 먹을 거나 좀 사오지."

"내가 뱃삯도 없어서 헤엄쳐서 나왔는데 벼룩의 간을 내먹어라. 그래도 급한 대로 특산물 좀 가져왔지!"

"오! 뭔데? 회? 아니지, 마른 오징어 그런 거?"

"아니. 콘돔. 평균 연령 72세 신월도 보건소에서 다 뿌려 왔지. 요새 이거 구하기 어렵다며?"

형준이 자랑스레 오케이 표시를 해 보였지만 김빠진 영우는 바로 팔꿈치로 그를 찔렀다.

"영우 너도 후회하기 전에 챙겨. 내가 여자애들 볼까 봐 의국 안에 넣어놓고 왔어. 그거 수입 초박형이야."

"야, 너는 손에다 콘돔 쓰고 하냐? 누구 놀리는 것도 아니고. 근데 어딨는데?"

시시껄렁한 장난을 치다가 의국 문을 열자 제희는 없고 1년차 하나가 벌써 TV를 틀어놓고 오늘의 경기를 분석하고 있었다.

"야, 인마! 네가 지금 TV 볼 때야?"

"오늘만 좀 봐주십쇼!"

"으이구, 벌써 돈 다 꼴아박아놓고 이제 와서 무슨. 근데 제희는? 제희 여기서 자고 있었는데."

"나 왜?"

화장실에서 머리를 털고 나온 그가 영우를 보다가 옆에 있는 형준과도 인사를 나눴다. 형준은 그와 고등학교 동창이기도 해 말없는 와중에도 꽤 친하게 지냈다.

"형준아, 근데 콘돔 어딨어? 말 나온 김에 수입 콘돔 구경 좀 하자!"

"위에, 여기 상자 안에 놔뒀는데……, 없네?"

"뭐? 그게 왜 없어? 발이 달렸나?"

"말이 되냐? 어……, 너 인마. 수상해! 너지?"

영우가 알 만하다는 표정으로 1년차 후배의 의자를 툭툭 걷어찼다. 평소에 하도 여자를 밝혀 병원 내에서만 뺨을 여러 번 맞은 후배였다.

"네에? 제가 왜요? 저 지금 여친도 없는데!"

"여친이 아니니까 더 쓰고 다니겠지."

수건을 뒤집어쓴 제희가 영우의 말에 얼굴을 찌푸렸다. 그는 반대의 이유로 콘돔이 필요하다고 생각했던 사람이다.

"너 뒤져서 나오면 하나에 십 원이야."

"아니라니까요! 뒤져보시라구요!"

"이게 어디서 큰소리야? 내가 뒤지라면 못 뒤질 줄 아나? 흐흐."

"조용히 좀 하지?"

수건을 걷어낸 제희가 크게 한소리 하니 원래 한가득이던 위압감이 증폭했다. 밤샘을 하더니 심기가 사납나 싶어 영우도 장난을 멈추고 TV 앞에 앉았다.

"최기영, 넌 이제 나가봐."

억울하다는 표정의 후배가 제희의 말에 터덜터덜 밖으로 나갔다.

"그나저나 진짜 이게 어디 갔지?"

"보면 모르냐? 딱 봐도 최기영이지. 걸어 나갈 때 폼도 어정쩡하잖아.

주머니에 쑤셔넣었구만. 내가 여친 없어서 봐준다."

"내가 저딴 놈 준다고 배 타고 기차 타고 여기까지 가져온 게 아닌데."

"뭐 좀 먹을래?"

시계를 보던 제희가 우두커니 서 형준을 보았다. 거절할 리 없는 형준이 어깨까지 흔들어가며 전단을 뒤적였다.

"두 마리 이거 시키자. 딱 봐도 비둘기 살인데 맛은 있어."

"그래. 제희야 돈! 퇴근할 거면 돈 좀 내주고 가라!"

"앞에 지갑 있어."

며칠간의 밤샘으로 벌겋게 충혈된 눈이 아무래도 신경 쓰인다. 식염수를 넣고 눈을 깜빡이는데 형준이 돈 대신 다른 것을 찾아 들었다.

"어? 한일 유니폼 이재이? 이재이?"

"이재이가 누구야?"

영우까지 거들자 제희가 얼른 다가와 때라도 묻을까 명함을 뺏어 들었다. 그도 아까워 지갑 앞면에 끼워놓고 손도 대지 않았던 것이다.

"이재이……, 이재이. 흔한 이름은 아닌데 내가 이걸 어디서……, 아! 혹시 예전에 그 부반장 아냐?"

"부반장은 또 누군데?"

"아, 있어. 고등학교 동창인데 이재이라고. 이 자식이랑 이름 비슷해서 3반 놀러 가면 다들 부반장이라 불렀어. 난 1학년 때 같은 반이었거든, 재이랑."

"오, 예뻐?"

"응. 걔는 청초한 스타일이지. 예쁜 것도 예쁜데 잘 웃고 착해서 인기 많았지……. 어, 제희야, 얘 진짜 그 이재이 맞아?"

좋은 뜻으로 그녀의 이름이 나왔지만 제희의 심기가 불편해졌다. 그래도 이참에 알려주는 게 좋을 것 같아 그도 무언의 긍정으로 형준의 시선을 피하지 않았다.

"어, 진짜 맞나 보네?"

"응."

"얘도 참, 웃긴다. 이렇게 결국 만날 거면서 그때는 왜 그랬지?"

뜻밖의 말에 그가 옷깃을 매만지던 손을 내렸다. 뭔가 좋지 않은 기분이었지만 그것이 재이와 관련된 이상 귀를 닫을 수도, 이야기를 멈출 수도 없었다. 그저 가만히 숨만 쉬었다.

"왜? 이 사람이랑 무슨 일 있었어?"

"아니, 그건 아니고. 예과 땐가, 본과 땐가 헷갈리네. 하여튼 나 얘 학교 식당에서 봤었거든. 나름대로 반가워서 아는 척했는데 당황했는지 피하더라고? 엄청 큰 가방 메고 있었는데 들어준다고 해도 아니다 하고. 인사도 잘 안 하고. 그런 애 아니었는데 내가 괜히 민망해서."

"어? 우리 학교 다녔나?"

"아니야, 내가 물어봤는데 아니래. 그냥 뭐 하다 들렀댔나? 뭐 횡설수설하길래 온 김에 제희도 불러서 밥이나 먹쟀더니 손을 막 내젓더라고. 절대 안 된다고."

그가 뻑뻑한 눈을 감았다. 영우가 옆에서 이 자식이 오죽 괴롭혔나 보다 너스레를 떨었지만 그런 말에 나올 웃음은 이미 말라버렸다.

"이렇게 다시 볼 거면서, 그때는 왜 그렇게 피했지? 너한테 절대 이야기하지 말라고 신신당부를 해서……. 하도 그러기에 알았다 하고 또 까먹었는데 너네 다시 만났나 보네. 유니폼이면 영업하나? 아직 예쁘지?"

바로 지갑을 낚아채 문을 열었다. 오랜만에 본 친구라도 마음 쓸 여유가 없다.

이재이가, 어째서, 자신을 피했을까. 모른 척했을까.

어떻게 그럴 수가 있을까.

내가 저를 보지 못한 시절을 피 마르게 아쉬워하는 요즘, 이재이는 제게 고개를 내저었단다. 단순히 불쾌한 감정이 아니다. 교류가 단절된, 돌아오지 못하는 마음이 뜯겨나간 전선처럼 너덜거려 지지직 소리를 냈다. 이런 감정은 예전에 한번 느껴본 적 있었다.

"제희야, 뭐 해?"

윤지가 어제와 같은 애매한 표정으로 그를 잡았다. 어젯밤 재이를 바래다주고 다시 병원에 들어오다 이렇게 마주쳤었다. 그때 자신은 마냥 귀찮고 성가셔 적당히 고개만 끄덕하고 안으로 들어왔다. 이재이도 그랬으려나. 아니, 그럴 리가 없는데.

그의 몸은 머리가 시키는 대로 운전대에 올랐다. 이대로 재이의 집 앞으로 그녀를 데리러 가면 그만이다. 그렇게 충실한 몸을 놓아두고 정작 머리는 혼란에 빠졌다.

지금보다 훨씬 더 전에, 그 아까운 시간에 이재이는 제게 닿을 수 있었다.

그런데 자신의 선택으로 그러지 않았다. 그게 그의 마음을 할퀴어 기어이 피를 냈다. 이재이에 한해 그의 자존심은 접었으니 자존심이 상한 것이 아니다. 그런 가벼운 마음이라면 차라리 좋을 정도다.

"너는…… 어떻게…….."

빠앙! 지나가던 행인이 돌아볼 만큼 거세게 핸들을 내리쳤다. 이건 단순한 배신감이 아니었다.

서서히 눈을 뜨니 앞유리에 그날의 우연을 천운으로 여긴 천하의 바보가 자신을 향했다. 그는 그날 자신이 죄짓고 살지 않았던 지난날의 모든 보답을 한 번에 받았다 생각했다.

그런데.

너한테 나는 뭐였을까 하는 흔하디흔한 유치함이 그를 잠식했다. 물어보고 싶은 것은 턱없이 많았지만 그 이전에 물어야 할 것조차 겨우 덮어둔 상태였다. 제 감정을 누르고자 힘겹게 침을 삼키고 시동을 걸었다.

어둠 너머로 부끄럽고, 주저하는 기색이 역력한 이재이가 보였다. 가까워올수록 환하게 웃는 것이 환상같이 흐릿하다.

"왔어? 빨리 왔네? 천천히 와도 되는데."

"……."

"이제 가자. 내가 오늘 샌드위치도 싸놓고 간식거리하고 다 챙겼어. 거기 사람 많으면 뭐 사 먹기도 그렇고 오늘 같은 날은 바가지 쓸 거 같아서."

생글생글 웃는 얼굴로 종알거렸다. 이재이는 이렇게 아무렇지도 않다.

너 혹시 우리 학교에 온 적 있어?

형준이 본 적은?

나는?

입가에서 수많은 말들이 차례를 기다렸다.

"반장? 어!"

유독 말이 없다 싶어 나름대로 용기를 내어 그의 팔을 흔들었다. 그리고 바로 그의 품에 갇혀버렸다. 눈이 저절로 감기는 절망적인 질문을 모두 뒤로하고, 그는 오늘도 진심을 담았다. 사실 9년간의 모든 아침에, 그리고 지금, 늘 말해주고 싶던 가장 솔직한 그의 마음이다.

"오늘도 예쁘네, 이재이는."

"아……, 뭐야. 너 진짜 변했어."

그러게. 나는 변했어.

변하지 못하는 마음 하나 때문에 감정을 속이는 태도가 변해버렸어.

"그런가?"

그가 입꼬리를 올리자 볼이 발개진 재이가 민망한지 웃지도 못하고 괜히 손에 든 비닐만 뒤적거렸다. 그 어색한 모습을 내려다보는 자신의 눈이 한층 더 뻑뻑해진 느낌이다.

내가 이렇게 진심이면, 너도 언젠가 네 진심을 보여주겠지.

너는 착하고, 예쁘고, 또 변하지 않으니까.

오늘 그들은 재이가 사는 동네의 작은 공원에 나와 있었다. 꼭 광화문이나 시청 같은 드넓은 장소가 아니더라도, 지금 대한민국은 일정 수준의 사람들만 모이면 응원전이 펼쳐졌다. 동사무소에서 미리 준비해놓은 빔 프로젝터가 스크린을 비추자 그곳에 대전경기장의 광적인 열기가 옮아왔다.

"우아아!"

아직 공조차 잡지 않은 시작에도 사람들은 난리가 났다. 동네이다 보니 오순도순 가족들이 주를 이루어 정겨운 맛이 있었다.

— 네! 지금 전 국민의 눈이 여기 대전월드컵 경기장으로 몰려 있는데요! 이미 이곳은 열정의…….

아나운서의 말이 시작되자 그녀가 스크린 쪽으로 고개를 들다가 그를 보았다. 대전이라는 지명 하나에 두 사람의 가슴이 각자 다른 이유로 뛰고 있었다. 재이가 말하지 않고 제희가 묻지 않는 이야기 하나로 인해.

"……우와, 저기도 사람들 저렇게 많구나."

"대전도 큰 도시니까."

실제로는 대전 시민보다는 전국에서 몰려온 축구 팬이 더 많았겠지만 그의 눈은 아랑곳없이 어두워졌다. 몇 번 그를 쳐다보다 앞을 보기를 반복하던 재이가 조용히 입을 열었다.

"저기, 우리 집 지금 대전인데……. 대전으로 이사 갔거든."

"알아."

"……."

"그리고 넌 여기 사는데 왜 너네 집이 대전이야."

"아니, 내 말은."

"시작한다, 재이야."

그 정도는 알 거라 생각했다. 그거야 한 번쯤 물어보면 아는 일이고, 그 정도를 물어볼 만큼의 관심은 있을 거라 믿었다.

"응."

지금이 적당한 때가 아님을 알면서도 주저하던 그녀가 다시 입을 다물고 앞을 향했다. 어쩐지 오늘의 제희는, 조금 다른 느낌이다. 열아홉 살의 윤제희도, 다시 만난 스물여덟 살의 윤제희도 아니다. 조금 더 어른 같고 위험한, 그녀로서는 경험해보지 못한 남자의 모습. 그 모습마저 싫지 않아 낯선 남자 앞에서 가슴이 떨린다.

"반장, 오늘은 내기 안 해?"

"하고 싶어?"

달빛 아래, 환한 스크린을 앞에 두고, 그보다 더 빛나는 미소로 제희가 주변을 밝혔다. 내기를 하자면 그러자고 하려 했는데 막상 하고 싶냐 물으니 자신도 잘 모르겠다. 그녀는 이겨도 빌 만한 소원이 없었으니까.

한 가지 있다면 이 순간이 조금이나마 더 지속되기를 바랐는데 6월이면 월드컵은 끝이 난다. 아무리 윤제희가 못 하는 게 없는 천하무적이라도 정해진 월드컵 일정을 늘일 수는 없다.

"너는? 하긴 전에 소원도 못 썼잖아. 그건 언제 쓰려구?"

"너 그렇게 여유 있어?"

"여유는 무슨."

"내가 말하면 다 되는 거야?"

"들어줄 수 있는 거면."

자신이 할 수 있는 거라면 다 해주고 싶다. 그간 제희에게 해주지 못했던 것들을 부탁 하나로 때우려는 자신이 염치없다 싶을 만큼 그를 보면 마음이 따끔거린다.

"그럼 더 생각해봐야겠다."

"너 은근 얌체야."

그럴 리 없다는 것을 둘 모두 잘 아는지라 피식 웃고 말았다. 그사이 경기는 시작되었고 초반부터 격렬한 몸싸움이 오갔다. 곳곳에서 탄성과 탄식이 번갈아 나오더니 생각보다 빨리 한국 팀에 기회가 왔다. 문전에서 이탈리아 선수와 경합을 벌이던 설기현이 페널티킥을 얻어냈고 안정환이 키커로 섰다.

"다, 당연히 들어가겠지? 응?"

멋모르는 아이 몇을 제외하고는 모든 사람이 두 손 모으고 입을 다물었다. '제발, 제발.' 간절하게 염원하던 그녀가 결정적 순간을 볼 자신이 없는지 눈을 감아버렸다.

"아아……."

"에휴, 어떡해……. 안 들어갔나 봐. 안 들어갔어."

기운이 쭉 빠지니 입술이 나왔다. 부담감이 클 거라 생각은 했고 이탈리아가 강국임은 알았지만 저런 상황에서 안정환이라면 당연히 넣어줄 거라 생각했다.

"들어갈 줄 알았는데……."

"본인도 넣고 싶었겠지."

"응. 알긴 아는데……, 그냥 당연히 넣을 줄 알았어. 잘하는 선수잖아."

아무리 그 실력이 뛰어나도 보장된 것은 없었다. 감히 축구로 안정환에게 댈 실력은 아니지만 윤제희도 당연할 거라 생각한 순간을 놓쳐본 경험이 있다. 그래서 지금의 상황이 안타깝기보다는 저 사람이 얼마나 참담할지부터 생각했다. 주변 사람들이 어쩌나 안타까워하겠지만 그건 본인 마음과 비할 순 없었다. 저 상황쯤 되면 스스로가 제일 미쳐버린다. 너무나 당연하다 믿었기에 심장이 뜯기는 그 기분, 그건 겪어본 사람만 안다.

"아우, 나 못 볼 것 같아."

전체적으로 기운이 빠진 상태에서 아슬아슬하더니 결국 이탈리아가 먼저 골을 넣었다. 섣불리 입조차 떼기 힘든 상황에 재이가 울상을 지었다. 감정의 동요가 크지 않은 제희는 스크린을 덤덤히 바라보고 있었다.

"이탈리아가 잘하긴 잘하나 봐, 깡패처럼."

불만 가득한 그녀의 목소리에 살짝 웃던 그가 재이의 손을 잡았다. 그녀의 긴장된 마음을 대변하듯 멈출 줄 모르던 작은 손이 그의 커다란 손에 잡히자 그제야 움직임이 멎었다.

"아……, 반장."

"왜? 부반장?"

나 축구 봐야 하는데. 이러면 어떻게 보라는 건지.

손을 잡지 않았을 때는 화면도 보고 제희도 구경하고 문제가 없었는데, 막상 손을 잡으니 그의 얼굴을 보지 못했다. 제희의 손은 따뜻하다. 눈으로 살피지 않아도 길고 날렵한 손가락의 모양새를 그려낼 수도 있을 만큼 깊이 엉켜들었다.

"벌써 가는 사람들도 있네? 음."

"너도 가고 싶어?"

"아니. 난 끝까지 보고 싶어."

"질까 봐 못 보겠다면서."

"혹시 모르잖아."

그녀는 축구에 대해 아는 것이 거의 없다. 그나마 있는 지식의 90퍼센트도 이번 월드컵으로 처음 알았다. 한국이 이겼으면 하지만 염불보다 잿밥이라고 계속 제희와 이렇게 손잡고 있고 싶다. 자신이 만든 샌드위치를 먹으면서도 손은 놓지 않는 그가 마음을 간질였다. 경기 시작 전에 뭔가 분위기가 달라진 것은 아닌가 했는데 지금 보니 윤제희는 여전히 윤제희였다.

"너는? 나보단 잘 알잖아. 이길 수 있을 거 같아?"

"……이기고 싶겠지."

그가 화면을 스쳐 지나가는 안정환을 바라보았다. 대한민국 모든 사람을 통틀어 가장 이기고 싶은 사람이 바로 저 사람 아닐까. 눈앞에서 기회를 놓쳐보면 그 미련과 회한이 때때로 초인적인 힘을 발휘하고는 했다.

"그럼 끝까지 보자. 저렇게 열심히 하는데 끝까지 보는 게 예의지."

"그래."

후반전에 들어서자 경기는 더욱 치열해졌다. 한국은 전반보다 많이 자리가 잡혀 분위기가 살기 시작했고 역시나 이탈리아는 수비를 강하게 했다. 중반을 넘어서고는 모 아니면 도인지라 한국은 무리수다 싶을 만큼 공격수의 비중을 높여갔다.

"저렇게까지 하다가 또 뚫려서 골 먹으면 어떡해."

"뒤가 없잖아."

그냥 단순한 친선 경기가 아니라 4년에 한 번 있는 월드컵이었다. 8강 티켓이 걸려 있었고 여기서 지면 다음이 없다. 사생결단이니 할 수 있는 모든 것을 다 해보는 게 오히려 당연하다. 이렇게 해서 안 되면 저렇게 해보고, 손놓고 있어봤자 패배밖에 없다면 지더라도 곱게 져서는 안 된다. 그래야 일말의 가능성이라는 게 생겨난다.

"어어…… 어어어…… 아아아아!"

"우와아아!"

"골! 골!"

사람들이 반쯤 일어서고, 또 남은 반도 슬슬 자리 정리를 하려던 후반 43분에 설기현의 동점골이 터졌다. 입을 떡하니 벌린 채 숨죽였던 그녀가 이번에는 헷갈리지 않고 바로 제희의 품으로 뛰어들었다. 목에 손을 꼭 감고 고개를 파묻는 그녀를 들어 그대로 한 바퀴를 돌렸다. 비명인지 웃음인지 알 수 없는 소리가 흘러나와도 동네가 떠나가는 사람들의 함성에는 못 미쳤다.

"제희야, 제희야!"

반장 대신 이름을 부르는 걸 보면 흥분을 하기는 한 모양이었다. 1분여가 지나고야 진정이 되는 듯 그의 목에서 손을 떼어냈지만 그는 감싸 안은 재이의 허리를 놓지 않았다. 자리를 빠져나온 동네 꼬마가 둘 사이에 슬그머니 끼어들어 히죽히죽 웃을 때까지 둘은 서로를 보고만 있었다. 아쉽게 떨어지던 손이 제자리로 오기 전에 그녀의 손을 먼저 찾았다. 두 번째라 덜 부끄러운 그녀가 땅을 보며 웃었고 바로 경기는 연장전으로 들어갔다.

"또 하나 봐. 얼마나 하는 거지?"

"15분씩."

그때는 이기고 지고의 문제보다는, 이런 일이 다 있구나 하는 생각에 구호를 외쳐야 할 힘마저 눈으로 쏟아 집중했다. 경고 누적으로 이탈리아 선수 하나가 퇴장하고는 하나 둘 소리가 높아지더니 마지막으로 향할수록 기회는 한국 쪽에 더욱 빈번히 찾아왔다.

골이 들어가지 않아도 모두가 생각하는 마음은 같았다.

되겠구나. 이거 정말 될 수도 있겠구나.

그리고 그가 자신처럼 투영하던 안정환이 역전골을 넣으며 한국은 결국 8강에 올랐다.

"우아아아아!"

"대한민국!"

"제희야! 이겼어!"

상황이 극적이라 더욱 감격했다. 동네가 떠나가라 노래를 부르고 자동차 클랙슨까지 박자 맞춰 울려댔다. 얼마 멀지 않은 그녀의 집으로 오는 내내 고함을 질러대는 사람들을 보았다.

"나 눈물 나더라. 정말."

"그랬어?"

"응. 16강만 가면 좋겠다고 했었는데……, 또 막상 욕심이 자꾸 생겨서."

그런데 그 욕심이 자꾸만 이뤄지니까 무서울 정도야.

"너무 좋아서 날아갈 것 같아."

작은 몸에 감당 못 할 감격인지 그녀가 제희보다 몇 발이나 앞서더니 그를 향해 돌아섰다. 살짝살짝 미소를 지으며 그를 향해 눈웃음을 흘리자 어딘가에 홀려 가는 것처럼 그녀의 자취를 좇는다.

"위험해."

"안 위험해. 반장 네가 보고 있잖아."

팔까지 벌려서 장난을 치는 그녀가 깔깔거리며 그의 밤을 데웠다. 가만가만 본다. 그늘 없는 웃음이 오랜만이라 그의 불안도 조금은 걷혔다. 애초에 포기를 모르는 그였지만 그야말로 이번 경기를 보고 평생에 남을 만한 생각을 몇 가지 했다.

끝은 끝이 아니었고, 간절한 사람이 결국에는 승리했다.

"어어…… 어어! 놀랐잖아."

마냥 좋아 뒤로 걷던 그녀가 등에 무언가 닿는 느낌에 놀라 그만 넘어질 뻔했다. 그리고 바로 제희가 그녀의 방향을 바꿔 안았다.

"아우, 차 있는 거 봤음 말 좀 해주지."

"내가 왜?"

"의리 없어."

의리 없을지언정 이렇게 한 번 더 제 품에 안아보고 싶었다. 정정당당한 건 여유가 있는 사람한테나 가능한 것이었다.

"음……, 저기. 우리 집에 갈래?"

"너네 집?"

"응……, 아, 다른 뜻이 절대 아니고, 차 막히고 그러니까 잠시라도."

"그럼 안 돼."

"왜?"

"난 다른 뜻이 급해서. 그 생각밖에 안 날 것 같아 자신이 없어."

아껴주고 싶고 예뻐해주고 싶다. 그래서 이재이가 방금처럼 깔깔 웃으면, 오늘 가졌던 그의 불안도 과거의 어느 일로 묻어둘 수 있을 거라 생각했다.

"그리고 콘돔도 없고."

"아, 뭐야? 뭐야! 왜 여기서 그런 말을……."

누가 보기라도 할까 소심한 재이가 두리번거리며 그를 밀어냈다. 사실 그러면서도 웃었다.

그녀는 무슨 자신감인지 제희가 당연히 자신의 집에 갈 거라 믿고 있었다. 전 같은 상황이 온다면, 오늘 괜찮은 날이라고 먼저 말하려 했었고. 뭐든 이뤄질 것 같은 날이니 몸보다는 기분이 괜찮았다. 이렇게 이재이 인생에 가장 큰 결심을 했는데, 그걸 몰라주는 윤제희가 얄밉다.

"그래, 그러면. 조심해서 돌아가, 반장."

한 손을 들고 돌아서던 그를 끝까지 지켜봤다. 뒷모습이 왜 저리 훤칠하나 했는데 이번에는 제희가 그녀를 돌아보았다.

"조심해! 앞 보고 가!"

"재이야!"

장난이라기에는 그의 커다란 목소리에 진지함이 깃들어 있었다. 거리가 제법 멀어졌는데도 작은 골목엔 이상할 정도로 두 사람만 선명하게 남았다.

"응?"

"나, 너 정말 보고 싶었어! 그동안 하루라도 생각 안 해본 적이 없었어!"

아무리 생각해도 나는 너를 두고 못 본 체한다는 게 이해가 안 가. 그게 아무리 너라도.

그런데 이 감정은 오늘로 묻어두려고.

우리 둘 사이엔 내가 더 간절하니까.

그리고 언젠간 내가 이길 거니까.

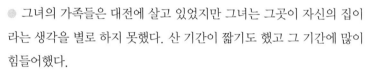

chapter 08
안 때릴게, 넌

◉ 그녀의 가족들은 대전에 살고 있었지만 그녀는 그곳이 자신의 집이
라는 생각을 별로 하지 못했다. 산 기간이 짧기도 했고 그 기간에 많이
힘들어했다.

"너는 주말에 와서 일 좀 도우라니까. 왜 지금 왔어?"

"그래도 나 월차 쓰고 온 거야. 엄마가 하도 그래서."

"말하는 것 보게. 내가 놀자고 너 불렀어?"

드르륵, 가게 문을 열자마자 반갑다는 소리보다 타박이 먼저 들렸다.
그래도 이 정도에서 끝나는 건 그녀가 지난주에 엄마 뜻대로 돈을 보낸
덕이 컸다.

"이리 줘. 내가 할게."

"거기 국물 흘린 거 바닥까지 좀 닦아. 세상에, 어쩜 자기 집 아니라고
저렇게 엉망진창을 해놨을까. 내가 죽지, 죽어."

먹다 남은 칼국수 그릇 세 개를 정리해 부엌으로 옮겼다. 곧 행주까지
하나 들고는 묵묵히 테이블을 닦아나갔다. 종업원 하나 없이 일하는 엄
마를 생각하면 힘들겠다 싶으면서도 자신은 늘 이곳을 벗어나고 싶었
다. 벗어나서 그다지 근사하게 사는 것도 아닌데 이곳에 있으면 늪에 빠
진 듯 몸이 무거웠다. 그래서 그녀는 스스로가 남들이 평하는 것만큼 착

하지 않다는 것을 이미 알고 있었다.

"어, 누나 왔네?"

"재우야, 왔어? 학원 갔다 와?"

"응. 아, 그런데 너무 멀어서……, 가까운 데 다닐걸. 멀어서 못 다니겠네, 진짜."

전화로 그렇게 절박함을 강조했던 것치고 재우는 벌써 심드렁함이 묻어났다. 날이 덥기는 한지 바로 물을 꺼내 벌컥벌컥 마시다가 재이를 힐끔거렸다.

"누나는 옷이 그게 뭐냐? 요새 여자들 옷 입고 다니는 거 안 봐?"

"그래? ……그럼 네가 사줘 봐."

"돈이 있어야지."

돈 이야기를 들으니 안 그래도 답답한 가슴에 돌덩이가 얹혔다. 엄마는 그녀에게 기대기는 했지만 기본적으로 늘 일을 매달고 있었다. 그런데도 이상하게 형편은 나아지지 않았다. 재우야 아직 어리니 철이 없다 여겨도 남은 식구들이 이렇게 일을 하는데 늘 이곳을 벗어나지 못하니 때로는 기이하기까지 하다. 전래동화에 나오는 돈 먹는 벌레가 있나 싶다가도 엄마의 다 해진 바지를 보면 쉽사리 그런 말이 안 나왔다.

"오늘 갈 거야?"

"내일은 일 나가야 돼서. 오늘도 힘들게 월차 낸 거야."

"그래라, 편하게 좀 살자. 안 그래도 더운데 좁은 집에 다 붙어봤자 뭐 해."

엄마는 눈 한 번을 제대로 안 마주쳤다. 재이가 간간이 쳐다보고 있다가 눈이 마주치면 그마저도 피곤과 짜증이 가득해 있었다. 어쩌면 조그만 가게 문을 여는 순간, 그녀는 이미 꿈에서 깨어났는지도 몰랐다.

"너 여기 좀 앉아봐."

이제는 저런 말도 곱게 들리지 않는다. 처음으로 그녀의 눈치를 살피며 자리에 앉는 엄마를 보니 그 불안은 적중했다.

"재우 말이야."

"응."

"이제부터라도 너네 집에 좀 가 있으면 안 될까?"

"뭐?"

"여기 학원은 영 아닌가 봐. 사람들이 괜히 서울 서울 하는 거 아니잖아. 이모 말 들어보니 노량진에 괜찮은 데가 많다던데, 재우도 거기서는 잘할 수 있다나 봐."

침대 하나가 방의 절반을 차지하는 작디작은 방이었다. 터무니없는 말에 입을 떡하니 벌리니 그 반응이 못마땅한 엄마가 대번에 잔소리를 했다.

"너 누나잖아. 누나가 달리 누나야?"

"엄마……. 엄마, 우리 집 한 번이라도 와봤어? 와보고 그런 소리 하는 거야?"

"내가 놀면서 안 가? 너 참 말 한번 무섭게 한다. 공부하겠다 학원 다니는 동생한테 그 정도도 못 해줘?"

화도 나지 않아 조용조용 말을 했더니 받아들이는 사람은 더 크게 화를 냈다. 웬만한 거라면 오죽하면 저럴까 넘어가던 그녀도 이번만은 아니라 바로 자리에서 일어섰다.

"이런 얘기 하려고 부른 거였으면 나 안 왔어, 엄마. 오늘은 못 들은 걸로 할게. 재우 너도 똑똑히 들어. 지금 다니는 학원비도 내 생활비 다 털어서 보낸 거야. 너도 양심이 있으면 엄마 뒤에 숨지 말고 네가 말해. 그러면 엄마랑 나랑 이렇게 얼굴 붉힐 일은 없을 거야."

나도 이렇게 매번 참담하진 않을 거고.

"아니, 누나. 나는……."

안 좋은 소리 들을 거 알면서도 바로 가방을 들고 밖으로 나왔다. 심지어 쫓아 나오는 사람조차 없다.

「내가 놀면서 그래?」

엄마의 매번 같은 말은 그녀의 약한 마음을 단단히 파고들어 그 뿌리가 깊었다. 차라리 펑펑 놀면서, TV 속에 나오는 방탕한 부모처럼 굴었다면 그녀도 고개를 돌리기 쉬웠을 것이다.

그래도 이제는 각자 밥벌이를 하니 먹고사는 건 지장이 없다 싶었는데, 삼수생인 남동생은 쉽사리 철이 들지 않았다. 가족이니 차마 내치지는 못하고 그나마 조금 더 나아 보이는 사람에게 끊임없이 짐이 지워졌다. 차별은 아닐 것이다. 엄마도 사람이고 너무 지치니까, 그렇게라도 믿고 싶다.

– 재이야.

어느 순간부터 그는 '이재이.' 대신에 '재이야.' 하고 불렀다. 속삭이는 듯한 그 목소리에 벌써부터 울컥해 기대고만 싶다. 자신이 제희에게 그러고 있으니 재우가 자신에게 의지하려던 마음과 무슨 차이가 있으려나.

"응. 반장."

– 집에 내려가니까 좋아?

"그냥. 너 병원이겠네. 힘들지?"

– 힘들긴 한데. 너 보면 괜찮을 것 같아.

"어……, 하하."

– 웃지 마. 장난 아니니까.

그래도 웃었다. 다른 조건 하나 없이 이재이라는 여자를 보고 싶어 해주는 사람이 있어 기쁘다. 미안하니 한발 물러서 먼저 손 내밀지는 못하지만 같은 자리에서도 늘 고개는 그를 따라 향하고 만다.

"내가…… 보고 싶어?"

이런 물음이 없었던 그녀라 저 멀리의 그도 바로 대답을 못 하고 침을 넘겼다. 꿀꺽, 너무 명확한 소리에 그녀는 마음 편하게 웃었다.

ㅡ 아, 나 호출 왔다. 좀 이따 전화할게.

"어, 지금 내가 배터리가 없어서……."

말하던 중에 끊겨버렸다. 버스정류장 근처에서 그녀는 뒤를 돌아보았다. 대전에 올 때마다 같은 일이 반복되고, 그녀는 집 밖으로 나섰다가도 이쯤에서는 결국 되돌아가고는 했다. 가난에는 누구의 죄도 없으니까.

하지만 오늘만은 그녀 자신을, 얼마 되지도 않는 돈이 아닌 이재이를 보고 힘이 난다는 사람 곁에 가보고 싶다. 달리 해줄 게 없다 생각했는데 그가 원하는 것은 다행히 그녀가 해줄 수 있는 범위 내에 있었다. 그런 일은 정말 드문 일이라.

처음으로, 그녀는 망설임 없이 다시 서울로 향했다.

그가 일하는 병원에 도착한 것은 저녁이었다. 이미 식사시간도 지나버렸고 아무것도 먹지 못했지만 알 수 없는 긴장감에 허기를 느끼지는 못했다. 배터리가 나갔으니 다른 방법은 없어도 최소한 병원에 있다면 얼굴은 볼 수 있을 것이다.

현금이 얼마 없어 간신히 음료수와 케이크 하나를 사 들고 피부과를 찾았다. 가다가 만나면 좋을 텐데 이 넓은 병원에서 그럴 우연은 없어 보인다. 더 넓은 서울 시내에서 제희를 만났음에도 다른 기대는 못 하는 그녀였다.

"저……, 말씀 좀 여쭤보려구요. 혹시 윤제희…… 선생님 계신가요?"

피부과로 올라와 가장 먼저 눈에 보이는 스테이션을 찾았다. 무슨 일인지 의아해하는 간호사의 모습에 순간적으로 잘못 온 것이 아닐까 긴장했다.

"가족이세요?"

"아, 그런 건 아니고……, 그냥 친군데. 잠깐 보려고 왔거든요."

"개인적으로 오셨으면 휴대전화 연락 해보시면 될 텐데."

"제가 배터리가 다 나가서요. 그럼 전화 한 통만 쓸 수 있을까요?"

나름대로 침착하게 이야기했지만 그제야 내려다본 자신의 후줄근한 행색에 민망해졌다. 거기다 혹시나 엄마가 자고 가라 잡을까 말 못 하는 미련으로 짐가방까지 챙겨 갔던 터라 더 볼품이 없다.

"……저, 안 받네요. 감사합니다."

"어디 가셨나? 무슨 용건이신지 말씀해주시면."

제가 보고 싶다고 해서요. 저 봐야 힘이 난대서 약속 지키려고 왔어요.

생각만 해봤는데 생각 속에서조차 부끄럽다. 어째 음료라도 먼저 건네줄까, 아니면 조금 더 기다려볼까 하다가 일단 물러섰다. 의사 가운만 봐도 혹시 제희는 아닐까 고개를 두리번대다가 맞은편에서 오던 여의사와 눈이 마주쳤다. 어쩐지 본 적 있는 듯한 느낌이다.

"박 쌤. 안 그래도 여기 이분이 윤 선생님 찾아오셨는데 보셨어요? 전화 안 받으신다는데."

"아, 그래요?"

옆에 서 있던 다른 남자 의사가 그녀를 먼저 찾았다. 서글서글한 인상에다 이마의 점이 독특한 남자로 자신의 또래인 듯 보였다.

"저기, 저, 제희 친구 박영우라고 합니다. 어떻게 되시는지?"

"아……, 안녕하세요. 저, 제희랑 고등학교 동창인데. 이재이라고 합니다."

어째 설명할 호칭이 마땅하지 않다. 그리고 나니 오늘의 행보가 괜히 마음에 걸렸다. 별 사이 아닌 것 같으면서 이 시간에 어찌 왔을지 생각하는 듯한 상태의 모습에 마치 심사를 당하는 기분이다.

"이재이. 아, 이재이? 부반장 맞죠?"

"네?"

"앞으로 해도 이재이, 뒤로 해도 이재이. 특이해서 바로 기억나요. 바로 얼마 전에 재이 씨 이야기 들었거든요."

"제 이야기요?"

순간 영우는 아차 싶었다. 여자들은 저 없는 데서 자신의 이야기가 나왔다는 것을 좋아하지는 않을 것이다.

"그게, 그냥, 음. 제희한테 잠깐 들었어요. 어, 그리고 보니까 정말 제희랑 이름이 헷갈리네요. 그래서 반장, 부반장 하는구나."

쑥스러워 조용히 웃자 영우가 그녀를 안으로 끌었다. 여전히 못마땅하게 보던 윤지도 자신의 볼일을 잊은 건지 같이 안으로 들어섰다.

"제희 환자 보러 갔거든요. 여기서 잠깐 기다리세요."

"아니에요. 여기 쉬시는 데 같은데……, 제희가 전화를 안 받아서 저는."

"아까까지 제희 저랑 수술 들어가 있었어요. 그때 꺼놓고 아직 안 켰나 보다."

웃으며 그녀를 편하게 대하던 영우가 주머니에서 호출기를 들더니 얼굴을 찌푸렸다. 귀찮은 일이 생긴 건지, 아쉬운 표정으로 그녀에게 인사를 건넸다.

"저도 호출 와서 이제 가봐야겠어요. 무슨 일이지?"

"호출이요?"

전에 제희도 같은 말을 몇 번 했었다. 이 남자처럼 직접 들고 있는 걸 못 봐 그러려니 했었는데 순간적으로 떠오른 생각에 머리가 잠시 얼어붙었다.

"저기요!"

"네?"

"그거 호출기, 그러니까 삐삐 같은 건가요?"

"아! 네, 이거 병원에서 쓰는 거예요."

가운 속으로 다시 집어넣었던 삐삐를 꺼내 보란 듯이 흔들었다. 그럴수록 재이의 얼굴만 다급해졌다.

"이것도 요새는 거의 안 쓸 거예요. 병원에서나 쓰지."

"그러면 제희도 그런 거 있어요? 삐삐?"

"그럼요. 병원서 주는데."

"병원서요? 그러면……, 혹시 개인이 쓰는 건 아닌 거죠?"

"네. 휴대전화 있는데 삐삐는 왜요. 어, 저 진짜 나가봐야겠어요. 다음에 꼭 봬요."

급한 일로 서두르는 사람을 더 잡을 수가 없었다. 그래도 다행이다 싶어 안도의 한숨을 내쉬는데 아직 다른 사람이 하나 더 있었다. 몸에 익은 감으로 자신을 그다지 반기지 않는 것이 분명해 보였다. 이곳은 제희에게는 직장일 텐데 너무 제 마음만 앞서 괜히 왔구나 싶다.

"전에 저 보지 않으셨어요?"

"네?"

"커피숍 앞쪽에서 택시 잡다가요. 제희랑 그날 만나신 것 같았는데."

"아아. 네, 맞아요."

택시를 잡아야 한다는 생각에 급히 나왔으니 그곳이 커피숍 앞이었는지는 미처 몰랐다.

그때 같이 있었던 미인이 이 사람이구나.

스쳐보듯 했던 그때에 생각했던 대로 예쁘고 키도 컸다. 무엇보다 그와 같은 일을 하며 가운을 입은 모습이 제희만큼이나 잘 어울려 마냥 부러웠다.

"혹시 제희 여자친구? 아니죠?"

뜯어보는 눈길과 말에 이미 자신만의 결론을 내린 듯 보였다. 거기에 기가 죽은 건 아닌데 자신도 딱히 설명할 수 없는 관계라 잠깐 정리를 하는 사이에, 윤지가 슬그머니 한쪽 입꼬리를 먼저 올렸다.

"어쩐지. 제희가 오랜만에 동창 만나더니 많이 반가웠나 봐요. 생전 선배들한테 연락도 없다가 전화 돌려서 좀 도와달라 아쉬운 소리 하고. 아, 이런 이야기는 좀 그렇구나. 저도 명함 한 장 받을 수 있어요? 유니폼 회사라 들었는데 저도 소개 좀 시켜드릴게요."

"네에."

확실히 나 안 좋아하는구나.

그리고 또 한 가지. 이 사람 제희 좋아하는구나.

윤제희를 좋아했던 몇몇 여자애들이 자신을 보는 눈빛과 같았다. 네가 뭔데 제희 옆에서 그러고 있냐는, 우월감과 안도감, 그리고 은근한 경계심이 차례로 드러나는 눈빛.

그때는 그러려니 넘겼던 시선이 어른이 되고 나니 한층 더 따가워졌다. 별다를 건 없는데 상처는 여전해 씁쓸하다. 그래도 그간 겪은 일에 비하면 이 정도는 웃어넘길 경력이 되다 보니 처음으로 사회생활 하며 단련이 되어버린 자신이 다행스러웠다.

"여기요. 소개해주시면 저야 감사하죠."

새로 받은 명함을 내밀었다. 제희를 만났을 때 구깃했던 명함 한 장이 신경 쓰여 다시 채워두었는데 다른 사람에게 먼저 주게 될 줄은 몰랐다.

"영업하시는구나."

"네."

"힘드시겠어요."

"일이야 다 그렇죠."

제희는 왜 안 올까. 낯설고 따끔한 곳에서 빨리 나가고 싶어졌다.

"그런데 혹시, 저 모르세요? 저는 왜 재이 씨 본 것만 같지?"

"네?"

윤지가 곰곰이 생각하는 듯 마주 앉아 턱을 괴다가 눈을 바로 들었다. 그 눈빛에 너무도 선명한 감정이 결코 좋은 의도는 아닌 듯했다.

"혹시 저희 학교 나오셨어요? 한국대요. 학교에서 본 것만 같은데."

"아니요. 아닐 거예요."

"그럼 친구네 학교에서 만났을까요? K대? Y대? 음⋯⋯."

이름만 들으면 알 만한 명문대학이 연이어 나왔다. 그 뜻이 너무 빤하니 재이도 그만 돌아갈 때가 됐구나 몸을 일으켰다.

"어디지? 그럼? 혹시 과는?"

"아, 저 대학 못 나왔어요."

"네?"

재이가 담담히 미소 짓자 이번에는 윤지 쪽에서 더 놀랐다. 이겼다 웃고는 싶은데 상대편에서 그다지 기죽는 기색이 없으니 다음에는 어째야 할지 생각했다.

"어머, 죄송해요."

"아니에요."

"저는 우리 또래는 거의 가니까. 그래서 당연히 학교에서 봤다고 생각했죠. 하기야 IMF도 있었고 사회에 빨리 나오는 것도 나쁘지 않을 거예요. 자기 뜻이 그렇다면야 억지로 대학까지 가서 공부할 필요도."

"그렇다기보다는."

"……."

"저는 너무 가고 싶었는데. 집안 형편이 어려워서 못 갔어요. 그래서 선생님처럼 멋진 분들 보면 참 부럽고 그래요."

목소리 한번 높이지 않은 그녀가 조곤조곤 제 마음을 말했다. 너무 직접적으로 나오니 윤지 역시 더 이상은 말도 못 하고 입만 벌렸다.

그때, 이미 열려 있던 문에서 커다란 남자 둘이 들어왔다. 둘 다 그녀가 보았던 사람들이다.

"이재이."

그중 이 남자는 그녀가 계속 기다려왔던 사람이고.

"어……, 반장. 미안해. 연락도 못 하고 그냥."

그 표정을 도무지 읽을 수가 없다. 가득 차오르는 당황스러움에 고개도 들지 못하고 우물쭈물하다가 그에게 손을 잡혔다.

"……왜 이제 왔어."

"……응?"

"재이야, 이렇게 와줘서 고마워. 오늘도 보고 싶었어."

다시 전화를 해도 꺼져 있었다. 배터리가 다 됐구나 하면서도 다시 전화가 올까 미적대다가 기어이 선배에게 한소리를 들었다.

"들어가자, 제희야."

"네."

화상 센터로 불려가던 그가 옷부터 갈아입고 소독을 했다.

「내가…… 보고 싶어?」

이재이는 아는 것을 물어보는 바보가 아니었고 애교도 못 부렸다. 한 번씩 맑은 소리로 하하 웃는 게 그녀가 보여주는 최고의 애교라 믿었는데, 공격이나 다름없는 기습에 아무 말도 못 했다. 수술 전 딴생각은 접어두어야 하건만 바로 보고 싶다 말하지 못했던 게 내내 마음에 걸렸다. 다행히 몸에 익은 게 있어 실수는 없었지만 나오고 나서도 그 생각에 빠져 있느라 휴대전화 켜는 것을 잊어버렸다. 바보가 따로 없다.

"지금 끝났냐?"

"아니, 좀 전에."

새벽에 대전에라도 갔다 올까 하던 중에 병동에서 나오는 영우를 만났다.

"건 그렇고. 오올, 너 나한테 한턱 쏴라."

"뭐야?"

"네 선물 사났거든. 아니다, 자기 발로 왔구나."

의미심장한 눈이 자신을 스쳤다. 실없는 놈, 하고 지나가기에는 그 눈빛이 집요해 턱을 돌렸다. 영우가 어깨를 으쓱거리더니 의국이 있는 방향을 가리켰다.

"형준이 그 새끼 뻥만 치는 줄 알았는데 이번에는 맞더라?"

"무슨 소리야?"

"청초하네. 순해 보이고."

"……."

"앞으로 봐도 이재이, 뒤로 봐도……, 어! 같이 가!"

그냥 달려갔다. 멈출 수가 없어서.

학창시절 체력장이나 기합받을 때 말고는 뛰는 일이 없던 그가 저절로 발이 떨어져 보폭이 넓어졌다. 영우 놈이 놀려대건 말건 그거야 나중 일이고 부끄럽지도 않다.

이재이가 자신을 보러 와주었는데, 집까지 내려갔다가, 그것도 처음으로.

그에게는 뭐라 말할 수 없을 만큼의 의미가 있는 일이다. 조금 전까지 '보고 싶다.' 빨리 말하지 못했던 후회 역시 말끔히 지워버렸다.

말을 안 하니 먼저 오기도 하는구나. 이럴 수도 있구나.

그의 마음에 서린 불안에서부터 늘 보고 싶던 이재이도 좋았지만 제 발로 자신을 보러 와주는 이재이와 비할 수는 없을 테니. 어른스러운 남자이기 이전에 열아홉 살의 미성숙이 남아 있어 아직도 매해 여름마다 그 불안함의 발작을 동여매던 그였다.

"우와, 얘 좀 봐라. 난리 났네!"

재미있는 일을 놓치기라도 할까 영우도 바로 달려왔다. 그러다 생각났다. 설마 아직까지 윤지와 둘이 있지는 않겠지? 괜한 찜찜함에 자신은 이만 빠지는 것이 좋지 않겠나 싶었을 땐 벌써 의국 앞이었다.

살짝 열린 문틈으로 없으면 좋았을 여자의 목소리가 먼저 들려왔다.

"저는 우리 또래는 거의 가니까. 그래서 당연히 학교에서 봤다고 생각했죠. 하기야 IMF도 있었고 사회에 빨리 나오는 것도……."

본능적으로 제희를 먼저 살폈다. 문 앞에 선 그는 무표정했다. 대화를 더 듣고 싶어 기척을 죽이는 것이 아니라 큰 생각에 빠진 것처럼 보였다. 조각 같던 사람이 정말 조각이 되자 쉽사리 말도 걸지 못하던 중에 작고 담담한 여자의 목소리도 이어졌다.

"저는 너무 가고 싶었는데. 집안 형편이 어려워서 못 갔어요. 그래서 선생님처럼 멋진 분들 보면 참 부럽고 그래요."

"……."

"……제희야, 안 들어가?"

그는 눈을 감고 있었다. 다시 눈을 떴을 때는 이미 문을 열었고, 또 영우가 발을 들였을 때는 벌써 그녀의 앞에 서 있었다. 영우의 눈으로 보기엔 화장기 없는 재이의 청초한 모습이 아직 성인이 되지 못한, 여고생 같기도 했다. 그 앞에 선 자신의 친구도 그 또래로 보였고.

"……왜 이제 왔어."

"……응?"

"재이야, 이렇게 와줘서 고마워. 오늘도 보고 싶었어."

박영우는 눈치가 제법 빨랐지만 우물같이 고요한 제희만큼은 그 속을 모르겠다 생각해왔다. 그런데 지금의 윤제희는, 어른이 아닌 어느 한 시점에서 말을 걸고 있었다. 그것만큼은 바로 알았다.

"어, 저기……."

더 잡지도 못할 만큼 둘만의 감정에 싸여 있던 사람들이 손을 잡고 빠르게 나갔다. 그녀의 무릎에 있던 낡은 짐가방도 이미 제희의 손에 들려 있었다.

"뭐, 뭐야!"

팔짱을 끼고 책상에 기대 있던 윤지가 버럭 짜증을 냈다. 그 소리에 영우가 자신을 쳐다보자 들어주는 사람이 있다는 것에 불평이 연이어졌다.

"여자친구도 아니라면서, 아니, 내가 뭐랬다고? 요새 세상에 대학 안 나온 사람이 어딨어? 안 그래? 내가 알고 그랬냐고!"

"너 알고 그랬잖아."

"……뭐?"

"너 나보다 더 눈치 빠르잖아. 그러니까 윤제희가 너한테 관심 없는 거 뻔히 알면서도 그러고 있는 거 아냐?"

"너 지금 나한테 뭐라고."

"작작 좀 하라고."

"박영우!"

"너 불쌍해 보여, 진심으로."

특별히 제희가 그의 친구라 편을 든 것이 아니다. 이런 상황에서 남자라면, 누구를 좋아해봤다면, 아무리 평화주의자라도 자신과 다르지 않았겠지.

"반장, 반장!"

두어 번을 불러도 돌아보지 않던 그가 불 꺼진 복도 어디에서 걸음을 멈췄다. 잡힌 손이 욱신거리는데도 놓지 않더니 서서히 고개부터 돌렸다.

"좀 앉자."

"응. 아, 나는 너 바로 볼 줄 알고. 그래서 왔는데 네가 없더라구. 먼저 연락이나 하고 올걸."

그가 일하는 병원이었다. 불은 꺼졌지만 이 커다란 병원에 눈이 한둘은 아니겠다 싶어 저답지 않게 쾌활히 굴었다.

"언제 왔어?"

"응. 30분 좀 안 된 것 같아. 내가 이런 델 잘 안 와봐서 몇 시에 닫는지도 모르고. 운 좋게 아까 네 친구분들 만나서, 그래도 안에서 기다렸어."

"안 힘들었어?"

"응. 고속버스 타고 편하게 왔어."

들고 있던 짐가방이 평소보다는 컸다. 모르는 사람이야 뭐 별다를 게 있냐 하겠지만 그녀가 자그마한 몸에 저 가방을 들고, 또 시외를 벗어나는 버스를 타고, 그렇게 밤길을 왔다고 생각하면 마음이 좋지는 않다.

짧은 순간에도 몇 번씩 기분이 바뀐다.

"재이야."

"응?"

"……아냐, 이것 좀 마셔."

웃는 모습도 순했다. 무슨 말을 하건 그러냐고, 알았다고, 한 번씩 기분이 상했는지 입술을 내밀다가도 금방 웃어버리던 이재이는 여전하다. 그녀는 친구들의 부탁을 잘 들어주고 잘 챙겨주기도 했다. 눈치 봐서 곤란한 일은 먼저 하기도 했고, 여자든 남자든 모두가 좋아하던 사람이었다.

그래서 그는, 그녀가 선생님이 되어 있을 거라 생각하기도 했다. 초등학교, 중학교 이런 것도 없고, 그저 흘려들은 말 한마디로 몇 군데의 교대 앞을 서성인 적도 있었다. 그랬었다.

93년, 모의고사 점수가 나오고 나서 교실은 발칵 뒤집혔다. 아직 수능의 포맷이 완전히 적응된 것이 아니라 기존의 서열화된 등수에서도 제법 변동이 있었다. 평소에 저보다 못하던 애가 잘 나오기도 하고 그 반대의 경우고 있고. 하지만 그때나 지금이나 유독 변함없는 사람은 윤제희 하나였다.

"야, 너는 또 1등이지?"

"등수 안 나와 있어."

"이 점수면 당연히 1등 아니야? 전국에서도 손으로 세겠다!"

성적표를 받자마자 그의 주변으로 친구들이 모여들었다. 아이들이 얽히고설킨 사이로 아주 작은 틈 하나가 있어 그는 그 사이로 재이를 보았다. 성적표를 들고 앞에 붙은 배치표와 대조해보더니 한숨을 푹 내쉰다. 자신의 성적표는 한번 보고 말았는데 이재이의 성적표는 금칠이라도 한 것처럼 보고 싶어졌다.

"반장, 너는 좋겠다."

그는 늘 가방을 천천히 챙겼다. 아이들이 다 빠져나가고 나면 창문도 닫아놓고 우유통도 밖에 내놓는 재이의 속도에 맞춰야 했으니까. 앞에서 배치표도 다시 정리해놓고 자질구레한 일거리까지 들고 지나가던 그녀가 웃으며 말을 걸었다.

"왜?"

그 역시 느릿느릿 닫던 필통을 놓아두고는 재이의 일거리를 넘겨받았다. "웬일이야?" 그녀가 놀렸지만 따지고 보면 일은 비슷하게 했던 것 같다.

"음, 너는 가고 싶은 데 다 갈 수 있잖아."

"……너는?"

조심스럽게 물었다. 자신이 먼저 그런 소릴 꺼냈다는 건 잊은 모양인지 그가 꺼내는 말에만 부끄러워 웃었다.

이재이. 부탁인데, 나한테 좋은 대답을 해줘.

그는 재이가 그가 관심을 둔 모든 학교에 같이 갈 수 있기를 바랐다. 공부를 잘하는 것이 아니라 그와 함께하기를 바랐을 뿐이다.

"나는, 나는 잘 안 나왔어."

"그래?"

"잘 안 되네. 난 예전이 더 나은 것 같기도 하고……, 외우는 게 더 쉬운 거 같은데."

"몇 점 나왔는데?"

뭘 그런 걸 묻느냐는 눈으로 고개를 흔들었다. 1등의 여유냐, 무심하다, 그렇게 놀렸는데 그녀는 사람을 완전히 잘못 봤다. 시험은 둘째치고 사람 보는 눈이 저렇게 없어서야.

"어찌어찌 맞추면 될 거 같기도 한데."

"그래도 이번에는 라군까지 있어서 재수 걱정은 훨씬 덜하다던데."

"나는 진짜 재수하면 안 돼. 재수 절대 안 돼."

늘 나긋하던 그녀의 말치고는 꽤나 진지했다. 재수하기 싫은 마음이야 누구나 같을 텐데 재이는 더 그래 보였다.

"……우리 집은 재수시켜줄 형편이 안 되거든. 그래서 꼭 이번에 가야 돼."

"……어."

"사실은 장학금도 받아야 돼. 그래서 성적에 딱 맞추는 것도 안 되고……, 바로 취업해야 하니까 교대에 가야 돼. 음, 그렇다구, 그냥."

뭐하러 이런 이야기까지 하고 말았나 후회가 스쳤다. 윤제희 앞에서는 이런 이야기 하고 싶지 않았는데. 그건 제희가 1등이라서가 아니었다.

"저기, 나 갈게."

"이재이."

"응?"

"그럼 원래 가고 싶은 데가 어딘데?"

후다닥 가방을 먼저 들고 나서다가 그를 보았다. 그럴 필요 없는데도 입 한번 떼는 것도 조심스러웠다.

"네가 들으면 웃을 텐데."

"안 웃어."

"……그러면 너만 알고 있어. 꼭."

둘만의 공간에서 한층 목소리가 더 작아졌다. 몇 걸음 떨어진 거리에서도 속닥거림에 귀가 가려울 지경이다. 비밀이 하나 생기고 그것을 간직하는 기쁨이 생겼다.

"음, 나 원래는 수의사 하고 싶었어."

"수의사?"

"하하, 웃기지?"

웃기지도 않는 걸 두고 웃고 만 재이가 방금 한 말을 지우듯이 설레설레 고개를 흔들었다.

"나 동물 좋아하거든. 진짜 좋아해."

마지막 말만 듣고 만 그의 심장이 덜컥 내려앉았다. 그녀처럼 고개를 흔들어 부끄러움을 표현하지 못하는지라 느리게 정리하던 책상과 필통을 한층 거칠게 쓸어 담았다.

"교차지원 하면 수의대 갈 수 있지 않아?"

"근데 수의대는 등록금이 비싸서 진짜 안 된다고 할 거 같아. 교대도 겨우 허락받은 거라…… 이것도 장학금 받을 점수가 돼야 되지만."

"무슨 영역이 문젠데?"

"수리. 문과라서 그런가 영 모르겠어…… 틀리는 데서 계속 틀리구."

"저기. 내가……"

"응?"

"내가 가르쳐줄 수 있는데."

그녀의 표정이 묘하게 바뀌었다. 괜히 자신의 소맷깃을 만지작대다가 "아니야, 정말 괜찮아." 소리만 하고 나가버렸다. 처음 해본 말을 거절당했지만 그는 조금 전의 손짓 하나, 말 한마디를 곱씹느라 정리를 다하고도 한참 더 교실에 있었다.

재이는 집으로 오는 길에 성적표를 세 번 꺼내봤다. 걸음을 멈춘 게 세 번이었으니 꼭 그만큼 꺼내보았다. 전교 1등인 윤제희에게 비할 바는 아니겠지만 보통의 눈으로 보기에는 제법 잘 나왔다. 학원 한번 안 가고 이 정도라면 다른 아이라면 굉장히 좋아했을지도 모른다.

"에휴."

수리영역 성적이 점수를 다 깎아먹었다. 그래도 장학금만 아니라면 그녀가 원하는 곳은 갈 수 있을 텐데 그놈의 장학금이 문제였다.

"다녀왔습니다."

"너는 뭐 하느라 지금 들어와? 와서 일 좀 도우라니까."

"응. 할게. 지금 하려고 했어."

가방을 벗어놓자마자 다시 행주를 집어 들었다. 네모를 두 번 접어서 테이블을 닦아나가다 안쪽에 누워 있던 아빠와 눈이 마주쳤다. 당뇨 합병증이 최근 더 심해지셔서는 얼굴이 통 못해졌다.

"우리 재이, 시험 잘 봤어?"

"아빠."

"못 봤어?"

그런 게 아냐. 누가 물어봐주는 게 좋아서 그래.

이 정도면 괜찮은 편이라고 '잘 봤어.' 입 모양으로 말하자 없는 힘을 짜내어 허허 좋아하셨다. 물 한 잔 떠드리고 엉덩이를 걸치고 앉아 서로가 거친 손을 쓰다듬었다. 아빠의 손은 병색이 완연해 거칠했고 재이의 손은 찬물을 많이 만져 거칠했다. 누구 하나 딱 낫다고 하기도 뭐해 서로 부끄러울 게 없었다.

"우리 재이 수의사 될 거야?"

"되고 싶은데……, 잘 모르겠어. 안 될 수도 있어."

"너는 할 수 있지. 내가 알지."

안쪽 이가 두 개나 빠져 아빠가 웃으면 마음이 아프다. 이렇게 되기 전에는 작은 회사나마 다니셨는데 아픈 사람 두고 일하라 떠미는 것도 참 못 할 일이었다.

"당신은 왜 애한테 바람을 집어넣어?"

"내가 무슨! 제이도 대학 가야 할 거 아냐?"

"왜 자꾸 헛바람을 넣냐고! 당신이 보낼 거야? 누구는 좋은 말 못 해서 이러고 살아? 재우는 또 어쩔 건데?"

주방에서 나오던 엄마가 둘의 대화를 들었는지 대뜸 화부터 냈다. 그녀는 화를 내는 것이 싫어 비겁해졌다. 아빠가 나가라는 손짓을 하기는 했지만 거기에 버티고 있을 자신도 없었다. 저러다 엄마가 정말 지쳐버리면 다 그만두라 소리가 언제 나올지도 몰랐고.

사실 요새는 엄마와 눈만 마주쳐도 마음이 덜컹거렸다.

"누나, 어디 가?"

"……아냐. 재우 넌 왜 이제 와?"

"엄마 아빠 맨날 싸우니까 그렇지. 앉을 자리도 없고!"

싸구려 과자 하나를 물고 들어오던 재우가 밖으로 나가던 그녀를 잡았다. 덜컹거리는 문 사이로 큰소리가 넘치자 혼자 들어가기는 싫은지 눈을 찡그렸다.

"……"

"아니, 누나한테 화낸 건 아니고, 미안."

그녀는 미안하다는 소리보다는 너 잘할 수 있다고, 대학도 갈 수 있다는 소리를 듣고 싶었다. 그 소리를 해준 두 사람 중 한 명은 아픈 몸 때문에 아무 발언권이 없었고 또 한 명은 그녀가 가까이만 가도 마음이 떨렸다.

너무 먹고살기가 힘드니 제 감정을 짚어볼 생각도 못 했는데 요새 들어 더더욱 심해졌다. 아까만 해도 윤제희답지 않게 무언가를 먼저 가르쳐준다는 소리가 나오자 너무 놀라 아무 말도 못 해버렸다.

"재우야, 나 바람 좀 쐬고 올게."

"빨리 와! 나 혼자 들어가면 뭐해!"

자박자박, 습관처럼 걷는 길이래 봐야 학교 앞이 다였다. 날이 어두우니 고개를 들어도 보이는 것이 없어 마음처럼 끝없이 가라앉는 발을 억지로 한 걸음씩 뗐다. 학교를 멍하니 쳐다보다가 다시 돌아 나올 때 그녀의 앞에 깨끗한 운동화 한 쌍이 있었다.

"너 여기서 뭐 해?"

"……반장!"

"부반장, 너 집에 간 거 아니었어?"

"아니, 나 뭐 놔두고 와서."

거짓말을 했다. 이대로 제희가 가면 그때 다시 할 일을 찾아보려 했는데 그는 가지 않았다. 멀지도, 가깝지도 않은 거리를 두고 그녀의 뒤에 있었다. 학교 앞 좁은 골목에 작은 움직임만 남아 굳이 돌아보지 않아도 누가 있는지, 어느 거리에 있는지도 모두 알았다.

"집에 들어가."

"응. 갈 거야. 너도 가."

문 닫힌 서점 앞에 기대자 제희가 다가왔다. 한 발짝씩 떼는 그의 진중한 걸음에 눈물이 날 것만 같다.

"안 갈 거잖아."

"아냐, 갈 거야."

"무슨 일인데?"

"아니……, 그냥……."

진짜 눈물이 나오면 그것만큼 곤란한 게 또 있을까 얼른 고개를 숙였다. 하나, 둘 가만히 숫자를 세다 보니 금세 원래의 이재이로 돌아왔다.

최소한 겉모습이라도.

"너 오늘 성적 때문에 그래? 그것 때문에 그런 거야?"

"……응."

시험 성적이 만족스럽지 않은 것이 의외의 핑계가 되어 거기에 기댔다. 제희는 입도 열지 않고 얼마간을 더 지켜보았다.

"내가. 내가 잘 가르쳐줄게. 마치고 조금씩 하자."

"……."

"화 안 내고."

"……."

"안 때릴게, 넌."

푸훗, 웃음이 나와서 이마를 짚었다. 대답을 기다리는 윤제희에게 고개를 끄덕였더니 너부터 가라는 듯 길을 비켰다. 네가 가는 걸 꼭 보고 가겠다는 뜻 같아 고맙게 서점 앞에서 비켜났다. 기다려주고, 믿어주고, 살펴주는 사람이 있다는 것이 믿기지가 않아 기어이 돌아보고 말았다.

"빨리 가."

자신이 사라지는 방향을 끝까지 보고 있던 제희를 보다가, 그날 처음 그녀에게 붙은 가난과 잡다한 상황을 떼어냈다. 그러니 제 감정이 바로 보였다.

나는 윤제희가 좋아.

그걸 그날 처음 알았다.

❖

마주 앉은 그는 자신을 지켜보느라 아무 말이 없었다. 무슨 생각을 하는지 궁금했지만 어쩐지 물어보고 싶지는 않았다.

"왜 안 마셔?"

"응. 마실 거야."

마시는 시늉만 하고 앞에 둔 커피잔에서 모락모락 김이 났다. 겨울도 아닌데 멋쩍게 그 김에 손을 데우자 제희가 그 손을 움켜쥐고 만지작거렸다.

"추워?"

"에이, 안 추워."

추워서 한 행동이 아닌데도 그는 자신의 손으로 다시 한 번 감쌌다. 커다란 손에 살짝 힘을 주자 그녀가 눈을 마주쳤다. 이렇게 어두운데도 이만큼 잘 보인다.

"……그러고 보니까 나 아까 주스 사놓은 거 거기 놔두고 왔어."

"가서 내가 마실게."

"하하. 그래. 케이크도 있어."

"응. 아무도 안 주고 내가 다 먹을게."

"어……, 그리고 있잖아."

쓸데없는 욕심을 부리는 그를 보고 웃다가 천천히 입을 열었다.

"나 있잖아……, 사실은 대학 못 갔어."

"……그래."

"아니, 나는. 미안해서. 네가 나한테 수학도 가르쳐주고 그랬잖아. 그래서……."

"미안한 게, 그것뿐이야?"

그의 목소리가 미묘하게 떨렸다. 낮고 단정한 그의 음성에 감정이 실리자 듣고 있는 그녀의 눈빛이 아래를 향했다.

"야아. 넌 왜 화를 내고 그래."

“그럼? 병신처럼 너 잘했다고, 이제라도 만났으니까 괜찮다고 맘 없는 소리라도 해야 할까?”

“…….”

“난 안 괜찮아. 미칠 것 같았어! 그 이유가 다라면 네가 날 우습게 만들었어.”

이해 못 하는 건 아닌데 생각만 해도 화가 났다. 재이가 이런 모습에 놀랐다면 미안하지만 아직 제 감정의 백분의 일도 채 표현을 못 했다.

“……그런데도, 네가 오늘 와준 게 너무 좋아서. 더 이상 화를 못 내겠어.”

“으음…….”

“너 진짜. 나 보러 자주 와야겠다.”

“응, 그럴게.”

그녀가 작은 소리로 대답하며 고개를 끄덕거렸다.

그는 화가 난다는 것이, 어디에 어떻게, 누구에게 화가 나는 건지도 몰랐다. 어쩌면 이런 상황에서 폭넓은 마음으로 다독여줄 수 없는 자신에게 화가 나는 건지도.

“내가 이상한 거야?”

이번에는 재이가 눈을 크게 뜨는 정도만이 아니라 고개까지 세차게 저어댔다. 재이는 아니라고 했지만 자신은 확실히 이상하다. 이 와중에도 안고 키스하고, 꼼짝 못 하게 제 몸 아래에 눌러놓고 싶어졌다.

“야! 너 왜 호출 안 받아? 이제 슬슬 가야 돼. 치프 올 때 다 됐어!”

그들이 왔던 복도 끝으로 달려온 영우가 불 꺼진 휴게실을 찾자마자 고함을 질렀다. 재이가 있는데도 이러는 것을 보면 급하긴 한 모양인지 그도 벌떡 일어섰다. 어찌할 줄 모르던 그녀도 괜히 폐가 될까 반대편으로 먼저 몸을 돌렸다.

"반장."

여러 감정으로 자신을 바라보는 그에게 웃어 보였지만 변함없이 쌀쌀했다.

그런데도 마음이 편하다. 이상할 정도로.

만약 그가 다 괜찮다, 나는 상관없다고 했으면 고개 들기가 더 힘들었을 것이다. 그는 의도한 것이 아니라 할지라도, 제희는 늘 그녀를 편안하게 해줬다. 화를 내든, 무뚝뚝하게 굴든, 어떤 빈말보다도 더 안심이 되었다.

그나저나 남은 화를 어떻게 풀어줘야 할까. 이제 좀 자연스러워졌다고 생각했는데.

그 고민으로 내려가는 에스컬레이터에서 입술을 한일자로 길게 늘였다. 곤란하면 나오는 그녀의 버릇이다.

"이재이!"

자신을 부르는 소리에 돌아보니 그는 어느새 자신을 쫓아 뛰어내려왔다. 에스컬레이터에서 내리지도 못하고 망설이는 사이에 그는 먼저 아래에 도착해 손을 내밀었다.

"왜 왔어? 너 들어가봐야지."

"너, 내일 경기 보기로 한 거 안 잊었지?"

8강까지 간다는 걸 생각도 못 했으니 따로 약속을 하지는 않았다. 그래도 만약 경기를 본다면, 아마 보겠지만, 그러면 당연히 제희와 볼 것 같기는 했다. 누군가 내일 경기를 같이 보자 물었다면 그와 다른 말이 없어도 거절했을 것이다.

"응. 안 잊었어."

무슨 말이 오갔다고 그처럼 그녀도 뻔뻔하게 굴었다. 말해놓고 보니 자신도 모르는 새 약속을 했을지도 모르겠다.

"나 별로 기분이 안 좋아."

"그, 그러면 어떡해. 따, 따로 보자고?"

눈썹이 잔뜩 일그러지더니 바로 그녀와 이마를 콩 부딪쳤다. 하여튼 이재이가 생각하는 거라곤 변함이 없다.

"그런데 딱 오늘까지만 안 좋으려고."

"……."

"내일은 우리 웃으면서 보자."

"으응."

윤제희. 윤제희.

다시 봐도 네가 너무 좋아.

네가 이러는데 어떻게 널 안 좋아해.

"그래도 맛있는 거 많이 싸 와."

"알았어. 저번처럼 동네에서 볼까?"

음식쯤이야 얼마 되지 않는 전 재산을 다 털어서라도 해주고 싶다. 자신은 음식 솜씨가 좋으니 그걸로 잘 보이고 싶기도 하다.

"아니. 여기서 봐."

"어, 그래. 내가 올게. 음식도 많이 싸 갈게."

"갈아입을 옷도."

"……어?"

잘못 들은 건가 했는데 제희의 눈은 더없이 냉철했다.

"속옷이랑 다 챙겨 와."

"……."

"아니면 내가 사줘? 이 앞에 백화점 있으니까 내일 들러서."

"아니, 아니야."

"그럼 가져오든가."

● 한국이 8강에 오르고 나서부터는, 우리나라 자체가 축구를 위해 존재하는 듯했다. 어느 TV를 틀어도 경기 장면, 혹은 분석만 나왔고 사람들 중에 붉은색 옷 안 입은 사람이 드물었다. 심지어 길 가다 모르는 사람이 뜬금없이 '대한민국'을 외치면 무의식적으로 박수부터 치고 봤다.

이런 분위기는 요새 최고의 호황을 누리는 재이의 회사도 예외가 아니었다.

"야, 너 김남일이랑 송종국이랑 둘 중에 누가 좋아?"

"나는……, 그래도 홍명보가 좋은데."

"야! 홍명보는 유부남이잖아."

영미는 자신이 고르기만 하면 그 사람이 튀어나올 것처럼 컴퓨터 바탕화면 사진을 두고 볼펜을 시계침처럼 똑딱였다. 누가 그렇게 축구를 잘하나, 그렇게 잘해서 나한테 이런 기적이 다 생기게 하나, 그게 고마운 재이도 영미의 뒤에 서며 고개를 내밀었다.

"난 그래도 홍명보."

그녀는 어떤 결정을 하든 간에 처음을 좋아했다. 애초에 변덕이 심한 성격도 아니었지만 보다 많은 시간을 알아온 사람이 좋았다. 실수나 성과는 그때그때 달라질 수 있는 거라 사람만 놓고 보면 항상 처음 마음에

둔 인물로 돌아가고는 했다.

"기집애, 얼굴 밝히기는."

다 안다는 표정으로 영미가 웃자 재이도 따라 웃어버렸다. 요 며칠 새 그녀는 웃음이 참 많아졌다. 본인이 느끼기에 그 정도니 주위에서도 모를 리가 없다.

"야, 너 수상해."

"응? 나 뭐?"

"다 알거든? 너 연애하잖아!"

너무 놀라 영미의 입부터 막았다. 다행히 사무실은 텅 비어 있었지만 조마조마한 마음을 간신히 진정시켰다.

"왜? 연애가 죄도 아니고."

"아니, 그냥. 그래도 일하는 데잖아."

"그런 걸로 치면 회사에서 주구장창 아이러브스쿨 하다가 첫사랑이랑 바람난 김 과장도 있는데. 너는 양반이지."

회사에서 익숙지 않은 인터넷으로 딴 일은 안 해봤다. 하지만 회사 일로 오다가다 제희를 만나 이 상황까지 이르렀으니 달리 할 말도 없어 입을 꾹 다물었다. 따지고 보면 제희와 하루가 멀다 하고 만나 손도 잡고 키스도 했지만 사귀자는 말을 듣지는 못했다.

"오늘도 만나겠네?"

"어, 봐서."

"봐서는 뭘 봐서."

영미가 손가락질을 하며 키득거렸다. 그런데도 그만하라는 소리가 안 나와 주위를 두리번거리다 조금 가까이로 영미를 끌어당겼다.

"그런데 있잖아……, 내가 진짜 물어볼 사람이 없어서 그러는데……."

"응, 왜?"

"저기……, 남자들은 속옷 같은 거…… 어떤 거 좋아해?"

"뭐? 속옷?"

"아니, 내 이야기는 아니고, 그게…….”

그녀의 손보다 더 크게 벌어진 영미의 입이 한참을 멈춰 있다가 서서히 다물렸다. 늘 얌전하니 제 할 일만 하던 재이라 이런 질문은 그녀도 적응을 못 했다. 하지만 재이의 얼굴이 불에 덴 듯 벌겋게 달아오르자 이대로 입이 닫힐까 얼른 분위기를 이어갔다.

"음……, 오늘이 디데이야?"

"아니야, 아니야, 절대 아니야."

"야, 강한 부정은 긍정이라는데 넌 세 번이나 부정을 하니 그냥 오늘 자리를 깔겠다는 거네. 뭐, 좋아. 좋은 일이야."

"야아…….”

"그래서, 너 평소에 뭐 입는데? 아니다, 물어본 내가 잘못이지."

재이가 오늘따라 가방을 꼭 끌어안고 있다 했더니 저거구나 싶어 얼른 끌어당겼다. 뭐라 말릴 새도 없이 지퍼를 열어 뒤적이다 한심한 듯 재이를 쳐다봤다.

"이재이. 너 무슨 수녀원 입소하냐?"

"응?"

그래 봬도 밤새 고민해 가장 최근에 산 속옷으로 골랐다. 막눈인 자신의 눈으로 봐도 섹시와는 거리가 멀었지만 최소한 희고 깨끗하기는 했다.

"아우, 진짜. 빨리 마쳤는데 우리 백화점이나 가자. 응? 이런 건 평생 기념 되는 밤인데 돈 좀 써야지."

"……에이, 안 돼."

부끄러운 듯 웃으면서도 제법 활기가 차 있었는데 영미의 말을 듣는 순간 힘이 조금 빠졌다. 재우에게 보내준 돈도 그렇고 일정 부분은 항상 대전에 부치는지라 꼭 필요한 생활비 외에는 써본 적이 없다.

그녀에게는 달리 사치가 아니라 자신을 위해 무언가를 사는 것 자체가 사치였다.

"야! 너 좋자고 그러냐? 그게 다 남자를 위한 거라니까?"

"……응?"

"남자를 위한 선물이라 생각하라고! 너 그 남자 안 좋아해?"

이런 식으로 물으면 정말 할 말이 없다. 그녀가 윤제희를 안 좋아한다는 것 자체가 말도 안 되는 질문이니까. 결국 어느 순간 고개를 끄덕이다 화면 속의 홍명보와 눈이 마주쳤다. 꼭 아는 사람에게 비밀을 들킨 것처럼 깜짝 놀라 침을 삼켰다. 너무 오래 알아도, 이런 단점이 있다.

수많은 이들이 눈코 뜰 새 없이 일하는 대학병원에서도 여자들 눈은 다르지 않아 인기순위라는 것이 분명 존재했다. 월드컵 전까지야 피부과의 윤제희가 누구도 넘볼 수 없는 부동의 1위로 자리매김했었지만 요새는 조금 달랐다. 비정상적인 분위기가 병원까지 휩쓸며 만년 100위권 밖에 있던 박영우가 남녀 할 것 없이 황제처럼 사람들을 몰고 다녔다.

"자, 걸어. 걸어. 얼마 안 남았어. 형은요?"

"아, 어디 하지? 너 어디 했는데?"

"그걸 물어보면 어째요. 빨리 하기나 해요."

"야, 이거 도대체 돈 딴 사람이 있기는 있냐? 너 수수료만 떼어먹고 뺑치는 거 아냐?"

"그걸 알려주면 어떡해요? 영업 비밀인데."

"없는 거 아냐? 너 진짜 없으면 나중에 그 장부 압수수색 할 줄 알아."

"있어요. 거의 없지만 있기는 있어요. 요새 세상 다 가진 놈."

영우가 그 운 좋은 놈을 노려보다가 장부에 줄을 그어나갔다. 찍기 운이 없는 자신은 처음부터 수수료 장사로 나간 지 오래였지만 이 상황에 돈을 번 사람이 있다는 것도 신기했다.

"윤제희, 너 나 몰래 축구 좋아했냐?"

"아니."

"그럼 그렇지."

그는 대학 때도 농구니 축구니 공 차는 무리와는 크게 어울리지 않았다. 공부가 밀려 있으니 그럴 시간도 별로 없었지만 그나마 시간 좀 있는 예과 때도 주말마다 횡 하니 어딘가를 다녀오고는 했었다. 그러고 나면 쉽사리 다가서기 힘들 만큼 고독해 보여 월요일이 될 때까지 한발 떨어져 쳐다만 보았던 기억이 난다.

"너는 오늘도 나가서 보겠네?"

"응."

"나도 가면 안 돼?"

원래 제희는 상종할 가치가 없는 말에는 대꾸를 잘 안 했다. 그리고 말 한마디 정도는 더 해준다 쳐도 이미 그의 머릿속은 터질 듯한 긴장감으로 가득 차 있었다. 이런 때 의연하게 구는 남자들이 존재하는지도 의문이다.

이재이.

재이가 그를 기다리고, 오늘 이곳으로 온다. 속옷까지 챙겨서.

그 사실 하나에 매달려 어젯밤도 버텼다. 그녀가 대학을 가지 못했다는 그 담담한 고백이 가슴을 엘 듯 쥐어짜다가도 이제는 제 품에 가둘 수 있다는 생각이 그를 흥분하게 했다. 그러면서도 마음이라는 게 한 방향에서조차 미묘하게 어긋나기 마련이라 눈 뜨고 감는 모든 순간에 그를 변덕스럽게 만들었다.

그것도 잠이라 부를 수 있다면, 간이침대에 눕기 전에는 확실한 안도를 주지 못했던 자신을 원망했고, 그 마지막 순간에는 일말의 가치도 없는 일을 두고 고민했을 그녀가 미웠다. 또 눈을 뜨자마자 현실로 돌아오는 그 순간에는, 이렇게 다시 만날 때까지 변하지 않은 그녀에게 마냥 감사했다. 좋은 사람 만나 결혼을 하지 않았다는 것에 절이라도 하고 싶을 정도였으니.

그는 상상이나마 늘 그랬다. 재이가 그저 그런 사람 만나 고생을 할 거라는 생각조차도 지웠으니까. 안 그래도 가느다란 몸을 떠올리면 차마 못 했다, 그런 거.

"야, 그나저나 내가 어이가 없어서. 내가 그 새끼 주머니 털었는데 진짜 없더라? 그사이에 어디 감췄나?"

"누구?"

"최기영이. 여기서 콘돔 다 털어 갔잖아. 내가 그날 나가자마자 습격했는데 죽어도 아니라더니 진짜 아닌가?"

"……."

"좋은 건 알아서. 도대체 누굴 잡으려고 그걸 다 훔쳤대?"

"……몰라."

"짐승 같은 놈. 그거 다 쓰면 여자 죽을 텐데, 오늘도 걸리면 목 한번 졸라봐?"

제희가 자리에서 일어나며 목을 가만 만져보았다. 구차하게 목숨 구걸하지는 않아도 자신이 살아야 재이도 행복하게 만들어줄 수 있었다.

"너 누구 만나는 것도 아니잖아. 그런데 왜?"

"야, 혹시 모르잖아. 대한민국에 이런 날이 얼마나 있겠냐?"

그가 생각해도 기적 같은 일이기는 했다. 이번 여름 그에게 일어난 하루하루가 모두 그랬다.

"나 사실 오늘 내과 1년차 중에 주연희라고, 너도 알지? 같이 경기 보기로 했거든. 뭐 어쩌겠다는 건 아닌데……, 흐흐. 혹시 모르잖아. 먼저 덮쳐주면 나도 준비는 하고 있어야지, 흐흐."

인턴 돌다가 피부과로 올 때부터 영우가 찍어놓았던 귀여운 인상의 아가씨가 바로 떠올랐다. 인기가 많아 자신은 상종도 안 해준다 울상을 하더니 최근 도박사로 이름을 날리며 다시 연이 닿은 모양이다.

그러고 보면 작든 크든 기적이 누구 한 사람에게만 일어나지는 않는다.

"하여튼 잘 보고 와라. 나는 최기영 족치러 가야지. 새끼 죽었어! 얍삽한 놈!"

영우가 나가고 나자 오늘 정신 차리고 나서 계속 그러하듯 피가 끓는 생각으로 되돌아갔다.

영우처럼 덮쳐주는 건 바라지도 않는다. 하지만 아무리 암시를 줬대도 이재이가 알아들었는지는 모르겠다. 얼굴이 빨개져 눈을 못 마주치던 걸 보면 알아들었을 것 같기도 하고, 그때와 변한 것이 없다면 모를 것 같기도 하고.

✣

"지수 로그에서 또 틀렸네."

"응. 이거 쉬운 거라 했는데 헷갈려서. 문과 애들이랑 문제도 같이 나온다는데 큰일이야."

"한번 봐봐. 93년 교육 예산이 GNP의 3.7퍼센트라고 하면 이걸 식으로 먼저 만들어야지……. 여기까지 알겠어?"

"응. 알겠는데 이 부분에서 잘 이해가 안 가서. 식은 세우겠는데 말이 무슨 뜻인지 잘…….”

“…….”

“반장?”

재이가 자신의 설명에 고개를 끄덕이다 더 가까이 의자를 당기자 저도 모르게 말이 멎었다. 연필 소리를 사각사각 내며 그가 쓴 식을 따라 쓰는 모습에 넋이 나가 질문도 잘 못 들었다. 자신에게는 이재이의 성적을 올려 장학금까지 받게 만들어 같은 대학에 진학시킬 의무가 있는데 이 상태로는 심히 곤란했다. 그는 전날도 고개를 숙였을 때 살짝 비친 이재이의 가슴선 때문에 자다가 두 번이나 깬 전적이 있었고.

“이렇게 하는 거 맞아?”

“……응.”

“와, 나 진짜 이러다 한국대 가겠다.”

“……한국대 가고 싶어?”

“애들 다 그렇잖아. 하하.”

생각만 해도 좋은지 턱을 괴고 즐거워했다. 그도 같이 즐거워하고 싶은데 가슴이 두근거리다 보니 쉽지가 않다. 그래도 저리 즐거워하는데 칭찬 한마디 정도는 해줘야 할 것 같았다.

“잘했어.”

“정말?”

짝, 활짝 웃는 재이가 치는 박수 한 번에 그의 정신도 겨우 제자리로 돌아왔다. 가까이 앉은 그녀의 체향에 정신이 혼미하다. 이대로는 안 되겠다 싶어 뒤쪽 창문을 열고 자기 자리로 돌아오는데 초여름의 바람이 들어오다가 그녀의 머리를 휘날리게 했다. 첩첩산중이다.

“아아. 머리가 날려서.”

두 머리를 맞대고 있다가 보드라운 머리칼이 그의 얼굴이 닿았다. 신경이 없는 머리칼이라지만 그에게 닿는 순간 올올이 살아나 그를 깨웠다.

"미안해."

그 곤두서는 느낌에 숨을 참은 그에게 잘못한 것도 없는 재이가 먼저 사과했다. 주머니에서 노란 고무줄 하나를 꺼내 얼른 머리를 묶자 아쉬움은 잠깐이고 이제는 희고 가는 목선이 그를 괴롭혔다. 처음 일주일간은 그녀의 신체 하나하나, 아주 사소한 동작 하나에도 적응을 못 해 공부를 가르쳐준다기에도 부끄러운 수준이었다.

"반장, 이것 좀 봐줘. 풀긴 풀었는데 맞나 모르겠어."

"……."

"……윤제희?"

못 알아들을까 상냥하게 이름까지 부르는데 익히 알고 있던 목소리의 울림에도 그는 찡그렸다. 반듯한 얼굴에 억지 주름을 만들어서라도 깨어나야 했다.

"가르쳐준다면서."

그녀가 고개를 갸웃하더니 웃었다. 남 탓이나 타박도 못 하는 애가 제 딴에는 장난을 걸어왔다.

"난 너는 다 아는 줄 알았어."

"다 알아."

"거짓말."

"진짜야."

안 믿는 표정으로 눈을 가늘게 떴다. 하얗고 가지런한 이가 드러나자 그가 먼저 눈을 피했다.

이재이는 꼭 장학금 받고 대학에 가야 한다. 나랑 같이.

주문처럼 외우고 또 외우느라 질문 하나를 놓쳤다.

"너 정말 다 아는 거 맞아?"

"……응."

"그럼 내가 물어보는 건 바로 대답해줄 수 있겠네?"

"당연한 거 아냐?"

못 믿을 테면 관두라는 냉정한 눈빛을 겨우 지어내자 재이도 설익은 장난은 그만두었다. 그러고도 그날은 여러 번 대답이 없거나 늦어졌던 걸로 기억한다.

"하아……."

지금의 그는 같은 고민에 휩싸였다.

딩동, 딩동딩동. 끝도 없는 문자 수신음과 더 밑도 끝도 없는 재이의 문자들을 받고 2, 3초간 이마를 짚었다. 지금의 자신이라면 다를 거라 생각했는데 별거 아닌, 그러나 의미심장한, 꼭 의미심장해야만 할 문자에 눈을 감았다. 그리고 정확히 세 번 읽어봤다.

"그렇단 말이지……."

딩동, 성격처럼 단호하고 군더더기 없는 손짓 몇 번에 문자가 갔다. 성인이 되었으니 뜨내기 머저리 같은 짓은 이제 정말 사절이다. 그는 이제 남자였다.

"재이야, 이거 예쁘지? 너 피부가 하얘서 이거 입으면 확 살 거 같아."

"그럼요. 월드컵 기념으로 나온 속옷인데 붉은색에다 밑에 보시면 큐

빅 장식이 있어서 시선을 확 잡아주거든요."

속옷 입고 시선 잡을 일이라면 하나밖에 생각이 안 나 괜히 눈을 못 마주쳤다. 그렇구나, 하면서도 역시 과하다. 이런 원색의 속옷은 한 번도 입어본 적이 없었다.

"야아, 이건 좀 그렇다. 이런 거 어떻게 입어?"

"누가 이거 입고 거리 활보하래? 그냥 투자라니까?"

"그래도 좀. 난 이게 더 예쁜 거 같은데."

가지고 왔던 것과 별다를 것 없는 색상의 얌전한 속옷을 집었다. 확실히 디자인은 조금 화려했지만 이 정도는 평소에도 입을 수 있을 것 같다. 그녀는 버릇처럼 디자인보다는 한 번이라도 더 입게 될 듯한 실용성에 무게를 두었다.

"그것도 청순하게 예쁘긴 한데. 그래도 이게 더 낫지."

"난 이거 좋은데."

"그럼 물어봐."

"뭐? 어떻게 그런 걸 물어봐?"

"야! 그러면 애기는 어떻게 생겨요? 이재이 수녀님?"

눈이 동그래지는 재이를 또 놀려댔다. 영미가 다른 속옷을 구경하며 직원과 수다삼매경에 빠지자 그녀도 조용히 물러섰다. 이렇게 된 거 두 개 다 사고 싶기도 하지만 가격을 생각하면 지금이라도 튀쳐나가야 할 지경이다. 그래도 마음먹었을 때 안 사면 언제 또 기회가 있을까 고심하다가 휴대전화를 꺼내 들었다.

[반장. 나 이재인데... 일하는 중이지? 그럴 거라고 생각해. 일하는 중에 문자 보내서 미안해. 나는 아까 나왔어.]

여기서 문자 하나가 끊겼다. 인사 하나 쓰는데 내용은 이렇게 길어졌다.

[내 직장 동료 중에 영미라는 애가 있는데 그 친구랑 같이 있어. 되게 재밌는 친구거든. 나와서 밥을 같이 먹었는데.]

[밥 먹고 또 같이 있어. 여기 있다가 너한테 가려고. 너는 밥 먹었는지 궁금하다. 병원 밥은 왠지 막이 없을 거 같아.]

[막이 아니라 맛. 그래도 밥은 잘 챙겨 먹어야지. 힘든 일 할수록 잘 챙겨 먹어야 한대. 그런데 사람이 정말 많아.]

[응원할 때 화면 잘 안 보일까 봐 걱정돼. 먼저 자리 좀 봐야 할까 봐. 너는 마치고 나오면 조금 늦겠지? 차 안 가져]

[갔다니 다행이다. 그러고 보니까 갑자기 궁금해서 그런데 너는 빨간색이 좋아? 아니면 하얀색이 좋아?]

보내고 나서 고개를 푹 숙였다. 가만두면 이마가 바닥에 닿을지도 모른다.

윤제희, 제희야. 제발 늘 그랬듯 무심하게 답변 하나만 해줘.

너 좋은 애잖아.

글자 수 제한에 막혀 이거 하나 물어보고자 그녀 인생에 유례없는 큰 낭비를 했다. 꽉꽉 채워 썼으니 돈은 안 아까웠지만 얘가 답이나 보내줄지 모르겠다. 이게 다 뭐야, 하다가 끝까지 안 읽을 가능성도 충분히 높다.

"야? 너 뭐 해? 으휴, 정 그러면 네가 사고 싶은 거 사!"

"어, 그래. 잠깐만!"

딩동, 수신음이 울리자 조마조마한 마음으로 폴더를 열었다. 심호흡을 하고는 눈을 뜨다가 정확히 한 글자에 10원짜리, 제희의 사치스러운 답변에 숨이 멎었다.

[레이스.]

갈수록 인파는 기록을 경신했다. 처음에는 시큰둥하던 사람들도 16강에 진출하고부터는 '무슨 일'이 나는 순간을 제 눈으로 직접 목격하고 말겠다는 생각에 모두 밖으로 나왔다. 평소에 사람들이 많으면 짜증부터 내던 이들 역시 월드컵 때만은 그러지 못했다. 이 거리에 있는 사람 모두가 하나의 목표로 동료의식을 가졌고, 동료는 많으면 많을수록 좋은 법이라 골목골목 숨어 있던 사람들까지 합류해 광장은 거대한 파도가 넘실대는 붉은 바다가 되었다.

"어떡하지……."

여기가 어딜까.

분명 출구에 맞게 나왔는데 한번 휩쓸리기 시작하자 재이가 힘을 빼도 몸이 저절로 떠밀렸다. 자리를 잡아놓으려 했는데 그럴 수준이 아니다. 이대로 다시 떠밀려 제집으로 돌아가게 생긴 판이다.

"어, 반장! 나야. 이재이."

- 넌 그것 좀.

"응? 뭐라구?"

- 아냐. 어디야?

"모르겠어. 어디 건물이라도 보이면 좋을 텐데 사람이 너무 많아서 도저히 모르겠어. 여기서 만나긴 힘들 것 같아."

시끄럽고 웅성거리는 사이에서도 제희의 귀는 재이의 작은 목소리만 골라 들었다. 이리저리 치이는지 숨이 잦아들자 거기 더 두어서는 안 될 것 같다.

- 안 다쳤어?

"에이, 뭘 다쳐. 사람이 많아서 잘 안 들려서 그래."

- 그럼 집에 가 있어. 우리 집에는 갈 수 있지?

"응? 집?"

– 하나만 마저 해놓고 바로 갈게. 나 배고픈데 밥 좀 해줄 수 있어? 너 맛있는 거 해준다며.

"밥?"

– 안 돼?

제희에게 안 되는 게 어디 있을까. 누가 더 잘하고 아니고를 떠난 그녀의 마음이 그랬다. 거기다 힘든 일 하고 밥도 못 먹는다니 마음이 부쩍 기울었다.

"많이 배고파? 그럼 먼저 뭐라도 먹어. 여기서 기다릴게."

– 집밥 먹고 싶어.

벌써 짐까지 싸 와놓고는 막상 먼저 가 있으라니 영 발이 안 떨어진다. 다행히 오늘 같은 날 좋은 건 가만있어도 저절로 걷게 만드는 물결이 있는 것이라 그녀도 그 흐름을 탔다.

윤제희가 굶고 있다니, 그 생각만 하자.

"역시."

"응?"

"아냐. 나 가볼게."

이재이를 공략하려면 처음부터 이래야 했다. 약하고 힘들고, 그런 걸 도무지 못 보는 애였다. 그간은 뻔히 알면서도 다시 만난 놀라움과 조급함이 앞서버려 기회를 여러 번 놓쳤다. 사실 지금도 여유 있다고는 못하지만 최소한 그런 체하는 정도는 가능해졌다. 여러 감정이 고스란히 담겨 있는 그 눈과 마주치지만 않는다면.

"앞으로 바로 나갈 거야?"

"아니. 집에 좀 들르고."

"그래, 인마. 가서 붉은 악마 티라도 좀 입어라. 그게 태극전사에 대한 예의지!"

24시간 꼬박 입고 버텼던 흰 셔츠를 내려다보았다. 그가 아무리 단정해도 땀에 절어버린 셔츠는 어쩌지 못하는지라 인상을 썼다. 급한 대로 옷장을 뒤적거리다 부질없음을 깨닫고 바로 달려 나갔다. 무얼 입든 어차피 뛰어갈 예정이니 땀에 젖는 것은 정도의 차이만 있을 뿐이다.

과연 그의 선택은 옳아 병원을 나서면서부터 고군분투가 시작되었다. 끝도 없는 인파에 정상적인 경로는 포기해야 했고 사람에 떠밀려 겨우 앞을 헤치면서 나아가는 정도만 가능했다. 그는 그때도 하나의 생각만 했다.

이재이가, 재이처럼 몸집도 작은 애가 어떻게 이 길을 다녔을까. 그건 꼭 길 하나의 문제가 아니었다. 9년 전 그녀의 앞길도 이보다 더하면 더했지 못하지 않았다. 말을 안 해도, 표시를 안 해도 그는 늘 알았다. 환하게 웃다가도 눈가가 떨리는지, 고개를 숙였을 때 한숨을 내쉬지는 않는지, 집에 가는 발걸음이 유독 느려지지는 않는지. 보고 또 보다 보면 알 수밖에 없었다.

"너 뭐야? 왜 안 들어가 있어?"

"반장, 왔어?"

엘리베이터에서 내리자마자 그의 집이 있는 복도를 내달렸다. 그가 소망했던 재이라면 지금쯤 그의 집 안에서 자신을 기다리며 요리를 하고 있어야 할 텐데, 그가 아는 이재이는 주인 없는 집, 그것도 남자 혼자 사는 집에 들어가 그렇게 마음 편할 여자가 아니었다. 지금도 그녀는 문앞에 서서 그를 기다렸다. 울컥하는 감정이 화인지 아닌지도 몰라 잠시 바라만 보았다. 그것만으로도 어느 정도 마음이 가라앉는다.

"환자도 많을 텐데 일하고 오느라 진짜 힘들었지?"

"……너는?"

"나는 괜찮았어. 짐이 좀 있어서…….."

불현듯 생각이 난 건지 우물쭈물 종이가방 하나를 뒤로 감췄다. 다리 아팠겠구나 미간을 모으던 그도 부스럭거리는 소리에 잠시 숨을 멈췄다. 잠시 보였던 종이가방에는 이곳에서 가까운 백화점의 로고가 박혀 있었다.

오늘 그는 성인 남자이기도 했지만 극도로 예민하고 섬세했다. 눌러둔 무신경함이 모두 깨어나 그 억울한 한을 풀려는 듯 오직 하나의 인물에게만 촉수를 뻗었다.

"줘. 내가 들게."

"아니야! 아니야! 무슨! 내가 들면 되지, 왜!"

당황에 가득 찬 대답을 듣기도 전에 안에 무엇이 있는지 짐작했다. 어차피 내 집 앞이니 지금은 네 하고픈 대로 하라 생각하며 무표정하게 비밀번호를 눌렀지만, 이걸 설치하고 처음으로 손이 미끄러져 삐빅 소리를 들었다.

"……안 돼? 왜 안 되지?"

네가 옆에 있으니 그렇지.

그녀의 작은 턱이 그의 어깨를 스치자 붉은 악마 티셔츠, 그중에서도 'Be the Reds'의 강렬한 문구가 먼저 눈에 들어왔다. 그 문구 아래에는 더 강렬한 무언가, 지금 그의 손가락을 미끄러지게 하고 어젯밤을 새우게 한 무언가가 있는 게 틀림없었다. 박영우가 뭐라든 간에 윤제희는 더 이상 응원복으로 갈아입을 필요가 없다. 이미 그는 누구보다도 'Be the Reds' 해 있었다.

그의 집은 처음이 아니었고 심지어 하루 신세도 졌다. 그런데도 마음 편히 앉을 수도 없어 괜히 주방을 서성이자 그녀를 빤히 보고 있던 제희도 싱크대 옆에 기대었다.

"나는 친구랑 밥 먹었거든. 이거 내가 집에서 가져온 반찬이야."

"뭔데?"

"멸치 볶은 거랑 우엉 조린 거. 이건 오징어채야."

"네가 그런 것도 해 먹어?"

"아, 응. 밖에서 사 먹으면 비싸잖아. 작년까지는 도시락도 싸 다녔거든. 이런 거 하나 해놓으면 며칠은 문제없어."

봉투를 풀어 냉장고 안에 차곡차곡 반찬통을 쌓다가 제희가 전화로 했던 말을 기억했다. 그것 때문에 여기까지 왔는데 바보같이 잊고 있었다.

"아 참! 너 밥 먹어야지!"

"됐어."

"왜? 배고프댔잖아. 반찬이 좀 그래서 그래?"

어쩌면 어떻게 저런 생각을 할까 싶어 그녀의 앞에 바짝 다가섰다. 쓸데없는 걱정과 실망이 가득하던 얼굴이 그가 다가오는지도 모르다가 흠칫 놀랐다.

"밥 먹고 왔어."

"아까는 안 먹었다며?"

"너 여기 있는 거 보고 싶어서."

"……"

"내 집에 있는 게 보고 싶었어. 그뿐이야."

말을 할 듯 말 듯 입술을 파르르 떠는 재이를 내려다보다 그 작은 진동을 직접 느꼈다. 처음에는 손으로, 다음에는 입술로.

"아, 으음……."

아직도 반찬통을 들고 있던 그녀가 손에서 힘을 빼자 반들한 싱크대에 쨍그르르, 유리가 구르는 소리가 맑다. 그 가벼운 소리는 한 번에 그치지 않아 작은 회전이 완전히 끝날 때까지 주방을 울려 그녀의 작은 신음을 감췄다.

"하아……, 반장."

그렇게 부르면 경기 보러 못 간다. 4년에 한 번이건, 100년에 한 번 있을 법한 기적이건 이 공간을 절대 못 벗어난다. 28세의 그는 아직은 자제심이 남아 있지만 19세의 그를 불러내자면 피 끓는 혈기에 어디까지 갈지 알 수 없다.

"……나 옷만 좀 갈아입고 올게."

겨우 참아냈다. 그는 그녀에게 이번 월드컵이 일반적인 의미 이상임을 알고 있었으니까. 세상에 안 될 게 없다는 것을 매번 깨닫는 재이의 모습을 직접 보고픈 28세 윤제희의 욕심도 만만치는 않았다.

"저기, 나 너 줄 거 하나 더 있어."

"뭔데?"

입술을 떼고 나자 눈도 못 마주치더니 들고 있던 검은색 종이가방에서 붉은 티셔츠를 꺼냈다. 병원에서도, 이곳에 오면서도, 또 눈앞의 그녀에게서도 지겹도록 본 티셔츠다. 받아들면서도 영 무언가가 그의 신경을 건드렸다.

"너 전에도 이거 안 입었잖아. 내가 그래도 유니폼 회사 다니는데 하나 가져왔어. 주려고."

유행이니 열풍이니 남의 이야기로 살았지만 일단 이재이와 같은 옷이라니 입어주는 게 맞다. 그 자리에서 입고 있던 셔츠를 벗어젖히자 떠듬떠듬 말을 이어가던 재이가 깜짝 놀라 물러섰다.

"야아, 놀랐잖아!"

"뭐 어때서?"

지금 보나, 이따 보나.

뭔가가 자꾸 마음에 걸려 평생 있는지도 몰랐던 심술이 나왔다. "어휴, 너도." 하며 괜한 소리를 해보던 재이가 그가 옷을 다 입자 어색하게 웃었다.

"넌 이것도 잘 어울린다, 정말."

그녀가 웃으면 좋기만 할 줄 알았는데 지금은 그의 기대와 미묘하게 어긋난 무엇에 손가락이 굽어들었다. 과신한 적은 없어도 분명하다 생각했는데.

선물이야 고맙지만 저 종이가방에 겨우 이런 티셔츠가 들어 있으면 안 됐다. 약속한 적 없던 그의 순정이 천사 같은 그녀에게 농락당한 기분이다. 결단코 이재이는 그러면 안 되는 거다.

"뭐 해? 뭐 찾아?"

다리처럼 곧고 긴 손을 뻗어 바로 가방을 낚아챘다. 없다. 아무것도.

얼마나 허탈한지 마음에 난 구멍으로 영하의 바람이 다 스쳐 지났다. 침착함을 찾기도 전에 무겁기만 하던 입이 먼저 열려버렸다.

"너! ……진짜 레이스 안 샀어?"

"어어?"

단호한 말에 재이는 그야말로 얼이 빠졌다. 아무것도 없는 걸 뻔히 알면서도 재이가 종이가방 쪽으로 시선을 향하자 그가 친히 몸으로 막아섰다. 타오르는 눈에 붉은색 티셔츠의 음영까지 묻어나니 거기에 옴짝달싹 사로잡혀버린다. 최면에 걸린 양 진실만을 말하는 입이 조심스레 그를 묶었다.

"……이, 입고 왔는데."

우글대는 사람들에 재이가 치이기라도 할까 봐 그가 바짝 긴장을 세웠다. 어깨에 두른 손이 방향을 틀다 허리로 내려오자 흐읍, 그녀가 숨을 들이마셨다. 조금 전 그의 집에서 들었던 제희의 마지막 말이 아직도 귓전에 울린다.

「……잘했어, 아주.」

윤제희를 무섭다고 생각해본 것은 처음이다. 때릴지도 모른다고 생각했던 열아홉의 그날에도 그 정도는 아니었는데.

"아, 나온다! 나와!"

광고를 내보내던 스크린에 광주월드컵 경기장의 영상이 떠올랐다. 태극전사들의 얼굴을 쭉 훑는데 벌써 승리라도 한 것처럼 곳곳에서 함성이 울려퍼졌다. 거기에 대형 태극기가 관중석을 뒤덮고 'Pride of Asia'의 하얀 카드 섹션까지 떠오르니 대낮의 열기가 무색할 정도다.

"대한민국!"

대한민국을 외치고, 노래를 부르고, 두 손 맞잡고 각자의 신에게 기도를 드리는 사람들까지, 긴장을 푸는 방법은 다양했다. 교회든 절이든 딱히 가본 적이 없는 재이도 눈을 감고 한국의 승리를 빌었다. 이전처럼 미심쩍게 혹은 조마조마한 마음보다는, 이 정도 기적을 보았으니 더 큰 기적도 있을 거라 믿었다. 그렇게 그녀 인생에 몇 안 되는 욕심을 부려보았다.

"이기라고 기도했어?"

"어, 응. 이겨야지."

"그러다 지면 어쩌려구?"

그의 놀리는 말에 대한민국을 외치던 앞사람들이 고개를 휙 돌려 그를 노려보았다. 조금의 부정이라도 탈까 어마어마한 기를 발산하는 것이 보여 재이가 먼저 나서서 그의 입을 막았다.

"윤제희, 좀!"

"……."

"그러지 마! 그러면 안 돼!"

재이의 손가락이 닿은 입술이 간질간질하다. 그 입술에 잔잔한 미소가 퍼지는 것을 보고야 부끄러운 그녀가 손가락을 떼어냈다.

– 자, 온 국민의 염원을 담은 한국의 4강 진출, 과연 가능할까요? 이제 경기, 시작합니다!

아나운서의 말이 끝나자마자 호루라기가 울리고 여기저기서 비명들이 쏟아졌다.

사실 그녀는 축구의 규칙 같은 건 전혀 모른다. 상대편 골대에 골이 들어가면 승점을 올린다는 그 하나가 다였기에 작진이나 전법 같은 건 이해도 못 했다. 그저 중앙선을 기준으로 한국이 넘어가면 금방이라도 골이 나올 것처럼 흥분했고, 상대편이 넘으면 실점이라도 할 것처럼 울상을 지었다.

"안 돼! 안 돼! 가야지!"

눈을 꼭 감고 고개를 절레절레 흔들다 머리를 묶은 은색 모양의 종이 같이 흔들렸다. 처음 폴란드전을 볼 때는 그의 눈치를 살펴가며 마냥 조심스러웠던 그녀가 이런 감정 표현을 하는 것이 좋았다. 웃고, 더 웃고, 심지어 울고 화내는 모습까지 모두 보고 싶다.

"아아아아!"

전반전이 무르익어가다 김남일이 상대편 선수에게 왼쪽 발목을 밟혔다. 이탈리아전에서도 부상을 입은 부위라 어쩔 수 없는 교체에 이어 홍명보와 최진철까지 공을 두고 부딪치자 안타까운 신음과 비명이 터져나왔다.

"제희야! 저거 어떡해! 많이 다쳤을까?"

그가 아무리 의사라도 전공도 아니고 화면으로 봐서 알 수 있는 것은 아무것도 없다. 지금 그에게 중요한 것은 레이스를 입은 이재이의 기분이 끝까지 좋아야 한다는 것이다.

윤제희 역시 한국 사람이니 승리를 기원하고 부상을 염려하는 것이 당연하겠지만 그는 이미 싱크대에서 19세로 돌아가버렸다. 약간은 이기적이고, 피가 끓고, 오직 그 생각만 가득 찬 그해 무렵으로.

"자, 소리 높여 더 크게 응원합시다!"

아슬아슬 몰리던 전반전이 끝나자 단상에서 북을 울려가며 관중들의 기운을 북돋웠다. 여기까지가 어디야, 하는 마음 이면에 다들 간절한 바람이 자리해버린지라 기운을 내릴 새도 없이 열기를 더해나갔다.

"우와아아아아!"

축구를 모르는 그녀로서는 선수 개개인의 능력을 믿기보다는 이렇게 많은 사람들의 간절한 염원에 더 의지했다. 그녀 평생에 이렇게나 인파가 모여 모든 것을 내려놓고 같은 소원을 비는 것은 처음 보았다.

"또 기도해?"

"응. 후반전에는 좀 안 다치고 이겼으면 좋겠어."

"스페인 사람들도 기도할 텐데?"

"몰라. 그럼 그 나라 신한테 하든가. 여기는 한국이잖아."

마음 약하고 관대한 재이가 어찌 나오나 보려고 놀렸더니 이번만은 가차 없이 군다. 그 단호함도 좋아 크게 웃자 그녀가 살짝 눈을 흘겼다.

"아, 차라리 빨리 다 끝났으면 좋겠어. 나처럼 심장 약한 사람은 보고 있기도 힘드네."

"끝나고 나면 우리가 이겨 있고?"

"응!"

그럼 걱정 안 해도 되겠다. 제희가 보기 드물게 환하게 웃었다.

그는 분명 어떻게든 이길 작정이었으니. 저리 아무 걱정 없이 대답하는 그녀의 모습에 죄책감이 들 것도 없이 제희는 저 좋을 대로만 생각했다. 스스로가 생각해도 그간 했던 마음고생을 보면 자신은 그 정도의 자격이 있었다.

─ 자아, 후반전 시작합니다!

다시 격렬한 오천만의 전투가 시작되었다. 열한 명의 땀이 아니었고 열한 명의 노력이 아니었다. 마음은 모두 그라운드 위에 있어 달리고 넘어지고 치솟는 모든 동작을 함께했다.

"대한민국!"

"우와아아아아!"

될 듯 말 듯, 또 선수들의 체력 고갈이 눈에 띌 만큼 드러났지만 누구 하나 그 자리에서 포기하지 않았다.

"아! 아까워!"

후반 32분, 경기를 통틀어 가장 강력했던 박지성의 골 찬스가 스페인 골키퍼의 손에 막혔다. 입술이 삐죽 튀어나와 발을 동동 구르던 재이가 그의 팔에 매달려 아쉬움을 추슬렀다. 하지만 가장 아쉬운 건 역시 그였다. 물컹하는 재이의 가슴이 그의 오른편에 닿자 얼기설기 엉성하게 봉인했던 욕망의 상자가 폭발하기 일보직전이었다.

경기는 무슨 수를 써서라도 후반전 안에 끝나야 했다. 여기서 더 지속이 되고 연장전에 가다 못해 승부차기까지 가게 된다면, 그거야말로 신의 농간이다.

맹세컨대 그는 그렇게까지 잘못 산 적은 없었다.

─ 자, 경기 종료 휘슬 불었는데요, 이제 이탈리아전처럼 연장전으로 들어가게 되죠? 부디 우리 선수들이…….

어딘지 불길해 그가 손으로 머리를 꾹 눌렀다. 손끝으로 힘이 쏠리자 겨우 숨만 내쉬며 억지로 진정시켰다.

"반장, 아쉬워서 그래? 연장전 간다잖아. 좀 참아봐."

재이를 보면서 참자. 4년에 한 번 있다니 이재이를 위해 한 시간 정도 더 참아보자.

9년을 기다렸는데 한 시간 정도야 못 참을 것도 없다, 없다고 믿었다. 그러나 안정을 찾고자 고개를 돌렸다가 진짜 남고생 하나와 대화하는 이재이가 눈에 들어왔다. 머리에 붉은 악마 머리띠를 하고 재이를 향해 엄지를 치켜드는 남고생과, 그런 그가 민망하지 않게 어설피 웃어주는 재이를 보니 그의 인내심은 이대로 끝났다.

레이스.

두 시간 동안 억지로 눌러두었던 세 글자가 튀어나왔다. 더 기다릴 것도 없이 재이의 손목을 잡고 집으로 향했다.

"제, 제희야. 왜 그래?"

세상에 존재하는 것은 무엇이든 다 해주고 싶던 그녀였고 늘 악몽 속의 그를 깨웠던 그녀의 목소리였다. 단 지금만은 아무 말 말아주었으면.

"아직 안 끝났는데, 왜?"

"경기 오래 할 거 같아. 절대 금방 안 끝나고 할 수 있는 한 길게 갈 거야."

"왜? 왜 오래 해?"

신이 나를 자꾸만 시험에 들게 하니까.

문이 열리자마자 그녀를 안았다. 눈이 부시면 못 자는 그인지라 암막 커튼을 쳐놓은 안방으로 들어와 바로 그녀를 눕혔다.

"너……, 왜 그래?"

"나도 잘 모르겠어."

영문도 모르고 끌려와 정신을 차리니 침대에 누워 있었다. 황당하기도 하고 경기를 보지 못하는 아쉬움도 커 이유라도 물어보려고 했을 뿐이다. 그런데 다급하다 생각했던 그에게 성마른 욕구보다는 말 못 하는 떨림이 녹아 있다는 것을 알았다. 평소보다 거칠다 생각했던 손도, 늘 당당히 내려다보던 눈빛도, 미세한 떨림이 느껴지자 오히려 그것에 안도해 울컥해버렸다.

윤제희, 떨지 마. 나도 떨리는데 둘 다 이러면 어떡해.

손을 들어 그의 뺨을 쓸었다. 이미 그녀의 머릿속에서도 경기는 지워진 지 오래다. 제희를 오래 보고자 계속된 승리를 바랐지만, 그가 이미 가슴 아린 눈으로 자신을 내려다보고 있었다. 그것으로 그녀는 모든 초조와 불안을 버렸다.

"재이야……, 지금 하고 싶어."

"응."

그래, 알았어.

망설이지도 않았다. 아직 선명한 빛은 두꺼운 커튼을 뚫었고 열띤 함성은 단단한 이중창마저 뛰어넘었지만 그들은 눈과 귀를 모두 닫아버렸다.

"으읍."

깊은 키스로 시작된 접촉이 점점 더 깊이와 넓이를 키워나갔다. 뜨거움을 가득 담은 혀가 들어와 그녀를 휘젓고 손은 티셔츠 안으로 파고들었다. 잠시 그의 얼굴이 떨어졌을 때도 옷이 먼저 벗겨져 얼굴은 보지 못했다. 그의 입술이 그가 원했던 속옷의 무늬를 따라 가슴을 더듬었다. 빨아들이고 자국을 내고 쉴 새 없이 탐해도 갈증이 채워지지가 않는다.

"가만히."

두 팔 아래에는 오늘 하루 그의 손끝을 저리게 하던 이재이가 그가 원했던 그대로 누워 있었다. 그런데 이상하게도, 레이스건 희건 빨갛건, 속옷 따위는 눈에도 들어오지 않았다. 상으로 맺히는 것은 오로지 재이뿐이라 그 외의 모든 희뿌연 방해물은 한 번에 해치웠다.

"……반장."

실오라기 하나 없는 맨가슴으로 그를 대하려니 얼굴이 타오른다. 아무것도 하지 않았는데도 눈물이 그렁거릴 것 같아 억지로 용기를 내어 그를 불렀다. 부르자마자 생각했다.

"왜? 부반장."

그렇게 부르지 말걸.

"하아아, 아흣."

숨죽이던 열아홉의 그가 깨어나버렸다. 다급히 오른쪽 가슴을 입에 물고 남은 가슴 역시 엄지손가락으로 그 정점을 굴렸다. 그녀가 걱정하던 땀 냄새 같은 건 느껴지지도 않았다. 다만 뜨겁고 부드럽고 촉촉할 뿐이다. 혀끝으로 가볍게 살짝살짝 맛을 보다가 마구 빨아들이기 시작했다. 쥐어짜듯 혀와 손에 힘을 주자 그녀의 앓는 소리가 더욱더 강해졌다.

"아아아흐웃……, 제희야. 제희야……."

침대에서 이름을 부르는 그녀는 최음제나 다름없었다. 그 목소리에 화답이라도 하듯 다른 가슴으로 옮겨 유두를 세게 깨물었다. 작게 삼키는 신음까지 그의 것이라 혀로 감아 그 소리를 키웠다.

소담한 가슴의 살짝 솟은 유두가 그 주인만큼이나 귀엽고 예쁘다. 이러니 예쁘다 어루만지지 않고는 배길 수 없을 지경이라 입이 가면 손이 따르고 손이 가면 입술도 질세라 따라붙었다. 손가락 새에 넣고 세게 힘을 주자 그녀의 몸이 딱딱하게 굳는 것이 예민한 감으로 바로 느껴진다.

"하아, 하아……."

"벌써부터 힘 빼지 마."

아직 난 시작도 안 했으니까.

거칠한 청바지의 느낌이 아직 남아 있는지도 모르고 있었다. 잠시 정신을 돌린 틈을 노려 바로 바지를 벗기고 작은 팬티 위에 시선을 멈췄다. 그 아찔한 모습에 골반을 잡고 있던 손아귀 힘이 강해지자 그녀가 팔을 들어 제 눈을 가려버렸다.

"보, 보지 마."

팬티를 보지 말라기에 벗겨내고 보았다. 자지러지듯 고개를 저었지만 벌써 이러면 곤란해 다시 가슴을 쥐고 고개를 파묻었다. 기교 따위 생각할 시간도 없어 마구 빨아대다 제 얼굴을 비볐다. 뺨 맞을 소리일지언정 고3의 그는 이런 생각을 여러 번 해보았었다.

「반장, 너도 이리 와. 덥지 않아?」

결코 성적인 향이 묻어나는 순간도 아니었다. 그녀가 그저 싱그럽게 웃거나 선풍기 앞에서 더위를 털어낼 때, 혹은 제 앞에서 조신하게 수학 문제를 풀 때조차 그는 그런 생각을 했다. 본인이 이상하다 생각은 안 했지만 이재이를 두고 그런 생각을 한다는 것이 미안해 며칠 동안은 독하게 마음먹고 먼저 등을 돌리기도 했다. 그러나 이미 늦었다. 늪에서 발버둥을 치듯 무모했던 시도를 하던 그는, 재이의 미소에 며칠 만에 완벽한 패배를 인정하고 말았다.

"아하아……, 아, 아니, 아니……."

"좋아?"

그는 이재이를 두고 경건하다거나 플라토닉한 사랑을 꿈꾸는 로맨티

시스트도 아니었다. 한번 싱그럽게 웃었다면 밤에는 제 품에서 울리는 상상을 했었다. 뒷목이 뻐근한 생각들로 버티다 지금에 이르자 결국 자신이 옳았음을 알았다. 자신은 이런 걸 너무 보고 싶었다.

이재이가 한계까지 얼굴이 붉어져 눈물이 그렁하는 걸.

쾌감을 주체하지 못해 작은 손을 움켜쥐며 겨우 버티는 것도.

"······예쁘다, 너."

수백, 수천 번을 더 본대도 과연 이게 질리는 날이 올까.

"으으으응. 거긴 하지 마, 거긴."

힘을 주기 전에 손을 먼저 뻗어 그녀의 소중한 곳을 감쌌다. 위에서부터 살짝 쓸어내리다 원하던 부위에 닿자 가운뎃손가락을 들었다. 미끈거린다.

"으응, 으으응. 하지 말라구."

"왜?"

"그냥, 그냥 하지 마. 으응?"

그야말로 울상이다. 마음은 아프지만, 까놓고 말해 아프지도 않다. 이 역시 생각해본 적 있는 장면이고 상상 이상으로 좋아 손을 조금 더 안으로 놀렸다.

"흐으읍."

"힘 좀 빼봐."

한 손을 더 내려 허리를 감싸고 빠듯한 그녀의 안으로 손가락을 넣었다. 착 달라붙는 뜨겁고 질척한 느낌에 소름이 돋을 지경이다.

조금 더 이런 시간을 즐기는 것도 좋겠지만 이게 손가락이 아니라면 어떨까, 그렇게 한번 생각해보자 그게 유일무이한 목표가 되었다. 빨리, 더 빨리, 들어가고만 싶다. 이제껏 도리질치는 재이를 보며 인내심은 탁탁 털어내고 달달 긁어낸 지 오래였다.

드르륵, 서랍에서 한 주먹이 넘게 자리를 차지하던 콘돔 하나가 그의 잇새에 포장이 뜯겨나갔다. 마지막까지 재이의 안에서 손을 빼지 못하다가 완전히 콘돔을 씌우고 나서야 두 다리 사이에 자리 잡았다.

"아아아아아아! 아, 으응."

손가락을 조이던 황홀한 느낌도 지금과 비교하니 장난도 그런 장난이 없다. 피가 곤두서고 온몸의 세포가 한곳으로 몰려 깨어난다. 겉으로는 따스한 이재이의 속은 뜨겁고 끈끈했다. 오밀조밀 감싸더니 사력을 다해 그를 죄는데, 그도 생각만큼 조절을 한다는 것이 쉽지가 않았다. 격통을 참지 못해 있는 대로 찡그리고 훌쩍이는 재이의 모습에 안타깝고 애틋한 이면으로 말로는 하지 못한 쾌감이 넘쳐났다.

"숨 쉬어봐."

"으흐응. 으응. 나 못 해, 못 하겠어."

저한테 뭘 하랬다고 못 하겠다는 소리부터 나온다. 하지만 그 역시 재이보다 조금 나은 수준이다.

"그럼…… 가만히 있어."

결합된 상태로 내려다보는 그녀는 그가 생각해온 모든 순간을 압도했다. 본능만이 내려앉은 그가 천천히 허리를 움직이자 입술까지 꼭 깨물고 참아보려던 그녀가 급기야 눈물을 터트렸다. 엉엉 우는 것도 아니고 주체 못 하는 신음에 흘러내리는 가는 눈물 한 줄기를 제희가 고개를 숙여 핥아 올렸다.

"으으으응. 아아아, 하앗."

"조금만 더……, 조금만 더 할게."

찡그린 미간에 아픔이 고스란해 염치없이 참으란 소리도 못 하겠다. 결국 통보가 되어버렸지만 마음만은 미어진다. 하지만 끝을 향해 가는 극도의 쾌감이 그를 잠식하자 그런 슬픔 정도는 금방 잊었다. 미숙하고 이기적인 본능이라 그 끝이 더욱더 강렬했다.

"아아앗."

"하아아아."

하얀 어깨를 그러쥔 그가 이마를 맞댄 채 깊은 여운을 뱉어냈다. 여름날의 창문도 열지 못하는 열기가 방 안을 가득 메우자 두 사람 사이에 미열이 올랐다. 달아오른 피부를 쓸어내리고 잠시 놓쳤던 그녀의 호흡을 다시 앗는다. 그의 입안에서 뱉어내는 그녀의 숨이 삽입의 순간만큼이나 아찔했다.

"아파?"

"으응……, 나는……."

눈을 감고 웅얼거린다. 분명히 아프겠지. 알면서도 목소리 한번 들어보고자 말을 걸었다. 잠결에 귀찮은 건지, 부끄러운 건지 별다른 반응이 없다가 "아 참, 축구는?" 하는 조그만 목소리가 마지막에 붙었다.

그러고 보니 오늘이 8강전이었지. 사람이 이렇게 간사해 한두 시간 전의 일을 새카맣게 잊고 있었다. 간간이 오르는 비명과 환호의 의미를 알 수 없어 리모콘부터 찾아 TV를 틀었다. 물론 그사이에도 힘 빠진 나비처럼 침대에 쓰러져 있는 그녀의 어깨를 만지작댔다.

─ 우와아아아아아!

─ 4강! 4강입니다!

홍명보가 머리칼을 찰랑이며 그라운드를 달려 나갔다. 축구에 큰 관심 있다고는 못 해도 저 선수가 저렇게 환하게 웃는 것은 처음 보았다.

"……으응? 뭐야?"

"아냐. 다 잘됐어. 좀 자."

홍명보만 그리 환하게 웃을 줄 아는 것이 아니다. 신이 그에게 인내의 농간을 부려도 천사 같은 이재이가 그를 구원했다.

전 국민이 환희에 빠진 6월 22일 오후 7시 무렵, 그는 거리가 아닌 침대 위에서 조금 더 특별한 환희에 빠졌다. 9년을 기다린 남자의 열망도 4년을 기다린 오천만의 염원 못지않았다.

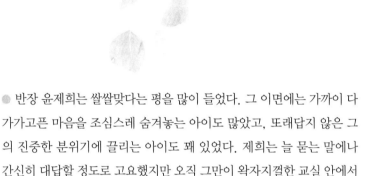

chapter 10
때리려고, 너

● 반장 윤제희는 쌀쌀맞다는 평을 많이 들었다. 그 이면에는 가까이 다가가고픈 마음을 조심스레 숨겨놓는 아이도 많았고, 또래답지 않은 그의 진중한 분위기에 끌리는 아이도 꽤 있었다. 제희는 늘 묻는 말에나 간신히 대답할 정도로 고요했지만 오직 그만이 왁자지껄한 교실 안에서 중심에 설 수 있었다.

"다음 주 화요일까지 다 내. 그 후에는 나도 몰라. 알아서 해."

"에이……."

"그리고 전기 절약 운동이라니까 쉬는 시간에는 선풍기 꺼."

재이가 나갈 때는 웃으며 산만하게 굴던 아이들이 그가 교단 앞으로 뚜벅뚜벅 걸어만 나가도 말소리를 줄였다. 그게 얄밉기도 했지만 약속한 대로 앞에 나서서 자기가 한 말은 무르지 않고 제대로 해주는 모습에 그녀도 안심했다.

"잘했어."

"……."

다시 제자리로 돌아오는 제희를 쳐다보다 너만 들으라, 그렇게 작게 칭찬을 했다. 분명 들었을 텐데 반응 없이 자리를 찾자 겨우 그 정도 일에 재이의 얼굴이 붉어졌다.

그래도 친해졌다고 생각하는데, 왜 그랬을까. 내 목소리가 너무 작았나.

학기 초에는 그녀 쪽에서 눈을 마주치면 피하곤 했는데, 그가 자신의 눈을 피한 건 처음이었다. 물으면 아니라 하겠지만 확실했다. 조심스레 한 번 더 뒤를 돌아보아도 손짓 하나, 시선 하나 쌀쌀맞기 그지없다.

"반장 쟤는 가위손이 얼음으로 만들었나 봐. 저렇게 냉기가 풀풀 날리고."

조니 뎁 책받침을 들여다보던 짝이 제희를 보며 흥 아닌 홍을 보았다. 그런 건 아니라고 편을 들어주고 싶다가도 오늘의 제희를 보면 그 말이 맞을지도 모른단 생각이 든다.

"부반장, 너 전에 반장이랑 둘이 봤을 때 안 때린 거 맞지? 확실해?"

"야아, 아니야."

"하기야 넌 때릴 데가 없으니까. 근데 나 분명히 들었었거든. 윤제희가 여자애 때렸다고."

"설마. 쟤가 왜 여자애를 때려?"

처음에 들었을 때는 같이 겁에 질렸던 그녀였지만 지금은 확실히 알았다. 아무리 쌀쌀맞고 정말 속은 얼음으로 채웠더라도 그는 누군가를 때릴 사람이 아니다. 방과 후 둘이 남아 그녀가 아무리 같은 문제에서 헤매며 시간을 끌어도 그는 단 한 번도 짜증을 내거나 재촉한 적이 없었다.

'반장, 오늘 무슨 안 좋은 일 있어?' 그 한마디가 어려워 방과 후까지 울적해 있었다. 상투적인 내용이나마 그녀에게 종종 말을 걸던 나직한 목소리도 그날따라 행방을 감췄다.

"저기, 오늘 공부하는 거 어렵겠지?"

"……할 건 해야지."

다행이라 생각하면서도 마음이 불편해 한 문제도 제대로 못 풀었다. 풀다가도 고개를 들면 그의 눈은 더없이 차가웠고 질문에 대답하는 목소리에는 어떠한 감정도 없었다.

"혹시 어디 아파?"

"아냐."

"무슨 안 좋은 일 있으면⋯⋯."

"그런 거 아니야. 다음 문제 풀자."

서럽기까지 하다. 내가 뭘 잘못했다고.

윤제희는 원래가 이런 애였는데 그간 자신이 착각이라도 한 걸까.

그래도 난 벌써 네가 좋아졌는데 이런 마음을 어떻게 물러. 그건 이제 와 제희가 따스하지 않다고 해서 접어둘 마음이 아니었다.

"고마워, 매번."

"내일은 두 장 더 풀어 와. 오늘 못 한 거. 이과 애들 따라잡으려면 턱도 없어."

"어어. 근데 너 시간 없으면 꼭 이렇게 안 해줘도 되는데."

"너 이 성적으로 수의대 장학금 못 받아. 거기다 한국대 갈 거라며."

콕 집어 말하는 그가 얄밉다기보다는 어색했다. 타인같이 거리를 두는 그에게 더 이상 말을 걸지도 못하고 조용히 웃었다. 그때서야 제희의 표정에 아차 싶은, 그런 찡그림이 어렸지만 이미 그녀도 아무렇지 않은 척할 만한 숫기가 없었다.

그렇게 사흘을 보냈던 걸로 기억한다.

다른 아이들보다는 친한 듯했지만 원래 대화를 많이 주고받던 사이가 아니니 겉보기에는 별 차이가 없었다. 그러나 변화는 본인만 아는 것이라 재이의 속은 까맣게 타들어갔다. 차라리 저를 좋아한다는 걸 알기 전에 그럴 일이지, 하다하다 별 원망이 다 생겼다. 그런 와중에 방과 후 과외는 빠지지도 않으니 얼굴을 맞대면서도 눈 한 번을 못 마주쳤다. 말하는 사람이나, 듣는 사람이나 그야말로 시간낭비만 계속했다.

이제 더는 안 해줘도 돼. 아무래도 안 하는 게 좋겠어. 이제까지는 정말 고마워.

먼저 말을 꺼내고자 기다렸다. 다시 생각해보니 동급생인 제희도 수험생인 건 마찬가지인데 익숙해지다 보니 너무 당연히 여기고 있었다. 정말 하기 싫은 말이지만 자신이 먼저 하는 게 서로가 편할 것 같아 그날은 신경 써 기회를 노렸다.

"자, 다들 집에 바로 가고 학원 차 타는 애들은 도로에 내려가 있지마. 야, 안준우, 이경욱! 이놈의 자식들, 지금까지 놀다가 이제 와서 무슨 공부야? 이상!"

선생님의 종례사가 끝나자 와르르 빠져나가는 소리가 우레처럼 울리다가 둘만 남은 교실은 적막해졌다. 말을 해야 하는데, 오늘쯤은 하는 게 좋을 것 같은데, 그런데 못 하겠다. 찬바람에 몸이 얼더라도 같이 있고만 싶다.

"어휴."

미적미적 문제집을 챙기다가 그를 쳐다보자 며칠 만에 제대로 눈이 마주쳤다. 제희는 자신을 보고 있었고, 그 의미를 알 수 없어 망설이다가 여러 생각을 했다.

말해야 할까, 말아야 할까. 아님 내가 너한테 뭘 실수한 거 있니?

생각만 했는데 눈물이 핑글거려 그냥 웃었다. 어색하게 보일지라도 살포시 웃었다. 그러자 제희가 며칠 전 보았던 찡그림을 다시 비추다 제 이마를 꾹 누르더니 그대로 파묻었다. 왜 그런지 몰라 저도 모르게 달려가 그의 어깨를 흔들었다.

"왜 그래? 반장, 어디 아파?"

"……미안해."

머리칼을 꽉 움켜쥐던 그가 서서히 고개를 들고 믿지 못할 말을 했다.

"응?"

"내가 미안해."

뭐가 미안하다는 건지, 내가 속 끓인 것을 알기는 하는지.

의자 하나를 끌어 조심스레 앉았다. 뭐가 그리 마음에 안 드는지 잔뜩 찌푸린 윤제희가 그답지 않게 머뭇거렸다.

"괜찮아."

"……너는 이 상황에서도."

"그런데 다음부터는 그러지 마."

"…….."

"나 좀…… 무서웠던 말이야."

말끝에 자신이 울었던지 웃었던지 애매했다. 다만 제희의 표정 하나는 확실하게 기억한다. 다 안다는, 미안하고, 흔들리면서도 열이 오르던 지금의 이 표정.

"무슨 생각 해?"

"응……, 아니."

"무슨 대답이 그래?"

이불을 가득 움켜쥔 그녀가 새벽빛 아래 몸을 돌렸다. 누가 먼저 깨어났는지 몰라도 한참을 이렇게 말이 없었다. 눈을 잠깐 떴던 그녀가 무슨 생각을 하는 건지 알 수 없어 애태우던 제희가 이불 안에서 허리를 감싸 안았다.

"말 안 해?"

"……별거 아니라서."

"너 혹시 후회해? 나랑 잔 거?"

되묻는 목소리가 까칠하면서도 어딘지 불안했다.

그런 게 아닌데, 둘만 있는 방에서도 화들짝 놀라 고개를 저었다. 제희와 이래도 되는 건지 망설이기는 했지만 어떤 종류의 후회도 없다. 아직도 저릿한 둔통에도 지난밤은 분명 자신 역시 원했던 일이다.

"그럼 왜 말을 못 해?"

고개를 젓는 그녀의 머리칼 한 움큼을 손 안에 쥐고 흘러내리게 했다. 한결 안정되기는 했지만 아직 그의 궁금증이 풀린 것은 아니다. 혹여 공허한 건지, 아니면 아직 아파 그런 건지 마음이 다급해졌다.

"너, 예전에 말이야, 나한테 말 안 하고 모른 체했을 때."

"……."

"한 사흘 정도 그랬던 거 같아서. 기억나?"

터무니없이 부족한 설명에도 그는 단숨에 알아들었다. 그때의 미안한 감정이 그대로인지 조용히 그녀의 머리에 자신의 뺨을 얹었다.

"으음. 그때 네가 왜 그랬는지, 뭐가 미안했다는 건지 계속 궁금했어. 그 생각이 나서."

"……왜 그때는 안 물어봤는데?"

"잘 모르겠어. 그냥 좀 무서웠던 거 같아."

"뭐가?"

"음, 네가 때릴까 봐?"

금세 장난기가 어려 작게 웃어댔다. 좋으면서도 애틋한 마음에 부드러운 살갗에 닿는 족족 입을 맞췄다.

"정말 몰라서 묻는 거야? 지금이라도 알려줘?"

귓가를 타고 오르는 간지러움에 몸을 떼어내려 했지만 그 무모한 시도는 바로 봉쇄돼 그러쥔 이불마저 단번에 걷혔다.

"야아, 이게 뭐야."

가녀린 두 무릎 사이에 다리를 세운 그가 상체를 낮춰 붉어진 두 뺨을 쓰다듬었다. 지난밤과는 또 다르다.

"넌 어제가 첫 밤이지만 난 그쯤이었거든."

"응?"

"너만 보면 계속 만지고 싶었어. 이런 데, 이런 데, 모두."

닿을 듯 말 듯 은근히 쓸어내리던 그의 손짓이 적당하다 싶은 자리에서 멈춰 포인트를 짚었다. 쏙 들어간 허리 라인에서 잠깐, 막 부풀어 오르기 시작하는 가슴 언저리에서 오래.

"……아."

"이렇게 잡으면 어떨지, 내 손아귀에 얼마나 차오를지 그 생각만 가득했어."

"그, 그때 네가 그랬다고?"

"그때도, 지금도."

목을 타고 내려온 그의 손이 가볍게 유두를 긁었다. 손 안에서 작은 공처럼 퉁기는 감촉이 두 사람 모두에게 짜릿했다. 거기서 멈추기 힘든 그가 기어이 혀를 내밀어 핥자 그녀가 눈을 찡그렸다.

"으흣, 왜 그래, 아침부터."

"원래 남자는 아침이 더 그래."

"……으음, 제희야."

"여기도. 사실 여기가 제일 궁금했는데."

서늘한 목소리에 망설일 것도 없이 바로 손을 내려 여성을 감쌌다. 씻지 못했으니 그 끈적함이 그대로일 텐데 전혀 거리끼는 기색 없이 만족스레 입가를 올렸다. 그녀가 알던 윤제희가 아닌 것만 같다.

"으으응. 하지 마. 하지 말라구."

"봐. 지금도 넌 이런데."

"으응……."

"그때의 너한테 어떻게 이런 말을 해."

난 잘못 없어.

그때는 미안했을지 몰라도 그녀를 안고 나니 이거야말로 지극히 당연한 일이다. 이 몸을 두고 상상을 하지 않았다면 그게 정말 불구였다. 무서워했을 그녀가 안타까울망정 자신은 전혀 이상한 놈이 아니었다.

"으흐응. 왜, 왜 그래. 으음."

이미 젖기 시작한 여성 안을 집요하게 탐색했다. 허리를 뒤트는 재이를 보면서도 한쪽 골반을 눌러가며 조심조심 쓰다듬었다. 첫 밤보다 더 어두워 그런지 그녀의 거부감도 덜한 듯하다. 제희는 얼굴을 내렸다.

"내가 솔직하게 말했으면 네가 뭐라고 했을까?"

진짜 궁금한 듯 그녀를 재촉했다. 이미 부끄러움과 다시금 뜨거워지는 몸의 감각에 적응하지 못해 신음을 참는 그녀를 알면서도 두 손은 멈출 수가 없다.

"흐읏, 으으응."

"여기 한번 만져보고 싶다고. 입술로 깨물어보고 싶다고. 그렇게 말했다면?"

그만하면 그의 대답은 충분했다. 이제껏 전혀 생각지도 못한 사실이었지만 불쾌함은 전혀 없었다. 이미 이른 새벽잠에서 깨었을 때 거칠게 다가왔던 그를 생각하며 그럴지도 모르겠다 짐작했으니까. 윤제희가 아무리 점잖다 해도 19세의 남자는 한계가 분명했다. 다만 28세의 그녀가 보기에도 19세의 그는 어른이나 다름없다고 여겼기에 놀라움만은 어쩔 수가 없었다.

"재이야."

"으응. 으으응."

둥글게 문지르던 엄지가 사라지더니 뜨겁고 단단한 끝이 그녀 안으로 서서히 들어왔다. 그 생경한 느낌에 몸을 바짝 움츠리자 제희가 입을 맞췄다. 신경이 분산되자 아래에 들어간 힘이 빠지는가 했는데 꽉 조여오는 힘은 긴장과는 별개였다.

"하아."

처음부터 위기다 싶은 그가 겨우 억눌러 한숨을 뱉었다. 그리고 서서히, 어제는 포기했던 여유를 찾아나갔다. 그녀가 작은 엉덩이를 살짝 들어 자신을 감싸자 그때부터 조심스레 허리를 놀렸다.

"흐으읏. 이, 이상해."

"이상하라고 하는 거야."

너무 이상해서 미칠 정도가 되면 모를까. 그 전에는 멈추고 싶지가 않다.

별로 몰아댈 마음은 아니었는데 시작하고 나니 이번 역시 그가 먼저 미치게 생겼다. 그저 지극한 본능 정도라 생각했던 행위에서 자신이 살아 있다는 강력한 쾌감이 전신을 엄습했다. 예상치도 못한 그 쾌감에 고무되어 허리를 더욱 거세게 치받자 그녀의 앙탈도 심해졌다.

"아아, 으응. 으으응. 제희야."

"응."

마지막을 향해 갈수록 몰아대는 속도가 올라갔다. 찰싹, 살이 부딪치는 소리가 흥분을 한층 고조시켜 그마저 눈을 감았다.

"하아, 하아아……."

절정에 다다르자 어디가 어떤 감각인지, 이게 고통인지, 쾌락인지도 몰라 애꿏은 베갯잇만 쥐어뜯었다. 거친 숨을 내쉬다 한참 후에나 몸을 돌린 그가 정처 없는 재이의 손을 조용히 덮어 눌렀다. 기껏 훔쳐온 콘돔은 다 쓰지도 못했지만 숨 고르는 데 바쁜 재이는 그마저도 모르는 모양이었다.

이 느낌은, 비할 바가 없다.

쾌락에 따르는 것이 책임이라면 그는 처음부터 그따위 것들이 필요하지도 않았다. 인간이 가질 만한 모든 쾌락을, 이재이에 한해서는 전부 맛볼 생각이었으니. 책임이라고 해봐야 새털만 한 무게도 없어 기꺼울 뿐이다.

"……이제 내가 왜 그랬는지 알겠어?"

꼭 그걸 알려주고자 아침부터 몰아댔다는 듯한 말투에 재이가 눈을 찡그렸다. 미안해하지도 않고 꽤 뻔뻔스럽다.

"으음, 그럼 왜 하필 그때였어?"

"……그날 네 브래지어 끈이 잠깐 비쳤거든. 너 매일 단정하게 하고 다녀서 그런 일 없었는데."

"응? 정말? 겨우 그런 걸로?"

"겨우라니."

그렇게 말하면 섭섭할 뿐이다. 1센티미터도 안 되는 그 작은 면적이 눈에 들어왔을 뿐인데 그는 커다란 이불에 싸인 것처럼 복잡해졌었다. 정작 재이에게는 쌀쌀맞게 굴면서 다른 아이가 보기라도 할까 그 뒤에서 어마어마한 접근금지의 기운을 뿜어냈었다.

"한 번만 더 그러고 다녀봐."

"뭐어?"

억지나 다름없는 요구에 미간을 찌푸리다가 "나는 말 못 해." 입을 다물었다. 그처럼 뻔뻔하게 구는 것이 목표였지만 마냥 새침해 보일 뿐이라 다시 긴 키스가 이어졌다. 숨결을 불어넣고 앗아오는 이 단순한 반복이 다시 한 번 그의 본능을 불러내었다. 결국 축 늘어진 그녀가 제대로 누운 건 두어 시간이 훌쩍 넘은 후였다.

"좀 더 자."

"아냐, 일어나야지."

"일요일이야."

요일을 불문하고 그녀는 늘 아침 일찍 일어났다. 몸에 밴 습관이라 길고 긴 연휴에도 한번 달라져보지 못한 것이다.

"안 잘 거면 나도 너한테 뭐 하나만 물어볼래."

"응? 뭐?"

이불 속에 숨어 얼굴만 빼꼼 내밀었다. 부끄러운 건 어쩔 수가 없다.

"너는 내가 왜 널 때릴 거라 생각했어?"

"그거야 뭐."

9년이나 흘렀지만 짝 핑계를 대기가 구차해 배시시 웃고 말았다. 냉기 날리던 자기 태도에 짚이는 것도 없는지 길고 보드라운 머리카락을 살짝 잡아당겼다.

"아야!"

이재이, 정말 너한테 물어보고 싶은 건 내가 무서워 물어볼 수가 없어.

하지만 내 마음을 눌러 네가 지금처럼 웃으면 이젠 정말 그걸로 됐어. 아마 영원히 잊지 못할 기억이라도, 그 기억 안에서 내 열아홉이 죽어버렸더라도.

나는 이제야 숨을 쉴 수 있을 것 같아.

「어제 나오느라 오늘은 가봐야 해. 저녁에는 다시 나올 수 있으니까 그때까지 꼭 여기 있어.」

　두 번째 잠이 들었다가 어깨를 흔드는 부드러운 손길에 잠깐 눈을 떴
었다. 비몽사몽 눈을 비비는 와중에 다정한 목소리를 듣고 고개를 끄덕
였다.
　"나도 참……."
　일어나보니 가관이다. 머리나 몸이나 흐트러진 침대보까지. 다시 쳐
다볼 엄두도 안 나 얼른 몸부터 씻고 나왔다. 남자 혼자 사는 집이라기
에는 너무도 깨끗해 그녀의 모든 행동도 조심스러웠다. 샴푸나 비누, 치
약까지 모두 제자리에 놓아두고 거실로 나와 환기를 했다.
　"하아……."
　정체된 공기가 얼마나 무거웠는지 이제야 알겠다. 혼자 있으니 부끄
러울 것도 없겠다 했는데 상쾌한 바깥 공기 하나에도 시선이 흔들렸다.
아침도 못 먹고 나갔을 텐데 배가 고파 어쩌려나 마음이 영 그렇다. 전
화라도 해보고 싶지만 제희의 휴대전화는 이곳에 있었다.

「이거 가지고 있어. 네 거 배터리 다됐으면 연락도 안 될 텐데. 병원에
선 따로 쓰는 거 있으니 내가 전화하면 그거나 잘 받아.」

　학교 다닐 때는 이렇게 작고 가벼운 휴대전화가 필수품이 될 거라 상
상도 못 했다. 삐삐가 있는 애들도 몇 없었고 잘사는 짝꿍이 삐삐를 샀
을 때 너무 신기해 몇 번을 요모조모 살펴봤던 기억이 있다.
　폴더를 열어 구경해볼까 하다 아무래도 그건 아니라 다시 내려놓고
매트에 풀썩 누워 눈을 감았다.
　잤어, 자버렸어.

내가 윤제희랑 자다니. 진짜 이렇게 돼버렸어.

얼떨떨하다가도 설명할 수 없는 기분에 눈을 더 꼭 감았다. 이상하게 눈을 감으니 더 생생해진다. 자신을 만지며 뜨거워지던 그의 몸과 귓가를 가득 채우던 서친 숨까지.

그녀가 하지 못했던 생각들을 그는 해왔다고 했다. 남자란 원래 그런 건지, 여자는 또 원래 확인받고 싶어 하는지. 나는 또 웬 욕심이 이렇게 많은지.

딩동. 옆자리에 놓아둔 그의 휴대전화에서 문자음이 울렸다. 안 보려 해도 그에게서 온 연락일지 몰라 조심스레, 그리고 기대에 가득 차 폴더를 열었다.

"어제는 경기 낮에 시작해서 밤에 푹 잤나 보네? 윤제희, 너 피부 장난 아니다. 광택이 반지르르."

간호사와 스테이션에서 대화를 하던 중에 지나가던 영우가 그를 잡아끌었다. 그 너스레가 하루 이틀은 아니지만 오늘은 조금 더했다.

"하기야 지금 대한민국에 기분 안 좋은 사람이 어딨겠어? 4강이라니, 진짜!"

"너 치프한테 한소리 들었다며. 아직도 내기하고 다녀?"

"야! 너도 했잖아."

"박 쌤, 윤 쌤, 이거 좀 가져가세요. 환자 보호자가 사왔는데 오늘 커피 풍년이라 다 못 마셔요."

차트를 챙겨 병동으로 가려던 간호사가 잊기 전에 주겠다며 캐리어에서 테이크아웃 커피를 두 잔 내밀었다.

"올, 생큐! 쌤 덕에 호강하네요."

"월드컵 덕이죠, 뭐. 사람들이 후해져서는. 하여튼 저도 아직 살아남

앉으니까 배당금이나 잘 계산해주세요."

피곤한 듯하면서도 활기 넘치는 간호사가 사라지자 영우가 쪽 소리가
날 정도로 긴 호흡으로 빨대로 커피를 들이마셨다.

"야아, 역시 끝내주는구만! 캔커피랑은 차원이 다르지. 이 맛이거든!"

"그래?"

"돈값이 있는데. 캔커피 몇백 원짜리랑 같으면 되냐? 하여튼 누가 주
니까 먹는 거지 내 돈 주고 이걸 어떻게 사 먹어. 장사가 되나 싶어도 보
면 요새 커피전문점 얼마나 느는데."

얼음을 흔들어가며 뚜껑까지 열더니 단숨에 마저 들이켰다. 실없는
모습에 웃음이 나 그도 한번 마셔볼까 하는데 쩝쩝 입맛을 다시던 영우
가 누군가를 발견한 듯 목청을 높였다.

"최기영이! 너 이리 안 와?"

"아, 왜 그러십니까."

"왜? 왜? 이거 말하는 거 보게."

"너 또 왜 그래? 가만있는 애 붙잡고."

"가만있어? 이게 가만히 있었다고?"

생각하니 열받는 게 있는 모양인지 자신보다 큰 제희의 귀를 살짝 당
겼다.

"나 어제 완전 결정적인 순간까지 갔는데 콘돔 없어서 까였단 말이야!
그래도 한두 개는 팔겠지 했는데 없어, 완전. 대박 황당하지 않냐? 무슨
나라가 이래? 세기말도 지났는데 밀레니엄 버그가 이제 오다니."

"······."

"하여튼 너한테 이런들 네가 내 맘을 어떻게 알겠냐. 최기영이! 너는
어제는 병원에 짱박혀 있었으니 못 썼을 거고. 어디 감춰놨어? 형준이
가 그거 감도가 끝내준다던데."

"아우, 정말. 왜 그러십니까? 저 아닙니다! 저 안 썼습니다!"

"안 써? 그럼 언젠간 쓰겠다는 거네. 그거 다 쓰면 여자 죽는다고, 이 예비 살인자야. 널 내 손으로 처단해야겠다."

"아아악!"

영우가 대뜸 후배의 목을 감싸고 조르자 눈을 찡그리던 제희가 얼른 말렸다. 펠로가 불러 달려가면서도 끝까지 주먹을 드는 영우의 모습에 기영이 죽는소리를 하며 매달렸다.

"저 진짜 아닙니다. 말 좀 잘해주십쇼! 억울해 미치겠습니다! 그게 끝내주는지 아닌지 어떻게 압니까?"

"……."

윤제희는 그게 끝내준다는 걸 알고 있었다. 하지만 달리 위로도 못 하고 해줄 말도 없어 자리를 피하고 싶어졌다. 그에게 있어 처음인 일이다.

"최기영, 너 이거 마셔."

"네?"

아직 입도 대지 않은 커피를 후배의 손에 쥐여주니 기영이 눈을 번쩍 떴다.

"이것도 끝내주는 거래."

두 번가량 재이에게 전화를 걸었다. 그리고 세 번째 전화의 신호음이 두어 번 울렸을 때 그냥 전화를 끊었다. 이제 곧 퇴근이기도 했고 아침부터 몰아댔으니 지쳐 잠든 것이 아닐까 했다.

그 생각만 해도 뿌듯하니 차오르는 무언가가 마음속에 있었다. 퇴근을 하면 집에 재이가 있고 이번에야말로 취기에 보이는 허상도 아닐 것이다. 불안한 거야 눈으로 보기 전까지는 어쩔 수 없는 거겠지만 더 이상 그런 마음 가지고 싶지가 않았다. 늘 나올 듯 말 듯 그녀를 향하던 초조함들도 어제부로 묻어버리기로 했으니 이제부터는 좋은 생각만 할 작정이다. 이제껏 해주지 못했던 상상 속의 일들을 하나씩 끄집어내어 재이의 앞에서 현실로 만들어주고 싶었다.

"어머님, 여기 계세요. 제가 마실 것 좀 가져올게요."

"어머, 고마워요."

옷을 갈아입으러 들어가는 길에 익숙한 목소리가 그를 돌아보게 했다. 윤지도 윤지였지만 환하게 손을 들고 있는 어머니를 발견하고 얼른 그 앞으로 달려갔다.

"어머니, 여기 어쩐 일이세요?"

"어쩐 일은. 우리 큰아들 보러 왔지. 휴대전화 해도 연락도 없고 집으로 갔더니 아무도 없길래 언제 올지 몰라 이쪽으로 다시 왔어. 너 휴대전화 놔두고 갔더라?"

어머니가 내미는 휴대전화를 받으면서도 마음이 편하지 못했다. 집으로 갔다면 재이를 보았을 텐데, 아니, 봐야만 할 텐데. 준비되지 않은 그녀를 보는 것이 마음 쓰이기보다는 그녀가 집에 없어 어머니가 재이를 보지 못했다는 것이 더 그를 날카롭게 했다.

"집에 들르셨다구요?"

"응. 이번 아주머니는 아주 깔끔하신가 보네? 사람 안 사는 집 같아, 얘."

그가 전혀 바라지 않던 일이다. 점점 더 손에 힘이 들어간다.

"어머님, 오신 김에 식사나 하고 가세요. 저도 안 그래도 나가려고 했는데. 제희야, 너도 나갈 거지?"

"그래, 제희야. 엄마 밥이나 한 끼 사줘. 나도 저녁에 다시 제하네 가봐야 하거든. 이 앞에 맛있는 데 많아 보이던데……."

"어머니, 혹시 집에서 누구 못 보셨어요?"

원래 말을 안 하면 안 했지, 둘러말하는 체질이 못 됐다. 눈이 동그랗게 커진 어머니가 그에게 되물었다.

"누구 있었어? 손님?"

"일단은요."

윤지의 눈에 힘이 바짝 들어갔다. 성격에 안 맞게 사근거리며 이것도 기회다 나서려고 했는데 어쩜 저러나 싶어 숨을 골랐다. 요 며칠간 윤제희는 그녀에게 말 한마디를 제대로 안 받았다.

"하아……, 우선 가요. 가서 저녁 드세요. 옷만 갈아입고 나올게요."

어머니가 고개를 끄덕이자 그도 의국으로 들어갔다. 이거저거 할 것 없이 바로 휴대전화를 열어 문자함부터 뒤졌다.

[제희야, 엄마 제하네 가는 길에 오후에 좀 들를게. 집에 있니?]

그녀는 보이지 않고 방금 본 어머니의 문자 하나가 다였다. 애끓는 감정에 거칠게 번호를 눌렀지만 돌아오는 것은 전화가 꺼져 있다는 무정한 기계음뿐이다.

너는 또 이래. 어딨는 거야. 이제 막 숨 좀 쉬나 했는데 도대체 왜 이래.

"너 무슨 일 있어? 표정이 왜 그래?"

"아뇨. 괜찮아요."

"제하네 같이 가지? 이사 가고 한 번도 못 가봤잖아."

"다음에 갈게요. 저 내일부터 며칠간 병원서 못 나오거든요."

잘하는 행동이 아니라는 것을 알면서도 식사 내내 이야기를 놓쳤다. 오랜만에 보는 어머니였지만 더 급한 생각이 자리하다 보니 그로서도 도무지 어찌할 도리가 없었다. 그래도 서운한 표정의 어머니를 보고 있자니 그도 마음이 좋지 않아 겨우 한마디를 덧붙였다.

"저 괜찮아요. 다음에는 더 맛있는 거 사드릴게요."

"나야 뭐. 제하가 서운해할 텐데."

"전화 한번 하죠."

"그러길래 넌 왜 의대로 가서. 아버지 하란 대로 법대로 가서 대 이으면 좋았잖아. 변덕스럽지도 않던 애가 왜 갑자기."

바쁜 그를 볼 때마다 어머니가 하시는 말씀은 하나도 변함이 없었다. 그럴 때 나오는 그의 대답 역시도.

"저는 좋아요. 만족해요."

잠깐만 앉아 쉰다는 것이 얼마만큼의 시간이 흘렀는지도 모르겠다. 작은 집에 시계 하나 걸린 게 없어 휴대전화부터 충전했다. 전원이 켜지자마자 무섭게 들어오는 문자에 놀라 다시 몸을 일으키자, 확인할 새도 없이 전화가 걸려왔다.

"어, 여보세⋯⋯."

─ 이재이! 너!

"아, 반장."

─ 너 뭐야? 말도 없이 가면 어쩌자는 거야?

그의 목소리에 화가 가득 들어차 있었다. 왜 그런지 알고 미안하면서도, 또 마음 한구석에서는 다행이라는 생각이 들었다. 확신이 없는 관계에서 제희가 자신을 다시 찾아주는 것이 눈물을 핑 돌게 했다.

─ 너 문자 보고 간 거야? 어머니 오신다고 해서?

"어어⋯⋯, 놀라실 거 같아서. 나도 또 일도 있고."

─ 이재이.

"그렇잖아. 갑자기 아들 집에 왔는데 모르는 여자가 있으면."

─ 나한테 네가 모르는 여자야?

아닐 거라 믿었다. 그런데 9년 만에 다시 보는 그의 어머니 앞에선 달리 관계를 설명할 말이 없었다. 자신을 알아보실지, 보고 나서 얼마나 황당한 표정을 지으실지. 그 순간에는 그녀가 딱히 할 수 있는 행동도, 용기도 없었다.

"너희 어머니가 나중에 너한테 또 물으시면, 너 당황할 거 같기도 하고……."

— 이재이.

무언가를 억지로 참는 듯한 그의 숨이 그녀의 귀에 그대로 전해져 마음이 아프다.

— 넌 내가 당황할 건 걱정되면서 얼마나 놀라고 힘들진 걱정 안 해? 웃기지 않아?

"아, 나는……."

그녀도 하고픈 말을 참았다. 전화로 할 만한 얘기가 아니었다. 얼굴 보고도 못 할 테지만.

— 어디야? 집이야? 내가 갈게.

"그게……, 집이긴 한데. 친구가 오기로 했어."

— 친구 누구?

"전에 말했던 동료……, 음, 그러니까 다음에 봐. 제희야."

— 나 내일부터 사흘은 병원에서 못 나와. 그런데 오늘도 못 본다구?

9년간을 보지 못했다. 그러니 사흘은 아무것도 아닐 것 같은데 막상 그러자는 소리가 안 나왔다. 벌써 성인이 된 윤제희가 어떤 모습인지 모두 아는 터라 더 그랬다.

"그럼 봐서 병원에 한번 들를게. 너무 늦었다. 얼른 자."

억지스레 통화가 끊기고도 쉽사리 자리에서 움직이지 못했다. 그러다 눈에 들어온 검은 종이가방에 어젯밤을 생각하고 얼굴을 붉혔다.

이러지 말자.

안에 들어 있던 반찬통을 다시 차곡차곡 꺼내다 고개를 떨궜다. 오징어포니 멸치니, 평범한 식탁에 하찮은 반찬이지만 혼자 먹자고 하기에는 은근히 비싸 사본 적 없는 재료들이다. 제희한테 주고 싶어 아주 일상적인 것인 양 챙겨 갔는데 그게 다시 제집으로 돌아왔다. 맛 한번 제대로 못 봤을 텐데. 하나라도 더 챙겨주고 싶어서 자신도 겨우 간만 확인하고 작은 창 하나 있는 좁다란 주방에서 한참을 땀 흘려 만들었었다.

「전에 말했었잖아, 친구로만 지내면 좋겠다고. 이 시간에 여학생이 찾아와서 남학생 불러달라는 건 좀 그렇지 않니?」
「아, 정말 죄송해요. 그런데 잠깐이면 돼요. 아주 잠깐만……」
「미안한데 지금 집에 없어. 학교에 있거든.」

쾅, 눈앞에서 문이 닫히고도 얼마를 더 서성였는지 몰랐다. 작고 초라한 가게에 딸린 그녀의 가겟방과는 비교도 안 되는 커다란 주택 앞에서 시린 마음을 억지로 부여잡았다. 몇 발짝 더 물러서서 황급히 고개를 살피다 2층의 빛이 새어나오는 어느 창가에서 제희의 그림자를 보았다. 그림자에 명찰이 붙은 것도 아닌데 그게 제희라는 것을 모를 수가 없었다. 마주 앉아 고개를 들었을 때 잠깐씩 비치던 날카로운 콧날과 턱선의 그림자로도 그를 본 것처럼 가슴이 뛰었던 그녀였으니. 그날 그녀는 눈물이 나면 그림자라도 놓칠까 겨우겨우 숨만 쉬었다.

"……짜네."

덜컹, 무의식적으로 반찬통 하나를 열어 반지르르 윤이 나는 멸치볶음을 조금 집어 먹었다. 음식 솜씨가 꽤 괜찮다 생각했는데. 차라리 잘됐지 뭐.

멸치가 짜서 목이 메는 건지, 코끝이 시큰해 짜게 느껴지는 건지, 몇 번을 더 맛보아도 끝내 몰랐다.

얼마 남지 않은 특수에 매달리느라 점심도 겨우 먹었다. 1, 2년 일하는 것도 아니고 짬을 내자면 못 낼 것도 없지만 다른 생각이 들까 더 열심히 일했다.

"야, 쉬엄쉬엄해. 그런다고 누가 알아주냐?"

"그래두. 요새 분위기가 너무 좋았잖아."

"하기야. 좀 있으면 월드컵 끝나네. 이제 독일전도 이겨야 되는데."

영미가 아쉬운지 기지개를 켜면서도 고개를 푹 숙였다. 보고 있는 재이의 마음도 다르지 않았다. 승리에 대한 열망이야 말해 무엇하겠냐만 이제는 얼마 남지 않은 6월에 이 열기 또한 끝이 보인다는 것이 슬프다. 그녀에게는 4강의 기적 못지않은 재회였다.

"야, 그래도 재이 넌 첫사랑 만나 만리장성도 쌓고 월드컵 제대로 즐겼지. 난 이게 뭐냐?"

"아우, 영미야. 조용히 좀 해."

"우리 둘밖에 없는데 뭐. 에이, 남들은 그날 원나잇도 많이 했다는데 나는 닭뼈랑 잤네."

"저기, 그런데, 영미야. 그거……, 원나잇 이런 거 하고 나면 그다음 날 되게 부끄럽겠지?"

"말이라고 하냐? 잘 알지도 못하던 남자랑 자는 건데. 그러니까 원나잇이지. 안 보는 게 나으니까."

"……그렇구나."

그런 말을 붙이고 싶지 않을 정도로 그녀에게는 소중한 밤이었다. 다시 제희를 만난 것에 만족하려 했는데 그가 자신을 원했다. 몸이든 마음이든, 그 하나의 사실이 가슴 시리도록 좋다가도 하루가 지나자 뻔한 고민에 전전긍긍하고 만다.

"그나저나 너 그제 진짜 속옷 덕 좀 봤어?"

"아, 아니. 뭘……."

그날 속옷은 그녀 자신도 제대로 본 기억이 없어 적당히 얼버무렸다. 오자마자 제희가 벗겨버렸고 집에 와서도 괜히 생각날까 서랍 속에 꼭꼭 숨겨두었다.

"그럼 오늘도 데이트?"

"그런 거 아냐."

"야, 이재이. 내숭도 좀 적당히 해야지."

"그게 아니라 일이 바빠서. 되게 바쁘거든. 그래서 오늘은 못 봐."

말해놓고 자신이 더 시무룩해졌다. 지금 기분이 어떤지는 말로는 설명이 잘 안 된다.

그를 빨리 보고 싶기도, 또 미뤄놓고 싶기도 하다.

[오늘 병원으로 올래?]

이틀간 제희의 문자는 물음표 하나 다르지 않았다. 하지만 정작 단 하나, 그녀가 물음표를 붙여보고 싶었던 질문은 따로 있었다.

난 너한테 뭐야?

자신도 모르는 답을 제희에게서 듣고 싶다. 제희가 누구보다 진지한 남자라는 것은 그녀가 가장 잘 알지만 귀로 들은 달콤한 약속은 없었다. 그러니 영미한테건, 누구한테건 어찌 말해야 할지 답답하다. 병원에 간다 해도 그날처럼 제희 말고 다른 사람과 먼저 마주친다면 이 관계를 어찌 설명해야 할지 답이 없었고.

왜 나는 너한테 자꾸 무언가가 되고 싶을까?

겨우 이틀 만이라지만 널 보면 뭐라고 해야 할지, 아무 일 없었다는 듯 대하면 나도 그래야 하는지. 나는 이제 못 그럴 것 같은데. 네 얼굴을 떠올리기만 해도 부끄러운데 너는 그게 아니라 하면 나는 어떻게 널 대하지?

그에게 가려고 몇 번씩 나섰다가 다시 걸음을 돌렸다. 남들은 그녀에게 바보 같다 하겠지만 그녀가 겪은 세상은 너무도 험했다. 어린 나이에 아무 생각 없이 사회에 나섰다가 생각지도 못한 폭풍우에 엎어진 것이 한두 번이 아니었다. 멋모르고 울다가는 달래주기는커녕 더 호된 질책을 당했고 여린 마음에 그 상처가 아직도 뚜렷이 남았다.

「그 정도 소리는 누구나 듣는 거야. 그걸 이해 못 하면 사회생활 하면 안 되지. 남의 돈 받으면서 그 정도도 생각 못 해? 그게 싫으면 대학 가서 더 좋은 직장 가든가.」

그런 일이 반복되면서 어느 순간부터는 자꾸만 대비를 하게 되고 아픈 길은 먼저 돌아섰다. 상처를 입어도 입김 한번 불어주는 사람이 없다 보니 그녀 스스로 보호막을 만들어야 했다. 아파도 조금만 아플 수 있도록. 다시 일어설 정도는 되도록.

거기다 상대는 윤제희다. 그녀에게는 거의 최후의 존재나 다름없던 제희였으니 이 상황에서는 걸음 하나도 조심스럽다. 다른 사람도 아닌 제희가 겨우 하룻밤 열기에 휩쓸려 없는 마음을 쓰지야 않았겠지만 막상 그녀는 겁이 났다.

열아홉의 제희만 그녀에 대한 남모를 감정을 품었던 것이 아니다. 자고 싶다 생각을 못 했을 뿐이지 품에 두고 그리던 마음이야 자신도 못하지 않았다. 그런 그와 잤으니 후회는 아니라도 모든 것이 조심스러워졌다. 전화를 받는 목소리 하나까지.

"여보세요?"

– 너 왜 답이 없어. 못 와?

"아. 내가 오늘 공장도 좀 가야 되고. 그동안 일이 너무 밀려서, 미안해."

– ……너 약속 지킨다며. 보고 싶을 때 본다며?

"하하. 뭐야. 일하다 보니까 그렇게 됐어. 미안."

– 그럼 내일은?

"음……, 내일도 한번 봐야 할 거 같아."

– 뭘 보는데?

"아. 그게."

– 이재이.

네가 뭘 봐야 하는지 아직도 몰라?

잘못도 없는 재이에게 거친 소리가 나갈까 이름만 부르고 숨을 죽였다. 어제는 그도 혼란스러웠다. 어머니가 오셨다는 것을 알고 갔겠지만 밤을 함께 보낸 뒤 혼자 집에 보냈다는 것이 여러 번 그를 아프게 찔렀다. 그런데 그 마음 약한 재이는 얼마나 더 아팠을까.

집에 돌아와 냉장고를 열자 꽉 들어찬 반찬들 사이에서 재이의 손길이 갔을 찬들은 모두 사라졌다. 화장실 문을 열었을 때도, 이불을 널어놓은 베란다로 나갔을 때도 이 집 어디에도 이재이의 흔적은 없다. 처음부터 오지 않았다면 '아, 그렇구나.' 할 정도로 제 자취를 남기지 않았다.

그게 또 울컥했다. 나이 먹었다고 이런 데 담대해진다거나, 대범하게 구는 것은 아니다. 오히려 한번 겪어봤으니 더 아프고 겁이 났다.

"박 쌤. 아직 겨울연가 봐요? 이제 내기 도박 끝났어요?"

"거의 다 떨어져나갔거든. 그래도 준결승, 결승 따로 걸 수 있어. 할래?"

"쌤 이러다가 재벌 되겠어요."

"네 남친만 하겠냐?"

1년차 여자 후배가 의국에 들렀다가 영우가 앉은 TV 앞에 붙어 섰다. 월드컵을 보는 짬짬이 틀어놓던 드라마가 눈에 익다. 먼저 찾아서 보지는 않아도 재이와 다시 만나게 된 후로 더 눈이 가 대강의 내용은 알고 있었다.

난 이재이와 다시 잘될 작정인데 이왕이면 너희도 잘됐으면. 그렇게 생전 안 하던 생각도 몇 번 했다.

"아, 최지우 완전 좋겠다. 배용준한테 저런 것도 받고."

"목걸이? 아, 저거 얼마 전까지 유행했지? 폴라리스 목걸이 맞나? 꽤 비싸지?"

"에이, 비싼 걸로 따지면 저거보다 비싼 거 널렸죠. 그냥 마음이잖아요. 힘들 때 의지가 되는 거."

"저런 거 하나 받았다고 의지가 된다고? 너도 부자 남친한테 하나 사 달라고 해."

"나 참, 쌤도. 저걸 강요해서 받는다고 무슨 의지가 되겠어요. 받고 안 받고의 문제가 아니라 누가 저런 마음으로 나를 봐준다는 거 자체가 너무 낭만적이지 않아요? 언제나 그 자리에 있다는 뜻이라잖아요. 난 정말 좋을 거 같은데."

캐비닛을 닫은 그가 뒤로 돌았다. 언제나 같은 자리를 지킨다는 별이 TV 속 밤하늘에서 반짝인다. 길을 잃어도 바로 찾을 수 있게, 폴라리스처럼 길라잡이가 되어주겠다는 고백을 마냥 물끄러미 지켜보았다. 호출이 울리는 바람에 바로 자리를 떴지만 그 잔상은 꽤 강하게 남고 말았다.

이재이, 나도 이렇게 너 기다려. 고개 하나 들면 나도 늘 같은 자리에 있었어.

그런데 너는 하늘 한 번을 안 봤을까, 아니면 네 삶에 그럴 만큼의 여유도 없었을까.

하루가 더 지나고 마음은 몇 배로 더 깊어졌다. 지하철 갈아타면 금방인데 그까짓 게 다 뭐라고. 일이 너무 잘 풀리다 보니 어느 순간 붕 떠올라 한 번 가본 그의 집에 제 마음을 놓아두고 왔다. 반찬이니, 빨랫감이니 다 챙겨 나왔으면서도 늘 지니고 다니던 것 하나는 두고 와버렸다.

오늘은 먼저 가볼까? 제희가 먼저 내가 보고 싶다고 했었잖아.

용기라도 내보고 싶어 퇴근하자마자 어제 받았던 문자를 뒤적였다. 오늘은 다른 연락이 없다는 것이 신경 쓰이면서도 그가 보낸 짧디짧은 흔적들을 보다 보면 시간이 빨리도 흘렀다. 내일은 병원에서 나올 수 있다지만 하루의 경험으로 내일은 또 얼마나 더 보고 싶을지 장담을 못 하겠다.

딩동, 옷도 채 못 갈아입었는데 초인종이 울렸다. 이 시간에 누굴까. 제희는 병원에 있다는 것을 뻔히 알면서도 황급히 문을 열었다. 혼자 사는 여자니 조심해야 한다는 것조차 문을 열고야 떠오를 만큼 그의 생각만 앞서 있었다.

"누나."

"어, 재우야."

히죽 웃는 재우가 발부터 안으로 들였다. 커다란 가방 하나가 눈에 띄어 그것을 보고 있자 재우는 벌써 집 안을 둘러보곤 실망스러운 기색이 역력했다.

"에이, 진짜 작네?"

"너 말도 없이 여기 어쩐 일이야?"

"흐흐, 그냥. 어떻게 사나 보러 왔어."

기운이 쭉 빠졌다. 그래도 동생이라 멀리서 올라왔는데 차마 내치지를 못해 음료수부터 한 잔 내어왔다. 저도 멋쩍은지 머리를 긁더니 눈이 마주치자 슬그머니 웃는다.

"엄마는 알아?"

"누나 집에 온 건 알지."

"밥은?"

"밥은 뭐. 햄버거 사 먹었어."

"……기다려봐."

냉장고에 있던 찬들이 그대로 나왔다.

"누나 혼자 잘해 먹고 사네!"

감탄이 곱게 들리지 않아 더 서글펐다. 남들이 들으면 고기반찬이라도 나온 것 같은 초라한 식사다.

"뭐 찌개라도 끓여줄까?"

"아니. 됐어."

벌써 먹느라 말은 듣는 둥 마는 둥이었다. 그 모습을 보니 햄버거든 뭐든 먹은 것이 없겠구나 싶어 밥 한 그릇을 더 퍼다 내밀었다.

"누나, 그런데 어디 나가려던 거야?"

"어……, 아냐."

"아, 그럼 다행이구. 나 근데 있잖아."

"재우야."

"응?"

"내가 너 데리고 있을 만한 형편이 못 돼."

달그락거리던 숟가락질이 조금 느려졌다. 눈을 못 든다 싶으면서도 꾹꾹 억지로 씹어 넘기는 소리가 제 귀에도 들렸다. 이런 말을 직접적으로 해본 적 없는 그녀도 입에 무거운 짐덩이를 올려놓은 것만 같다.

"……알아. 그냥 놀러 온 거야. 안 그래도 가려고 했어."

"미안해."

"아냐. 그냥 온 거라니까."

다 먹어치울 것 같았는데 반 넘게 남았다. 안 되는 건 안 되는 거다 생각하면서도 밥상을 치우는 그녀의 손길에도 추가 달렸다. 한결 어색해진 분위기 속에서 재우가 괜히 지직거리는 TV 화면을 만져보다가 이내 불을 끄고 둘이 누웠다. 동생이라고 침대를 쓰라고 하자 멋쩍게 웃더니 기어이 바닥에 눕는다. 이거저거 해달랄 때는 화가 일었는데 제 눈치를 살피니 그것도 마음이 편하진 않다. 그녀와는 여덟 살이나 차이가 나 어릴 때는 엄마보다 더 붙어 키우다시피 한 동생이다.

"아, 나도 서울 살았다는데 왜 기억이 잘 안 나지?"

"그러게. 나는 서울 사는데도 사는 거 같지가 않아."

불을 끈 작은 방 안에 도란도란 이야기꽃이 피었다. 심란하니 그냥 잠들고 싶었는데 동생이 먼저 말을 붙이자 안 받을 수가 없다.

"누나, 있잖아."

"응."

"아빠 말이야. 아빠가 살아 계셨으면 우리가 조금은 나았을까?"

아빠가 살아 계셨다면 그거보다 더 좋은 일이 어디 있겠냐만 냉정히 보면 재우가 하는 질문의 답은 아니었다. 아빠는 많이 아팠고 경제활동도 할 수 없었으니까. 어떤 때는 딱 죽을 만큼 힘들다 싶다가도 정말 돌아가신 아빠를 생각하면 그런 생각도 맘 편히 못 했다. 돌아가시기 직전까지 그녀의 손을 잡고는 '우리 재이한테 가장 미안하다.' 그 말만 여러 번 반복하셨다.

"······막 원망도 들고 짜증도 나고. 그냥 도망가고 싶은데 엄마 잘 때 보면 또 불쌍하고. 누나한테도 미안하고 그래."

"우와, 재우 다 컸네?"

부스럭 소리를 내는 동생을 향해 모로 누웠다. 철들려면 멀었다 생각하면서도 재우의 마음을 누구보다 잘 알고 있었다. 가난하고 짜증만 가득한 엄마가 그저 원망스럽다가, 또 막상 얼굴 보면 그런 생각이 안 들었다. 피곤에 절어 있는 얼굴 앞에서 이도 저도 못 하다 그냥 피하고 싶어졌으니까.

"아, 나 대학 그냥 안 가고 싶은데. 빨리 나와서 돈 벌고 싶어. 손 벌리면서 낭비하는 것도 싫고."

"뭐 해서 돈 벌 건데?"

"뭘 하든 지금보다는 낫겠지."

"음, 아닐걸?"

동생이 할 만한 생각이란 너무 뻔했지만 역시나 말리고 싶다. 그녀는 재우의 나이, 스무 살 겨울에 처음으로 돈을 벌고자 나섰다. 유독 추웠던 겨울이라 그 생각을 하면 아직도 손끝이 아려 입김이라도 불고 싶다.

"대학은 가. 가는 게 좋아."

"누나까지 왜 그러냐. 내가 돈 벌면 누나한테 돈도 다 갚고 좋지."

"난 다시 네 나이로 돌아가면······, 안 먹고 안 입고 엄마한테 두들겨 맞더라도 대학은 갔을 것 같아. 지금은 더 그래."

"······."

"그렇더라고."

그냥 하는 말이 아닌지라 듣고만 있던 재우도 입을 벙긋대더니 어느새 잠이 들었다. 늘 듣는 말 또 들어야 감흥도 없겠지. 조금 전까지는 잠이 오던 재이야말로 예전 생각에 눈이 말똥해졌다. 오늘도 잠들긴 다 틀린 모양이다.

"너 바로 내려가."

"알았어."

재우는 새벽같이 나섰다. 조금 더 있다 가라 하고 싶어도 쓸데없는 기대감만 가질까 부스스한 차림으로 따라나섰다. 재우에게 틈을 주면 다른 생각만 하는 것을 이미 여러 번 겪은지라 이번만은 모질게 마음먹었다.

"내려가서 학원 잘 다니고."

"응."

"지금 바로 내려갈 거야?"

"그래야 내려가서 학원 가지."

들고 나온 낡은 지갑에서 만 원짜리 열 장을 꺼냈다. 아침상 보기 전에 미리 챙겨두었던 돈이었고, 그 전까지는 관리비와 비상금으로 쓰려 빼놨던 돈이었다.

"이거, 들고 가."

"……."

"빨리. 학원 다니면서 뭐라도 사 먹어."

재우가 미안한 표정으로 주섬주섬 받아 들고 있던 커다란 가방을 열었다. 안에 꽉 들어찬 옷과 세면도구를 보며 서울에 그냥 놀러 온 것은 아니었구나 고개를 돌렸다. 이 낡은 가방은 그녀가 예전에 썼던 것이지만 다시 보고 싶지 않은 가방이기도 했다. 저 가방을 메고 서울에 올라왔을 때 느꼈던 울컥한 감정은 아직까지도 재이를 따라다녔다.

"누나, 나 갈게. 들어가……. 미안해."

"응. 재우야. 잘 가."

자신보다 훨씬 더 큰 동생이 터덜터덜 걸어가는데 그냥 볼 수가 없어 다시 달려갔다. 가지고 있던 마지막 현금까지 다 꺼내 억지로 가방에 쑤셔넣어주자 재우의 고개가 푹 숙여졌는데, 그래서 원래보다 작아 보였다. 아직 쌀쌀한 새벽 공기에 팔을 쓸면서도 그 모습이 사라질 때까지 그 자리에 발을 붙여놓았다.

"유니폼 회산데, 생긴 지 얼마 되지는 않아도 비전이 좋아. 우리 사촌형이 하는 거라 믿을 수 있고. 우리 집안에서 제일 성공하신 분이거든. 재이 네가 워낙 착하고 성실하니까 내가 두 번, 세 번 부탁했어. 다만 서울로 가야 하고 또 영업직이라……. 네가 물건 들고 다니며 팔 일은 없는데 말하고 할 땐 좀 적극적이어야 할 거야. 괜찮겠어?"

"네! 저 할 수 있어요. 정말 잘할 수 있어요."

모든 것을 포기해야 한다는 것을 알고 나선 망연자실할 새도 없이 서울로 올라왔다. 그간 아르바이트를 하며 그녀를 좋게 본 편의점 사장님의 소개로 연이 닿은 회사였다. 사장님은 좋은 회사라는 걸 강조하면서도 혼자 잘하겠냐 걱정을 했지만 그녀에게 다른 건 아무 문제가 되지 않았다. 오직 서울이라는 한마디에 세상에서 제일 똑 부러진 아이처럼 굴었다.

"이거 다 팔 때까지 못 들어오는 거 알지? 요새 다른 데도 시험 삼아 다 이렇게 해. 우리는 영업하는 사람이니 부끄러움 같은 거 다 버려야 한다고. 아는 사람이건, 모르는 사람이건 능력껏 한번 팔아봐. 재이 씨는 너무 숫기가 없어 보여."

김 과장님, 그때는 대리님이었지만, 첫 출근한 그녀를 두고 대뜸 박스 하나를 내밀었다. 어찌해야 할지 몰라 멀뚱히 보고만 있으니 답답한 얼굴로 박스를 툭툭 걷어찼다. 비닐 포장된 티셔츠를 재이가 마구 끌어안다 주르르 흘러내리자 어쩔 수 없다는 표정으로 사무실 구석에서 낡고 커다란 가방 하나를 가져왔다. 물건을 꽉 채운다면 자신의 몸집만 해질 가방이었다. 어디에, 누구에게 가야 할지 모르고 그 커다란 가방에 팔아야 할 티셔츠를 다 쑤셔넣고 세상에 첫발을 내딛었다.

　눈물이 날 만큼 막막하고 걱정스러웠던, 그녀의 사회생활 첫 기억이었다.

　지갑에는 만 원 조금 넘는 현금이 있었고 대전에서 쓰던 버스표 몇 장이 고작이었다. 첫 짐은 그녀의 집과 별반 차이 없던 고모네의 문간방에 둔지라 함부로 돌아갈 생각도 못 했다. 그녀가 19년을 살았지만 달리 연락할 사람 하나 없는 서울에서 정처 없이 차가운 거리를 서성였다. 시간은 보란 듯 지나가는데 차마 모르는 사람 잡고 이런 거 사달라 소리가 안 나와 입을 꾹 다물었다.

　지금이야 몇몇 대기업들도 담력 키운다며 이런 임무를 주곤 한다는데 사전 지식이 전혀 없던 그녀는 돌아가고픈 마음만 간절했다. 하지만 이대로 물러서면 다시 서울을 등져야 할지도 몰라 유일하게 그녀가 서울에서 알고 있던, 그리고 믿을 만한 어른을 찾아갔다. 수백 번을 망설인 염치없는 발걸음에도 예의는 또 지켜야 할 것 같아 아끼고 아끼던 만 원짜리 한 장을 깨서 음료수도 샀다. 예전에 제희가 샀던, 병이 정말 예쁜 음료수 세트였다.

　"……선생님."

　"재이야! 우리 부반장 아냐?"

　눈이 마주치자마자 울컥해서 억지로 웃었다. 선생님도 별다른 말은 없었다. 무조건 밥을 사주겠다며 그녀를 앉혀놓고는 허둥지둥 일을 끝맺었다.

"우리 재이가 부반장 할 때는 내가 이런 것도 다 안 했는데. 지금 생각하면 너만 한 애가 없었어. 내가 고마운 줄도 몰랐네."

"아니에요, 저는…… 괜찮아요."

도망갈 것도 아닌데 선생님은 옆에 딱 붙어 이것저것 다 사주고 싶어 했다. 오랜만에 보는 선생님을 두고 할 말은 따로 있었는데, 그 말이 또 입에서 떨어지지가 않아 비싼 고기를 앞에 두고 고개를 푹 숙였다.

"재이 너……, 직장 다니니?"

"그냥…… 그렇게 됐어요."

크게 숨을 들이켜고 씩씩한 척 선생님 앞에 수저를 놓아드렸다. 그녀에게 많이 먹으라 몇 번이나 말을 한 것치고는 선생님도 막상 식사는 잘 못 하셨다. 이런저런 이야기가 오갔지만 차마 그 말을 할 수 없어 물 한 모금도 힘겹게 넘겼다.

"유니폼 회사면 여러 가지 많이 있겠네."

"……네."

"음, 혹시 가지고 온 거 있어? 구경 한번 해보자."

어린 제자가 가방에서 시선을 못 떼는 모습에 선생님이 먼저 나섰다. 그녀가 차마 열지 못하는 가방을 조심조심 먼저 열어보시는데도 그녀는 차마 볼 수 없어 고개를 돌렸다.

"이것도 파는 거 맞지? 야, 좋아 보이는데. 그냥 나한테 팔아라, 재이야."

"아니, 선생님……, 그런 건 아니구……."

"안 그래도 우리 반 반티 하나 맞추려고 했는데. 색상도 좋고 괜찮은데? 사러 가라 해도 말도 안 들을 거고 언제 또 사오나 했거든. 제자 덕에 시간낭비 안 해도 되겠네.”

그녀가 만류할까 카운터에서 먼저 비닐까지 얻어 와 마구 담기 시작했다. 얼마인지도, 몇 개인지도 묻지도 않고 그냥 가방이 텅 빌 때까지 전부 옮겨 담았다.

“……선생님.”

죄송해요. 겨우 이런 일로 와서 죄송해요, 정말.

가게 문을 열고 나오다가 기어이 눈물을 후드득 흘렸다. 다행이라는 안도감과 부끄러움이 차례차례 얼굴로 모이니 눈물밖에는 나올 게 없었다.

“재이야. 우리 예쁜 부반장!”

“……흐윽.”

“울지 말고. 나는 네가 다 잘할 거라 믿어. 사람한테 늦은 건 없어.”

절레절레 고개를 흔드니 눈물도 곱게 나오지 않아 바닥에 점점이 위치가 모두 달랐다. 건네받은 손수건으로 눈물을 꾹 눌러놓자 선생님이 손을 한번 잡았다.

“진짜, 진짜 죄송해요. 그리고 감사해요.”

“뭘. 나야말로 네가 와줘서 고마워. 티셔츠 아까 보니 좋아 보이던데 하나는 우리 마누라 가져다줘야겠다. 좋아하겠지. 하하.”

혼나실 것 같은데.

제희와 함께 보았던, 그 무섭던 선생님을 꼼짝 못 하게 하던 선생님의 부인이 눈앞에 아른거렸다. 그러나 다른 사람 생각을 하기도 전에, 그날 제 곁에 있었던 제희의 모습이 머릿속을 휘감았다.

“저기, 재이야. 음…….”

“네?”

“제희 말이야. 너 말고 반장 제희.”

이름만 들었는데도 다시 눈시울이 붉어져 애써 태연히 굴었다.

"아, 네."

"제희 걔 한국대 의대 갔어. 아버지가 법원에서 꽤 높은 분이라서 그쪽 길로 갈 줄 알았는데 마지막에 기어이 바꾸더라. 걔네 엄마가 몇 번을 학교에 왔는지 몰라."

가슴이 뜨끔거리다 심장 박동마저 빨라졌다. 아닌 척, 모른 척하려고 해도 이미 그 말 한마디에 제희의 흔적이라도 있을까 샅샅이 뒤적이고 있었다.

"올해는 아닌데, 제희 작년까지는 나 계속 찾아왔었어. 너 이야기 들은 거 없냐고."

"으음……, 흑."

"네가 그때 하도 부탁해서 다른 소리는 안 했어. 대전에 갔다고만 했지……. 아직도 애가 무뚝뚝해서 아무 말 안 하고 밥만 먹고 갔어. 그런데도 계속 또 오더라."

"……."

"한번 안 볼래? 통 말은 안 하는 애가 그나마 입 열면 네 이야기만 했어."

"흐으윽."

염치없다 할지라도 가방을 비우면 마음이 한결 가벼워질 거라 생각했는데, 그것도 아니었다. 언제든 다시 오라는 선생님의 삐삐 번호를 받아놓고도 다른 사람만 떠올렸다.

그날 그녀는 결국 제희를 찾아갔다. 시간은 넉넉했고 가방도 가벼웠다. 무거운 건 오직 발걸음 하나였는데 그래도 제희를 보고 싶었다. 어딘가에서 잘 살고 있겠지 억지로 지웠었지만 어디 있는지 아는 이상, 얼굴 한 번은 꼭 보고 싶었다.

"아, 맨날 데모야. 이 앞에 난리 났더라."

"나가지 말라던데?"

맑고 청량하기만 할 줄 알았던 대학교 앞은 연유 모르는 시위로 희뿌옇게 그녀를 맞았다. 지나가는 여학생 하나를 잡고 의대를 묻자 저 안쪽으로 손가락을 들었다. 그리고 손을 내리던 시선에서 친절하지만 낯선, 그런 눈이 자신에게 향했다. 또래가 바글거리는 이곳에서 그녀 혼자만이 이방인이었다. 사촌언니에게 물려받은 어설프고 큰 정장에 싸구려 구두 뒤축에는 뗄 때마다 물집이 잡혔다. 한 발 한 발 걸을 때마다 발뒤꿈치에서 시작된 고통이 전신으로 퍼져나갔다.

그런데도 제희는 보고 싶었다.

"야, 강의 들어가야지."

"뭐 좀 먹고. 식당에 가자."

윤제희를 찾겠다고 여기까지 와놓고는 학생들이 오가면 괜히 고개를 돌렸다. 그래도 여학생들이 지나가는 모습에서는 눈을 떼지 못하고 뒤를 좇았다. 그녀는 의대에는 전혀 뜻이 없었지만 내가 저기에 있었다면, 그 생각을 못 지웠다. 사실 대학교에 들어서면서부터 계속 그랬다.

"저기……."

"네?"

"아, 아니에요."

뭘 그렇게 자신감 없이 구냐고 하겠지만 원래부터 그녀는 수줍음이 많았다. '윤제희라는 학생 아시나요?' 그 말이 목까지 차올랐다가 오히려 안다고 할까 겁이 나 지하로 향했다. 그녀가 보기엔 지하로 내려가는 사람들이 제일 많이 보였으니까. 꼭 보지 못해도 어쩔 수 없다고 생각했다. 그냥 제희가 어떤 곳에서 공부하고 있는지 보는 것으로 만족하려

고

했다. 그때는.

"야, 빨리 먹고 올라가자."

"뭘 빨리 가? 예과 2년이 의대의 꽃인데 지금 놀아야지. 어차피 다음 수업 자연대 화학 수업 아냐? 성적 반영도 안 된다는데 뭘 그렇게 빡세게 굴어? 안 그러냐, 제희야?"

시끌벅적한 학생들 사이에 제희가 있었다. 그렇게나 보고 싶었던 제희가 우유를 몇 모금 마시다가 내려놓는 것을 보았다.

머리가 조금 더 길었구나. 고등학생도 아니니 당연하겠지?

그래도 여전히 말이 없었고 그 주위에는 학생이 많았다. 그녀가 부럽다 생각했던 여학생 몇도 제희의 곁에서 웃음을 터트렸다. 잠깐잠깐 비치는 모습을 보고자 멀리서 고개를 들어 틈을 찾았다.

윤제희. 반장. 너 정말 좋아 보여. 지금도 꼭 반장 같아서 멋있다, 진짜.

여기까지 왜 왔는지 다음 말을 생각하다가 제희가 자리에서 일어나자 도망치듯 1층으로 올라왔다. 왜 그랬는지도 모르겠다. 입구에서 고등학교 1학년 때 같은 반이던 남학생과 마주치자 소스라치게 놀라 무조건 아니라는 소리만 했었다. 제희 이야기가 나오니 더 아니라고 했었고.

꼭 보지 않아도 좋다고, 너 잘 있고 공부 잘하고 있는 거 봐서 좋다고, 이렇게 좋은 학교에서 너 보니까 나도 예전처럼 꼭 같이 학교 다니는 것 같아 좋았다고. 그렇게 말해주고 싶었다. 도망치듯 나오면서도 그녀를 보아주기를 바랐다.

"난…… 안 되나 봐."

욕심 안 부리고 살았으니 오늘도 그럴 수 있을 줄 알았는데. 오직 윤제희에 대해서는 그럴 수 없다는 것을 깨달아버렸다. 몰래몰래 한 번씩 볼 수 있겠다 잠깐이나마 좋아했던 마음도 그렇게 다 버리고 왔다. 미련의 싹을 잘라놓아야, 내일 이 가방 들고 또 출근을 할 수 있을 테니까.

회사로 돌아왔을 때는 여러 번 운 얼굴이 얼룩덜룩했고, 다 팔았냐 소리도 없이 그만하면 잘했다는 칭찬을 들었다. 진짜 자리도 받고, 부끄러울 것 없는 무난한 일거리도 받고. 조금 더 지나고는 명함도 받고 승진도 했다.

아프고 힘들어 죽을 것만 같던 마음이 한 번씩은 웃을 거리도 찾아냈을 때, 그때 윤제희를 다시 만났다. 버린 줄 알았던 욕심은 여전했고, 또다시 그에게 빠져버렸다. 그때는 돌아섰지만 이제는 그러지도 못해 새벽 거리를 서성이다 집 앞에 섰다.

"이재이!"

"어! 제희야. 반장!"

아직 안개가 남아 그때만큼 뿌옇던 거리를 두고 그가 있었다. 한 번씩 웃어주던 다정함은 눈을 씻고 봐도 없었다. '나 화났어.' 얼굴에 쓰여 있는 게 분명한데도 피할 수가 없어 달려왔다.

"으음. 나 말이야……, 가려고 했어."

"……거짓말 마."

내미는 손길도 거칠었다. 그러면서도 저를 꼭 잡아 품에 가두자 거기에 기대어 괜히 훌쩍거렸다.

"진짜야……. 가려고 했어. 근데 나 있잖아."

"그래, 너."

그의 갈라진 목소리에서 마음고생이 고스란히 묻어났다. 안도도 잠시, 이 새벽에 눈물바람을 하다 돌아온 그녀가 어이가 없을 만큼 미웠다.

　"너 좀 맞아야겠다."

　"……."

　"오늘은 때리려고, 너."

chapter 11
Polaris

● 이재이, 왜 난 너만 보면 아무 말도 못 할까. 이제 다 커서 제법 잘하고 산다고 칭찬도 받는데 왜 네 앞에서는 말 한마디도 조심스러울까.

그게 답답하지는 않았다. 다만 궁금했을 뿐이다. 거의 도망치다시피 이 새벽에 재이를 보러 와 꽤 긴 시간을 서성거렸다. 네가 보러 오지 않겠다면 그건 더 이상 문제가 안 된다며 달려 나왔는데 막상 그녀가 없었다. 미쳐버릴 것 같은 마음을 달래려 억지로 붉은 피라도 내고 싶은, 그런 유치한 혈기와 충동을 잡아두고 찾아다니다 힘없이 걸어오는 그녀를 보았다.

"이재이!"

달려와 안긴다. 그러면 자신은 안을 수밖에 없다.

"……나 진짜 때릴 거야?"

웃으면, 그녀가 아주 살짝이라도 웃으면 그는 정말 아무 말도 못 했다. 때릴 마음이 남았다면 그는 그 두 눈을 보기 전에 진작 그랬어야 했다.

"너 울었어?"

"아니."

"울었는데?"

"아냐. 안개 때문에 그런 거야."

말도 안 되는 대답에 다그칠 수도 없어 다시 한 번 폭 끌어안았다. 대신 이른 새벽 공기를 가득 묻히고 온 그녀에게서 차가운 기운을 모조리 털어냈다. 두 손을 올려 뺨에 대자 고개를 약간 움츠리면서도 환하게 웃었다.

"동생 데려다주고 오는 길에 좀 걸었어. 근데 너 여기 어떻게 왔어? 이 시간에 어떻게?"

"그거 알면 너 잠 못 자."

유독 걱정이 많은 그녀였다. 경험상 큰일이야 없겠지만 원칙적으로 병원에 있어야 할 시간이니 누가 봤다면 단단히 혼이 날 일이다. 급한 대로 후배 하나를 세워놓고 왔으니 얼른 돌아가야만 했다.

"왜? 안 좋은 일이야?"

"아니."

널 봤는데 그게 어떻게 안 좋은 일이 될 수 있을까.

한 번도 받아보지 못한 징계나 꾸중은 그에게 별 의미가 없었다. 학창 시절에 받아보지 못했으니 뒤늦게 한번 받더라도 나쁘지는 않을 것이다. 그가 이재이에 한해 다 해보고 싶던 것 중 하나로 묶어두면 그만이었다.

"나 이제 가봐야 돼."

"벌써?"

"더 있을까?"

잠깐 고심하는 듯 눈이 커졌다가 이내 머리를 흔들었다. 그러면서도 옷깃을 잡은 두 손은 놓지 못하기에 그게 좋은 그가 뺨에 입을 맞췄다. 사람이 이렇게까지 단순해질 수 있구나.

"오늘은 빨리 못 와. 경기 끝나고야 올 수 있을 거야."

"응."

말부터 해놓고 머릿속으로 셈을 하는지 혼자 심각하더니 뭔가 깨달은 모양이다. 옷깃에서 손을 떼자마자 "아니야, 아니야." 손사래를 쳤다.

"너무 늦잖아. 11시 넘을 거 같은데 너도 쉬어야지."

"쉬려고 오는 거야."

네 옆에서 숨도 좀 쉬고. 그래야 나도 힘내서 남 앞에선 칭찬받고 살지.

그사이 찬기가 많이 가셨다. 사실 재이가 웃기 시작할 때부터 그에게는 대낮의 여름 한 자락이 펼쳐졌다. 보고 들어가겠다는 걸 억지로 집 안에 넣어두어도 돌아서는 발걸음에 어딘지 허술한 현관문이 삐죽 열렸다. 그 작은 틈으로 비치는 재이의 작은 얼굴을 도저히 그냥 둘 수 없어 현관으로 다시 돌아섰다. 불을 켜지 않은 그늘 속에서도 예쁜 콧날과 붉은 입술이 꼭 유리장 안의 보석 같다. 한번 손대면 꺼내지 않고는 배기지 못할 거란 직감에 손 하나만 잡아내어 거기에 살짝 입을 맞췄다.

보는 것보다 까칠한, 그리고 잔 상처가 남은 손.

"야아."

제희가 자신의 손을 들여다보는 것을 뒤늦게야 알고 재이는 부끄러워 제 손을 당겨댔지만 그는 끄떡도 하지 않았다. 눈에 띄는 큰 흉은 없지만 자신의 몸에서 제일 거칠한 곳이다.

"예쁘다."

"넌 진짜…… 내가 아는 윤제희 아닌 것 같아."

그때도 같았다. 말을 못 했을 뿐이지. 그녀와 헤어져 있었던 것 중에서 딱 하나 좋은 점을 억지로 찾아내자면 이거였다. 애틋함과 불안함에 매순간 미룰 것 없이 제 감정에 솔직해지는 것. 하지만 그는 누구보다 영리했으니 다시는 경험할 리 없는 감정이었고 한 번이면 충분히 습득

했다.

"넌 누가 더 좋은데?"

"음……, 둘 다 좋아."

그로서는 역시 몸과 마음을 모두 사랑할 수 있는 지금이 더 좋다. 성인이 되었다는 건 이렇게나 좋은 일이다.

"여기서 저녁 먹을 거야."

"먹고 와. 너무 늦을 텐데."

"아니."

"어휴……, 그럼 뭐 좀 해놓을까? 뭐 먹고 싶은데?"

"멸치볶음이랑 우엉. 오징어채도."

네가 훔쳐간 내 반찬 모두. 그거 다시 내 거야.

내가 이렇게 유치해지는 게, 너한텐 어떨지 모르겠다.

비교적 한가한 과 특성도 있겠지만 병원에는 별다른 일이 없었다. 자리를 지켜준 후배에게 간식거리를 안겨주고는 그도 얼른 회진에 따라나섰다. 미리 외워야 할 것들을 상기하며 기습적인 질문도 무리 없이 넘기고 수술을 연이어 두 개나 다녀왔더니 오후가 훌쩍 넘어 전에 없이 허기가 졌다.

"제희야, 이것 좀 먹어봐."

손을 씻고 나왔더니 자신을 기다리던 윤지가 도시락 봉투를 내밀었다. 유명 일식집의 마크가 고급스러운 금박으로 입혀져 있다.

"식당 갈 거야. 너 먹어."

"너 주려고 사왔어. 여기 되게 유명한 데야."

"그럼 다른 사람 줘. 의국에 사람 많으니까."

"윤제희!"

그를 제외하고는 거절 따위 당해본 적이 없는 그녀였다. 조심스레 기회만 엿보다 이도 저도 아닌 신세가 될까 초조함이 더욱 짙어졌다. 얼마 전 보았던 초라한 차림의 여자와 제희가 꾸준히 만난다는 것도 알았지만 접하지 못한 호기심이나 동정심 정도로 여겼다. 거기다 제희의 어머니와 나름대로 화기애애한 시간을 보내고 난 후라 자신감이 한층 살아났다.

　"너희 어머니가 그날, 자꾸 다음에 다시 보자고 하시더라."

　"곤란하단 소리야?"

　"아닌 거 알잖아. 너 내가 왜 이러는지 몰라?"

　"알고 싶지 않아."

　"……."

　"꼭 직설적으로 이야기해야 알겠다면, 일이나 좀 똑바로 해. 보니까 차트 정리도 엉망에 네가 한 일은 다시 내 손 거치는 게 대부분이야. 여기 남 사정 봐주기 힘든 곳 아닌가?"

　허기에 짐까지 하나 늘어나자 그가 평소보다 배로 싸늘해졌다. 그간 윤지라면 성가신 동료 정도로 생각했는데 재이의 일로 얼굴도 마주치기 싫어졌다. 그럼에도 입을 다물고 있었던 것은 여자들 일에 나서본 경험도 없거니와 윤지의 성격을 뻔히 알다 보니 괜히 재이에 관한 뒷말이 나오는 게 싫었기 때문이다.

　"너 어쩜 그렇게……. 이, 일 때문이면 진작 말을 해주지! 어디가 잘못됐다 이야기를 해줬음 내가 고쳤을 건데."

　"그런 말마저도 섞기 싫어서. 너랑은."

　그만 좀 하자, 휴대전화를 꺼내서 본 그가 매몰차게 몸을 돌렸다. 이쯤 되면 정말 그만할 법도 한데 콧대 높기로 유명하던 윤지도 폭발해버렸다.

"겨우 그런 여자가, 도대체 어디가 그렇게 좋은데?"

질문 하나에도 우월감과 무시가 녹아 있었고 그것을 모를 윤제희도 아니었다. 그녀만큼 목소리를 키우지는 않아도 얼어붙을 듯한 차가움이 마디마디 뚝뚝 떨어졌다.

"착하고 좋은 애야. 누구나 하는 말이라도 이재이는 특별해. 거기다 나는 그 애만큼 예쁜 사람도 못 봤어."

"뭐?"

"너처럼 보이는 걸로 남을 판단하는 사람이 아냐. 넌 남한테 우월감 느끼려 의사선생님 소리 듣고 싶을지 몰라도 실제로 길에서 사람이 죽어가면 업고 뛰는 건 그 애일 거야. 네 비싼 옷에 피 묻을까 봐 못 하는 일을 이재이는 해. 뭐가 더 중요한지 아는 애거든."

똑똑히 들으라는 그의 말이 무서울 정도로 낮게 깔렸다. 곱게 가꾼 윤지의 손이 부들부들 떨리다가 불규칙한 숨결이 점점 커졌다. 기어이 분을 이기지 못해 반쯤 이성이 나가버렸다.

"네가 그런 애 뭐에 홀렸는지 몰라도 정 그렇게 말한다면!"

"닥쳐."

무뚝뚝해도 험한 소리를 입에 담은 적 없는 그였다. 곱게 자라긴 한 모양인지 그 정도 말에도 얼어붙은 윤지가 이제 상대하기도 우스워졌다.

"일 얘기 아니라면 제발 내 앞에서 닥쳐주라. 그게 아니면 꺼져주든가."

위협적으로 다가오는 그에게 놀라 뒷걸음질 치던 윤지가 옆에 있는 화분에 걸려 제풀에 넘어졌다. 심상치 않은 분위기에 곁눈질로 구경하던 간호사 몇이 달려와 윤지를 잡아 일으키자 훌쩍거리는 소리가 한층 더 높아졌다. 그나마의 자존심일 수도 있겠지만 윤지라면 그 와중에도 저 유리할 방향으로 생각할 것이 눈에 훤히 그려졌다. 10여 년 전에 학교에서도 이와 똑같은 상황이 있었고 입 다물던 그의 뒤로 한 가지 소문이 퍼졌다.

「윤제희가 드디어 여자 때렸대!」

날파리를 쫓을 목적이라면 차라리 잘됐다 여겼는데 1년 후 그 소문에 예쁜 나비가 걸려들어 겁먹고 파득였다. 조심조심 다칠까 거미줄 걷어내고 손으로 꼭 감싸쥐며 처음으로 입을 다물었던 후회와 억울함이 생겨났다.

저런 여자 때문이라면 지금은 더 싫고.

"박윤지 선생, 병원서 굽 높은 거 신지 마. 꼴사납게 걸음도 못 걸어 넘어질 거라면."

평소에 조용해도 다들 귀 기울여 듣던 윤제희의 목소리가 이 정도 울렸으면, 병원 안 사람들은 모두 듣고도 남았다. 소리보다는 빛의 속도가 빠르다지만 단 하나, 소문의 속도는 빛을 능가했다.

"그리고 서 선생, 잠깐 나 좀 보지."

제희를 찾으러 왔다가 잘못 걸린 1년차 여선생이 제 이름이 불리자 화들짝 놀라 눈을 꾹 감았다. 요새 의국에서 겨울연가 재방송을 몰래 볼 때 눈감아주길래 좀 유해졌나 했는데 역시 착각이었나 보다. 이대로 끌려갔다 괜히 죽는 것은 아닌지 십자를 그었다.

마치자마자 마트에 들러 잔뜩 장을 보았다. 혼자라면 절대 사지 않았을 과자나 안주거리도 사놓고 찌개라도 끓여놓자 싶어 국거리까지 샀다. 마트에서 이 정도로 과소비를 한 것은 손에 꼽을 일이었다.

－ 대한민국!

마트 한구석에 자리한 가전제품 코너에서 일제히 축구장이 비쳤다. 독일전이 열리는 날이었으니 마트에 오는 내내 귀가 따가울 정도로 '오, 필승 코리아' 노래를 들었다. 할 게 많고 혼자니 거리 응원을 나가지는 못하겠지만 끝까지 보고 싶은 마음에 얼른 집으로 돌아와 TV부터 켰다. 적응이 무섭다고 혼자 보는 TV가 어쩐지 맥이 빠져 입이 쓰다.

언제부터 그랬다고.

그래도 제희가 온다니 넋 놓고 있을 수가 없어 아침에 치웠던 집을 다시 치우고 찬거리도 챙겼다. 아직 그대로 남은 반찬이지만 제희가 먹고 싶다는 이야기에 그 양이 확 늘어났다.

[꿈★은 이루어진다.]

우엉을 마저 썰다가 함성에 고개를 돌리자 관객석의 카드 섹션이 바로 보였다. 문장의 가운데 놓인 별 모양이 그려놓은 듯 예뻐 감탄이 절로 나왔다. 이렇게 와 닿는 표현이 지금 제게 또 있을까 싶어 결국 손을 씻고 TV 앞에 앉았다. 반찬이야 안 해놨다고 심술부릴 제희도 아니고 숨 돌릴 틈 없이 몸을 놀렸으니 목도 말랐다.

"아, 좋다."

맥주 한 모금에 고개를 침대로 젖혔다. 여전히 봐도 모르는 축구는 그저 한국이 이기기를 바랄 뿐이다. 다만 조마조마한 마음을 달래주는 이가 없으니 아슬아슬한 장면이 나올 때마다 TV를 껐다 켰다 반복했다. 심약한 가슴이 부풀어 올라 터지기 전에 적당히 조절을 해줘야 한다. 이를테면 그녀만의 생존비법 같은 거였다.

"아아아……!"

후반전 하고도 마지막 무렵에 TV를 끄고 눈을 감는데 창밖에서 커다란 탄식이 들려왔다. 몇 번의 경험상 좋은 의미가 아닌 거라 짐작했고, 과연 TV를 켜니 승리의 세리머니를 하는 독일 선수가 떠 있다.

"어휴."

윤제희가 없으니까 이렇게 되잖아. 괜히 속이 쓰려 맥주 한 캔을 더 가져왔다. 캔을 들어 고개를 넘기고, 화면 한 번을 보고. 줄어드는 시간이 그저 안타까웠다.

- 경기 끝났습니다. 그동안 잘 싸워준 우리 태극전사들에게……

삐익, 경기 종료를 알리는 휘슬과 함께 오직 승리를 향해 가던 대한민국의 월드컵이 그렇게 저물어갔다.

여기까지였구나. 아니, 여기까지 왔구나.

슬프다기보다는 아쉽고, 또 그보다는 뭉클했다. 수많은 관객에게 고개 숙여 인사하는 선수들을 보고 있자니 그녀가 먼저 코가 찡해져 인사라도 해주고 싶다.

정말 수고하셨고, 또 감사하다고. 덕분에 나도 평생에 잊지 못할 한 달을 보냈다고.

"나야. 문 열어줘."

살짝 술기운이 도는 몸으로 한쪽 벽을 짚고 문을 열었다. 승리는 끝났지만 제희는 이렇게 곁으로 와주었다. 불안한 마음은 여전하면서도 순간의 안도감이 그의 품을 찾아들게 만들었다.

"이재이."

"응."

이른 새벽에 다소 차가웠던 몸이 지금은 달아올라 있었다. 제 품에 안겨 살짝 닿는 피부에도 그의 감각이 모두 곤두섰다.

"술 마셨어?"

"응. 기다리다가 조금."

그녀가 민망한지 그에게 들어올 자리를 내어주려 걸음을 물리자 제희가 바로 그 입술을 앗았다. 약간의 알코올이 아직도 입에 남아 있다가 그에게 전해지는데 그 미약한 힘으로 벌써 취해버린다. 꼭 직접 술을 마셔야만 취하는 게 아니다.

"으음. 잠깐만."

"너나 좀."

그게 뭐냐, 웃는 틈을 타 혀를 깊숙이 집어넣었다. 숨결을 모조리 끌어올 듯 빨아들이자 적응 못 하는 신음이 간간이 그를 자극했다. 식사를 못 했지만 그가 허기진 거야 음식에 한하지 않았고 지금은 이쪽이 더 급해졌다. 식사를 하고 이야기를 나누려 했는데, 하여튼 재이를 만나면 계획대로 되는 것이 없다.

"너……."

얇은 원피스 사이로 손을 집어넣어 단숨에 몸을 드러냈다. 그리고 멍해버렸다. 그날은 보지 못했던 하얀 레이스 브래지어가 눈앞에서 아롱거렸다.

"너 뭐야?"

"……나? 나 뭐……."

어쩌면 이렇게 예쁜 짓만 골라 할까. 같은 레이스가 아래도 있을까 기대감 가득해 고개를 내리자 이게 또 무슨 천국인가 싶었다. 오는 내내 한국의 패배에 훌쩍이는 여자들을 보았는데 지금 그는 운다는 감정 자체를 이해하지 못했다. 눈물이 다 무엇이던가.

"흐으읍."

벗기지도 못하고 속옷 안으로 손을 집어넣어 잡히는 대로 그러쥐었다. 낯선 감각에 재이가 몸을 뒤틀자 그대로 허리를 받쳐 작은 침대에 눕혔다. 가녀린 몸 위로 바로 올라타 귀부터 물고 늘어졌다. 바스락거리는, 종이 소리 같기도 한 그의 애무에 저도 모르게 눈을 감은 그녀가 어깨를 움찔거렸다.

"레이스. 이거 정말 나 때문에 산 거야?"

"야, 뭐야. 뭐 그런 걸 물어…….."

"칭찬하는 거야."

살짝 들떠 쉰 듯한 목소리에 겁이 난 그녀가 그의 어깨를 밀어냈지만 꿈쩍도 않고 버텼다. 둥근 어깨에서 바로 내려온 손이 가슴 위에 머물다가 꾹 눌러 잡았다.

"으응. 왜 그래. 으으음."

벗기기는 아깝고 그냥 두자니 만질 수가 없다. 대충 위로 올려놓고 연한 색으로 곱게 물든 유두를 손가락으로 비벼댔다. 감촉이 보드라워 그걸 즐기는 데만 꽤 오랜 시간을 보냈을 정도다.

"흐으응……, 아아."

"다리 조금만."

뒤에서 그녀를 끌어안은 그가 팬티 속으로 손을 집어넣었다. 까슬한 느낌을 지나 그녀의 몸 그 어느 부위보다 깊고 비밀스러운 곳에 바로 닿았다. 이미 젖어 있는 곳에서도 자극을 참지 못해 몸을 감추려 들자 그가 한 손으로 허리를 감아 단단히 고정했다. 본능적이라도 그에게서 도망가는 꼴은 더 볼 마음도, 자신도 없다.

"으으응. 제희야……, 하으응."

정점을 누르고 다치기라도 할까 조심조심 손을 움직였다. 찡그리던 그녀가 무의식적으로 눈을 떴다가 팬티 안에서 적나라하게 움직이는 그의 손에 저도 모르게 손을 뻗었다. 그만하라는 무의미한 말 대신 그의 손을 떼어내려 힘을 주어도, 귓불을 잘근대던 그에게선 장난스러운 웃음만 터져 나왔다.

"흐음, 왜? 여기가 아냐?"

"제, 제희야. 으으응……."

이만하면 준비는 충분하다 싶자 여유를 모두 내버린 그가 그녀의 팬티를 내렸다. 모두 벗길 시간도 아까워 발목께에 걸린 속옷에서 들려 있는 오른발 하나만 간신히 빼놓았다. 제 무릎으로 벌려놓은 다리 사이를 손가락으로 더듬거리다 입구를 찾자마자 그의 분신을 맞춰 넣었다.

"으음."

분명 충분하다 했는데도 넣고 나니 빠듯해 미간이 찌푸려진다. 그로서는 그조차도 극한의 쾌감이라 움직임 하나 없이도 사정해버릴 것만 같다.

"흐응. 으으응……, 으응."

"후우……, 아파?"

"……아, 아니."

뒤에서 파고드는 느낌은 또 달랐다. 뭐든 적당히라는 건 없어 보다 깊고 적나라하게 들고 났다. 그녀 역시도 가쁜 숨을 참느라 베개에 얼굴을 파묻자 그 틈을 탄 제희가 등으로 바짝 붙으며 제 다부진 몸을 재이에게 실었다.

척, 척, 땀에 절어버린 살결이 부딪친다.

결합의 순간은 짧게 머무를수록 그 쾌감을 더해갔다. 고개를 내릴 때마다 시야에 잡히는 선정적인 모습에 그가 움켜잡은 허리를 한층 더 파고들었다. 내일이면 자국이 남을 것 같아 아차 하면서도 그게 또 나쁘지 않다. 어차피 그가 나오지 못하는 날이니 흔적 하나 새겨놓는 셈 치면 만족스러울 정도다.

"흐응. 아아아아."

베개 속 억눌린 신음마저 그를 부추겼다. 힘이 빠져 매트를 파고드는 그녀의 엉덩이를 바짝 세워 올려 더 빠르게 몸을 붙여나갔다.

타악, 커다란 한 번의 동작이 그 무엇보다 강렬해 부끄러움도 잊은 그녀가 비명을 터트렸다. 그 반응은 이어진 그의 몸으로도 여실하게 전해져 전기가 통한 것처럼 손끝까지 저렸다.

이거구나. 여기였어.

그때부턴 끝도 없이 몰아치다가도, 눕혀진 몸에 정적이 흐른다 방심할 쯤엔 이렇게 강하게 그녀를 일깨웠다. 너 그렇게 마음 놓을 때 아니라고.

"제, 제희야. 나……, 으응."

이미 현관에서 시각적인 절정을 맛본 그였다. 몸이라고 다를 바 있겠냐만 그에게는 달리 절정이 아니었다. 손목 잡혀 누워 있는 상대가 다른 누구도 아닌 이재이라는 것, 그것 하나로 모든 순간이 절정이었다. 손가락 하나 맞닿는 간지럼조차 그를 그렇게 몰아가는 것이 신기하다 못해 무섭다.

취기가 두 뺨 위로 살짝 올라 흐느끼는 재이를 보며, 그는 시간 안에 잡아먹히는 희열을 맛봤다.

기억은 희미한데 기분 좋은 꿈을 꾼 느낌이었다. 서향이라 덥고 더운 집에서 재이의 등을 타고 오르는 그의 손가락이 서늘하게 그녀를 깨웠다.

"반장. 으음……, 왜 안 자?"

"나랑 자자고?"

윤제희는 모든 걸 잘해도 농담에는 재주가 없었다. 진담이나 다름없고, 또 반쯤은 진실인 말에 그녀가 얼굴을 파묻었다.

이 베개가 원래 이렇게 폭신했던가.

고개를 다시 들기 싫을 만큼 나른해진다. 언제 일어났는지 몸을 세운 그가 침대 헤드에 기대 재이를 내려다보았다. 하얀 어깨와 등 위로 흐트러진 머리카락이 그림같이 고요하면서도 선정적이다.

"재이 너 축구 져서 어떡해?"

"아, 맞다. 그렇지."

역시나 축구는 핑계였다. 웃음이 녹아 있는 제희나 이제야 생각난 재이나 심각함이란 없었다.

"그게 뭐야? 흐음……, 너 홍명보 팬이라며. 그렇게 아무렇지 않게 얘기해도 돼?"

"아, 맞다. 나 팬이지. 하하."

재이의 웃음소리가 흐르자 새삼 그의 시선이 이끌렸다. 몸을 내려 그녀의 목 아래에 귀를 대자 공기를 통하지 않은 소리의 진동이 그에게 바로 닿았다. 맑은 웃음소리가 공명해 이내 그의 입가에도 같은 웃음이 떠올랐다.

"하지 마. 간지러워."

"계속 말해봐. 잘 들리나 보게."

"야아."

"더. 더 말해봐."

듣고 싶은 것은 말이 아니다. 가슴 사이에 닿은 귀에는 이재이, 그녀가 들렸다. 조금 빠르게 뛰는 심장 소리는 자신 때문이 아닐까 기분 좋은 상상도 해본다.

"그래도 어쩌면 이기지 않으려나 했거든. 너무 이기니까, 진짜 이러다 우승까지 하는 거 아닌가 했었어."

"아쉬워?"

"아니라면 거짓말이겠지? 그런데……, 그래도 정말 잘했어. 내가 설명을 잘 못 해서……."

그런 거야 전혀 필요가 없었다. 이미 귀로 듣고 있었으니까.

"반장 너는 병원서 봤어?"

"아니. 어제 응급도 있고 갑자기 환자들이 밀려들어서 보다 말다 했어."

"아! 그거였구나!"

뭔가를 알아낸 목소리와 함께 박수 소리가 쩡하니 귀에 울렸다. 맞닿은 오른쪽 눈을 찡그린 제희가 벌을 주듯 허리를 꼬집자 재이가 깔깔거리며 몸을 뒤챘다.

"하하, 야아. 그만, 그만. 나는 알아낸 게 반가워 그랬지."

"뭐가?"

"네가 안 봐서 진 거야. 그건."

확신하는 말투에 그렇다, 아니다 따지고 싶지 않아 "아, 그래?" 하고 말았다. 간신히 찾아놓은 명당을 놓칠까 다시 고개를 숙여 귀를 꾹 붙였다.

"그러면 너 시작할 때 카드 섹션 하는 거 못 봤겠다."

"카드 섹션? 저번 경기에도 했던 거?"

"응. 언제 다 준비했나 몰라. 신기하고 예뻐서 그 장면만 한참 봤어."

"흐음."

관심 없다는 투다. 그에게 신기하고 예쁜 것은 그 말을 하는 본인이었으니 다른 거야 귀에 들어올 리가 없다.

"진짠데? 진짜 예뻤는데."

"그래?"

"응. 별 모양도 있었는데 그걸 어떻게 했는지 모르겠어. 하여튼 모양도 정확하고 삐뚤어진 데도 없고……, 정말 그린 것처럼 예뻤어.”

너도 봤어야 하는데, 꼭 그런 표정으로 열심히 설명했다. 이불 속에서 꼼지락거리던 손가락까지 나와 그의 눈앞에서 직접 별 모양을 그려보았다. 그림 솜씨는 없어 허공에 대고 그리는데도 잠깐 고개가 갸웃했다.

“이런 별이 아닌데, 음……, 반듯한 모양인데. 난 왜 이게 안 되지?”

“이런 거?”

“응?”

고개를 들고 한 팔을 괸 제희가 이불 안에서 감춰져 있던 작은 사슬을 끌어냈다. 제 목에 그런 게 감겨 있는지도 몰랐던 그녀가 몸을 벌떡 일으켰다.

“아!”

가슴이 드러나자 황급히 이불로 가리면서도 목에 걸린 작은 펜던트를 보느라 이불을 쥔 손이 작게 떨렸다.

“이, 이거 뭐야? 언제 걸었어? 응?”

“모양이 이게 맞아?”

일부러 목선을 쭉 따라 가슴 골짜기로 내려간 그의 짓궂은 손가락이 펜던트를 들어올렸다. 작은 별이 쪼르르 네 개, 그중 가장 아래에는 큐빅이 박혀 새벽녘 어둠 속에서도 혼자 반짝거리며 존재감을 빛냈다.

“비슷해?”

“으응…….”

한마디라도 했다간 울음이 나와버릴까 봐 조심히 고개만 끄덕였다. 태어나 이런 선물을 받아보는 것은 처음이었다. 어쩌면 선물이란 것 자체도 처음일지도 모른다.

“타이밍이 좋았네. 카드 섹션이니 뭐니 모르고 산 건데.”

“하아……, 하하. 예뻐, 정말.”

"비싼 건 아냐."

"아니야, 아니야. 나 그런 거 필요 없어."

오해할 리 없는데도 벅찬 마음에 다급해졌다. 흔드는 손이 곧 그에게 잡히더니 손목 안쪽 여린 살에 제희의 입술이 닿았다.

"갑자기 사느라. 나 원래 미신 안 믿거든. 그런데도 하나 있으면 좋을 거 같아서."

"미신?"

"음……, 이게 폴라리스래."

남자인 제 입에서 이런 소리가 나오는 자체가 쑥스럽다. 그 감정을 떨치고자 어느 하나 더 예쁘달 거 없는 네 개의 별을 그녀의 손에 쥐여주었다.

"으음, 그렇구나."

이런 선물 하나에도 떨리는 손짓이 민망할 뿐이라 재이가 어설피 웃어버렸다.

"겨울연가 드라마에 나왔던 건데, 나름대로 의미가 있다나 봐. 나야 목걸이는 봐도 모르고 그냥 뜻이 마음에 들어서."

물어보지 않았지만 제 마음에도 꼭 들었다. 그래서 "그렇구나." 고개만 끄덕거렸다.

"시간이 없어서 아래 연차 선생님한테 부탁했어. 그 드라마 좋아하길래. 이것도 종류가 여러 개라는데 뭐가 좋은 건진 몰라."

"……예뻐."

가슴 사이로 내려간 머리칼 한 줄기를 일부러 음흉하게 꺼내도 그녀는 이미 목걸이에 온 정신이 팔려 뿌리칠 마음도 없어 보였다.

"원래는 더 주고 싶은 게 있었는데……."

"야아, 아냐. 왜 그래. 자꾸 비싼 돈 쓰면 어떡해. 난 이거 너무 좋은

데……."

　바꾸자는 것도 아니고 뺏어 간다는 것도 아닌데 얼마나 좋은지 두 손에 꼭 쥐고 몸을 물렸다.

　"알았지? 이제 사지 마. 이게 좋아, 난."

　"더 좋은 거 있음 어쩌려구?"

　"아냐. 이게 제일 좋아. 절대 사면 안 돼. 알았지?"

　"흐음, 그래."

　그렇다면야, 그가 의미심장하게 웃었다. 그러거나 말거나 재이는 무릎까지 세우고 펜던트에 넋이 나가 눈물이 글썽했다. 자신이 샀다지만 겨우 이런 물건 하나에 이런 반응을 하는 재이를 보자니 마음이 욱신거렸다.

　"이거 TV에서 본 별이랑 진짜 똑같아. 자세히 봤는데 딱 어제 그 모양이야."

　"카드 섹션?"

　"응! 근데 어제는 하난데 난 네 개나 있어."

　"이재이 부자네."

　놀려도 싱글벙글 웃기만 하다가 그 별을 닮은 청초한 눈으로 그를 마주 보았다. 늘 느끼지만 그녀가 저리 보면 마음이 내려앉아버린다.

　"그래서, 그 카드 섹션 내용이 뭔데? 별이 다야?"

　부러 말을 돌렸다. 무슨 소리가 나올지 저도 모르게 겁이 난 걸지도.

　"아냐. 말도 있었어. 그 말 사이에 이 별이 있었어."

　"뭐였는데?"

　제희야. 그건, 그냥 지금 내 마음 같은 거야.

　나한테도 자꾸 이런 일이 생기니까, 꿈만 같아서 너무 좋고 또 무서워.

"으음, 잘 기억이 안 나."

"괜찮아. 몰라도 돼."

겨우 이런 것에도 달래주는 낮은 음성이 가까이 다가와 코끝에서 멎었다. 뜨거운 숨이 오가고는 턱을 살짝 들자 입술이 마주 닿았다.

6월의 열기가 정점에 다다랐던 날이었다.

chapter 12

병원 옆 동물병원

"재이 씨, 오랜만이야. 더워 그런가, 살 빠진 거 같네."

"하하, 아니에요. 그대로예요."

"요새 바쁘지? 여기도 아주 정신이 없어."

기계 돌아가는 소리가 사무실 안까지 쿵쿵 들려왔다. 그래도 공장장 부부의 표정이 밝은 것을 보면 유례없는 호황에 싫은 척만 하는 것이 분명해 그녀도 같이 웃었다.

"그래도 월드컵 덕 좀 봤는데 끝나면 어째야 할지 모르겠어. 벌써 걱정이라니까."

그건 저도 그래요, 재이가 고개를 끄덕거렸다.

이성적으로는 설명할 수 없는 이 광적인 기운이 모두 빠져나가고 나면 다시 이전으로 돌아오는 데 얼마나 걸릴지. 무사히 돌아올 수는 있을는지.

"그럼 이거 말한 건 김 과장님한테 내가 따로 전화할게. 조심해서 가. 오늘은 남자친구 안 왔지?"

뻔히 알면서도 놀리려고 묻는 기색이다. 전처럼 황급히 아니라는 반응이 없자 공장장이 그럴 줄 알았다는 듯 좋아했다.

"그날 보니까 키도 크고 그렇던데."

윤제희는 기억하는 순간부터 키가 그렇게 훌쩍했다. '반장, 너는 교복 맞출 때 돈 더 줘야겠다.' 그런 농담을 했었는데 원체 말이 없어 그런지 '아닐걸.' 하고는 말았다. 멋쩍은 마음에 공부를 마치고 떨어져 걷자 제 딴에는 미안한지 가방에서 고로케 하나를 꺼내서 줬다.

「난 이거 안 먹어.」

어쩌라구, 그럼.
너네 엄마가 사주신 건데 네가 안 먹으면 어떡해.
난 괜찮다고 하기에는 그녀는 또 고로케를 워낙 좋아했다. 집에 들고 가면 모두 재우 몫이라 기름 묻은 포장지를 벗겨 한입 베어 물자 그걸 또 제희가 지켜봤다. 그녀 몫으로 받은 건 사실 가방 안에 있었는데 그 맛과 이 맛이 다른 걸까. 그날따라 유독 맛있어서, 제희 엄마가 사줬으니 윤제희 것만 특별히 더 맛있는가 보다 웃었다.
"아이구, 남자친구 생각만 해도 좋은가 보네."
"아, 아니에요. 그런 거."
"재이 씨 웃으니까 얼마나 좋아. 참 보기 좋아. 좋은 김에 김 과장한테 말도 잘해주고."
목적이 빤하다 해도 웃을 수밖에 없다. 지하철을 타고 돌아오는 길에 맞은편 노선도를 물끄러미 들여다봤다. 예전에는 작은 글씨가 다 보였는데 지금은 영 흐릿하다. 눈이 피곤하면 안 보면 그만인데 억지로 눈귀를 좁히며 노선도를 훑었다.
제희네 집은 저만큼, 이렇게 보니까 꽤 멀구나.
같은 학교를 다닐 때도 서로 멀었던 집이 지금은 더 멀어졌다. 다시 9년이 지난다면 그때는 얼마나 더 멀어져 있을까 생각하다가 그런 일은 없기를 바랐다.

"여보세요?"

— 나야.

"어어, 반장."

전화만 와도 두근거렸다. 조만간 발신자 표시를 신청해야겠다 했는데 역시 지금이 좋다. 사람 가려가며 전화를 골라 받는 것도 싫었지만 받기 전 그 특유의 두근거림이 기분 좋았다. 제희를 만나기 전까지는 대전 집에서 오는 전화가 많아 두근거리기보다는 불안했는데 요새는 드물게 조용했다.

— 마쳤지?

"응. 너는?"

— 나 너한테 부탁 좀 하게.

"부탁?"

— 응. 너 우리 집으로 가서 내 가운 좀 찾아줄래? 나 급해서.

가져다 달라는 것도 아니고 뜬금없는 부탁에도 거절을 못 해 "알았어." 하고 전화를 끊었다. 특별히 시력이 좋아진 것도 아닌데 같은 자리에서도 더 뚜렷하게 보인다.

그중에서도 그가 사는 곳은 특히.

[3325]

그의 집 현관 앞에 서자마자 때맞춰 문자가 들어왔다. 문자도 어쩜 저 같을까.

이건 정말 고쳐지는 게 아니구나, 반쯤 포기한 웃음을 지으며 비밀번호를 눌렀다. 주인 없는 집에 들어가는 특유의 머뭇거림과 긴장감이 괜히 주저하게 만든다.

여전히 깨끗한 그의 집에서 손만 간단히 씻고는 바로 옷장으로 갔다.

"이건가?"

그의 이름이 적힌 하얀 가운 두 벌을 찾아다 팔에 걸었다. 그사이에도 혹여 구겨질까 조심스레 들어올려 침대에 올려놓았다. 제희와 첫 밤을 보냈던 침대 위에, 또 그가 누웠던 자리다. 주인 없는 자리에 그의 옷을 올려두었을 뿐인데 정말 그가 있는 것처럼 이상해졌다.

"윤제희 선생님."

가슴팍에 새겨진 수를 읽어보니 확실히 그가 무엇을 하는지 알게 된다. 그 이름을 손가락으로 따라 쓰자 볼록한 느낌이 재미있다. 내가 참 별걸 다 즐거워하는구나 하면서도 손가락을 떼지 않고 있다가 뒤늦게야 목적을 떠올렸다.

요새 진짜 무얼 하고 있는 건지.

"제희야, 옷 찾았는데 어쩌지? 들고 갈까?"

— 문이나 열어줘.

"응?"

— 빨리. 나 다리 아파. 안 열어줄 거야?

들리는 음성이 가까운가 했는데 진짜 딩동 초인종이 울렸다. 깜짝 놀라 달려가 문을 열자 제희가 서서히 고개를 들었다. 그 모습이 너무 느리고 그림 같아서 가슴이 기분 좋게 울린다.

"옷 가지러 왔어?"

"옷은 무슨. 퇴근했지."

당연한 걸 왜 묻느냐는 듯 성큼 거실로 가더니 아직 현관에서 고개를 갸웃거리는 그녀를 향해 손을 내밀었다.

"옷 좀 꺼내달라길래……."

"내일 입을 거야."

"뭐야, 그게."

"집 안에서 기다리라구, 이제."

안 그랬으면 또 문 앞에 처량히 기대어 있을 재이였다. 뭐가 불만인지 입을 뼈죽 내미는 재이를 보는 게 즐거워 허리를 잡아채자 얼굴이 빨개져 물러났다.

"야아, 그러지 좀 마."

"내가 뭘?"

무뚝뚝해도 뻔뻔하지는 않았는데 세월이 흐르니 변하지 않은 듯, 또 변했다. 무슨 생각을 하는지 뻔히 다 알면서도 가늠하던 제희가 들고 온 봉투를 내밀었다.

"먹어."

"응, 이게 뭔데?"

"고로케."

하하하, 그녀의 작은 웃음이 그에게 닿았다. 이번만은 무슨 의미인지 몰라 쳐다보자 아무것도 아니라며 고개를 저었다.

"그냥, 나 오늘 고로케 생각했거든. 그런데 네가 진짜 사오니까."

"그렇게 먹고 싶었어?"

아직도 저게 그렇게 좋을까, 그는 기름진 것을 좋아하지 않으니 공감은 잘 안 간다. 반면 재이는 재이대로 '고로케'가 아니라 '네가 주었던 고로케'를 생각했다는 것은 비밀로 해두었다. 만약 그대로 말해준다면 앞으로 제법 뻔뻔하게 변해버린 윤제희가 고로케를 사줄 때마다 놀려댈 것 같아서.

"참, 너도 밥 먹어야지. 나가서 먹을까?"

"먹고 싶은 거 있어?"

"난 다 좋아."

"그럼 여기서 먹자."

있는 반찬으로 적당히 먹자고 해놓고는 윤제희는 팔짱 끼고 물러나 그녀가 하는 것만 지켜보았다. 억울하거나 한 건 아닌데 느긋하게 지켜보는 모습이 사람을 신경 쓰이게 만들어 그녀가 그를 주방에서 밀어냈다.

"너 안 할 거면 차라리 저기 가 있어."

"내가 왜?"

이거 보자고 달려왔는데 미쳤다고.

주방에서 만들 음식을 기대하지는 않았다. 단순히 그녀가 자신의 주방에서 이것저것 열어보고 물건을 꺼내고, 그런 흔적을 만드는 것이 좋았다. 컵이라도 좀 깨고 무얼 떨어트리고 그래도 좋을 텐데 어찌나 조심스러운지 보고 있는 그가 다 조바심이 났다.

"뭐 하려고?"

"반찬 벌써 거의 다 먹었던데? 김치랑 밀가루 있길래 칼국수 하려고 했지. 보니까 야채도 좀 있던. 우와, 혼자 사는 남자 집에 이런 게 다 있어?"

"동생이 요리하는 거 좋아해. 같이 살다가 얼마 전에 독립해서 한 번씩은 와. 그런데 밀가루는 오래됐을걸?"

"아냐. 봤는데 괜찮아."

그녀가 가장 자신 있고 또 쉽사리 손이 가지 않는 음식이었다. 수십 년간 칼국수 집 딸로 살았으니 그럴 수밖에. 밀가루를 꺼내 볼에 넣고 소금과 식용유도 보태 반죽을 시작하니 제희가 옆에 딱 붙어 떨어질 줄을 모른다.

"이거 해야 돼. 좀 가 있어."

"내가 할까?"

그녀가 고개를 저었다. 이건 힘만으로 할 수 있는 일이 아니라 나름대로의 요령이 필요했다. 학교 마치고 집에 오면 가게 문을 여는 순간부터 이런 밀가루 풋내가 났다. 잘못 들이마셔 기침이 날 때도 누구 하나 돌아봐주는 사람이 없었지만 슬그머니 아빠 옆에 가서 서면 '넌 얼른 들어가 공부해.' 하고 말해주었다. 그 소리를 듣고 싶어 일부러 더 거추장스레 옆에 설 때도 있었다. 제희도 어쩜 그런 마음일지도 모른다. 듣고 싶은 말을 기다리는 그 마음은 겪어본 사람만 안다.

"이거 한 30분은 있어야 돼."

"지금 하면 안 돼?"

"에이, 안 돼. 기다려야 돼."

이재이를 만나고 부쩍 기다린다는 게 말처럼 쉽지가 않다. 그녀가 밀가루가 묻은 팔로 싱크대에 서자 제희가 얼른 물을 틀어 뽀드득 소리가 날 때까지 씻겨주었다. 처음에는 팔을 빼더니 그의 꼼꼼한 손길에 신기한 듯 몇 번 웃었다.

"반장 넌 남잔데 손이 정말 예쁘다."

손이긴 해도 여자한테 예쁘다 소리를 들었는데 마음이 뭔가 아리다. 그가 씻겨주는 재이의 손은 보드라운 밀가루를 입고도 버석거렸다. 이 손으로 그간 무얼 했을지 생각하면, 자다가도 숨이 턱 막힌다.

"그때는 몰랐는데."

"그럼 잡아보지 그랬어?"

"뭐야. 하하."

재이는 웃었지만 아마 그때 그랬다면, 이런 길고 긴 기다림은 없었을 것이다. 마지막 하루를 제외하고는, 둘이 가장 가까이 있었던 기억은 겨우 머리 맞대고 앉아서 공부하는 시간이 다였다. 버스를 기다릴 때도, 복도를 다닐 때도, 늘 두어 발짝 떨어져 걷고는 했다. 답답한 그가 우뚝 발을 멈추면 그대로 다가와야 할 재이도 지레 놀라 같이 발을 멈췄다. 그래서 둘 사이엔 언제나 보폭으로 한두 걸음이 자리했다.

"반장, 차라리 다른 걸 좀 해봐."

30분간 귀찮도록 그녀를 따라다녔다. TV를 보고 있으면 머리칼을 잡아당기고 소파에 기대면 허리를 지분거렸다. 그래도 착한 재이는 짜증한 번을 안 냈다. 손이 너무 깊이 파고든다 싶으면 살짝 눌러두는 게 다였고, 그래도 심해진다 싶으니 급기야 그를 주방으로 밀어냈다.

"그렇게 심심하면 이제 네가 밀어."

세상에 못하는 게 없을 것만 같던 제희를 주방에 데려다 놓으니 어색하기 짝이 없다.

제가 팔까지 걷어붙이고 나섰는데도 반죽이 고르게 펴지지 않자 재이가 안절부절못하는 게, 마음에 안 드는 티가 역력했다. 재이의 입에서 대신 하겠다는 말이 나오기 직전에야 제희는 제대로 힘을 주었다.

"뭐야, 너 일부러 그랬지?"

"하고 싶은 말 있으면 좀 해."

"내가 뭘."

반죽이 붙을까 밀가루를 덧뿌리며 모르는 척 새침을 떨었다. 이제 적당하다 싶어 도마 위에 반죽을 접어놓고 곱게 썰어나갔다. 톡톡, 경쾌한 도마 소리가 어쩐지 사람 사는 집 같다는 느낌을 준다. 재료가 없는 와중에도 김치도 꺼내고, 냉동실을 뒤져 있는지도 몰랐던 멸치도 꺼내더니 순식간에 칼국수 한 그릇이 나왔다.

"얼른 먹어."

"넌?"

"난 고로케 먹을 거야. 칼국수는 옛날에 너무 많이 먹었더니 지금은 별로야."

재이는 거실로 가 그가 사온 빵 봉투를 들고 오더니 마주 앉았다. 몇 마디 꺼내고 싶은 충동이 목 끝까지 올라왔지만 좋은 소리가 나올 것 같지 않아 관두었다. 제희에게 있어 재이란 그야말로 '안 된다.'는 말은 하고 싶지 않은 상대이다.

"맛있다."

"정말?"

"응."

후루룩, 하고 먹는 소리도 경박하지 않았다. 그 모습이 보기 좋아 빵을 베어 물면서도 한 번씩 고개를 들어 그와 눈을 마주쳤다. 그릇을 끝까지 들어 국물을 마시는 제희를 보고 있었지만 그가 식탁에 그릇을 내리자 어쩐지 쑥스럽다. 조용한 그를 보니 어쩌면 자신과 같은 생각을 하는 것이 아닐까, 그래서 입을 열었다.

"반장, 우리 아빠가 해준 칼국수 기억나?"

"응."

"아, 그러면 이게 맛있어? 그게 맛있어?"

더할 나위 없이 맛있게 먹고도 곤란한 질문에 그가 눈썹을 한데 모았다.

오후에서 저녁으로 저물던 어느 날에 늘 다니던 골목길을 제희가 동행했다. 여학생들 대상으로 흉흉한 소문이 돌던 때라 괜히 다른 얘기를 하는 척 그녀의 걸음을 따랐다.

"아까 네가 틀린 거 그건 다시 해야 돼. 모의고사에서도 틀렸다면서 왜 안 해 와?"

"아, 하려고 했었는데 미안. 자버렸어."

"너……, 지금 그럴 때 아니지 않아?"

성적이 올라야 할 재이보다 가르치는 그가 더 답답했다. 성실한 거야 두말할 것 없지만 자버렸다고 태연히 대답하는 그녀가 얄미웠다.

"응, 진짜 미안. 이제 늦게라도 꼭 해서 갈게. 근데 너 진짜 가봐도 돼. 여기 우리 집인데……, 너네 집은 반대잖아."

그는 사물을 외견으로 보지 않았지만 그런 그의 눈에도 낡고 오래된 가게였다. 간판마저 없는 작은 가게에 코팅이 벗겨진 테이프로 '칼국수' 라고 적혀 있는 것이 다였다. 어쩌면 그 때문에 신경 쓸지도 모르겠다는 생각에 얼른 몸을 돌리는데 그녀가 먼저 그를 불러 세웠다.

"반장! 저기……."

"왜?"

"너 칼국수 먹고 갈래? 나 때문에 밥도 못 먹고……, 오늘 엄마도 없고 아빠만 계시긴 하는데……."

"나 빈손인데……."

그러면서도 재이가 말을 바꿀까 싶어 낡은 미닫이문에 손부터 댔다. 드르륵, 한 번에 열리지도 않는다. 녹슨 문이 두어 차례에 걸쳐 힘겹게 열리자 작은 주방 앞에 앉아 있던 그녀의 아버지가 자리에서 일어섰다. 그 문처럼, 한 번에 일어서지도 못하고 배와 선반을 움켜잡고 서서히 몸을 일으키셨다. 나가야 하는 건가, 그 생각에 망설이는데 그녀가 쪼르르 먼저 다가서 아버지를 부축했다.

"아빠, 힘들어?"

"아냐. 너 이제 와? 빨리 다니지, 세상이 험해서."

"친구가 데려다줬어. 우리 반 반장인데……, 내가 말했지? 나 수학도 가르쳐주고 그런다고……."

좁은 가게 안, 그가 한 걸음으로 그 앞에 섰다. 그동안도 버릇없이 굴지는 않았지만 어른에게 이 정도로 허리를 숙인 것은 처음이었다. 어쩐지 손에 땀이 맺힌다.

"아구, 그렇게 고마운 친구가 다 왔네. 칼국수 먹고 가. 이거라도 한 그릇 먹고 가."

"네, 감사합니다."

역시 뭐라도 사왔어야 하나. 재이라도 좀 옆에 앉아 말이라도 걸어주면 좋을 텐데, 교복 그대로에 앞치마 하나 두르더니 얼른 제 아버지 옆에서 그릇을 꺼냈다.

"아빠, 이제 들어가 있어. 내가 할게."

"됐어. 친구한테 가봐."

"아냐, 괜찮아."

형편이 좋지 않다는 것 정도는 이미 알고 있었다. 하지만 눈으로 보는 것은 처음이었고, 늘 피곤한 듯 아침에는 꾸벅꾸벅 조는 재이가 생각나 조용히 눈을 내렸다. 쨍그랑, 플라스틱 그릇이 떨어지는 소리에 놀라 바로 몸을 일으키자 그녀가 환한 얼굴로 멀쩡한 그릇을 들어 보였다. 난 괜찮아, 입 모양이 작아도 분명했다. 앞치마를 두르고 한 손에는 국자까지 든 그녀가 너무 예뻐서 찬물을 몇 잔이나 더 들이켰다.

"줄 게 없어서. 이런 거 안 먹나 몰라."

"아닙니다. 저 칼국수 좋아해요."

제 옆에 앉을 새도 없이 그녀는 사람이 올 때마다 상을 닦고 주문도 받고 그릇도 날랐다. 아버지가 몸 한번 일으키려는 시늉만 해도 옆에서 보고 있다가 먼저 일어나 움직였다. 그걸 보느라 국물 한 방울 남기지 않고 그 많은 양을 다 먹으면서도 맛을 몰랐다.

"고마워. 진짜 고마워. 우리 재이가 원래 똑똑한 앤데 학원엘 못 가서."

"아, 아빠. 그런 말은 뭐하러 해? 들어가서 쉬어, 응?"

무슨 소리가 나올까 부끄러워 팔을 잡고 흔들자 그녀의 아버지가 환하게 웃었다. 부어오른 손가락은 정상치를 넘어 병색이 완연했다. 한쪽이가 빠진 웃음이라 소리도 시원치 않았지만 재이는 다리도 부을까 그 걱정만 했다. 몇 번이고 고맙다는 소리만 반복하는 그녀의 아버지께 인사를 하고 가게에서 나오자 학교 가는 길부터 찾았다.

여기서 하루를 시작하는구나. 이 길 따라 가겠구나.

돌아가는 발이 항상 무거워 보이던 그녀 때문에 땀이 난 손을 닦지도 못했다. 그를 놓칠까 따라 나온 재이가 문 앞의 그를 보고 안도의 숨을 내쉬었다.

"미안, 정신이 없어서."

"괜찮아."

"우리 아빠가 너 되게 좋은 애 같대."

"거짓말하지 마."

거짓말 아니야, 하기를 바랐는데 재이는 입술을 꼭 붙이고 웃기만 했다.

"근데 아빠가 진짜 고마워해. 나 수학 가르쳐준다고. 나 한국대 가면 다 네 덕이라고 말해놨어."

"······의대는. 의대는 별로야?"

"의대? 에이. 의대는 장학금 받고 절대 못 가. 알잖아."

그녀의 기준은 성적이나 비전이 아니었다. 오로지 장학금을 받을 수 있느냐 없느냐, 그것만이 존재했다.

"난 수의대가 좋아. 가면 동물도 많이 볼 수 있을 거 같고. 돈도 벌고."

"돈 벌면 뭐 할 건데?"

"음, 할 게 좀 많아서……. 근데 우리 아빠 이부터 좀 해줘야 할 거 같아. 옆에 난 것도 많이 흔들려서 불안해."

"……."

"아, 안녕하세요. 반장, 손님 와서 나 들어갈게. 미안해. 내일 봐!"

인사도 제대로 못 하고 그녀는 가게 안으로 뛰어 들어갔다. 그때의 그 모습이 너무 답답하고 제 자신이 무기력했다. 하루빨리 어른이 되었으면, 어서 스무 살이 넘어 재이를 데리고 이 집에서 나왔으면. 돌아오는 내내 그 생각만 했다.

❖

"음, 왜 대답 안 해?"

어릴 때도 모든 일에 초연하던 그녀가 오늘은 두 번이나 물어보았다. 처음 먹었던 건 떨려서 기억이 안 난다 말 못 하고 물컵을 만지작거리니 앞에서 먼저 웃음이 터졌다.

"아, 사실 그것도 내가 만든 거였는데. 우리 아빠는 그때도 거의 아무것도 못 하셨어. 사실은 그날 누워 있지도 않고 앉아 있어서 좀 놀랐거든."

"……."

"좀 놀려보려고 했더니 넌 너무 심심해."

그래서 좋다는 건지 싫다는 건지, 감이 안 온다. 그새 빵을 다 먹었는지 봉투를 접어놓느라 손이 바쁘다. 저 손은 도대체 언제 쉬는지 궁금해졌다. 답답하면 지는 거라고 먼저 손을 내밀어 끌고 오자 배시시 웃음이 흘렀다. 크게 웃는 것도 아니고 고개를 들지도 않는다. 잡고 있던 손이 조금 떨리는 것도 그때 알아, 그제야 그저 부지런해서 손을 놀렸던 것은 아니라는 걸 알았다.

"너희 아버지……."

"돌아가셨어. 대전 내려가고 얼마 안 돼서."

그녀 입으로 대전에 내려간 이야기를 한 것은 처음이었다. 전에 몇 번 기회가 있었지만 늘 적당선에서 멈추곤 했다. 하는 사람이나 듣는 사람이나 둘 다 겁을 냈었다.

"그게 언제였는데?"

"10월……, 10월 말에."

그렇구나. 그러고는 말이 없었다. 째깍대는 시계 소리가 더 클 정도다.

"으음……, 조금 더 남았는데. 너 더 줄까?"

"그래."

그릇을 받아들고 일어선 재이가 그때처럼 국자를 들고 가스레인지 앞에 있었다. 그러나 지금은 그때처럼 돌아보며 환하게 웃지는 않았다. 커다란 국자를 들고도 한 숟갈씩만 옮겨 담는지 몇 번이 오가도 그릇은 안 차나 보다. 눈을 감았다 뜬 그가 뒤로 다가가 허리를 감싸 안고 머리를 파묻었다. 울음도 숨죽여 흘리는 그녀를 안고 움직일 줄을 몰랐다.

윤지와의 일이 있고 나서 그가 지나치면 은근히 쳐다보는 사람들이 늘었다. 여자들 반응은 비슷했다. 안 그래도 너무 표 나게 굴길래 무슨 사이라도 되는 줄 알았다는 약간의 고소함도 있었고, 그래도 남자인 제희가 너무 심하게 군 건 아니냐는 말도 있었다. 그야 아무래도 상관이 없었지만.

"야, 윤지 저거 눈치 보여서 뭔 말을 못 하겠네. 그렇게 잘났으면 병원에 왜 붙어 있어?"

한바탕 하고 온 모양인지 영우가 문을 열자마자 짜증을 쏟아냈다. 괜한 이에게 화풀이를 한 모양이구나 생각했지만 이미 그의 손을 떠난 일이다.

"하여튼 월드컵 다 끝나고 내 돈줄도 이렇게 마르는구나. 한국 져서 그런지 사람들이 결승전에는 돈을 별로 안 거네. 그동안 이걸로 술값 충당했는데."

"돈 다 돌려줬어?"

"아니, 아직 다 있지. 그거 엄청 많아. 네 것도 다 챙겨줄 테니 걱정 마."

얼마나 땄는지도 모르다가 제가 받을 게 있다는 걸 알고 놀랐다. 그 돈을 걸 때는 졸라대는 영우가 귀찮기도 했고 재이를 계속 보아야 한다는 열망에 무턱대로 그의 감을 믿었다. 우승국과 한국 순위 두 개에 걸었는데 이제 와 생각해보니 그 돈도 제법 될 듯하다. 재이한테 뭘 해주면 좋으려나, 그 목걸이 하나로도 손에 꼭 쥐고 좋아했는데. 이제는 뭐든 생기면 재이에게 뭔가 해주려 하는 자신의 모습이 낯설면서도 즐겁다. 그가 성인이 되고 나서 즐겁다는 감정은 실로 손에 꼽을 정도이다.

"야, 윤지만 정신 나간 줄 알았더니 너는 또 왜 그러냐? 전화 받아!"

진동도 아니고 전화벨이 울리는데도 모르고 있었다. 하아, 헛웃음을 짓고 폴더를 열었다. 어머니였다.

– 제희 너는 연락도 한번 없어. 집에 안 와?

"봐서 갈게요. 제하한테는 집들이 축하한다 전화했어요."

– 얼굴을 봐야지. 넌 어쩜 그렇게 무뚝뚝하니? 얼마 전에 보니까 너처럼 말없는 남자는 여자들이 딱 질색한다던데.

이재이에게 한번 물어봐야지, 너 그런 남자 질색하냐고.

"집에 혹시 무슨 일 있으세요?"

－ 일은 무슨. 네 아버지 요새 관심사야 하나지. 너 결혼 언제 하냐고. 퇴직하기 전에 너 장가보내야 한다고 저 난리시란다.

"네."

－ 뭐야? 너 정말 생각 있는 거니?

그냥 떠본 말에 제희가 덤덤히 넘기자 어머니가 제법 놀랐는지 목소리가 커졌다. 지금 결혼한다면 남자치고 빠른 나이이긴 하지만 동기들 중에는 인턴 때 결혼한 사람도 꽤 있었다. 여자 동기는 더욱더 차가 심해 절반 이상은 결혼식에 다녀오기도 했고.

－ 아니, 말이 나와서 그런데, 전에 너네 병원 갔을 때 네 동기라는 예쁜 여선생님 있던데……. 아버지야 의사보다는 같은 법원에 있는 아가씨 이야기도 하시는데 난 네 의견이 더 중요하지. 그때 그 아가씨도 분명 너한테 관심 있는 거 같던데 혹시 둘이…….

"아닙니다."

－ 아아, 그러니?

이번에는 실망의 기색이 역력했다. 말 한마디에 이렇게 반응이 극명한 어머니를 보고 있자니 더한 일 벌이기 전에 미리 말해두는 게 옳았다.

"그리고 저 만나는 사람 있어요."

－ 뭐라구? 네가 사귀는 여자가 있단 말이야?

"네."

－ 누구? 왜 말을 안 했어? 누군데?

그의 어머니는 수다스러운 성격도 아니었는데 이런 기회가 또 없다 싶은 건지 오늘따라 집요했다. 진작 말했어야 했나 싶지만 사실 얼마 전까지만 해도 마음을 얻지 못했다.

그나 재이나 서로에게 사랑고백을 한 적은 없지만 그녀의 마음은 늘 눈으로 읽혔다. 항상 웃으면서도 거리를 두려던 경계와 조바심이 걷힌 것은 바로 얼마 전의 일이다. 아직도 불안은 남아 시선을 피하기도 했지만 이제라도 모두 지워주고 싶다.

"조만간 데리고 가서 인사 드릴게요."

— 어머, 정말이니? 그런데 누구야? 누군지는 알고 있어야지.

이름을 대면 꼭 모두 알 것 같은 반응이었다. 그의 감으로, 또 제하 때의 경험이 있어 그의 어머니가 듣고 싶은 것은 아가씨의 이름이 아니란 것을 알았다. 그리고 거기에 대해선, 재이를 설명해줄 수 있는 말이 별로 없다는 것에 그녀의 여린 마음을 생각하면 그저 조심스럽다.

"정말 좋은 애예요. 보고 있으면 다른 생각도 안 들고 시간이 가는지도 모르겠어요."

전화기 속 묵음 대신에 옆에서 돈 계산을 하던 영우가 더 놀라 입을 벌리더니 얼른 자리를 피해주었다. 솔직한 마음이니 부끄러울 것도 없는데.

"같이 있고 싶고……, 그래야 제가 살 수 있을 거 같아요."

윤제희 성격에 믿을 수 없을 만큼 직설적인 감정 표현이었지만 듣는 사람은 왜 그런 말을 하는지 바로 알았다. 아직 어리다 믿었던 아들에게 이와 똑같은 말을 들은 적이 있었기에 누구를 말하는 것인지 알 것만 같다. 그래도 9년의 시간이 지났다. 혹시라도 하는 기대감을 품고서 목소리에서 애써 불안을 지워냈다.

— 너도 참. 갑자기 그런 소리 하니까 놀랍네. 어쨌든 아직 모르는 사람 두고 너무 성급할 필요도 없으니까. 그러니까 나중에 얼굴 보고 천천히…….

"아실 거예요."

— 응?

입 무거운 그가 묻지 않아도 같은 말을 두 번이나 반복한 것은 처음 있는 일이다. 시간의 폭이 길기는 하지만 하는 사람, 듣는 사람 모두의 인상에 깊이 남을 만한 한마디였다. 그의 조용한 성품은 아버지를 닮았다 들었지만 제법 빠른 감은 어머니를 닮았다고 했다. 그러니 아마도.

"아시잖아요, 어머니."

끝도 없이 계속될 것만 같던 한국의 승리가 멈추자 사람들은 서서히 제자리로 돌아오려 노력했다. 이런 분위기를 몇 번 경험해본 사람이야 스스로를 들었다 났다 조절이 가능했지만 최대한 몸을 낮추던 재이는 달랐다. 저도 모르게 휩싸여 하늘 끝까지 닿아버린 풍선을 끌어내리기란 쉽지가 않다.

"야, 너 또 그거 봐? 그러다 끊어지겠다."

아직도 마음이 쿵쿵거려 셔츠 안에 살짝 넣어둔 폴라리스 펜던트를 꺼내보았다. 아무리 보아도 웃음이 나 시간이 날 때마다 만지작거리자 퇴근을 준비하던 영미가 기어코 한마디를 했다. 그래봤자 평소의 재이를 알다 보니 살짝 놀리는 것뿐이다.

"아, 그냥."

"그거 올해 초에 한창 유행했던 거 같은데. 나도 하나 사려다가 내 돈으로 사기 아까워서 안 샀는데. 너 좋겠다."

"……이거 혹시 비싼 거야?"

"응? 아니, 뭐 그 정도는 아닌데 우리 월급엔 세지. 그래도 넌 남친이 사준 건데 뭘 그런 걸 신경 써?"

가격 같은 건 모른다. 그래도 아주 비싼 건 아니라니 다행스러워 손에 잡히는 별을 다시 만지작거렸다. 봐도 봐도 예쁘고 꿈만 같았다.

"참, 너는 맨날 내가 물으면 말 돌리고. 도대체 네 남친 뭐 하는 사람인데?"

"응?"

"그렇잖아. 나는 매번 다 이야기하는데. 너는 사람 처음 만나는 거면서 말도 안 해주고, 나 삐지려고 그래. 너 순진해서 어디서 이상한 남자 만난 거 아냐?"

"아냐, 아냐, 그런 거. 음……, 동창이야."

"동창? 뭐 하는 사람인데?"

"어……, 의사."

입을 벌리며 깜짝 놀라던 영미가 재이의 팔을 꼬집었다. 호들갑을 떠는 모습에 마음이 영 편하진 않았다.

"야아, 너 진짜 좋겠다."

"내가 뭘."

그녀는 의사인 윤제희를 좋아한 것이 아니다. 그저 쌀쌀맞으면서도 늘 그녀를 살펴주던 무뚝뚝하고 속 깊은 그를 좋아해왔다.

"그런데. 그 사람도 너랑 동갑이면 진지하게 만나야 하는 거 아냐? 음……, 우리 나이도 있잖아."

영미는 그녀의 친한 동료였고 질투라든가 다른 마음은 결코 없었다. 하지만 그런 그녀가 보기에도 저런 진지한 물음의 뜻은 모를 수가 없다. 보기 드물게 조심스러운 말투라 더욱 바로 와 닿았다.

"그냥. 잘 몰라. 만난 지 얼마 안 돼서."

안 되는 일을 두고 된다는 말은 못 했지만 모르겠다는 말 정도는 괜찮겠지.

재이의 표정이 조금 어두워지자 영미가 괜한 소릴 했다며 후회했다. 얼른 자리에서 일어나 맥주라도 한잔하자며 분위기를 띄웠다.

"야, 하여튼 시원한 거나 한잔 마시자. 너 어차피 오늘 남친 못 만난다며. 하여튼 솔로한테 술이나 사라, 빨리.”

“그래, 나가자.”

재이야말로 더 이상은 어두운 생각을 하고 싶지 않았다. 너무 높이 올라 손에 잡히지 않는 풍선도 언젠가는 내려올 텐데 애써 발을 동동 구르며 초조해하고 싶지도 않다.

“야, 어디 가지? 밑에 호프집 생겼던데 갈래?”

“어디?”

“여기 밑에. 어제 퇴근할 때 보니까 휴지 나눠주던데, 안주도 하나 무료로 준대.”

벌써 흥이 오른 영미가 계단을 두어 단씩 내려갔다. 재이도 뒤를 따라 조심조심 내려가며 펜던트를 다시 옷 안에 넣었다. 애도 아닌데 자꾸만 잘 있는지 꺼내서 확인해보고 싶다.

“재이야.”

“어어……, 반장.”

입구 앞에서 기대 있던 제희가 그녀를 보자마자 이름을 불렀다. 작은 입구에서 계단을 내려오는 하얀 운동화가 눈에 들어오자마자 그녀임을 알았다.

“너 오늘 못 나온다며?”

“선배한테 일이 생겨서 바꿔줬어. 10시까지만 들어가면 돼.”

“아, 그랬구나. 전화하지. 어, 여기 내 직장 동료야. 전에 말했지? 영미라고.”

“안녕하세요?”

그를 보았을 때부터 아무 말도 못 하고 있던 영미가 얼른 나섰다. 수려한 제희의 외모에 두 번 놀라 괜히 재이의 팔꿈치를 꼬집어댔다.

“저기, 그런데, 나는 너 올지 모르고 친구랑 술 마시러 가기로 했는데.

어쩌지?"

"아냐, 둘이 데이트해. 아무리 솔로라도 눈치마저 없으면 되겠어?"

"그럼 같이 가시죠. 저는 술은 못 마시겠지만 재이 동료분이시라니 식사라도 대접했으면 하는데."

제희가 그렇게 말하니 그를 보는 재이나, 또 재이를 보는 영미나 다른 할 말이 없었다. 금세 흥이 오른 영미는 가는 내내 목소리를 높였고 재이 역시 조금 불안했던 마음이 사그라들었다. 자신만 알고 있던 윤제희를 주변에 알린다는 것이 이렇게나 들뜬다. 나 혼자만 마음에 두고 애면글면하는 사람이 아니라는 것을, 유치하지만 알리고 싶었다. 남자나 여자나 그것 또한 본능이니까.

"야, 맛있겠다. 잘 먹을게요."

"다음에 더 좋은 걸로 대접하겠습니다."

영미가 닭다리를 집자 제희도 남은 다리 하나를 집어 재이의 앞접시에 놓아주었다. 너 먹지 왜, 하면서도 그녀는 좋아 웃었다. 영미는 원래 밝고 명랑한 편이라 처음 보는 사람과의 술자리에서도 어색함 없이 잘 어울렸다. 그녀가 질문을 하면 제희가 대답을 하고, 또 재이는 그 대답에 웃기도 하고 곤란해하기도 했다.

"재이 얘는 인기도 많았어요. 영업이라 밖으로 나갈 일이 많으니까 거기서도 좋다는 남자들 많았는데. 왜 전에, 영등포에 스포츠센터 큰 거 개관할 때. 거기 사장 아들도 너 한참 쫓아다니지 않았어?"

"야, 무슨 그런 얘기를 해."

술을 마셔서라기보다는 자신의 친구도 이곳저곳 모자라지 않다는 의미였다. 재이보다는 제희가 먼저 알아챘음에도, 뻔히 아는 그 고마운 의도보다는 다시는 영등포에 못 가게 해야겠다는 생각만 하는 중이었다.

"저기, 그런데요."

"네."

그는 심각했지만 궁금한 게 많은 영미는 그사이 또 다른 질문을 만들어냈다. 이런 걸 물어도 되나 싶다가 뭐 어떠냐 했는지 생글거리며 입을 열었다.

"제 주위에 의사선생님이 없거든요. 좀 신기해서……, 그런데 처음부터 의사가 되고 싶었던 거예요? 하기야 성적이 되면 당연한 건가? 하하."

재이도 모르던 일이고 물어본 적도 없었다. 크게 궁금하다는 생각도 없었던 이유는, 이미 대학교라는 데에 미련 두기 싫어 모든 생각을 접은 탓도 있지만 그 전에 제희라면 전국 어디라도 모셔갈 성적이기도 했기 때문이다.

"……저희 학교는. 의대만 수의대 건물이랑 붙어 있어서요."

"네?"

다소 뜬금없는 대답에 영미가 그게 뭐냐 어리둥절해했다. 그리고 고개를 돌려 그를 보던 재이는 울렁임을 억지로 삼켰다. 입 안쪽, 여린 살을 물고 있던 이에 힘이 들어가도 아픈지 몰랐다.

"아아, 원래 수의대 가려고 했는데 성적이 너무 좋아서 의대 가셨구나. 맞죠? 동물 좋아하시나 보다."

"아뇨. 알러지가 심해서 동물은 싫어합니다. 그래서 수의대는 처음부터 생각하지 못했습니다."

자신의 다리 옆에 놓여 있던 재이의 손을 꼭 잡았다. 재이가 푹 떨구었던 고개를 들자 그녀의 눈에 보기 드문, 엷은 미소가 배어난 그의 얼굴이 들어왔다.

"그래서 저한텐 갈 수 있는 데가 의대밖에는 없었어요."

chapter 13
병사탕

● 제희가 옆에 앉아 있으면 여러모로 복잡했다. 심장이 두 배로 빨리 뛰니 쉽사리 피곤해지다가도 막상 한번 졸아보지도 못했다. 힘들게 가르쳐주는 그에 대한 예의를 따지는 것은 아니었다. 절로 눈꺼풀이 내려앉아 혼곤한 상태에도 그가 옆에 있으면 서늘한 긴장이 피를 타고 돌았다.

"책은 두 번씩 풀었으니까 큰 실수만 안 하면 돼. 체크해준 건 다시 한번 보고 계산에서 막힌다 싶으면……."

"저기, 반장. 이거."

오늘이 마지막이다. 교실에서야 계속 보겠지만 둘만의 수업은 오늘이 끝이었다.

"……뭔데?"

"어, 수능 잘 보라고. 이제까지 너한테 너무 고마워서……."

몇 번을 주려고 기회를 노렸다. 요 며칠 아이들끼리 주고받고, 또 그녀 역시 몇 개의 사탕과 초콜릿을 받았지만 유독 이것만은 꺼내기가 쑥스러워 가방에만 넣어두었다.

"고마워."

"어."

"나는 없어."

알아, 안다구.

바라지도 않았어, 난.

달라고 한 것도 아닌데 저런 소릴 하니 바라고 있던 것처럼 부끄러워졌다. 하루 종일 고심하던 임무를 끝냈으니 하나 남은 문제를 마저 풀면 되는데 제희는 아직 어깨를 세우고 있었다.

부스럭, 그의 손에서 나는 소리가 익숙하다. 하루 종일 그녀의 가방에서 났던 소리다.

"뭐 해?"

제희는 여전히 심각한 표정으로 자신이 건넨 봉투만 내려다보고 있었다. 들어 있는 사탕병이 작다는 것은 알고 있었지만 커다란 그의 손 안에서는 더욱 작아 보였다. 하지만 용돈을 따로 받지 않는 그녀로서는 이 정도도 최선이었다. 사탕 서너 알이 고로케 하나 값은 될 테니 제희에게 줄 것이 아니었다면 그런 낭비는 하지 않았다.

"……먹을래?"

입이 심심한가 싶었다. 하지만 그런 것치고는 그 큰 손이 움직이는 모양은 너무나 조심스럽고, 또 지극히 섬세했다. 그 손에서 눈을 떼지 못할 정도로 병을 담은 비닐 하나도 함부로 만지지 않았다.

"그냥 편하게 뜯지, 왜."

그는 입 대신 손으로 '싫다.'고 말했다. 리본이 풀리지 않게 비닐 입구를 조여 덜어내는 모습을 보다가 어쩌면, 정말 어쩌면, 제희가 자신을 특별하게 여기는 게 아닐까 생각했다. 그 작은 생각에도 가슴이 뛰기 시작해 그 열기가 곧 얼굴로 번졌다.

"먹어."

"어, 그래. 고마워."

자신이 준 사탕병에서 단 하나만 꺼낸 사탕이 그녀의 손바닥에 올랐다. 먹고 싶지 않았는데 제희가 지켜보니 입에 넣었다. 표면에 묻은 하얀 사탕가루가 사르르 입안에서 녹는다.

"반장, 넌 왜 안 먹어?"

"나중에."

제희는 처음 리본을 풀어낼 때처럼, 아니, 그 이상으로 공들여 사탕병을 넣었다. 그 위로 리본까지 다시 매어놓고서야 펜을 들었다.

"천천히 풀어."

하나 남은 마지막 문제. 이게 정말 마지막이라 아는 문젠데 풀고 싶지가 않다. 평소라면 시간까지 재가며 인상을 썼을 그가 그 어떤 재촉도 하지 않았다.

"……잘했어."

아쉬움이 담긴 마지못한 칭찬.

입안에 있는 오렌지 맛 사탕은 분명 새콤해야 할 텐데, 위에 덮인 사탕가루는 녹은 지 오래일 텐데, 점 하나만큼 남아 한순간에 사라질 때까지 계속해서 달콤함만 느꼈다. 1993년 1차 수능을 치기 일주일 전이었다.

"누나, 큰일 났어. 어떡해!"

"왜애?"

하굣길에 가게 앞에서 재우가 울고 있었다. 열한 살짜리 동생 입에서 상황을 설명할 말이란 기대할 수도 없는 터라 가게 문부터 열어젖혔다. 언젠가부터는 늘 이렇게 불안했고 집 안에는 아무리 지워내도 죽음의 그림자가 드리워져 있었다.

"아빠!"

당뇨로 얻은 만성신부전증으로 아빠는 전신이 부어 있었다. 눈을 뜬 것 같기도 하고 아닌 것 같기도 한 아빠는 먹은 걸 모두 게워내고 그 위에 누워 간신히 살아 있음을 알려주는 소리만 냈다.

"으으……, 추워. 춥다. 재이야……, 아빠 춥다."

응급차로 실려 가는 중에도 손을 떨었다. 기록적인 더위에 폭염 칭호를 달았던 날이다. 그런 날에 춥다는 소리만 반복하다 나중에는 이까지 덜덜 떨었다. 보고 있던 그녀와 재우도 부둥켜안고 덜덜 떨었다.

"엄마……."

중환자실로 들어간 아빠는 조금만 늦었으면 큰일 날 뻔했다며 응급투석을 받고서야 호흡이 돌아왔다. 환자가 가득 찬 8인실 병실에서 엄마를 기다리다가 애가 탄 그녀가 먼저 찾아 나섰다.

의외로 병실 바로 앞에 쭈그리고 앉아 있던 엄마는 소리 죽여 오열했다. 가슴을 쥐어뜯고 눈물을 흘리면서도 소리는 내지 않았다. 꼭 TV를 보다 소리만 줄인 것처럼, 엄마의 모습이 무성영화의 흑백 화면 같아 재이는 눈을 몇 번 비볐다. 아무리 눈물을 닦아도 비는 만큼 차올랐다.

"재이 너……, 당분간 아빠 간호 좀 해라."

"으응?"

"나는 가게 나가야지. 간병인 쓸 돈 있으면 나도 안 그래. 재우 저게 뭘 하겠어? 아빠, 2주 정도는 병원에 있어야 한다는데 밥벌이 안 하면 어떻게 먹고살아."

"아……, 하지만 엄마! 그러면 20일은? 나 시험 치러 가야 하는데?"

"……일단 내일 대전 이모네 내려가서 퇴원비라도 말 좀 해보고……. 잘 안 되면 일주일은 걸릴 거야."

"엄마! 20일까지만……, 아니, 그럼 20일 하루만 어떻게 안 될까?"

제발 부탁이야. 나 엄마한테 부탁 같은 것, 한 번도 해본 적 없잖아. 엄마, 제발.

엄마는 독하게 마음을 먹은 건지 시선을 피하지도, 그렇다고 고개를 젓지도 않았다. 그렇게 자리를 뜨자 병원에는 그녀 혼자 남았다. 이제 괜찮아졌다는 아빠는 아직도 깨어나지 않는다. 멍하니 보고 있다가 아직 가방을 그대로 메고 있다는 걸 깨달았다.

"아유, 여기는 딸이 간호하나 봐. 어쩜 이렇게 대견해?"

아니요. 그렇게 말하지 마세요. 더는 그런 소리 듣고 싶지 않아요.

지나가는 사람들이 한마디씩 할 때도 그녀는 아빠를 원망했다. 왜 하필 지금 쓰러져서는, 그런 생각으로 누워 있는 얼굴마저 제대로 보지 못했다. 선생님이 주셨던, 또 제희가 뒤적이던 문제집 하나를 침대 발치에 꺼내놓고 눈물을 닦았다. 17일 저녁이었다.

"자, 예비소집 갔다가 바로 집에 들어가고. 가서 자리 확인도 확실하게 하고 늦으면 안 돼. 알지? 너무 긴장하면 될 일도 안 된다구. 준우야, 오늘만은 제발 입 좀 다물자. 하여튼 마음 크게 먹고! 3반 파이팅!"

예비소집이 있어 오전에 수업을 마쳤다. 벌써 초조함이 가득 들어찬 교실에서 선생님의 목소리가 유독 더 긴장해 있었다. 마지막에 "파이팅!" 소리와 함께 그녀를 쳐다보며 웃으시길래 같이 웃어야지 하면서도 못 그랬다. 제희가 자신을 쳐다본다는 것도 알았지만 분주히 가방을 챙겨 먼저 운동장으로 나왔다.

"이재이!"

"……어?"

"요새 무슨 일 있어?"

안 그래도 작은 얼굴이 며칠 사이에 반쪽이 됐다. 떨려서 그런 건가 했는데 한 번도 보지 못한 어두운 얼굴이었다. 늘 다정하게 웃던 그녀가 불러도 못 듣는 일까지 두어 번 있었다.

"아냐. 그냥 집에 좀 빨리 가야 해서."

"……그래."

캐물을 자격이 안 된다고 생각했고 그녀의 집이 어떤지도 똑똑히 보았다. 그게 말할 수 없이 그를 짜증스럽게 만들었다.

"저기, 반장. 내일 시험 잘 봐. 시험 보는 학교가 달라서……, 미리 인사해둬야지."

"너……, 이거."

그가 작은 종이가방을 내밀었다. 그녀가 샀던 것과 같은 상표의, 그러나 가장 커다란 크기의 사탕병에 리본이 묶여 있었다.

"아! 안 그래도 되는데. 그건 너한테 고맙고, 미안하고, 그래서……."

"먹어보니까 맛있더라."

"어……, 고마워."

주는 거니 받아들면서도 마음이 빙글빙글 돌았다. 빨리 병원으로 달려가야 하는데 손에 든 사탕병이 무거워 발도 같이 묶여버렸다.

"어, 너 손등 다친 거야? 약 발라야겠다."

"별거 아냐."

"그래도……."

"재이야."

보통 '부반장', '너', '이재이' 이 셋 중에 하나였다. 자신의 이름을 불러주는데 놀랄 게 뭐 있다고 눈을 동그랗게 떴다.

"시험 잘 봐."

"어……, 그래. 너도."

어색하게 웃고 겨우 뒤돌아섰다. 흙바닥을 차는 소리가 가까워지더니 그가 재이의 어깨를 잡았다.

"모르면 무조건 4번으로 해."

"어?"

"모르면 안 되지만, 혹시나 모르면. 정말 모르겠거든 4번으로 해. 신문에서 보고 내가 계산해봤는데 4번이 답일 확률이 제일 크대."

"……"

"나도 그러려고."

작게 고개를 끄덕였다. 공부할 때를 제외하곤 이렇게 급한 목소리를 처음 들어보았다. 19일 예비소집이 있던 날이었다.

"재이야. 너 빨리 가."

"아빠."

"빨리 가. 지금 나가야지."

전날 아침에 정신을 차린 아빠는 끙끙대느라 새벽에도 잠을 자지 못했다. 언뜻 많이 회복된 것처럼 보였지만 여전히 혼자 두는 건 불안해 일어나기가 힘들었다. 엄마는 아직 대전에서 돌아오지 않았고 재우는 급한 대로 이웃집에 부탁해두었다.

"……그럼 아빠는?"

"난 됐어. 밥도 다 나오고 할 것도 없어. 재이 너 얼른 시험 보러 가."

아빠가 가지 말라고 했다면 몰래 나갈 마음이었다. 그런데 막상 가라고 하니 그럴 수 없었다. 그런 그녀에게 아빠는 다 안다는 표정으로 만원짜리 한 장을 쥐여주었다.

"가면서 뭐 좀 사 먹어."

"나 돈 있어."

"빨리 나가. 뉴스 보니까 그거 늦으면 안 들여보내준다는데."

가라고 밀어내는 손짓에도 힘이 없었다. 그 손에 밀려날 만한 것은 있기나 할는지.

"……정말 고마워, 아빠."

"잘 보고 와. 두 번씩 읽어보고 그래⋯⋯. 찬찬히 잘⋯⋯."

쿨럭쿨럭, 기침이 심해져 수건으로 틀어막아도 일부러 쳐다보지 않았다. 한 번 더 보면 결국 이대로 주저앉게 될까 봐. 주머니에 만 원을 챙겨선 도망치듯 때 이른 아침을 맞았다. 병원을 벗어나고야 뒤돌아보니 창가에 얼굴을 붙여 내려다보던 아빠가 손을 흔들었다.

"수험번호하고⋯⋯, 중앙고 이재이. 맞네."

김밥 한 줄 사들고 바로 시험장으로 들어왔다. 다시 읽어볼 책도, 문제집도 없었고 조금 전 들른 문구점에서 필기구 하나 산 것이 전부였다. 있었더라도 따로 더 들여다볼 정신이 아니긴 했지만.

"자, 불미스러운 일 없도록 하고 종소리 울리면 바로 손 머리에. 늦게 내면 그것도 끝입니다."

시험을 이야기하자면, 생각보다 쉬웠다. 공부한 부분이 많았고 문제 유형도 충분히 익혔다. 그런데도 집중을 통 못 했다. 밑에서 올려다본 아빠는 기침을 막느라 얼굴이 아닌 수건밖에 보이질 않았고, 전화 한 통 달랑으로 끝인 엄마가 이대로 돌아오지 않을까 봐 불안했다.

윤제희.

그녀의 모든 생각은 결국 제희를 향했다. 그런데 이상하게도 얼굴은 가물거렸다. 가까이 앉았을 때 고개를 자주 들지는 못했으니까.

대신 그려내듯 분명한 것들도 있다. 펜을 굴리던 손짓 하나, 칭찬은 드물어도 마음에 들지 않을 때는 자주 내쉬던 한숨까지. 그런 사소한 것들을 떠올리자 고개를 들면 이 책상 너머에 제희가 있지 않을까 싶었다.

그 생각으로 문제를 풀어나갔다. 종이 울리고 머리에 손을 올려놓으며, 그제야 빈칸을 4번으로 채우지 못했다는 생각이 났다.

그날 저녁에 올라온 엄마는 재이를 흘끗 보고는 "밥 먹어라." 한마디만 하고 시선을 피했다. 그때 알았다. 돈을 구하러 갔던 엄마가 굳이 20일이 넘어서야 돌아왔던 이유를.

입 한 번이라도 더 떼기가 무서워 시험이 어땠는지 말도 않고 꾸역꾸역 하얀 밥을 밀어넣었다. 반찬 한번 집어 먹지 못하고 물만 조금 넘기다가 상 치우기 무섭게 다시 병원으로 향했다.

"이재이."

"반장."

정류장으로 통하는 하나밖에 없는 골목길에서 그를 만났다. 이유 없이 그에게 미안하다는 생각에 작게 웃고는 다시 걸었다.

"되게 덥다. 그치?"

"응."

"나는 지금 병원 가야 돼. 아빠 내일 퇴원이라서."

"그래."

"……"

"시험은?"

분명 못 본 건 아니었다. 가채점을 해보지는 않았지만 그와 같은 대학에 갈 만큼의 성적은 나왔을 거라 확신했다. 다만 장학금을 받을 수 있는 성적은 아닐 것이고, 어쩌면 이제는 장학금이 문제가 아닐지도 몰랐다.

"……괜찮아. 11월 남았잖아."

"으응."

제희는 같은 버스를 타고 굳이 병원까지 그녀를 데려다주었다. 버스 옆자리건, 또 병원으로 오는 길이건 별말은 없다가 마지막 인사를 할 때야 그녀를 불러 세웠다.

"이거."

"응? 이거 뭔데?"

그가 내민 것은 하얀 종이쪽지 하나였다. 연애편지 같다는 생각에 가슴이 터져 나갈 듯 쿵쾅댔지만 그렇다기엔 너무 작고 얇았다.

[012-502-3952. 윤제희.]

멀뚱히 들여다보니 제희가 답답한 듯이 머리를 거칠게 쓸었다.

"나 삐삐 샀어."

"아……, 그랬구나. 언제?"

"오늘. 조금 전에."

"멋지네. 너 좋겠다."

"방학 때 연락하기 힘들면 여기로 남겨. 어떻게 하는 건지 알아?"

짝이 들고 있던 삐삐를 본 적이 있었다. 지금 상황에 그걸 아네, 모르네 할 때가 아니라 대충 고개를 끄덕거렸다.

"너 모르지?"

"아니, 아니. 그런 거 아닌데……."

"아님 네가 들고 있을래?"

"아냐, 내가 왜."

"그럼 삐삐 쳐. 음성도 남겨진다니까 너네 집으로 전화받기 곤란하면 음성 남겨. 그러면 내가 갈게. 번호는 외워놔. 종이 잊어버릴 수도 있잖아."

"응."

뭐든 다 알 것 같던 제희는 그래도 불안한지 기어이 들고 있던 가방에서 삐삐를 끄집어내 만지작거렸다. 아직 포장도 다 벗기지 못해 급하게 뜯어내는 그의 손길이 사탕병을 다루던 것과는 정반대다. 그래서 제희가 생각보다 더 자신을 특별하게, 아니, 좋아한다는 걸 알았다.

언젠가 그렇게 된다면 세상을 다 가질 것 같았던 순간이었음에도 행복하기보다는 슬펐다. 1차 수능이 있던 8월 20일이 그렇게 지나버렸다.

그를 바라본다. 배치표 앞에 무리 지어 선 아이들 사이로도 제희는 우뚝 한 뼘은 더 컸다. 수능 후 하루 쉬고 다시 나온 학교에서 그를 그렇게 바라보았다.

"그만하면 쉬운 거 아냐?"

"난 망했어. 갈 데가 없어."

"11월만 믿어야지."

이런저런 소감들이 자리에 앉아 있던 그녀의 귀까지 닿았다. 재이는 배치표를 확인할 만한 용기가 없었다. 제 성적에 갈 만한 대학을 보고 나면 그에 대한 미련이 더 생길지 모르니까. 아직 포기한 것은 아니지만 그날도 엄마는 그녀를 피했다.

눈귀 둘 곳 없는 교실에서 그녀가 할 거라고는 윤제희를 보는 것뿐이다. 제희는 벌 떼 같은 무리의 오른쪽 끝에 있었고 못 박힌 듯 고개는 고정되어 있었다. 거기서는 배치표가 잘 보이지 않을 텐데, 눈도 좋은가 보네, 그랬다.

원래도 또래답지 않게 진지했지만 그 순간은 유독 그랬다.

넌 어디든 갈 수 있을 거야, 그녀가 제자리에서 속삭였다. 왼쪽 얼굴로 돌아본 제희와 눈이 마주쳤지만 늘 그렇듯 무덤덤했다. 22일, 학교에서 본 그의 마지막 모습이었다.

❖

"이재이."

지금의 그를 본다. 그가 향하던 시선의 끝에 자신이 있다는 것을 미리 알았더라면. 아니, 알고 있던 그 사실의 깊이를 들여다보았더라면, 그날 그렇게 보이는 대로의 빤한 생각은 안 했을지 모른다. 배치표의 오른편에는 한 학기 내내 붙어 있던 한국대 캠퍼스 지도가 있었다. 선생님이 자극받으라 붙여놓았던 지도에는 심술 섞인 아이들의 낙서가 가득했지만 그는 고작 낙서를 보지는 않았을 것이다. 그걸 지금에야 알아 눈물이 고였다.

"데려다준다며. 무슨 생각을 그렇게 해?"

"좀 더위서."

"술 마셔서 그래. 마시지 마."

제희는 그녀에게 데려다달라고 했고 그녀도 그러마 술자리에서 일어섰다. 10시까지 1분이라도 더 같이 있으려면 남자가 여자를 데려다주는, 그런 예의나 체면 같은 거 못 따졌다, 윤제희는.

"반장."

술기운을 떨치겠다며 한 정거장 전에 내려 손을 잡고 걸었다. 아직도 흥이 올라 경기가 없어도 거리는 붉은 악마들로 넘쳐났다. 그래서 무채색의 단조로운 옷을 입은 제희와 재이는 더 눈에 띄었다.

"불러놓고 왜 말 안 해?"

"그냥. 그냥 불러봤어."

강남에 바글거리는 술 취한 남자 하나가 비틀비틀 다가오자 아주 멀리서도 재이를 안쪽에 세웠다. 앞을 안 보고 걷나 했는데 그런 몸놀림은 꼭 본능이 살아 있는 맹수나 다름없다.

"병원 일 안 힘들어?"

"할 만해."

새로 알게 된 사실 하나 때문인지 같은 대답도 특별하게 들렸다. 이미 9년 전 윤제희에 대해 떠돌던 소문으로 아버지가 판사라고, 아주 대단한 집이라고 들었던 기억이 어렴풋하다. 의사가 되나 판사가 되나 그녀로서는 다 멀고 먼 직업이라 별반 다르다 생각하지 못했다. 정확히는 제코가 석 자라 당시에는 막연히 윤제희는 한국대에 가겠거니, 그 정도만 인지하고 있었다. 문과생인 그가 교차지원을 했다는 것도, 너무나 잘 어울리는 가운 입은 모습 때문에 그 어떤 괴리감도 받은 적이 없다.

"의사는 너무 힘들 거 같아."

"지금은 별로."

"음......"

"학교 다닐 때가 힘들었지."

잡고 있는 그의 손에 힘이 부쩍 들어갔다. 놓고 싶지 않고, 놓치고 싶지도 않다. 3년 정도는 신입생이 들어올 때면 수의대 정문을 기웃거렸다. 붙어 있는 의대에서도 틈만 나면 창밖을 보고, 그게 안 되면 주말마다 기숙사를 나섰다. 어디라 할 것도 없었다. 그의 머리가 짐작할 만한, 혹시나 하며 스치는 생각까지도 놓치지 않고 빠짐없이 돌았다. 한번 그러고 나면 적어도 월요일 하루는 뜨거운 무언가로 마음이 얼룩져 아무것도 못 했다.

어느 순간, 이건 아니구나 싶으면서도 딱히 진로를 바꾸지 않은 것은 이제는 달리 하고 싶은 것도 없었기 때문이다. 그에게 미래를 결정지을 만큼 강력한 계기나 동기가 더 있을 리가 없다. 사람에게 그런 강렬한 계기는 일평생 한 번이면 족했다.

"나 많이 힘들었다구."

"어, 그랬구나."

이재이는 자신에게 심심하다, 무뚝뚝하다 했지만 그가 보는 이재이도 만만치 않았다. 어쩌면 물어보리라 생각했던 말도 꺼내지 않는다. 그래도 그 고요함이 참 좋다. 말로 하지 않아도 표정이나 몸짓에 거짓이 없는 아이라 꼭 말이 필요하지도 않았고.

"원래 의대생들 힘들다고 하더라."

피식, 그가 웃었다. 제 딴엔 자연스럽게 말한 것 같긴 한데 영 어색하다. 고맙게 병원 앞까지 그를 데려다주지 않았다면 다그쳐 몰아대고픈 마음도 든다.

"택시 타고 가. 이리 와."

정문 앞까지 갔다가 다시 내려와 택시를 기다리는 줄로 그녀를 이끌었다. 곰곰이 생각에 잠긴 그녀를 보다 보니 9년 전 여름날에 그가 그녀를 병원까지 데려다주었던 것이 떠올랐다. 얼마나 보내기 싫었는지 병원 앞 벤치에 몇 시간을 앉아 있었다. 오죽하면 그의 어머니는 그가 시험을 비관해 집에 들어오지 않는 줄 알았다며 울고 계셨다.

혹시 지금은 그녀가 그 마음이 아닐까, 겪어본 바로는 그건 정말 힘든 일이라 그 마음으로는 못 보내는데.

"나 병원 들어가지 말까?"

"아우, 뭐야."

"나 가지 마?"

"아니. 가야지. 무슨 소리야."

다 커선 웬 투정일까 싶어 그를 밀어냈다. 그러면서도 밀려나지 않는 굳건한 그에게 한번 기대보고도 싶다.

"반장, 나, 예전에 우리 아빠 병원에 있을 때 말이야."

"……응."

"그때 의사선생님이 흰 가운 입고 다니고 하면 되게 좋아 보이더라.

대단해 보이고, 멋있고."

"멋있어?"

"응. 너 전에 병원에서 가운 입고 있을 때도 그렇게 생각했어. 정말 잘 어울린다고. 넌 진짜 의사가 딱이구나 그랬어."

갑자기 여우가 된 건 아닐 텐데 이재이는 진지해서 더 사람을 홀렸다. 그는 무엇을 선택하든 늘 최선을 다했고, 어느 시점이 되자 의외로 이 길이 자신의 적성에 잘 맞는다는 것을 알았다. 하지만 사람의 진로를 결정하는 것이 어느 사소한 만남이듯, 그것을 유지하게 만드는 것도 아주 사소한 한마디였다.

멋있다는데, 이 애교 없는 여자가 멋있다는데, 그가 할 말이야 하나밖에는 없다.

"그럼 들어가볼게."

비밀번호를 누르는 손이 이제는 조금 자연스러웠다. 외우지 않겠다 다짐했던 그의 삐삐 번호도 단번에 외웠으니 네 자리 숫자쯤이야 일도 아니다. 그건 머리가 좋거나 암기력이 뛰어난 것과는 별개의 문제였다.

[밥해줘.]

도대체 이 문자는 언제쯤 서민스러워질까, 그러면서도 손은 쌀통부터 연다. 자신이 잘할 수 있는 것을 준비해놓고 좋아하는 사람을 기다리는 즐거움은 어디에도 비할 수 없다.

상상이나 했을까. 이렇게 다시 만나 제희의 곁에 있게 될 것을.

그를 만난 지 한 달이었다. 이 짧은 시간에 웃었던 것이 지난 9년의 시간을 합친 것보다 더 많을 것이다. 같은 기억을 가진 사람을 만나 그 기억과 마음을 확인하는 데 한 달이라는 시간이 긴 건지, 짧은 건지 모르겠다. 더 길어도, 혹은 더 짧아도 그저 좋을 것만 같다.

[빵 사갈까?]

윤제희는 늘 이런 식이다. 제가 할 말을 먼저 해버리곤 늘 뒤에 사탕을 쥐여준다. 자신도 늘 그런 식이다. 그 사탕 받고 나서 '어휴.' 하고는 웃고 만다.

가져온 재료를 꺼내 손질부터 하고 전에 썼던 도마도 내렸다. 그사이 알게 된 사실이지만 제희는 은근히 편식을 했다. 기름진 것을 좋아하지 않아 고기도 삼겹살은 그다지 손을 대지 않았다. 그게 생각나 지방이 별로 없는 목살도 풍미가 날 정도만 남기고는 기름을 하나하나 떼어냈다. 고로케를 좋아하지 않는다는 제희의 말은 아마 정말일 듯하다.

 ─ 왜 답이 없어?

전화를 받자마자 대뜸 불만이 쏟아지니 그녀도 놀라 동작이 멎었다.

"뭘?"

 ─ 빵 사갈까 물었잖아.

"무슨. 오늘 터키전 한다고 사람들 넘칠 텐데 어디서 빵을 사와?"

 ─ 빵 싫어해?

사주고 싶은 마음이야 알겠는데 진짜 괜찮았다. 솔직히 빨리 와서 얼굴이나 더 봤으면 좋겠는데.

"싫은 게 아니라 뭐하러 고생을 해? 내일부터 사람 빠지면 그때 사 먹지. 그리고 빨리 와서 밥이나 먹어."

어깨로 휴대전화를 받쳐놓고 가스레인지를 돌아보니 벌써 냄비가 끓기 시작했다. 불을 줄여놓고 다시 도마로 돌아와 휴대전화를 고쳐 들었다.

"반장?"

말이 없다. 끊긴 건 아닌데 전화로 말이 없다는 건 정말 최고로 쓸데없는 상황이었다.

－ 빵 먹어. 고로케 정말 유명한 데 있어.

"응?"

난데없는 빵 타령에 어이가 없어 웃고 말았다.

"왜 오늘따라 자꾸 빵이야? 고로케 그제도 먹었잖아."

－ 그래서, 고로케 별로야?

"그건 아니고. 그런데 왜?"

－ 나 벌써 줄 서 있거든.

잠시 멍하니 있다가 그녀의 웃음소리가 커지고 불만스러운 그의 목소리가 그 웃음에 멎었다. 윤제희는 전화기 너머에서도 인상을 잔뜩 쓰고 있을 것이 뻔하다. 그 기억 역시 변하지 않아 한결같은 것을 몇 번이나 보았다.

"그래, 그럼 잘됐다."

－ 뭐가?

"난 미안해서 그랬지. 나 고로케 정말 좋아하잖아. 간 김에 많이많이 사와. 응?"

알았다는 대답이 없어도, 지금쯤은 다시 미간의 주름이 사라졌겠지.

난 한 달간 너를 이렇게 잘 알게 됐어. 너는? 너는 날 얼마만큼 알까?

이렇게 또 한 번의 웃음이 더해졌다. 9년의 틈도 한 발짝 더 좁혀졌고. 즐거운 생각에 파를 썰던 손놀림이 더 빨라져 가늘게 총총 썬 파가 냄비 속에 마지막 색감을 더했다.

삐삐삑.

비밀번호를 누르는 소리에 뚜껑을 덮자마자 놀란 숨을 들이켰다. 제희는 자신이 집에 있을 때 번호를 누르지 않았다. 그 조용한 애가 복도가 울릴 만큼 '재이야, 문 열어줘!' 이렇게 자신을 불러냈다. 불안감이 가득 차올라 어쩌지도 못하고 그 자리에 굳어버렸다.

"형한테 바로 가지. 집에 먹을 것도 없을 텐데 형 오면 또 나가야 되잖아요."

"걔 언제 올지 알고. 집도 좀 치워놓고 기다리지."

"얼마 전에도 왔다면서 왜 요새 형을 찾아요, 엄마는?"

"그런 게 있어. 너도 챙길 거 있다며 그거나……, 아."

제희의 가족들이다. 그와 마찬가지로 9년 만에 보는 그의 어머니가 자신을 쳐다보았다. 놀란 거야 당연하지만 절대 반기는 눈빛이 아니다.

"엄마, 주방에서 뭐 해요? 아아, 놀라라……."

"……."

"저기, 누구신지?"

"아……, 안녕하세요. 이재이라고 합니다."

그러고는 다들 말이 없었다. 그녀가 먼저 앞치마를 풀어놓고 거실로 나와 그의 어머니에게 다시 한 번 고개를 숙였다.

"안녕하세요. 오실 줄 모르고 실례가 많았습니다."

숫기 없는 성격에도, 이런 때는 인사가 입에 붙은 일을 한다는 것이 다행스럽다.

"……."

"어, 형 여자친구세요? 하하……, 저희도 몰라서 그냥 왔다가. 아, 민망하네."

"아니에요. 제가 괜히."

"형이 병원에 있음 전화도 잘 안 되고 해서. 어, 여기 앉으세요. 엄마, 인사하시는데 왜 그러고 계세요?"

대답 없이 물끄러미 그녀만 보고 있는 그의 어머니가 한숨을 쉬자 그녀에게는 그게 곧 대답이 되었다. 그녀와 함께 제희를 기다리던 고소하고 얼큰한 향이 맵게 느껴져 가스레인지부터 끄고 나왔다.

"저 이만 가보겠습니다. 그럼 안녕히……."

붉어진 얼굴을 얼른 수습하고 옷과 가방부터 챙겼다. 재이의 손이 닿는 곳에 그의 어머니의 시선도 따라붙다가 낡디낡은 가방에서 멈춰버렸다.

"에이, 이렇게 가시면 어떡해요? 형 오면 같이 봐요. 저희 때문에 불편해서 그러세요?"

"아니, 그런 거 아니에요. 제가 가족분들 오실지 몰라서……."

"엄마, 뭐라고 말 좀……."

그러지 말라고 동생을 향해 애써 웃었다. 마주 웃는 어색함 가득한 얼굴이 어머니를 신경 쓰는지 난처하기 그지없어 보였다.

"아가씨, 저 알죠?"

"……네?"

"우리 잠깐 이야기 좀 해요."

chapter 14
안 끝날 줄 알았어

● 그녀가 신발장으로 다가갈 때까지 아무런 말도 하지 않던 분이, 막 발을 꿰어 넣으려던 차에 그녀를 불러 세웠다. 심장이 덜컥 내려앉는다.

"엄마 알아요? 아시는 분이세요? 언제 보셨지?"

"제하 넌 좀 나가 있어. 방에 들어가 있든가."

"에이, 왜 그러세요."

"아가씨, 여기 좀 앉아요."

맞은편 소파를 가리키자 가방을 내려놓은 재이가 조심스레 다가와 거기에 앉았다. 안절부절못하던 제하가 몇 번 더 만류했지만 그의 어머니는 딱 잘라내며 아들을 방으로 들여보내버렸다.

"저……, 마실 거라도."

"아가씨가 손님인데 제가 대접해야죠."

맞는 말을 하는데도 괜히 마음이 시렸다. '괜히 왔다.' 이런 생각보다는 '왜 벌써 이렇게 되었을까.' 하는 생각이 먼저 들었다. 그의 어머니 앞이 아니라면 오늘도 여러 번 본 펜던트를 다시 꺼내 만져보고 싶다.

"이름이 이재이, 맞죠?"

"네."

방금 전 그녀가 말해서 아는 이름이 아니었다. 이미 오래전부터 알고 있었던, 그러나 반기지는 않는 이름이었다.

"우리 제희, 언제부터 만난 건가요?"

"아, 한 달 전에 우연히……."

"우연히요?"

제 처지가 처지다 보니 만남마저 의심을 받는다는 것을 알았다. 제법 단단해졌다 생각했는데 코끝이 시큰거린다. 자신에게는 꿈 같던 나날이라, 기적 같다 생각했던 소중한 나날이 날카로운 말 한마디에 흙이 묻었다.

"네……. 우연히, 정말 우연히 만났습니다."

"하아."

"아, 정말입니다. 그게."

"알았어요. 그렇다고 해두죠."

자신의 대답에 별 의미를 두지 않는 것이 고스란히 보였다. 아주 무례한 말투도 아니었고 대놓고 소리를 지르지도 않았다. 그럴 만큼 잘못한 것도 없건만 어쩐지 작아지는 제 모습이 초라해졌다.

"혹시 지금 하는 일 정도는 물어봐도 될까요? 우리 제희랑 만난다기에……, 그 정도는 물어도 될 거 같은데."

"아, 네."

급한 대로 가방에서 명함을 꺼냈다. 제희에게 줄 때처럼 구겨진 것도 아니었는데 뭐 하나 묻은 것이 없나 눈이 두 번씩 갔다. 그의 어머니에게 건네자 그 얼마 안 되는 글자를 읽느라 명함에서 눈을 떼지 않았다.

"……지금 나이에 대리면, 승진이 빠른 건가요? 아니면 일찍 들어간 건가요?"

"아, 일찍 들어갔습니다……."

"얼마나 일찍 사회생활을 시작했길래?"

"으음……, 그게, 저, 스무 살 되고 나서."

조금 더 깊은 한숨이 나왔다. 이마를 가만히 짚더니 명함을 테이블에 내려놓았다. 그 명함을 내려다보는 그녀의 눈이 어쩐지 뿌예진다.

"반장, 아니, 제희랑은 한 달 전에 만나서. 저도 이렇게 되리라고는 생각하지 못했습니다. 하지만."

"아니, 그건 따로 말할 거 없어요. 나도 내 아들을 아니까."

목소리는 지극히 차분했다. 이 상황에서도 그와 닮은 점을 찾는 제 자신이 이렇게 우스울 수 없다.

"일단은 돌아가주면 좋겠어요. 미안해요."

"아, 아닙니다. 괜찮습니다."

그의 어머니 입에서 나오는 말은 기꺼운 것이 아니더라도 들어야 했다. 잡을 일도 없겠지만 얼른 나가 다시 가방을 어깨에 멨다. 따라 나온 부인이 아까보다는 조금 더 조심스럽게 한마디를 건넸다.

"혹시……, 예전에 그 일, 우리 제희한테 말했나요?"

아들과 관련된 일이라 여태까지보다는 훨씬 더 신중함이 깃들어 있었다. 그녀가 얼른 고개를 저으며 살짝 웃어 보였다.

"아니에요. 말 안 했어요."

"……."

"그건 걱정하지 않으셔도 돼요."

"……우리 서로 안 되는 일에 기운 빼지는 마요. 아가씨는……, 내 말 무슨 뜻인지 알죠?"

"으음……."

"그럼 조심해서 돌아가요."

"아……, 안녕히 계세요. 만나 뵈어서 반가웠습니다."

조용히 문을 열었다. 쿵 소리와 함께 아가씨가 사라지자 머리가 다시 아파왔다. 안도인지 실망인지, 심장 뛰는 만큼 머리가 조여 어딘가에 기대고만 싶다.

"엄마."

"……너, 들어가 있으랬잖아."

"저 성인이에요."

제하가 나와 그녀의 팔을 잡았다. 대답이 얄미운지 살짝 뿌리치고는 거실로 돌아와 바로 등을 붙였다. 9년 전 그녀를 보았을 때 아이답지 못한 슬픔이 묻어 있어 어쩐지 마음에 들지 않았는데 지금은 또 거짓 없는 눈이 아이 같기만 하다.

「애한테 할 소리는 아닌데 난 네가 달갑지 않아.」

「……죄송합니다.」

「그리고 둘 다 학생이잖니. 더군다나 넌 여학생이고. 학교에서 보는 거야 어쩔 수 없겠지만 그걸로 끝이었으면 좋겠다. 무슨 말인지 알지?」

그녀에게도 유쾌한 기억은 아니다. 아들과 동갑인 조그만 여자아이에게 잘한 행동이라 생각하지도 않는다. 만약 재이가 여느 또래처럼 적당히 철없고 어른 봐도 별 예의랄 것 없이 가볍게 굴었다면 그런 소리도 안 꺼냈다. 제 아들을 아니까, 그런 평범한 여자아이에게 큰맘 없을 것을 아니까.

「다신 이런 일 없도록 할게요. 제희는 아무 잘못도 없어요. 저 도와주느라…….」

하지만 그게 아니라 더 불길했다. 눈이 몹시 맑았고 태도도 차분했다.

속에 어른이 앉아 있는지 화를 내지도 않았지만, 다만 푹 숙인 얼굴이 붉어져 몹시 부끄러워하는 것처럼 보였다. 꼭 오늘처럼.

"제하야, 물 한 잔만."

작은아들 제하는 애교가 많았다. 아들임에도 눈치를 보게 만들던 제희와는 달리 늘 그녀의 편을 들어 즐겁게 했다. 그런데 지금은 이 아들마저 컵을 건네주는 손길이 불퉁하다.

"엄마, 형 손님이에요. 형이 경솔하게 아무 여자나 집에 들이는 사람 아니잖아요."

"누가 뭐래?"

"그러면 안 되셨어요."

제하가 마주 앉아 바라보는데 어딘가 뜨끔거렸다. 장난스럽고 살가운 아들이지만 저렇게 들여다보는 눈빛은 제 형과 닮았다.

"네가 뭘 알아?"

"엄마, 아까 그분 제대로 본 건 처음이지만 누군지 알아요. 알 거 같아요."

"뭐?"

"사탕 주인 맞죠?"

"그게 기억나?"

기억 안 나면 그게 바보다. 동생이 아무리 제 앞에서 까불거려도 '싱거운 놈.' 하고 말던 제 형이 깨진 사탕병 앞에서 분을 쏟아내다 그 손에 피까지 냈었다.

"사탕 하나 먹다가 목숨 날릴 뻔했는데 그걸 왜 몰라요? 그날 형이 살인 한번 내나 했는데."

"……넌 무슨 애가 심각한 걸 모르고."

"진짜 심각한 걸 모르는 건 엄마세요."

"기가 차서 원……."

"그리고 엄마. 진짜 그분 맞다면……, 형 알아요."

"뭘?"

되묻는 그녀의 목소리에 다시 불안이 깃들었다. 곤란하고 안쓰러움이 든 제하의 눈을 차마 마주 볼 수가 없다. 그 눈이 자신을 향한 건지, 제 형을 향한 건지는 본인만 알 것이다.

"저야 잘 모르지만……, 집 앞에 왔던 날을 말하는 거라면, 형 그거 알아요."

먹는 것에 큰 취미를 못 느끼던 제희라 먹을 걸 사자고 줄까지 서는 경험은 난생처음이었다. 그것도 주로 여자들로 이루어진 긴 줄에서 몇 번씩 앞을 넘겨다보았다.

"자, 몇 개요?"

"여섯 개요."

"한 사람에 세 개씩밖에 못 사는데……."

그런 대화가 귀에 들릴 때마다 초조했다. 하나씩 모두 사면 좋은데 수북하던 고로케 더미 중 이미 바닥을 드러내기 시작한 종류도 있다. 눈대중으로 그의 앞에 자리한 사람 수를 훑고 계산을 해본다. 다른 건 괜찮은데 카레 맛은 영 아슬아슬했다.

"으음……, 카레 할까? 카레요. 아니다, 치즈요. 치즈 주세요."

하아, 말 한마디가 그의 마음을 괜히 들었다 났다 하는 게 어이가 없었다. 하지만 이 정도로 어이가 없다면 '끝내주는 고로케'라는 영우의 한마디에 퇴근길에 바로 이곳으로 달려온 것부터 짚어봐야 했다.

"야아, 우리는 하나만 살 건데 너무 오래 기다리잖아. 그냥 갈까?"

"여기까지 기다렸는데 하나만 맛보자, 왜."

그의 바로 앞 여자들이 소곤대는 소리에 그의 귀가 번쩍 틔었다. 아는 여자라도 말 한마디 걸기가 천금같던 그가 재이를 위해 체면을 버렸다.

"저, 죄송합니다만……."

무심히 돌아본 여자들의 얼굴이 벌겋게 달아올랐다. 잘생긴 외모에 한 번, 그 내용에 두 번, 세 번 놀라 자기들끼리 팔을 꼬집고 난리가 났다.

"세 개씩 아홉 개 주십시오. 종류별로 모두 넣어주시구요."

"한 사람에 세 개씩인데요?"

"여기 세 사람입니다."

그가 돌아보자 젊은 아가씨들이 그의 말이 맞다며 격하게 고개를 끄덕거렸다. 다행스럽게 봉투를 건네받자 곧바로 하나씩 다시 꺼내 아가씨들에게 들려주었다.

"감사드립니다."

"뭘요. 저희도 공짜로 하나씩 얻어먹고. 저기, 음……, 이것도 인연인데 다음에는 제가."

"아닙니다. 덕분에 애인이 맛있게 먹을 것 같습니다. 그럼."

무안함 반, 부러움 반 속에서 그림 같은 남자의 뒷모습이 사라졌다. 그의 바쁜 발걸음은 1층 정문으로 향하다 어느 연인들의 뒷모습에서 그대로 멎었다. 망설임 한번 없는 발걸음이 이끌리듯 매장으로 들어가 눈부시게 반짝거리는 유리장 안을 들여다보았다.

다이아몬드, 사파이어, 루비.

그가 아는 보석이라곤 색으로 구분하는 것이 전부였지만 그것보다는 재이의 손에 어울릴 만한 것만 눈에 들였다. 그러다 그의 눈길을 사로잡은 것은 매장 가장 안쪽에 있는 가는 반지 하나였다. 보석이 크지도 않고 주변의 반지들에 비해 화려함도 덜했지만 그래서 더 눈이 갔다. 떠올리면 가슴 아픈 그녀의 손을 부조화나 위화감 없이 빛내줄 것만 같다.

"한번 보여드릴까요?"

"……아니요. 같이 와서 보겠습니다."

다시는 이런 거 안 사도 된다는 재이의 말 때문은 아니었다. 자신은 그녀가 소망하고 기뻐하는 것을 해주고 싶었지, 그녀의 말을 듣기로 결심하지는 않았다. 다만 '이게 어떠냐?' 하고 물으면 제대로 보지도 않고 '그거 참 예뻐.'라고 할 재이의 대답을 짐작해버렸다. 오래 두고 볼 반지는 하나하나 다 껴보고 눈총을 받더라도 제 손으로 직접 고르게 하고 싶다.

웃음이 난다. 사다주면 분명 고개를 저으며 어쩔 줄 몰라 눈을 크게 뜨겠지. 구매욕이라는 게 없는 그가 몇 번 지갑에 손을 대다 말았다면 벌써 말 다 했다.

자신은 이제 재이를 이만큼이나 잘 알게 되어버렸다. 오늘은 뭘 해놓고 기다릴까 생각하다 손에 든 고로케가 식을까 얼른 걸음을 재촉했다. 백화점 밖에는 터키전을 보려는 인파들이 끝도 없다. 그 붐비던 백화점 안이 차라리 한적할지도 몰랐다.

「나 고로케 정말 좋아하잖아. 간 김에 많이많이 사와. 응?」

그녀의 목소리가 그의 머릿속에서 여러 갈래로 변형된다. 애교스럽게 사근거리다가도 또 달리 생각하면 입술을 깨물어 웃음을 참는 수줍음이 보였다.

"이제 월드컵 진짜 끝나네."

"에휴, 생각만 해도 우울하다."

우울하다는 건, 분명히 아는 감정인데도 지금은 잘 모르겠다. 재이를 놓치고 나서는 하루하루 마지못해 살았다. 그냥 숨이 쉬어지니까 살았다는 것이 더 맞을지도 모르겠다. 처음 3년 정도 그녀를 기다리며 찾을 때는 우울하다기보다는 화가 나고 초조했었다.

그리고 그 후에는 모든 것에 무감해졌다. 학교를 졸업하고 사회생활을 하며, 또 때로는 취미생활을 가져보기도 했지만 그의 감정선은 한 지점에 고정되어 좋은 것을 몰랐다. 대신 싫은 감정이 쌓여갈수록 그 기준이 점점 내려와 어느 순간 그의 희로애락은 깊은 바닥에 닿았다는 걸 알았다.

그래서 재이를 다시 만난다 해도 설렐 거라는 장담도 못 했다. 그런 감정이 생각나지 않아서, 한번 맛본 감정을 강제로 뜯겼을 때의 상실감이 더 무서워서. 그런데도 그 늪 같은 밑바닥에서 자신을 구원해줄 사람이 혹여 존재한다면, 그것은 오직 이재이가 될 거라 생각했다. 그의 모든 감정을 되살릴 수 있는 사람은, 없는 것이 아니라면 이재이였다.

[지금 다 와가. 조금만 기다ㅣ]

문자 보내는 시간도 아까워 봉투를 손에 꼭 쥐고 달렸다. 오늘로 한국은 유례없던 축제가 끝나겠지만 자신만은 보다 평범한 일상에서 그녀와의 시간을 꿈꿨다.

"이재이!"

벨을 눌러도 반응이 없자 소리를 높였다. 옆집에서 나오던 여자가 깜짝 놀라 그를 쳐다보았지만 아랑곳하지 않고 다시 한 번 불렀다. 집 안에 있을 텐데, 불안한 나머지 비밀번호를 누르려던 차에 문이 열렸다.

"형."

맥이 다 풀렸다. 형제간 우애가 별달리 나쁜 것도 아닌데 기대하는 인물이 아니자 손에서 힘이 빠져나간다.

"너 어쩐 일이야?"

"엄마 와 있어."

"……."

"안에 엄마 계셔. 음……, 그게 어떻게 된 거냐면."

감정을 잃은 대신 상황 판단이 빨라졌다. 다시 만난 재이 덕에 웃고 산다고 해도 그 판단력을 잃지는 않아 바로 거실로 들어섰다.

"제희야."

어색하게 웃는 어머니를 보니 목울대가 표 나게 출렁였다. 뜨겁게 마른 입술이 힘겹게 열린다.

"재이는요?"

"너, 무슨."

"재이 어딨어요?"

잠깐의 정적으로 재이가 어머니와 만났다는 것이 분명해졌다. 당황한 어머니가 따라 나오며 그를 잡았지만 아들로서 할 수 있는 것은 거칠게 뿌리치지 않는 게 다였다. 마지막으로 한 번 더 잡았을 때 겨우 입을 열었다.

"재이 찾아올게요."

"윤제희!"

"재이 여기서 저 기다리기로 했어요. 약속 잘 지키는 애니 어머니가 평범하게만 대하셨더라도 여기 있었겠죠."

이제는 제하가 어머니의 어깨를 잡았다. 그는 평화주의자였고 집안이 조용한 게 좋았다. 그래서 때로는 원치 않게 딸 노릇까지 하며 어머니의 비위를 맞췄지만 지금은 편을 들 만한 상황이 아니었다.

"쟤 왜 저래? 저 할 말만 하면 다야? 나는 보이지도 않는다는 거니? 무슨 아들이란 놈이!"

"엄마."

형은 자신과 달라 과묵하고 진지했다. 그런 형이 무섭다 느낀 적은 딱 두 번이었는데 오늘이 그 두 번째였다. 꼭 따지자면 자신은 형보다는 어머니였지만 그건 제가 사랑해 마지않는, 상냥하고 옳고 그림을 잘 아는 자신의 어머니일 때 그랬다. 지금을 보자면 그가 아는 어머니와는 많이 다르다.

"형이 왜 그런지 아시잖아요. 엄마 아들인데."

"하아……, 누가 보면 늘 나만 나쁜 사람이야. 내가 저를 어떻게 키웠는데!"

실망과 화가 섞여 한숨을 내뱉다 생각이 바뀌었는지 부엌으로 갔다. 성가시다는 눈으로 냄비를 보다가 뚜껑을 열자 김치찜 위에 맺힌 거품이 쑥 가라앉는다.

"외, 이 누님 요리 좀 하시는데?"

"너 조용히 좀 해. 엄마 지금 농담 들을 기분 아냐."

복잡한 심경을 내려놓는다면, 그야말로 정성이 한가득이다. 송송 썬 대파와 나란한 팽이버섯, 커다란 김치포기 속에 켜켜이 자리한 돼지고기도 눈에 띈다. 육수까지 따로 냈는지 멸치와 다시마도 젖은 채 사기그릇에 담겨져 있다. 그냥 듬성듬성 손 가는 대로 마구 넣은 모양새가 아니다.

"하아…….."

그래서 더 복잡해졌다. 자의든 타의든 30년간 요리를 해왔지만 별것 아닌 음식에도 이렇게 정성을 들이는 일은, 사랑하는 사람을 위해서가 아니면 불가능했다. 오직 주부라 그걸 알았다.

어쩌다 이런 호기심이 들었을까.

뚜껑을 열어본 저를 뒤늦게 후회했다. 안 되는 건 안 되는 건데 가슴만 무거워졌다.

멈춰 서 있기에는 사람이 너무 많았다. 어디 들어가 있으려 했는데 가게 간판이 뿌옇게 보여 그러지도 못했다. 결국 사람 빈자리만 찾아 걸음을 옮기다 입술 꾹 깨물며 정신을 차리고 나니 어느 정류장에 서 있었다.

"대한민국!"

사람은 드물어도 목청은 높아 똑똑히 들렸다. 사방에서 환호성이 오르는데도 인적 없고 어두운 골목은 독방만 같았다. 처지는 게 싫어 아무런 감정 없이 들리는 대로 따라 되뇌었다.

'대한민국.'

그러고 보니까 아직 월드컵 안 끝났구나.

결승까지 갔으면 좋았을 텐데. 그러면 하루는 더 남았을 텐데.

"으음……, 음."

울음을 꿀꺽 넘겼다. 혹독하게 사회생활 처음 경험할 때는 이보다 더한 소리도 숱하게 들었다. 그것을 한 귀로 듣고 한 귀로 흘리는 데까지 수없는 시도를 하며 덮고 또 덮었다. 그런데도 그 파동이 너무나 커 응어리가 풀리지 않는 말도 여전히 남아 있다.

제희의 어머니는 학교에서 몇 번 뵌 적이 있었다. 따로 인사를 드린 것은 아니었고 제희가 특출하다 보니 이런저런 일로 학교에 자주 오셨다. 교무실에 선생님을 뵈러 갔다가 상담 중인 제희 어머니를 보고는 어쩔까 망설이는데 선생님이 먼저 그녀를 불렀다.

"우리 반 부반장이에요. 그나마 얘가 우리 반에서 제희랑 제일 친할 겁니다."

"아, 안녕하세요? 이재이입니다."

"……그래요. 예쁘게 생겼네."

그게 다였다. 의례적인 따스한 말 한마디조차 이어지지 않자 선생님이 민망했는지 그녀를 먼저 올려 보냈다. 그래도 그녀는 좋게만 생각하고 싶었다. 교실 뒤에 걸린 거울을 보며 예쁘게 생겼다는 칭찬을 떠올렸다.

정말 그런가?

그리고 거울 속으로 창가에 기대 있던 제희와 눈이 마주쳤다. 너 뭐하느냐는 듯한 눈빛에 괜히 거울 위 먼지를 쓸다가 재빨리 자리로 돌아갔다.

나 너네 엄마 봤는데 나한테 예쁘다고 하셨어. 넌 그렇게 생각 안 하겠지만.

처음 듣는 소리도 아닌데 자꾸 마음이 가는 것은 왜였을까. 엄마에게서 들어보지 못한 소리라 그런지, 아니면 그 말을 한 사람이 제희 어머니라 그런 건지. 그닥 따스하게 건넨 말도 아니었는데 괜히 신이 났다.

"나 아까 교무실에서 너네 엄마 봤어."

"……그래?"

"응. 정말 미인이시더라."

그가 답을 채점하고 있을 때 조용한 시간이 아까워 말을 걸었다. 잠깐 고개를 드는 제희의 눈빛은 뭔가 탐탁지 않아 보였다.

"너한테 뭐라고 하셔?"

"응? 아니……, 별말 안 하셨어."

'나한테 예쁘대.' 이 말은 안 나왔다. 대신 또 얼굴이 빨개져 펜을 찾아 들었다. 두근두근, 마음이 딴 데 팔려 있어 아는 문제도 여러 번 틀렸고 그만큼 제희의 불만도 커졌다.

"이재이 학생, 맞지?"

다시 본 건 1차 수능이 끝나고 난 여름방학이었고, 재우가 누워 있던 그녀를 억지로 끌어냈다. 집안 분위기는 말할 수 없이 뒤숭숭했고 그녀의 마음도 매한가지였다. 손님이 온 거라면 그다지 달갑지 않았는데 뜻밖의 손님은 가게 안으로 발을 들이지도 않았다. 제희 어머니는 가게 앞 골목 그늘에서 착잡한 표정으로 그녀를 불렀다.

"어어……, 안녕하세요?"

"나 기억하니?"

잠을 이루지 못해 푸석한 얼굴에 눈은 겁이 날 만큼 부어 있었다. 겨우 입을 열어 인사를 하려니 며칠간 다물고 있던 볼이 눈물에 절어 찢어질 듯 따가웠다. 오늘은 예쁘다 소리 못 듣겠구나, 겨우 그런 인사치레 하자고 오신 게 아니구나. 그사이 늘어버린 눈치로 고개를 푹 숙였다.

"길게 말하지 않을게. 우리 제희한테 마음 주지 말았으면 해."

"……저는."

"그맘때 남자애들은 다 똑같아. 여자애 봐도 한 가지 생각밖에는 못할 거야. 아직 대학도 안 갔는데 괜한 걸로 애 흔들지 말았으면 좋겠어."

제희는, 윤제희는 똑같지 않았다. 그녀가 알기로 3반 교실에서, 아니, 온 학교를 통틀어 제희만큼 조용하고 사려 깊은 아이는 또 없었다. 몇몇 철없는 어른보다 훨씬 믿음이 가는 사람이 윤제희였다. 어머니라면 그걸 모르지 않을 텐데, 제 자식을 깎아내리면서까지 '넌 아니다.' 하고 밀어내는 것이 그저 슬펐다.

"이틀 전에도, 제희 아버지가 화 많이 나셨어."

"아, 죄송합니다. 그날 일은……."

"둘 다 이제 어린애 아니잖아. 그 시간까지 뭘 했는진 모르겠다만 제희는 입 다물고 묵묵부답이야. 다그쳐도 말 한마디 안 해."

"아니에요, 제희 잘못이 아니라 그날은……, 그날은 제가."

"그러니까."

처음 망설이던 기색이 어느새 단호해졌다.

"그러니까 네가 맘 접고 선을 그어줘."

이 작고 좁은 동네에 어울리지 않는 차림이 부은 눈에도 단번에 들어왔고 시간이 갈수록 그 부조화는 심해졌다. 빨리 자리를 뜨려는지 제희 어머니는 급하게 몇 마디를 덧붙였고 그 모든 말은 재이에게 큰 상처로 남았다. 그나마 할 수 있는 건 잘 가시라 인사를 드리는 것뿐이라 몇 발짝 안 되는 가게 앞으로 돌아와선 그대로 무너졌다.

"……."

"누나, 이거 먹을래? 히히."

"흐흑."

"아까 그 아줌마가 나 만 원이나 줬어. 진짜 많지? 엄마한테 이야기하지 마. 응?"

"으흐흑."

재우가 먹고 싶다 노래를 부르던 과자들이 작은 팔에 한가득 들려 있었다. 그녀가 내미는 과자를 받지 않자 요란하게 바닥으로 떨어지는 과자까지 후후 불어가며 재우가 주웠다. 이제는 정말 제희의 삐삐 번호를 머릿속에서 지워내야 한다고, 그렇게 생각했지만 지워낼 것은 한두 개가 아니었다.

처음 마음을 주었고, 제 거칠한 손을 먼저 내밀어보고픈 상대였다.

가진 모든 기억이 제희와 이어져 그 기억을 지우면 그녀의 서울생활은 그것으로 끝이 날 것이다. 열아홉의 그녀가 감당하기에는 참 간편하고 잔인한 방법이었다. 그래서 그 방법은 성공도 실패도 못 하고 여태껏 상처로만 남아버렸다.

⁘

"아."

끊임없이 울리는 진동을 늦게 알았다. 알아놓고는 받지도 못했으니 모르는 것이 더 나았을지도.

발신자 표시가 없음에도 누구인지 알 것 같다. 그래서 또 울컥해 눈물이 났다. 차마 이런 목소리로 무슨 대화를 할까 두 손 사이로 진동을 묻어버렸다. 간질거리며 전해지는 그 느낌이 어쩐지 그녀에게는 따가울 뿐이다.

[부재중 통화 13통]

열세 통 전화의 모든 발신자는 한 명이겠지. 그가 아니라면 이 시간에 그녀를 이리 애타게 찾아주는 이가 있을 리 없다. 그래서 제희와 만나며 휴대전화라는 게 참 필요하긴 하구나, 생각했었다.

어쩔까, 고민하는 손가락이 쉽사리 움직이지도 못하고 자판 위에서 멎었다. 아무렇지 않을 자신도 없지만 속상하다는 말도 힘들었다. 가장 즐겁기만 해야 할 대학생 때 그 역시 힘들기만 했다니 더 이상은 그러기를 원치 않았다.

"……여보세요?"

다시 전화가 울리자 큰맘 먹고 전화를 받았다. 울음기도 싹 거두고 씩씩하게 대답했지만 받아주는 이는 그가 아니었다. 그럴 바에야 애쓰지 말고 울면서 받아도 괜찮았을 텐데.

─ 이재우 씨 보호자 맞나요? 여기 신림 파출소입니다. 아, 이재이

씨?

"이 자식들이! 너네도 잘한 거 없어!"

"아, 왜요? 우리가 못 할 말 했어요? 어쨌든 합의 안 해주면 절대 용서 안 해요. 무조건 감방 집어넣으세요!"

"거기가 보낸다고 다 들어가는 덴 줄 알아? 조용해!"

북적대는 파출소 안에서 이곳저곳 싸움의 흔적이 역력한 세 사람이 있었다. 둘은 언뜻 봐도 다친 것에 비해 엄살이 컸고 하나는 고개를 푹 숙이고 있느라 얼굴도 보기 힘들었다. 그래도 가족이고 동생이라 바로 알아보았다.

"재우야!"

"어……, 누나."

잠깐 들린다 싶은 고개가 더 푹 수그러들었다. 현기증이 났지만 재이는 한 발 한 발 힘겹게 다가가 어깨를 흔들었다.

"뭐, 뭐야? 응? 네가 왜 여기에 있어?"

"아니, 그게……, 으음, 내가 연락하지 말라고 했는데……, 흐흑."

"이재우 씨 보호자 되세요? 얘기 좀 하시죠."

딱하다 싶었는지 경찰이 그녀를 불러냈다. 다른 방법이 없어 그 뒤를 따르면서도 고개는 동생 쪽을 향해 있었다. 며칠 전 새벽녘에도 작아 보이던 동생은 이곳 파출소 의자 위에서 더 작아졌다.

"아, 무슨 일인가요? 설명을 못 들어서……, 재우가 싸움을 한 건가요?"

"싸움이라기보다는……, 요새 학생들 상대로 다단계 그런 게 하도 돌아서요. 서울 사는 친구 집에서 며칠 자다가 거기 말려들어서 합숙소까지 들어갔다나 봐요."

"네? 다단계요?"

너무 어이가 없어 헛웃음이 다 나왔다. 정신은 차렸다 생각했는데 머리가 다 아찔해진다. 그녀는 여느 불법적인 일과는 전혀 인연 없이 살았지만 다단계라면 들어본 적 있었다. 주로 패가망신의 지름길이라는, 진실에 아주 가까운 소문인지라 재우와 관련이 되자 눈을 감아버렸다.

"아니, 뭐. 그렇다고 거기서 돈을 막 떼이거나 그런 건 아니고……, 들어보니까 다행히 합숙 중간에 이상한 걸 깨닫고 몰래 도망치려다가 몸싸움이 났다나 봐요. 그런데 저놈들이 워낙 악질이라 그때 넘어진 거 가지고 저 난리네요."

"그러면……, 그러면 사기를 당하거나 그런 건."

"네, 그런 건 아니구요. 일단 저쪽은 두 놈들이라 말 맞춰서 이재우 씨가 마구잡이로 밀쳐내고 때렸다고 하는데 제가 보기엔 아니에요."

이 정도를 다행이라고 해야 하는지, 제 신세가 너무 처량해졌다. 가녀린 여자가 얼굴을 가리고 창가에 기대자 경찰도 보는 마음이 편치는 않았다.

"집은 대전이라는데 번호를 하도 안 가르쳐줘서요. 여기 몇 시간 있다가 결국 누나 번호 대길래 연락 드렸어요."

"제가 어떻게 해야 하는지……."

"따지자면 저놈들도 나쁜 놈인데 일단 때리다가 얼굴을 맞은 것도 사실이니까……, 사실 이게 뭐 고소감이나 그런 건 못 돼요. 근데 일단은 합의는 하는 게 편해요. 안 그러면 저희도 그냥 보내드리기는 또 힘들어서……."

이게 뭐라고 눈물이 나와버렸다. 단순히 이 일 하나에 그런 것은 아니다. 너무 막막한 상황이 한꺼번에 들이닥치니 맥이 풀려 눈물샘에 괴어놓은 돌이 빠져버렸다.

"으으음, 흐흑."

"아니, 이게 우신다고 해결될 건 아니고. 아……, 제가 최대한 저 자식들 잡고 이야기해볼게요. 한두 번 해본 것도 아니고 자기들도 적당선에서 생각했을 거예요. 가시죠."

눈물이야 뜻대로 멈출 수 있는 게 아니라지만 나약한 울음소리가 터져 나올까 힘주어 입을 꼭 다물었다. 몇 번이나 더 뜨거운 덩어리를 넘겨내고야 재우 앞에 섰다. 다시 올려다보는 얼굴에는 겁만 가득해선 후회가 들어찬 시선이 불안해 보인다.

"누나, 미안해……. 흐흐흑."

"너 왜 이 모양이야! 왜 이 모양이냐구!"

"으흐흑."

"그만 울어. 뭘 잘했다고 울어?"

도망치고 싶었다. 그런데 그럴 수가 없어 억지로 힘을 주어 버렸다. 사회에서 울음이나 고함으로 빠져나갈 수 있는 위기는 존재하지 않는다는 것을 잘 아니 '이러지 말자.' 마음을 가다듬었다.

"이 자식들! 증거가 없어 그렇지, 너네야말로 잡아 처넣어야지. 피해자? 다단계 문이나 지키면서 무슨!"

"아, 왜 그래요? 우리도 그냥 끌려 간 거라니까. 야, 가자. 흐흐."

결국 경찰의 주선으로 합의는 적당선에서 이루어졌다. 돈 이야기가 나오자마자 금액을 조율하는 모습을 보니 처음 해본 솜씨가 아닌 것 같다. 저게 영악하게 잘 사는 거라면 그녀에게는 그저 진저리가 나는 모습일 뿐이었다.

"가자, 재우야."

겁냈던 것에 비하면 그래도 다행스러운 금액이었지만 그녀의 반달치 월급과 맞먹는 액수다. 그 허무함이 휑하게 구멍을 뚫어 그녀를 뼛속까지 시리게 했다.

왜 이 여름에 나는 몸이 떨릴까, 아빠도 그랬는데 나까지 왜 그러지?

오한이 들까 몸을 추슬러 터덜터덜 밤거리를 걸어가는데 주뼛대던 재우가 마지못해 뒤를 따랐다.

"야, 그래도 이겼으면 했는데 졌네."

"진짜 아깝다."

지나가던 사람들이 던지는 말에 터키전에서 졌다는 것을 알았다. 어쩐지 그랬구나, 그럴 것 같았다는 허망함이 스쳐 지났다.

지하철에서 내릴 때까지만 해도 멀찌감치 떨어져 아무 말이 없던 재우는 좁은 골목에 도착하고서야 그녀의 옆으로 다가왔다. 아주 가까이 오지도 못하고 말이 들릴 정도의 거리에만 간신히 붙었다.

"누나, 진짜 미안해."

"……."

"돈 빨리 벌고 싶은데 방법도 없고. 들을 때는 그게 될 것만 같아서……, 흐흑."

"누가 너한테 돈 벌래?"

"아니, 나는……, 나는 진짜……, 돈 벌면 누나한테 제일 먼저 주려고 했거든? 으흐흑. 너무 갑갑해서. 가, 가서 이야기만 들어도 돈 준다고……, 그래서 따라만 간 건데……, 흑."

"너 바보야? 왜 그러는데, 대체! 이야기만 들어도 돈 준다고? 어떻게 그걸 믿어? 세상에 그런 게 어딨냐구!"

입이나 다물면 좋았을 것을, 변명을 듣고 나니 기어이 울분이 터져 옷깃을 잡고 흔들었다. 훨씬 큰 덩치에도 팔이 풀썩거리자 이게 다 무슨 의미가 있는지도 모르겠다. 재우의 나이에 추운 거리로 옷가방을 들고 나섰을 때, 그 막막함이 가득하던 때, 누군가가 같이 가서 잠깐 이야기만 듣자 말을 걸었다면. 과연 자신은 뿌리칠 수 있었을까?

"정말, 정말…… 미안해. 너무 미안해서……, 누나."

"대전에는 왜 안 내려간 건데? 그러게 왜 친구네로 갔어?"

"그게……, 으흐흑."

"말 안 해?"

"너무 내려가기 싫어서 그랬어. 대전 가기 너무 싫어서……. 가면 너무 답답해서. 갈 데가 거기밖에 없는데 너무 가기는 싫어서……."

그 마음을 가장 잘 알면서도 이해하고 싶지는 않았다. 대신 힘 빠진 손을 억지로 추스르고 입을 닫아버렸다. 처음처럼 다시 그녀는 앞서 걷고 재우가 뒤를 따랐다.

왜 그렇지? 왜 나한테만 이러지?

나는 아무 잘못도 안 한 것 같은데?

돌이켜봐도 자신은 잘못한 것이 없었다. 착한 일만 하며 살지는 못했어도 부끄럽게 살지는 않았다. 일확천금을 꿈꾸지도 않았고 자신이 바란 것은 아주 사소한 것이었다. 그런데 그 꿈에도 유효기간이 있어 심지가 다 타버린 것을 몰랐던 모양이다.

"이재이!"

집 앞에서 오직 그녀만 기다리던 제희가 그녀를 향해 달려왔다. 성냥팔이 소녀가 마지막에 보았다던 환상같이, 그냥 그렇게 보였다. 한가로이 읽은 책이 많지도 않아 다른 이렇다 할 표현도 못 찾았다.

"어떻게…… 여기로 왔어."

"그걸 말이라고 해? 내가 전화를 얼마나 했는지 알아? 너 무슨 일 있는 줄 알고 나는!"

"……."

화를 내려던 것이 아니었다. 찾기만 한다면 이제 이런 불안함 같은 거 없이, 다른 계획 모두 미뤄놓고 제집에 데려갈 생각이었다. 그 안에서 다른 생각 할 틈도 주지 않고 어르고 감싸 자기가 갇히는지도 모르게 가둬두고 싶었다.

"누나, 누구야?"

"……너 들어가 있어."

주뼛대던 재우가 제가 나설 자리가 아닌 걸 알았는지 묵례를 하고는 집으로 들어갔다. 분명 누나라는 소리까지 들었건만 그래도 다른 남자가 재이의 집에 들어간다는 것이 윤제희를 극한으로 몰아붙였다.

"누구야?"

"내 동생. 남동생이야."

"너 그럼 지금까지 남동생이랑 있었던 거야?"

작게 고개를 끄덕였다. 좋은 일은 아니었지만 어쩌다 보니 동생과 같이 있었으니까.

"좋아. 괜찮아."

"……."

"일단 우리 집으로 가자."

태평한 순간도 아닌데 제희와 함께 있으니 꼭 그렇게 느껴졌다. 꾹꾹 눌러 담다가 눈물까지 한바탕 흘리고 온 길이건만 그저 평화로운 일상 같기만 했다.

그래서, 현실 같은 위험한 것들은 모조리 잊고 지내니까, 꿈은 위험한 걸지도 모른다.

"봤잖아, 동생 들어간 거."

"저 집에서 어떻게 남동생이랑 둘이 있어? 불편해서 잠이나 자겠어?"

대뜸 손부터 움켜잡고 힘을 주는 제희를 지켜보았다.

키도 크고 잘생긴 윤제희.

겉으로 보이는 것보다 훨씬 다정한 윤제희.

나를 가장 행복하게, 또 초라하게 만드는 윤제희.

"여기보다 더 작은 방에서도 넷이 살았어. 서울 살 때."

"……."

"다시 서울 와서는 남의 집이라 밤에 잘 때만 들어갔어. 그래서 난 지금 이 집이 있다는 게 정말 좋아."

"재이야."

"난 계속 그렇게 살았어, 반장."

방이라는 게 없었다. 한쪽이 닫힌 공간이 방이라면 그녀는 많지 않은 옷과 책을 넣어두는 정도로만 자리를 차지했다. 조금 컸다고 작은 싱크대 앞에 이불 펴고 자면서도 비참하다는 생각은 딱히 안 했었다.

그러다 윤제희를 만나며 그런 생각이 스며났다. 원래 있던 생각이 그때야 나온 건지, 누가 그러라 꼬드긴 것도 아닌데 기다린 듯 흘러나왔다. 더 잘 살고 그럴듯해 보이고 싶었다.

이만하면 현실에 만족하고 잘 적응한 거라, 그래도 한 번씩 스스로가 대견할 때가 있었다. 하지만 이제는, 즐겁고 달콤한 맛을 너무 많이 알아 이전으로 돌아갈 수 있을지 확신이 없다. 세상 쓴맛 볼 때마다 이 기억에 비교해가며 불만을 품지나 않을까. 그럼 안 되는데.

"이제 정말 월드컵 다 끝났네."

"……무슨 소릴 하는 거야?"

"그냥. 안 끝날 줄 알았거든."

"……."

"나 이제 들어가볼게. 조심해서 잘 가."

"윤제희, 김수민 환자 들여다봤어? 소독 다 하고?"

"네. 봉합한 거 확인하고 통증 호소가 심해서 진통제 처방 새로 했습니다."

"너무 사정 봐줄 거 없어. 수술을 하면 아픈 게 당연한 거지. 그거 가지고 또 트집 잡혀."

"네."

"영우 넌? 넌 인마, 어제도 일 빨리 안 한다고 간호사들 짜증 내던데 일을 하자는 거야, 말자는 거야?"

"하고 왔는데……."

"뭐? 하고 와? 어휴, 이걸 그냥."

영우만 보면 씩씩거리던 의국장이 눈으로만 몇 번 벼르다 밖으로 나갔다. 잔뜩 쫄아 눈치를 보던 영우는 문이 닫히는 소리가 나자마자 주먹을 들어 보였다.

"아오, 내가 뭘 잘못했다고? 돈 날린 게 내 잘못이야? 안 그러냐?"

"……."

"하기야 네가 내 맘을 어떻게 알겠냐? 우리 지우 히메가 날 위로해주겠지. 흐흐."

바깥 눈치 봐가며 소리 죽여 켠 TV였지만 다른 말소리가 없는지라 그만하면 들을 만했다. 휴대전화만 들고 등 돌리고 앉아 있는 제희의 귀에도 그 울먹거리는 음이 그대로 머물렀다.

– 아무도 축복해주지 않아도 돼.

영우는 울먹이는 최지우의 미모에 감탄했지만 그는 그 말에 공감해 눈을 감았다. 드라마 보면서 이런 기분이 든다는 게, 누구를 비웃을 일이 아니었구나.

그는 정말인지 누군가의 축복 같은 거 원한 적도 없다. 남들 시선이나 생각이 자신보다 중요한 적이 없었으니까.

다만 재이와의 관계에 한해서라면, 받아보고도 싶다. 제 스스로 남들 칭찬 듣고 웃을 일은 없겠지만 그녀는 좋은 소리만 듣고 밝은 생각만 하길 바랐다. 입에 발린 말이라도, 돌아서면 잊어버릴 말이라도, 재이가 나아가는 걸음걸음에 돌덩이는 치워놓고 평탄하기를 바랐다. 꽃길까지는 바라지도 않는 아이이니 제 신발이 닳아 없어질지언정 험한 일은 모두 막아주고 싶다.

"제희 넌 뭘 하루 종일 휴대전화만 붙잡고 있어? 재이 씨 전화 기다리냐?"

TV 속 주인공들의 결혼식이 중간에 깨지자 괜한 짜증이 제희에게로 향했다. 아는 것을 보고 또 보고 하면서도 볼 때마다 감정을 싣는다. 그래도 같은 결말을 두고 매번 안타까워하는 영우가 그다지 밉지는 않다.

"누가 보면 너 휴대전화랑 연애하는 줄 알겠다. 내일까지 나가지도 못하는데 뭘 벌써 그래?"

"알았어."

"싱거운 놈. 말도 없는 놈이 휴대전화는 죽자 사자야. 그러고 보니까 너 우리 과 동기 중에서도 휴대전화 제일 먼저 사지 않았냐? 은근히 사치스럽다니까. 하여튼 나가자."

가운을 챙겨 입고 손 안에서 달궈진 휴대전화를 주머니에 넣어두었다. 재이는 전화를 받지 않았고 바빠서 미안하다는 문자 한 통이 다였다. 정말 미안한 그에게 미안하다 말할 기회조차 주지 않는 그녀가 밉다. 그러면서도 그 약한 마음에 이 정도 단호하게 구는 속이 얼마나 아릴까 안쓰럽다.

그 생각에 헤매다 다 커서 드라마 대사 하나에 울컥하고 마는 자신도 안쓰럽고.

이렇게 안쓰러운 사람들끼리 얼른 만나 위로하고, 또 위로받고 싶다. 주머니에 손을 넣었다 씁쓸함을 삼켰다.

이재이, 네가 날 깨웠잖아.

그 밑바닥에서 사람 사는 데로 끌어올렸으면 책임을 져야지.

내가 널 축복해줄게. 그걸로는 안 될까? 난 누구보다 진심이잖아.

― 뭘 어쩌겠냐⋯⋯. 그래도 애썼다.

전적의 불안함도 있어 이번에는 결국 엄마와 통화를 했다. 재우가 잘 도착했다 소리와 함께 어울리지 않는 칭찬도 들었다. 어떻게든 좀 다잡아 데리고 있지, 소리가 돌아올 거라 생각했는데.

실망스럽고 피곤 가득한 목소리는 그대로였지만 그 말에서 이미 재우가 오래 버티지 못하리라 짐작한 듯했다. 그러면서도 미처 말리지 못했던 것은, 아마 너무 피곤해 그럴 힘조차 없었거나 그럼에도 기대를 했기 때문이겠지.

왜 사람은, 뻔히 짐작하는 결과를 두고도 매번 눈을 빛내게 될까.

거기에 발 담근 내가 과연 엄마를 비난할 수 있을까.

윤제희는 오늘 하루도 쉴 새 없이 전화를 했다. 손으로 닿는 것에나 뜨거울 줄 알았던 남자가 그녀의 휴대전화도 달궈놓았다. 오는 전화를 받지 못하면서도 그 휴대전화를 놓지는 못해 들여다보고 또 보았다.

나는 간신히 버텨내려는데, 너는 왜 나한테 기대를 하게 만들어?

누군가한테 들은 기억에, 쓸데없는 희망을 주는 사람이 가장 잔인한 사람이라 했는데. 그렇지만 이미 자신은 제희를 기다리고 있었으니 그가 나쁜 사람은 아니었다. 그건 상상할 수도 없는 일이다.

그녀에게 제희는, 이런 손도 예쁘다 말해주는 유일한 남자였다. 말수도 많지 않아 그 한마디가 더 신빙성을 주는 따스하고 좋은 남자였다. 제 자신만 그걸 알아 몰래 열어보는 보물상자 같은 설렘을 주는 그런 남자였다.

"어, 영미야."

– 어? 어떻게 난 줄 알았어? 너 발신자 표시 안 하지 않았어?

"그냥. 이번에 했어."

매번 울리는 같은 전화벨조차 특별하게 만들어주던 설렘도 이렇게 끝이 났다. 정작 제희가 '왜 그리 전화를 조심스레 받냐?' 멋모르고 투정할 때는 웃으며 버렸는데 이런 식으로 그 고집도 끝날 줄은 몰랐다. 그는 자신의 전화를 반겨달라 그리 말했을 텐데 반대가 되어버렸다.

– 너 일요일인데 뭐 해? 우리 집 안 올래? 엄마가 음식 많이 해놓고 어디 갔거든. 내일도 임시공휴일인데 여기서 자고 가.

"어쩌지? 나 갈 데가 있어서."

– 어디 가려고? 아……, 남친? 아우, 좋겠다.

그런 게 아니라고 말도 못 하고서 영미의 웃음기 어린 질투를 듣고만 있었다. 그냥 혼자만 알고 지낼걸, 구름 위로 떠다니느라 무엇이 더 나을 거라는 판단을 못 했다. 전화를 끊고 나서 작은 손가방 하나를 들었다. 어디 멀리 가는 것도 아닌데 유난인가 싶다가도 이 집에서 하루나마 벗어나 있고 싶었다. 몇 번을 망설이다 현관에서 휴대전화도 내려놓았다. 제희의 번호가 뜨는 화면이 그녀를 나약하게 할까 벌써 겁이 난다.

파란 칫솔 하나, 수저통에 반짝거리는 새 수저 한 벌, 깨끗하게 빨아놓은 회색 양말.

그의 말대로 좁은 집이라 그런지 잠깐 옮기는 걸음에도 제희의 체취가 가득이다.

"저기, 이재이 씨?"

그와 닮은, 그리고 닮지 않은 남자가 계단 아래서 조심스레 그녀를 불렀다. 이제 겁이 나지는 않았지만, 역시 괴롭다.

그의 가족에게서 그의 흔적을 찾게 되는 건.

동생의 이름은 제하라고 했다. 어떤 한자를 쓰는지 몰라도 시원한 웃음을 보며 혹시 '여름 하' 자를 쓰지는 않을까, 그런 쓸데없는 생각을 했다.

"저, 재이 씨? 그렇게 불러도 될까요? 초면에 누나라고 할 수도 없고. 하하."

스스럼없이 대해주는 모습에 마음을 한결 놓으면서도 저를 찾아온 의도를 알지 못해 안절부절못했다. 차마 좁은 집에 들일 수 없어 집 앞 작은 공원 벤치에 앉자 제하가 먼저 달려가 캔커피를 사왔다.

"아, 죄송해요. 제가 대접해야 하는데……."

"아니에요. 제가 너무 갑자기 왔죠. 그럼 다음에 사주세요."

말도 잘하고 잘 웃는 그의 동생이 신기했다. 제희도 환하게 웃으면 이런 느낌을 주려나.

옆으로 앉은 탓에 얼굴을 살피지 못하는 것이 꽤나 안타깝다.

"저……, 제희 일 때문이라면 그건 제가."

"네? 아! 아닌데요? 형 일은 형이 알아서 해야죠. 저희 원래 그런 거 노 터치거든요."

오해하지 말라 두 손을 들어 보였지만 머릿속은 더 복잡해진다. 심각한 표정 같은 건 전혀 없어 가만두어도 혼자 이런저런 말을 잘하는 사람이었다.

"오늘은 겸사겸사 왔어요. 형 심부름도 좀 하고, 저도 부탁드릴 것도 있고……."

"네? 심부름이라면 무슨?"

"그냥 잘 있나 보고만 와달라고 했어요. 형이 오늘 못 나온다고, 전화 안 받는데 집에 잘 있는지만 확인해달라고 했어요."

그녀가 입을 다물고 시선을 돌렸다. 흔들리던 시선이 이탈리아전 응원을 하던 날 제희와 앉았던 어딘가에 가 멎었다. 제집뿐 아니라 그사이 참 많은 곳에 그의 흔적이 남아 있었다.

"형이 저한테 부탁 같은 거 하는 게 거의 처음이거든요. 사실은 두 번째인데……, 처음 걸 제가 못 지켜서 이번에는 들어주고 싶었어요."

민망한지 제하가 머리를 긁적였다. 그러면서도 원래 웃음이 서린 사람 특유의 환한 미소로 시선을 끌었다.

"아주 예전에……, 형 고3 여름방학 때요, 원래 그런 거 잘 기억해두진 않는데 제 생일 며칠 후였거든요. 여름에 태어난지라."

역시 그랬구나, 처음으로 재이가 살짝 미소를 짓자 제하의 가슴이 괜히 쿵덕거렸다. 자신은 형과는 통하는 점이 없다 생각했는데 의외로 있을지도 모르겠다.

"그때 형이 정말 늦게 들어온 날이 있었는데……, 그날 아침에 형이랑 같이 마당에 있었어요. 갑자기 형이 나가야 하니 집에 아무 말 말아달라 했는데, 너무 늦게 들어오고 엄마 아빠도 걱정하고 그러셔서……, 그래서 어떤 예쁜 누나가 불러서 나갔다 말해버렸어요."

"아…….."

"저는 어렸을 때도 형 무섭더라구요. 그래서 말 들어야겠다 했는데 엄마 놀란 거 보니까 겁도 나고 해서. 음……, 그렇게 돼버렸어요."

그날의 일이라면 그녀가 가장 소중히 묻어둔 기억이었다. 사람이 죽을 때 기억 한 자락 가져갈 수 있다면 주저 없이 꼽을 만큼 비할 바가 없었고, 그 때문에 대전에서의 시간이 더 힘들었다.

"하여튼 뭐, 그거야 형한테 사과할 일인데, 재이 씨한텐 이거요."

"이게 뭔지……."

"최대한 비슷한 걸로 사왔어요."

제하가 처음부터 들고 왔던 예쁜 종이가방에서 커다란 병을 꺼냈다. 어찌 같은 것을 찾겠냐만 그녀의 기억 속에 자리하던 병사탕과는 모양도, 크기도 달랐다. 단 하나 같은 것은 그 위에 달린 리본 하나라, 갈 데 없는 손이 그 리본의 끝을 매만졌다.

비슷한 것이 아니었다. 그때의 그 리본이다. 눈앞이 아무리 방울져 아른거려도 제희의 손이 그렇게 섬세히 닿았던 리본을 잊을 리 없다.

"제가 사실 형이 이거 받아 온 날 깨트려버렸어요. 얼마나 세게 닫아놨던지 뚜껑이 안 열려서. 수능 전이라 친척들도 워낙 많이 줘서 별생각도 없었고, 형도 집에 없어서 엄마가 다친다고 다 치워버렸죠."

"……."

"그런데 그날 형 와서는, 어휴……, 난리도 그런 난리가 없었어요. 처음에는 저 혼내시던 아버지까지 나중엔 형한테 큰소리 내시고."

정말이지, 그때 제하는 심각한 걸 몰랐다. 형의 방에 수없이 쌓인 선물 중 가장 작고 볼품없는 사탕병 하나였을 뿐인데. 저거 하나 정도는 표도 안 나겠지 싶어 병을 흔들어대다 놓쳤다. 와장창, 깨져버린 조각들

사이로 색색의 사탕이 한순간에 도망가버렸다.

「엄마, 어떡해?」
「뭘 어떡해? 치워야지. 너도 참 애가!」

따로 말할 생각도 안 했다. 무심한 형이 설마 저걸 알아채려나 했는데, 방에 들어간 지 1초도 안 돼 다시 나와선 고함을 질렀다.

「……너야?」

이를 악물던 음성에 겁을 먹어 그대로 도망쳤다. 어머니가 말리고 아버지가 화를 내고, 그리고 그는 이해를 못 했다. 진작 봉투에 넣어서 버렸다는 말에 기어이 달려 나가 쓰레기 더미에서 이 리본 하나 모셔온 형은 밥도 안 먹고 방에 들어갔다. 유리에 스친 건지 피가 송골송골 맺혀서도 리본을 꼭 쥐던 손이었다.

그날 이후 어렵던 형은 더 어려워졌다. 분명 큰소리도 내지 않고 그만하면 잘해준 걸 텐데 같이 사는 동안 그 간격을 못 좁혔다.

"그날 재이 누나, 아니다. 재이 씨 봤을 때 이제는 빚 좀 갚으려나 했어요. 어제 본가에서 형 방 뒤져서 상자에서 이것도 찾아내고. 알면 또 죽겠네요, 하하."

"……그럼 제희한테 직접 주시지. 이미 제희 줬던 건데."

"아시잖아요. 형이 원한 건 이런 사탕병이 아닐 거예요. 재이 씨 손으로 주는 사탕병이겠죠."

말없는 재이는 무척 단아하고 고왔다. 어제 형 방 깊숙한 곳에서 손대지 말아야 할 상자를 뒤적거리다 발견했던 사진과 변한 것도 없다. 나이가 든다는 게 꼭 주름 생기고 머리 모양 바뀐다는 뜻은 아니니까. 수줍은 듯 예쁘고, 또 단정한 느낌을 말한다면 그때 그대로다.

교복 입은 예쁜 여학생 사진은 아무리 봐도 졸업앨범에 실려야 했겠지만 어쩐 일인지 형의 상자 안에 있었다.

"이제 가볼게요. 부탁 좀 드려요."

"하지만……, 저는, 저는 이제."

"에이, 두 사람 문제는 두 사람 문제구요. 저는 일단 부탁했으니 꼭 들어주시리라 믿어요."

재이가 말이라도 바꿀까 겁이 난 제하는 벌떡 일어섰다. 다시 공원을 따라 내려오는 길에 그녀의 손에 들린 가방이 아무래도 마음에 걸렸다. 주제넘게 참견은 못 하겠고, 이걸 어째야 하나 싶어 제하는 머리가 아팠다.

"혹시 어디 다른 데 가는 중이셨는지."

"아……, 바람 좀 쐬고 싶어서요. 하루 자고 올 건데……, 혹시 제희한테 가실 거면 걱정 말라고 해주세요. 휴대전화 놔두고 가는데, 음……, 그래도 걱정할까 봐."

"형이 별로 안 좋아할 거 같은데. 뭐, 바람 쐬는 것도 나쁘지 않죠. 경험상 우리 엄마 잔소리가 원래 하루 쉬면 잊히거든요. 대신 꼭 내일 돌아오셔야 해요!"

이제야 여유가 생겨 걸음을 멈추고 제하를 올려다보았다. 조금 부끄럽다 싶으면서도 그의 동생이 어떤 사람인지 자세히 보고 싶어졌다.

"제하 씨는…… 제희랑 많이 닮았어요. 형제라 그런가 봐요."

"네에? 저 그런 소리 처음 듣는데? 사람들이 저 보면 다 넌 어쩜 형이랑 하나도 안 닮았냐 하거든요. 우와! 신기하다!"

그럴 수밖에 없다. 처음 마주치던 순간부터 윤제희와 닮은 곳이 있으려나 그것만 찾았다. 이목구비는 달라도, 표정은 달라도 분명 닮은 곳이 많았다. 제하는 그 형처럼 따스하고 좋은 사람이다.

"그렇게 말한 사람은 우리 아버지뿐인데! 하하."

"……정말 닮았어요."

"그럼 저야 좋죠! 솔직히 성격이 그래서 그렇지, 우리 형 잘생겼잖아요?"

"아, 제하 씨도 제가 보기엔 멋져요."

형이 처음이자 마지막으로 마음 둔 여자한테 멋지다 소리 듣고 간질거리는 것은 아무래도 좋지 않다. 이만하면 할 만큼 했다 생각하고 일단은 마음을 가뿐히 비워냈다.

"그리고."

"네?"

"제하 씨한테 저도 미안해요. 그날……, 그날 제가 괜히 찾아가서 제희 불러내선. 제희가 동생한테 이야기했다길래 그런 줄만 알았어요. 그리고 음……, 삐삐도 있고 하니까 별일 없겠지 그러고 말았나 봐요."

간신히 가벼워졌다 생각했는데 마지막 순간에 그가 머뭇거렸다. 여전히 웃음 지으며 다정한 제하였지만 순간적이나마 진지해졌다.

정말 제희랑 닮은 거 맞구나, 동생 맞구나, 또 한 번 느끼고 만다.

"그거. 삐삐……, 형 번호 몰라요. 우리 식구 다."

"……네?"

"저희가 모르니 아마 아무도 모르지 않을까요? 같이 살 때 아직 고지서 날아오는 건 봤는데."

가는 숨소리를 내고는 그녀가 고개를 돌렸다. 그 손가락 끝에 가방이 겨우 대롱대롱 매달려 있다.

"지금 재이 씨, 아니, 재이 누나 얼굴 보니까……, 그래도 한 사람은 아는가 봐요."

　잠들지 못했다. 그럴 수 있을 거라 기대도 안 했으니 그 피곤은 고스란히 안고 가야 했다. 월드컵으로 얻은 임시공휴일에도 그는 응급실에서 밤을 새우고 이제야 자유를 얻었다.

　"너 이제 나가?"

　"응."

　"아 참, 너 돈 찾아가야지. 흐흐, 얼만지 알면 놀랄걸?"

　간신히 눈을 뜨고 있었으니 급한 일 아니라면 귀에 들어오지도 않는다. 그대로 병원을 나서다 순간 머리가 핑그르르한 느낌에 벽을 잡고 눈살을 찌푸렸다.

　"후유……."

　재이는 그들의 6월을 꿈이라 말했다. 그 말대로 꿈에서 깨고 나니 몰랐던 피로가 모조리 몰려온 모양이다. 하지만 그에게 꿈은 꼭 한 번이 아니었다. 이재이와 함께했던 시간을 꿈이라 여겼던 건 열아홉의 자신이었고 지금 그는 성인이다.

　다시없을 거라 놓았던 시간은 그 몸집을 키워 돌아왔고, 그로 인해 존재하는지도 몰랐던 희망이라는 게 생겨났다. 재이에게 지난 6월이 꿈이라면 그가 남은 모든 현실을 꿈으로 바꿔주겠다고, 재이는 남은 인생 꿈속에 살아도 좋을 만큼 착한 마음을 지키며 살았다.

　조금만 더 영악하고 자신을 위했더라면. 그래서 마음이 더 아프다.

「형, 집에 잘 있는 거 같더라.」

　제하는 가벼운 듯 가볍지 않으니 거짓말을 하지는 않을 것이다. 지금

당장이라도 달려가 재이를 안고 제 맘을 달래고 싶지만 지금은 다른 일
이 먼저였다. 결심한 대로 험한 길을 조금이나마 갈아놓으려면 순간의
아쉬움은 넘겨야 한다.

"당신은 요새 왜 이렇게 늦어요? 애들이라곤 다 나가 저 살기 바쁘고
당신이라도 빨리 와야죠……. 어머, 제희 너."
아버지와 통화를 하던 중인지 어머니는 사람이 들어와도 몰랐다. 이
커다란 집에 어머니가 혼자 계신다는 건 그로서도 마음이 쓰인다.
"아, 아니요. 제희 와서. 그럼 끊어요. 천천히 와요."
생각지 못한 큰아들의 방문에 어머니는 꽤나 놀란 모양인지 횡설수설
했다. 제희가 맞은편에 앉아 잠시 침묵을 지키자 그 자랑스럽던 아들이
조금 불편해졌다. 정말 불편한 거야 자신의 마음에서 기인했겠지만, 왜
많지도 않은 아들을 불편하게 여겨야 하는지 스스로가 조금 처량해진
다.
"……제하는 오늘 늦는데."
"네."
"아버지도 말은 빨리 온다시는데 뭐, 와봐야 알겠지."
"오기 전에 전화 드렸습니다."
"그래……."
큰아들 제희는 늘 이랬다. 기억하는 순간부터 틈이 없었고 한 번씩은
내가 애를 젖 물리고 안아 키운 것이 맞았던가 헷갈렸다. 속 깊은 아이
니 본 마음이야 어디 그랬겠냐만 어려운 아들인 것만은 부인할 수 없다.
제희는 남편을 꼭 빼닮았다. 서운하던 마음은 시간이 흐르며 유전이
니, 성격이려니 받아들였고, 남들의 감탄을 사는 의젓한 아들이 그저 으
쓱하고 자랑스러웠다. 거기다 해를 건너 제하가 태어나 톡톡히 딸 노릇

을 해주며 평범한 육아에 대한 갈망을 대신 채워주었다.

그러는 새, 제희는 홀로 저만큼이나 커버렸다. 자고 일어나니 어른이 되어 있던 아이였다.

"밥부터 좀 먹을래?"

"괜찮아요. 드릴 말씀 있어서 왔어요."

찔리는 게 있으니 자리를 뜨려 시도했으나, 제희가 다시 불러 앉혔다. 자식의 눈치를 본다는 것이 서글프기도 하고 애초에 이런 상황을 만든 제희가 원망스럽기도 하다.

"혹시 그 애 이야기야?"

어차피 짚고 넘어가야 하는 거라면 빨리 끝내는 것도 나쁘지 않다. 부모 마음이야 다 같은 거라고, 그렇게 당당하게 고개를 들었다.

"이재이입니다."

"알아."

"재이, 그날 만나서 뭐라고 하셨어요?"

물을 거라 생각하면서도 묻지 않기를 바랐다. 다만 거짓말할 생각은 없었으니 이 이야기가 끝나면 더 멀어질까 한숨이 날 뿐이다.

"직접 물어보지 그러니?"

"말 안 할 거예요."

"좋아, 그럼. 네가 짐작하는 그대로겠지."

"……."

"길 가던 사람 잡고 물어봐. 그런 애를 좋다 환영할 사람이 몇이나 있나!"

안 그래야지 했는데 목소리가 높아졌다. 남편을 닮은 제희는 말 한마디 없이 그 표정과 눈빛만으로도 사람을 죄지은 듯 몰아대고는 했다.

"그 사람들은…… 재이를 모르잖아요."

"뭐라구?"

"재이가 어떤 앤지 모르는 사람들이에요. 그리고 저는 재이가 어떤 앤지 누구보다 잘 아는 사람이구요. 그럼 제 말을 들어주셔야 하는 거 아닌가요?"

그의 목소리도 평소처럼 무감하거나 안정되지는 않았다. 이곳에 오며 수없이 생각했던 패턴이 그대로 반복되며 머리를 더 아프게 했다.

"내가 지금 다른 거 때문에 그래? 이게 다 누구 좋으라 그런 건데!"

"어머니."

"……."

"저는 재이 때문에 이제 좀 사람같이 살아요."

"너."

"재이 있어서 숨도 좀 쉬고 옆도 좀 보고 그러고 살아요. 그 애랑 있으면 남들 하는 것도 한 번씩 다 해보고 싶고 시간이 어떻게 가는지도 모르겠어요."

그걸로는 부족하냐? 원망이 가득했다.

「제 할 일은 챙겨서 하고 있어요. 성적도 떨어지지 않았구요. 제가 좋아서 하는 일이니 재이에게는 절대 아무 소리 말아주세요. 늦게까지 있으려는 게 아니라 시간이 어떻게 가는지도 모르는 건 저예요.」

열아홉의 아들은 표현이 조금 더 거칠고 직설적이었다. 늘 한두 시간 늦게 귀가하는 아들이 학교에서 친구를, 그것도 여자친구를 가르쳐주다 늦는다는 것이 어이가 없었을 뿐이다. 아무리 난다 긴다 해도 저도 고3인 것을, 그만두라 한마디 했다가 그런 소리를 들었다.

스스로는 참고 참다 한 말임에도 제희는 곧바로 잘라냈다. 정 없는 애가 정 붙일 대상이 있다면 좋겠지만 고3의 불투명한 미래를 두고 결코 바람직하지 않았다. 거기에 그 형편을 아니 더 곱게는 안 보였고, 지금도 그 생각엔 변함이 없다.

「너 언제까지 그러고 살 거야? 그럴 거면 의대는 왜 들어갔어? 죽자 사자 고집부려 의대로 갔으면 후회할 짓을 왜 하고 다녀?」
「저는 벌써……, 더 후회할 게 없어요.」

그녀의 기억으로 2년이 넘는 시간을 주말마다 그러고 다녔다. 집에도 안 오길래 공부하는 모양이다 했는데 주머니에 버스표니 기차표가 한 주먹 가득이라 더 이상 참을 수가 없었다. 그 대답에 기가 막혀 돌아서는데도 제희는 그 표에서 눈을 떼지 못했다.
어쩌다 이렇게 돼버렸을까.
대학 들어갈 무렵부터 부쩍 더 말이 없어진 아들은 꼭 필요한 말만 했었다. 그게 못내 서운하면서도 스스로도 떳떳하지 못했던지라 대화가 이어질라치면 적당히 말을 돌려버렸다. 어쩌면 지금 이 정도의 이야기를 나누는 것도 신기한 일일지 모른다.
"재이 한 번만 만나주세요."
"그날 봤잖아. 나한테 더 어쩌라고."
"그렇게 말고, 진짜 이재이요."
"……."
"그 애한테 좋은 말도 많이 해주시고 같이 웃어주시고 하면, 진짜 재이가 어떤 앤지 보이실 거예요. 부탁드립니다."
제희가 목소리에 떨림을 담고 고개까지 숙인다. 그녀가 피할 새도 없었다.

이런 식으로 아들을 꺾거나 고개 숙인 모습을 바라지는 않았건만. 그 마음이 말할 수 없이 착잡해 절대로 꺼내지 않으리라 생각했던 이야기 하나가 나와버렸다.

 "제하 말로는……, 네가 안다고 하던데."

 긴 설명이 필요할 만큼 제희에게 엄마로서 잘못한 것이 많지는 않다. 그 아가씨 말로는 제가 가게까지 찾아갔던 거야 얘기 안 했다 했으니, 제희를 찾아 집 앞까지 왔던 그 아가씰 매몰차게 잘라낸 것만 알겠거니 짐작했다. 사탕병을 깨트렸을 때 제하에게 하던 걸 보면 집안 한번 뒤엎었어도 이상하지 않은 일인데 몹쓸 호기심이 또 생기고 만다. 며칠 전에도 이러다 후회했는데.

 "제하한테 그해 겨울쯤 들었다며? 왜 나한테 말 안 했니?"

 "……제가 무슨 말을 꺼낼지 감당할 수가 없어서요. 한마디라도 입 밖에 냈다가 어머니를 원망하게 될까 겁이 났어요."

 "넌 벌써 날 원망하고 있었잖아!"

 "아니라고는 못 하지만……, 그보다는 저는 어머니 아들이고 또 어머니 역시 제가 정말 사랑하는 분이니까요."

 성인이 된, 그 무뚝뚝한 아들에게 사랑한다는 소리를 처음으로 들었는데 기분이 이렇게나 착잡하다. 그래서 주책없이 눈물이 나버렸다.

 제희의 말이 정말이라면, 아마 정말이겠지만, 그건 제 나름대로의 방식이었겠지.

 생각해보면 작은아들이 종알종알 재롱을 부려도 막상 무거운 짐 들면 뒤에서 받아 가는 건 제희였다. 귀가가 늦어지면 택시가 들어오지 못하는 골목 앞까지 내려와 있던 것도 제희였고, 명절 끝나고 끙끙대며 누워 있을 때 말없이 파스 사다 놓고 가는 아들도 제희였다.

 "재이는, 어떻게든 찾을 거라 믿었어요."

"……."

"죄송합니다, 어머니."

"죄송한 건 알아?"

아마 모르겠지. 제가 아무리 잘나고 똑똑한 놈이라도 부모가 되지 않는 이상 이 마음을 모른다. 그리고 부모라 사람같이 살고 싶다는 아들 두고 차마 안 보겠다 소리가 나오지 않았다.

안 들었으면 모를까, 이미 들어버렸다. 뭐하러 오늘 빈집에 처량히 혼자 남아 있었을까.

머리를 파묻고 눈물이 흐르려던 새, 제희가 먼저 다가와 그녀 곁에 묵묵히 앉았다. 이게 아마 제희가 보여주는 최대치의 공감과 위로일 것이다.

"조만간 연락드리겠습니다."

"난 몰라. 말 그대로 만나는 게 끝이야. 만나고 나서 싫다고 할 거야, 난."

"그러지 않으실 거잖아요."

제 엄마에게 이런 식으로 신뢰를 드러내는 놈이 또 있을까. 그 심술이 결국 그녀를 유치하게 만들었다.

"그러면? 내가 걔 앞에서 안 된다 하면 어쩌려고?"

"못 그러실 거예요."

"내가 왜?"

"진짜 재이를 보면, 좋아하실 수밖에 없으세요."

기가 차 제대로 쏘아보아도 아들은 더없이 진지했다. 늘 조심스럽던 아들 앞에서 이 정도로 화를 표현하는 게 얼마 만인지 기억도 까마득하다.

"하! 너희 아버지도 가만히는……."

"재이랑 있으면……, 제가 좋은 사람이 된 거 같아요. 남들이 말하는 못된 윤제희가 아니라…… 그 눈을 보다 보면 싫은 말이나 나쁜 행동을 할 수가 없어요."

"누가 너더러 나쁘대? 넌 그냥 말이 없는 거지."

"……저는 두 분 아들이니까, 아버지도, 어머니도 분명 제 말뜻을 아시게 될 거예요."

7월 1일은 임시공휴일이었다. 나라에서 이렇게 날 정해 쉬라고 하는 걸 보면 정말 큰 행사긴 했구나 싶어 아직 남아 있는 여운을 곱씹으며 거리를 걸었다.

"야, 들어가자! 파도친다."

"하하하, 하지 마! 이거 놓으라구!"

쏴아, 파도가 밀려오는 것을 신기하게 바라보았다. 조금 이른 피서에 연인들이나 학생들이나 즐거운 웃음이 넘치는데 이재이는 조금 달랐다. 그녀는 바다에 와본 자체가 처음이었다.

TV랑 똑같구나, 커다란 수영장 같은 게 아니었어.

파도는 어떻게 저렇게 계속 밀려나는 거지?

신발을 손에 들고 모래사장으로 내려갔다. 발가락 사이로 닿는 까슬한 모래가 생각보다 더 뜨겁게 파고들었다. 한 걸음 내딛었을 뿐인데 쉽사리 털어낼 수 없을 만큼 많은 모래가 흔적을 남겼다. 꼭 제희처럼.

"……차갑네."

처음 몸에 닿는 바다 모래를 좇아가다가 그 색이 점점 짙어지는 것도 몰랐다. 이왕 이렇게 된 거, 끝까지 가보자 했더니 몇 걸음도 안 돼 바다에 닿았다. 조금 차다 싶게 시원함을 느끼고는 눈을 감는다. 제 마음도 빨리 좀 식을 수 있기를, 그러기를 바랐다.

제희와 이전처럼 지내기는 힘들 거라 결론을 내렸다. 하지만 제 몸 하나 숨겨 끝날 일도 아니고 이제는 자기 행동 책임지며 사는 사회인이다. 가능할지는 모르겠지만 서서히 멀어진다면, 그래서 한 번씩 얼굴 보고 '너 좋아 보이네. 잘 있었어?' 이 정도 말을 할 수 있다면. 그럼 어쩌면 생각만큼 나쁘지 않을지도 모른다. 생사도 모르고 억지로 지워내다 눈물 가득한 악몽 속에서 만나는 것보다는 마음을 숨기더라도 현실의 그를 볼 수 있을 테니.

　사실 이런 생각이야 어디까지나 소망이었고 다시 제희를 보게 된다면 또 어찌 될지는 모르겠다. 처음 교실에서 만났을 때, 그리고 두 번째의 우연한 만남 모두 눈 뜨니 사랑에 빠져 있었다. 마음 접고 서울로 올라가도 세 번째의 그를 만난다면 다시 그러지 않으리란 장담은 못 한다.

　아마 그렇겠지. 그녀가 이재이이고 그가 윤제희인 이상 다시 그를 만나면 또 맥없이 두 발 깊숙하게 빠지고 말 것이다. 장담 같은 거 잘 안 하는 그녀가 어쩔 수 없는 확신에 눈물을 투둑 떨어트렸다. 마찬가지로 짜고 커다란 바다 속에서 그녀의 눈물 한두 방울 정도야 티도 나지 않는다. 어쩌면 앞으로는 바다를 자주 찾을지도 모르겠다.

　"요 앞에 나가면 먹을 데 많아. 근데 관광객들 바가지 씌우니까 처음 집 말고 쭉 따라 내려가봐. 안쪽 가면 싸고 양도 많이 줘."

　"네."

　"방 닦아놨으니까 와서 바로 자고."

　"네, 감사합니다."

　바다 바로 앞 민박집에 짐을 풀었다. 하루 자고 돌아갈 거니 풀 만큼 큰 가방도 아니지만 주인 할머니가 은근히 쳐다보기에 속을 훤히 아는 가방을 괜히 뒤적거렸다. 꺼낼 것 없는 가방 안을 휘젓다 손끝에 걸리는 무언가에 가슴이 꾹 멘다. 다 털어내겠다 생각해놓고 이건 또 왜 가지고 왔을까. 별 네 개가 나란한 폴라리스 목걸이가 그녀의 집에서 가장 귀중한 물건이라 저도 모르게 챙겨 넣었다. 기껏 한낮 내내 파도로 식혀놓은 가슴이 단번에 뜨거워졌다.

"저기요, 혹시 공중전화는 어디 있을까요?"

"전화? 휴대전화 안 들고 다녀? 아……, 그럼 우리 집 거 써. 뭐하러 공중전화까지 가? 이리 와."

"아니에요. 그냥 산책 좀 하면서 있으면 전화 걸어보려구요."

"음, 그래? 그럼 뭐……. 요새 공중전화 많이 없어졌다는데 그래도 여기는 좀 있어, 시골이라. 저 앞에 골목에도 있고 우체국 앞이랑 바다 쪽이랑 해서 서너 개 될 거야."

없으면 말자 싶었는데 그 대답이 또 반가워 해변으로 나섰다. 밤바다는 무서울 정도로 검어 한낮과는 완전히 다른 모습이다. 겁이 많아서 다시 발 담글 생각은 못 하고 사람들 떠드는 소리만 들으며 힐끗 쳐다보는 게 다였다.

"너네 왜 몰래 나왔어? 얼른 안 들어가?"

"아우, 선생님. 제발요. 그냥 바람만 쐰 거예요."

불만 가득한 목소리의 학생들이 선생님을 피해 그녀 옆을 스쳐 지나갔다. 수학여행을 온 건지 깔깔거리며 사진 찍느라 정신이 없더니 몰래 나와 더 즐거웠나 보다. 그녀가 학교를 다닐 때보다 한 뼘은 짧아진 치마 덕분인지 언뜻 봐서는 교복인지도 몰랐다.

"야, 카메라 그거 조심해야 돼. 우리 오빠 거란 말이야."

"어, 진짜 신기하다. 나 디지털 카메라 첨 봤어. 어떻게 바로 찍어서 보냐? 넘겨봐, 얼른."

"진짜 좋지? 그거 이백만 화소래. 모래 하나라도 들어가면 안 돼."

잡혀 들어가면서도 어느새 희희낙락 카메라 하나에 아이들이 몰려들었다. 누가 잘 나왔네, 이건 지우자, 소리를 들으면서도 재이는 '너희 다 예쁘다.' 말해주고 싶었다.

「너 좀 웃어라.」

1차 수능 치기 얼마 전에 졸업사진을 미리 찍었다. 2교시 마치고 강당에 모여 일렬로 서서 찍었는데 당시에도 멋 부리기 좋아하는 아이들은 난리가 났다. 립스틱 하나를 돌려 바르고 앞머리를 봉 띄우고. 그러다 발각되어 수포가 되면서도 고개만 돌아가면 다시 머리를 띄웠다.

「부반장, 너도 머리 좀 이렇게 해봐.」

친구가 둥근 빗을 들고 다가오자 그녀는 고개를 내저었다. 멋을 부리기 싫어서라기보다는 그게 뭐라고 또 부끄러웠다. 평소보다 머리만 조금 더 단정하게 손보고 사진 찍으러 나가는 그녀에게 명단을 체크하던 제희가 들릴 듯 말 듯 말했다. 좀 웃어보라고.
그 말 안 들었으면 자연스럽게 찍었을 사진인데 그 말에 신경 쓰느라 얼굴이 굳어버렸다. 평생 지적 같은 거 안 당해본 그녀가 사진사에게 긴장 좀 풀라 소리를 두 번이나 듣고, 사진사 바로 뒤에 있던 제희와 눈이 마주쳤다. 그가 피식 웃던 모습에 살짝 따라 웃다가 자신도 모르게 사진이 찍혔다.
그 사진은 지금 어디에 있을까. 내 진짜 졸업사진은 그거 하나뿐인데.
"아아."
짧은 거리도 아니었는데 어느새 하얀 등대에 닿았다. 해변의 끝이다.

다시 돌아가야지 생각하다가 등대 옆 공중전화 앞에 섰다. 어쩌면 처음부터 이걸 찾아 해맸던 건지도.

심호흡을 하고 그 안으로 들어섰다. 요새 찾는 사람이 있으려나 하던 전화박스 옆면엔 갖가지 사랑의 낙서들이 빼곡했다. 동전을 넣자 신호음이 들렸고, 그녀는 숨을 참았다.

첫날에 외워버린 그의 휴대전화 번호를 반 정도 눌렀을 때, 아직 태연히 굴 만큼의 준비가 되지 않음을 알았다. 어느 순간에도 익숙해지지 않겠지만 지금은 도저히 못 하겠다. 수화기를 내리며 참았던 숨을 내뱉고 불현듯 떠오르는 번호에 조심스레 손을 들었다.

윤제희와 관련된 것이라면, 휴대전화 번호 이전에 깊이 묻어둔 열 자리의 숫자가 있다.

0125023952.

대전에 내려갔을 때 하루에 백번, 천번씩 되뇌던 그의 삐삐 번호. 그렇게 새기고 새기다 세월로 억지로 덮어둔 그의 번호였다.

아니겠지 생각하면서도 제하에게서 들은 말이 하루 종일 그녀의 가슴을 짓눌렀다. 시간이 다 얼마라고, 자신조차 그 존재를 까맣게 잊고 있었는데, 설마 아직도 있을까. 마지막 번호에서 눈을 감아버렸다. 지금껏 참고 참다 단 세 번 끝까지 눌러보았고 오늘이 겨우 네 번째다.

－……재이야. 나야. 듣고 있니?

순간적으로 휴대전화 번호를 누른 걸까 착각했다. 인사말이 나와야 할 자리에 자신의 이름이 가장 먼저 불렸다. 이 번호는, 정말 제하 말대로 자신만 알고 있나 보다.

"으흐흑."

－왜 요새는 전화를 안 해? 무슨 일 있는 거 아니지? 음……, 이건 오래 녹음이 안 돼. 사서함 꼭 확인해줘. 비밀번호 3325야. 알지? 네 반번

호. 꼭 좀 들어줘. 그리고……, 지금이라도 전화해줘서 너무 고마워, 재이야.

흐느낌에 그 목소리를 놓칠까 간신히 버텼다. 그런데도 참지 못해 결국 그 울음에 제희의 떨리는 목소리가 묻혀버렸다.

chapter 16
소원

● – 첫 번째 메시지입니다.

어, 반장, 나 이재이. 음……, 너무 늦게 연락했지? 너한테 제일 먼저 삐삐 쳐보고 싶었는데 마음대로 안 됐네. 미리 연락도 못 하고 내려와서 정말 미안해. 일부러 그런 건 아냐, 진짜. 네가 혹시 화났을까 봐 걱정이야. 그래도 나 좋은 소식 있어서 알려주고 싶어. 우리 아빠 요새 많이 좋아졌거든. 나 11월에 수능 다시 치고 점수 잘 나오면, 그러면 꼭 서울에 갈게. 알았지? 우리 한국대 앞에 가서 맛있는 것도 사 먹고 그러자. 이번에는 내가 고로케 사줄게, 응?

1993년 9월 16일에 저장되었습니다.

– 두 번째 메시지입니다.

반장, 나 이재이……. 잘 지내지? 너는 어디에 있으나 잘할 거야. 네가 이제 대학생이라니 나는 잘 상상이 안 가. 머리는 길었어? 넌 머리 조금 더 길러도 잘 어울릴 거 같아. 나는……, 나도 잘 있어. 잘 있는데, 으음, 아니다. 대학생 된 거 정말 축하해, 기분이 어때? 모르겠다고만 하겠지, 넌? 난 되게 좋을 거 같은데……. 그래도 내년에는 너 대학생 된 거 볼 수 있을지도 몰라. 올해만 조금 더 고생하면……, 음, 오늘 처음

학교 가는 날인데 내가 너무 무거운 이야기만 하네. 미안해. 학교 잘 가고. 그리고 다시 한 번 축하해.

1994년 3월 2일에 저장되었습니다.

― 세 번째 메시지입니다.

어, 반장, 나 이재이. 너무 오랜만이라 나 잊었을지도 모르겠다. 부반장 이재인데……, 이제 알겠어? 으음……, 아마 앞으로 많이 바빠져서 당분간 연락하기 힘들어질 거 같아서……, 흐읍. 반장 너는 학교 잘 다니지? 친구도 많고 공부도 잘할 거야. 꼭 그럴 거 같아. 그런데 있잖아……, 흑, 나 너한테 할 말 있다고 한 거, 그거 꼭 해줘야 하는데……, 너무 늦어버렸어. 그런데……, 나중에, 흐윽, 아주 나중에라도 꼭 말해주고 싶어서. 그러니까 좀 기다려줄 수 있어? 절대로 번호 바꾸면 안 돼, 응?

1994년 12월 17일에 저장되었습니다.

적지 않던 잔돈을 모두 소진할 때까지 듣고 또 들었다. 처음 세 개는 자신이 남긴 음성이었고 남은 일곱 개는 제희의 목소리였다. 제가 남긴 세 개의 메시지는 그저 흘려들어도 남은 것들은 그러지 못해 그 밤에 눈물을 쏟아냈다.

네 그런 마음을 알았더라면, 나도 그렇게 충동적으로 수화기를 들지 않았을 텐데.

어쩌면 제 맘을 동여매어서라도 제희에게 그런 긴 기다림을 주지는 않을 수도 있었다. 세 번 모두 수십, 수백 번의 망설임이 앞서 자리했지만 한 번은 더 참았어야 했다. 제희의 그 떨리고 조심스럽던 목소리들, 때로는 감출 수 없는 원망과 아픔이 드러나는 목소리까지. 그 모든 목소리가 어젯밤 그녀의 새벽을 쥐고 흔들었다.

「재이야, 내가 어떻게 널 잊어.」

편안히 잠들 수 있다는 것이 그녀에게는 죄책감이 생길 만큼 힘들었다. 그저 두 눈 뜨고 날이 밝아오기만 기다렸다는 것이 옳을지도.

"흐읍."

서울로 돌아가는 첫차에 올라 차창에 머리를 기댔다. 그에게 메시지를 남겼을 때의 자신을 떠올려본다. 간다는 말 한마디 못 하고 대전으로 내려왔지만 가장 헛된 희망에 차 있었을 1993년 9월, 11월 2차 시험을 치지 못하고 몇 달간을 제 자신이 아니게 살다, 그래도 캠퍼스로 새 걸음 할 그에게 축하한다 말이라도 전하고 싶었던 1994년 3월, 재수마저 포기하고 서울에 올라와 의대에 있던 그를 마지막으로 보았던 그날, 1994년 12월.

그 후로는 차마 그 번호를 웃으며 기억 못 했다. 의대 건물에서 멀찌감치 제희를 보고 온 후 있는 것이 맞다고, 그 하나만 깨닫고 왔다. 친구들 사이에서 반짝반짝 빛나는 그를 보며 내가 마음에 두고 있는 것도 짐이 되리라 믿었으니까. 당장에 내일도 일하러 나가야 할 어린 그녀에게는 마음속 안식처를 두는 것마저 사치였다. 그래서 자신의 선택이 옳다고만 생각했다. 기다리는 이의 상처도 못지않음을, 두 손 두 발 묶여 문이 열리기만 바라는 이의 갑갑함을 모르고 있었다.

"어머, 아가씨. 이제 와? 어디 갔다 왔어?"

"아, 네……. 안녕하세요?"

"응. 나야 뭐. 그런데 아가씨 친군지 뭔지……, 어제 밤새 앞에서 웬 남자가 기다리더라. 키 크고 훤칠한데……, 혹시 이상한 사람 아니지?"

"……아니에요. 좋은 애예요."

무슨 대답이 저런가 싶은 주인집 아주머니가 적당히 끄덕거리고 올라가려다가 계단에서 큰 소리를 내며 멈췄다.

"엄마야! 이 사람이네. 또 왔어. 아가씨, 친구 맞아?"

"아……, 네."

찾아올 사람이야 하나밖에 없다. 새벽 귓가를 울리던 목소리 때문에 음성으로 내뱉는 그의 감정을 한층 더 섬세하게 이해했다.

"이재이."

지금 저 목소리는 화가 가득하다는 것도.

"아가씨, 괜찮은 거야?"

"아, 네. 괜찮아요. 제 친구 맞아요."

얼른 문을 열자 그녀와 채 한 걸음 떨어지기도 전에 그가 뒤를 따랐다. 걱정스러운지 한참 더 기다려보다가 별 소리가 나지 않자 젊은 사람들이 사랑싸움 한 모양이라며 웃고서 계단을 올랐다. 요란도 하지. 그럴 아가씨같이 안 보이던데. 하기야 저맘때 저렇게 연애 안 하는 사람이 어딨을까.

"……제희야, 아침 먹었어?"

"아침? 넌 지금 아침 소리가 나와?"

"그런 게 아니라."

"넌 왜 나를 못 믿어?"

"……."

"그게 날 얼마나 비참하게 하는지 생각해봤어? 뭐든 너 혼자야? 내가 어디까지 망가지는지 알고 싶은 거야?"

대답할 새도 없이 그녀의 손목을 잡고 끌었다. 그 와중에도 어디 다친 데 없나 얼굴이나 옷매무새부터 살피는 자신이 바보 같다. 나는 저 때문에 인생에서 가장 괴롭던 나날로 돌아가 있었는데.

"그렇게, 그렇게 날 놀리고 싶어?"

"제희야."

"……넌 전혀 착하지 않아."

남들이 다 열아홉의 재이를 천사같이 순한 아이라 해도 그의 눈에는 고집이 보였다. 마음에 안 들면 아주 잠시나마 뾰로통하기도 했고, 한 번씩은 눈물이 흐를까 고개 푹 숙이고 억지로 눈을 깜박이기도 했다. 그 모든 걸 자신만 안다는 게 너무 좋고 신이 나 남들에게는 말 한마디 안 했다. 친구들이 '부반장은 너무 착해.'라고 말하면 나는 너희가 모르는 거 안다고, 속으로 웃으며 거만하게 굴었다.

이런 네가 내 속을 한없이 태우고 비참하게 만든다면, 그 말을 누가 믿어줄까? 알면서 입 다문 벌을 지금 받는 모양이다.

"어떻게 이렇게 못됐니."

바로 침대에 눕혀 다시는 도망갈 생각도 못 하게 양옆에서 꾹 누르며 내려다보았다. 푸석하게 부어오른 눈을 보니 화가 치민다. 쫓겨난 아이처럼 재이가 그 없는 곳에서 몰래 울고 왔다는 것이 그의 인내를 무너트렸다. 제 딴에 착하고 마음 약해 한다는 짓이 왜 남자를 천하의 바보로 만드는 것임을 모를까.

"왜 그래?"

"왜 그러냐고?"

설명하기도 싫다. 그도 무한 체력이 아니라 입을 열 힘도 없었다. 작은 머리 그대로 두면 또 어떤 무서운 생각을 할까. 이제 그의 뜻대로 몰아붙일 것이다. 이재이를 아껴주는 것도 자신이 살아 있을 때나 가능하다.

"넌 내가 뭘로 보여?"

그제야 입을 꾹 다무는 재이를 보다가 그대로 윗옷을 벗겨 내렸다. 하나하나 예쁘게 풀 인내심도 없어 적당히 두어 개 남았을 때 그냥 뜯어냈다. 데구르르 구르는 단추 하나를 응시하는 재이의 눈이 한없이 슬퍼 보여 그게 또 그의 화에 기름을 끼얹었다.

"너는…… 겨우 저런 거 하나에도 눈이 가면서. 왜 나를 못 봐?"

"아냐, 그런 거 아냐……, 으음."

"난 이제 그거 두 번 못 해. 힘들어서 못 해."

그가 무엇을 못 하겠다 하는지는 어젯밤 공중전화에서 들었다. 그 생각을 하니 다시 눈물이 핑 고여 대뜸 입술을 파고드는 그를 뿌리치지 못했다. 그럴 마음도 없었지만 어떻게 이런 사람을 다시 뿌리칠 수 있을까.

할 수 있는 건 다 해주고 싶다. 제 마음 한 조각, 제 몸 한번 열어 그의 마음을 달래줄 수 있다면, 그게 그녀가 가장 바라는 것이다. 오히려 너무 쉬운 길이라 자책마저 든다.

"으흡."

어디 너도 아파봐라, 크나큰 불안감으로 체중을 실은 제희가 마음 아프다. 첫날밤보다 훨씬 더 아프고 거칠게 파고드는 그가 밉지 않다. 그저 울컥하고 애틋해 두 손을 들어올려 그의 뺨을 감쌌다. 놀라는 눈에서 상처가 엿보이자 다시 울어버렸다.

"흐윽."

"왜……, 왜 울어? 아파?"

그게 아니라는 소리를 못 해 그를 끌어당겼다. 뜨거운 숨결에 정상치를 넘어서는 열기가 녹아 있었다.

반장, 아니, 윤제희.

내가 너한테 그런 사람이었어? 응? 말해줘.

수년을 뛰어넘어 속초의 어느 해변에 있는 차가운 수화기로 듣는 거 말고, 내 안에 있는 네 목소리로. 그러면 더 실감이 나고 더 미안할 것 같아. 그래서 네가 하자는 대로 다 해버릴 수 있을 것 같아.

알고 있는 답을 무언으로 강요하다 처음으로 그의 입술을 먼저 당겼다. 얼마나 놀란 건지, 확실히 조금 전보다 누그러진 것이 부드러운 움직임에서 느껴졌다. 기교 같은 건 없어도, 그저 마음 가는 대로 뜨거운 그의 입안을 헤집었다.

입안에서 열이 나듯 뜨겁고 부드러워 이대로 녹아버리는 게 아닐까 싶다. 그것도 나쁘지는 않은데.

"하아……, 너 내가 이런다고 화가 풀릴 거 같아?"

"아……, 알아."

"뭘 아는데? 네가 뭘 알아?"

사실을 말하자면, 그의 화가 벌써 꽤 풀렸다는 것 정도는 안다. 아프지 않게 배려해주고 움직임도 크지 않았다. 이제 제희의 온몸에서 따가운 것은 오직 이 눈빛뿐이다.

"으음. 하앗……."

"차라리 나더러 죽으라고 하든가!"

"흐읏, 아냐. 아니야."

"그럼 같이 죽자는 거야?"

"아아. 아냐!"

속도는 줄였지만 그는 여전히 절박했다. 절망의 늪에서 구해줄 듯 제가 있는 곳까지 끌어올렸다가 발 딛기 직전에 밀어버린 느낌이다. 다시 그리 살라면 그건 그에게 죽으라는 소리였다. 그녀의 아니라는 소리를 들으면서도 더 크게 듣고 싶어 허리에 힘을 실었다.

"으으응."

"나 봐, 보라구!"

가슴을 움켜쥐었다. 재이가 바라는 것이 이런 것은 아닐 텐데 그 하얀 몸 곳곳에 붉은 자국을 내었다. 특별히 힘을 세게 주지도 않았다. 워낙 하얀 몸이라 흔적도 쉽게 남아 옷으로 가려지는 모든 곳에 자신을 남겼다.

"제…… 제희야. 흐읏."

"눈 떠."

마주 보는 그녀의 눈동자에도 자신이 들어 있다. 이런 순간에도 그녀는 자신을 좋은 사람으로 남겨둔다. 그 눈에 얼마나 예쁘게 담았는지 지독한 열감과 아픔이 녹은 와중에도 자신을 사랑하는 그녀가 보였다. 나는 다 괜찮다 말하는 이재이가 있었다.

"……."

착하지 않은데 착한 그녀를 보다가 제 입술로 그 눈을 감겼다. 엉덩이를 잡고 부드럽게 몸을 놀렸다. 자책 사이로도 쾌감이 내려앉는다. 고통이 사라진 그녀의 비음을 듣자 역시 이편이 그에게도 더 좋았다. 몸을 나누며 얻는 모든 쾌락은 그녀와 함께할 때 의미가 있는 것을.

"하아, 하아……, 으응."

맞부딪치는 살이 묘하게 박자를 맞췄다. 눈빛으로 그를 달래보려던 재이가 참지 못하고 다시 목을 끌자 그가 본격적으로 하체를 밀어붙였다. 조금 더 강해진 소리가 규칙적일수록 두 사람이 느끼는 선정성과 본능적인 쾌감이 더 진해졌다.

"아아아……."

마지막에야 보란 듯 몰아붙이더니 뜨거운 그의 흔적이 몸 안 가득 퍼져나갔다. 그러면 안 된다는 건 알지만 그 못지않게 그녀 역시 그 느낌을 즐겼다. 그의 몸 어디 하나 마음을 적시지 않는 것이 없으니까.

"콘돔 안 썼어."

"……."

"일부러."

그가 따가운 눈 그대로 최대한 엄중하게 일렀다. 그래봤자 겁이 나지는 않았지만 아무 말 못 하고 고개를 끄덕거렸다. 옆으로 누워서도 머리 한 자락은 놓지 못하는 그에게 고개를 돌릴 엄두가 안 난다. 오는 내내 묻고 싶은 것이 얼마나 많았는데 막상 입에서 나오는 말이 없었다. 지금 이 순간조차 그 먹먹함을 다 감내하기가 힘들어 여운을 삭히는 중이었으니, 더 이상은 감당할 수 있으리란 보장도 못 한다.

"왜 그래?"

"……아니. 아무것도."

그래서 일단은. 묻지 않기로 했다. 다시 만난 순간부터 그가 그래왔던 것처럼.

"너 어디 가?"

제 곁에서 자리를 뜨는 그녀에게 제희가 대번 신경을 곤두세웠다. 화장실에 가려나 하고 마지못해 보내줬는데 현관 쪽으로 방향을 트니 두고 볼 여유가 없었다. 옷도 제대로 안 입었으니 가봐야 이 작은 집 안인데도 그 꼴을 못 봤다.

"잠깐만."

"얼른 안 와?"

현관 앞에 놓아둔 종이가방을 들여다보다 그녀가 한숨을 쉬었다. 인내심 강한 제희가 저렇게 보채는데 제 탓이 절반이라 그게 또 안타깝다. 그러면서도 생각했다. 저렇게 잘나고 잘난 윤제희에 대해, 또 그런 그를 초조하게 만드는 자신에 대해.

"뭐야? 뭐 하자는 거야?"

"어휴……, 그런 거 아냐. 나 도망 안 가."

불안한 표정이야 많이 가셨지만 아직도 믿을 수 없다는 의구심 어린 표정과 다시 그녀의 몸을 잡아채는 손에는 힘이 가득 실려 있다.

"이거 선물. 이거 주려고 했던 거야."

"……뭔데?"

"얼른 봐. 응?"

엄밀히 말하면 그때 그 사탕이 아니었다. 아무리 제하가 심사숙고했더라도 같을 수는 없다. 하지만 위에 달린 리본 하나에 처음으로 그가 묘하게 눈을 일렁였다.

"반장, 시험 잘 봐."

"……."

"네 동생도 참 멋지더라. 나도 그런 동생이 있으면 좋았을 텐데."

겨우 꺼내놓은 농담에 제희가 웃지 않자 그녀가 고개를 숙여 그의 시선을 잡아왔다. 이렇게 봐서는 모르겠다. 다만 어제의 그녀처럼 리본을 매만지던 손길이 지나치게 느렸다.

"……먹을래?"

"응, 먹고 싶어. 하나만 줄래?"

같은 기억이 반복되고, 둘 다 이렇게 자랐다. 조금 전까지 열락에 빠져 있었고, 한 침대에서 옷도 제대로 안 입었지만 그 순수했던 의미가 퇴색하지는 않다.

"맛있어."

오렌지 맛으로 짐작되는, 오렌지의 빛깔과 모양이 그녀의 목을 가득 메웠던 울음을 넘겼다. 작은 입안에서 사탕이 이와 부딪쳐 타닥 소리를 내자 그가 눈을 들었다. 그녀가 유리병 뚜껑을 덮은 그의 손을 치워내고 사탕 하나를 더 꺼내 그의 입에 넣어주었다. 이 정도의 일도 그녀에게는 커다란 용기였다.

"제희야……, 이제 이런 거 있으면 아끼지 말고 다 먹어. 응?"

형편이 좋다고는 못 해도 이 정도를 아끼게 하고 싶지는 않았다. 그도 그렇겠지만 재이 역시 그때보다는 해줄 수 있는 게 더 많아졌다.

"이재이."

반쯤 기대 있던 팔을 뻗어 그녀를 당겼다. 들고 있던 병이 침대로 쏟아져 선명한 색 그대로 흩어졌다. 9년간 흑백과도 같던 그녀의 삶과 이 작은 방에 이토록 많은 색이 자리한 것은 처음이다. 주워 담을 생각도 못 하고 그 색감에 빠져드는데, 바로 그가 입을 맞췄다.

딸기 맛이었구나.

태연한 체 사탕을 내밀었지만 그게 무슨 맛인지도 몰랐다. 맞닿은 입 안에서야 그 맛을 알아 그녀가 물고 있던 새콤함과 뒤섞였다. 뜨거운 열기에 사탕까지 엉겨 붙어 그 모양이 금세 허물어졌다.

"너……, 내, 내가 이대로 넘어갈 거라 착각하지 마."

"알아."

"뭘 아는데?"

세상 그 누구보다 언변에 능한 사람일지라도 그가 느꼈던 불안과 피 말리는 초조를 설명할 수는 없다. 더군다나 말없이 웃기만 하는 이재이라면, 아마 죽어도 모를 거다.

"다시 한 번 그래봐."

"나는."

"너는 정말…… 착하지 않아."

– 네 번째 메시지입니다.

재이야, 이렇게 할 수 있다는 걸 지금에야 알았어. 나는 아무래도 그렇게 똑똑하지는 않나 봐. 재이 너는 지금 어디에 있을까? 좋은 소식이 있다면서 왜 연락을 안 해? 혹시 시험을 못 쳐서 그래? 그럼 다시 하면 되잖아……. 내가 그때보다 더 잘 가르쳐줄게. 때리지도, 화내지도 않아……. 알잖아. 재이 네가 이걸 다시 듣기만 해도 소원이 없을 거 같은데, 그래도 네 목소리 떠올리니 화가 난다. 재이야, 내가 어떻게 널 잊어? 나한테 어떻게 그런 걸 물어? 나한테 그러면…… 안 되는 거잖아.

1995년 1월 2일에 저장되었습니다.

졸린 듯 눈을 비비기도 하고 때로는 하품을 해가면서도 모두들 제자리를 찾아가기 위해 노력했다. 전 국민을 휩쓸던 열기가 털어낸다고 한번에 사라지지는 않겠지만 넋 놓고 살기엔 세상은 무서울 정도로 바쁘게 돌아갔다. 특히 병원에서는.

"윤 선생님, 박 선생님 병원 오시다 다리 삐끗하셔서 오늘 대신 좀 계셔달라 하시는데요?"

"영우가요?"

"네. 김 교수님 수술 잡혀 있어서 거기도 들어가셔야 해요. 지금 검사 들어갔는데 준비 좀 해주세요."

대학병원에서 피부과는 비교적 한가한 과고 응급도 드물었지만 병원이다 보니 이렇게 뜻하지 않게 발이 묶이는 경우가 종종 있다. 차트 보니 오늘 집에 들어가긴 틀린지라 수술 준비부터 하고 기다리는 시간에 휴대전화를 꺼냈다.

— 응, 왜?

"어머니, 저 아무래도 오늘은 힘들고 내일도 당직이라 모레나 들를 거 같아요."

— 네가 언제부터 그렇게 집에 자주 왔다고? 됐어, 얘.

말은 그리 하면서도 목소리에는 실망이 섞여 있었다. 겨우 집에 가는 일에 이런 반응이 돌아오는 것을 보자 자신이 썩 좋은 아들이 아니었구나 깨달아 마음이 무겁다.

— 너 내가 모를 줄 알아? 다 그 재이 걔가 오늘 약속 어긴 것 때문에 네가 미리 내 기분 맞추려 그런 거잖아.

"그런 거 아니에요. 재이도 어머니 뵙자고 하는 거 미리 알았으면 약속 취소했을 거예요."

— 뭐야? 너 그럼 나 만날 거라 이야기도 안 한 거야? 무슨 애가 참.

사탕 하나 주고 입안으로 어르던 이재이는 요 며칠간 갈수록 마음에 들지 않았다. 기껏 어머니와 약속을 잡아 시간 비우라 했더니 '어쩌지? 나 친구랑 약속 있어서.' 하고 곤란한 표정을 짓는 게 다였다.

그의 말대로 어머니와 보기로 했다면 다른 말은 더 못 했겠지만 일부러 결심한 바 있어 따로 일러주지는 않을 생각이었다. 안 그래도 긴장이 가득해 주눅 들 그녀가 그 걱정에 잠도 못 자고 말 한마디 제대로 못 할까 그것부터 염려했다. 그런 상태라면 말은 고사하고 재이 최대의 장점인 사람을 녹이는 웃음도 나올 일이 없을 것이다.

— 하여튼 너 맘에 안 들어. 나한테 그렇게까지 다짐을 받더니 정작 재이 그 애한테는 아무 말도 못 해? 넌 엄마만 그렇게 쉽니?

"무슨 말씀을 그렇게 하세요? 아닌 거 아시잖아요. 어머니도 제하랑 따로 약속 잡으셨다면서요. 오늘 즐겁게 보내세요."

— 아니긴 뭘. 아들 키워봤자 하나 소용없다더니 그 말 한번 틀린 데가……, 어머!

"왜 그러세요?"

— 아니, 아니야. 음……, 그럼 다음에 보자. 일 잘하고. 음.

뭐라 할 새도 없이 전화가 끊겼다. 바쁜 일 있으신가 하면서도 그 역시 수술장으로 돌아가봐야 해 바삐 몸을 놀렸다.

일이 이렇게 되려고 재이가 다른 약속이 있다고 한 건지, 생각해보면 이것도 천생연분이 아닌가, 혼자 좋을 대로 단정하고 기분이 으쓱해졌다.

한편 그의 집에는 당혹스러움이 가득한 어머니가 있었다. 제하가 왔다길래 나갈 차비 하고 반겼더니 뜻밖의 손님이 허리 굽혀 인사를 건넸다. 원래라면 오늘 제희와 함께 왔어야 할 아가씨다.

"안녕하세요. 제가 따로 연락도 없이 이렇게 무례를 저질렀습니다."

"아니, 어떻게, 난 이게 뭔지……. 오늘 시간이 안 된다 들었는데……."

"네? 시간이요?"

사람을 속이는 것 같지는 않으니 제희 말대로 다른 언질은 듣지 못한 모양이었다. 어찌 된 거냐 제하를 쳐다보자 한 발짝 뒤에서 제발 쉬엄쉬엄하시라는, 맞잡은 두 손이 장난스레 흔들렸다.

"아니, 일단 왔으니 앉아요."

"네, 감사합니다."

아주머니가 있었지만 일부러 제하를 주방으로 보내버렸다. 마주 앉은 재이를 넘겨다보니 굳은 얼굴이나 힘이 들어간 허리에 긴장이 가득하다.

"제가 제희에게는 따로 말하지 않았어요. 아마 여기 온지는 모를 거예요."

"무슨 일이 있나요?"

"그냥 따로 말씀드리는 게 편할 거 같아서요. 제희가 옆에 있으면 저도 어떻게 말씀드려야 할지 감이 오질 않아서……, 그래서 죄송하게도 동생분께 부탁을 했어요."

자신은 할 말을 다 했던 것 같은데 막상 재이 입에서 이런 이야기가 나오자 가슴이 출렁거렸다. 기껏 큰아들과의 관계를 잘 풀어가려나 했는데 단둘이서만 한 자리 후에 안 좋은 소리가 나오면 그게 다 제 탓이 될 것만 같다.

"심각한 이야기라면 우리 제희랑 하는 게 낫겠죠. 제희한테 못 들은 모양인데, 뭐랄까. 내가 일단 만나본다고는 했지만 다른 의미가 있는 건 아니고……, 이렇게 따로 본다고 해서 내가 더 어떻게 할 수 있는 건 없어요."

"알고 있습니다. 그런 걸 바라고 오지는 않았어요."

제하가 눈치를 살피며 커피잔을 내려놓았다. 잔잔히 파동하는 커피잔을 내려다보니 그녀도 속이 편치 않다. 아들이 그토록 절절한 마음을 드러냈으니 자신 역시 매몰차게 안 된다고 할 마음은 없었다. 이미 약속한 바도 있고, 최대한 곁눈 버리고 제대로 만나 어떤 아이인지 살펴볼 계획이었다. 그 마음 이면에는 차라리 똑똑한 제희가 헛똑똑이가 되더라도 내면 또한 볼품이 없어 '이 사람 볼 줄 모르는 놈.' 하고 꾸짖고 넘어가기를 바라기도 했고.

"그럼 아가씨가 하고픈 말이 뭔지?"

"어머님께서 보시기에는 제가 많이 부족한 게 당연하다고 생각합니다. 저도…… 제 상황에서는 최선을 다해 살았다 생각했는데, 제희를 다시 만나고 처음으로 후회했어요. 어떤 식으로라도 더 어울리는 여자가 되었으면 좋겠다, 그 생각만 했거든요."

"……."

"어머님께 드릴 말씀은 아니지만 아마 제 마음 한구석에……, 처음부터 우리는 안 되는 사이라고, 어차피 헤어져야 할 사이라고, 그런 생각이 있었던 거 같아요."

우연히 그를 만나 기쁘고 잠 못 이루는 나날은 하루 이틀이었다. 떨리고 설레는 마음은 사라질 리 없지만 좋으면 좋을수록 불안해지고는 했다. 한 발자국 가까워지고, 손을 잡고, 키스를 하고, 몸을 나누었다. 자신에게 육체는 마음과 다르지 않아 그만큼씩 가진 마음을 물처럼 흘려버렸다. 조심한다고 했는데도 주체를 못 하고 그사이 존재를 키운 불안 때문에 가슴이 논바닥처럼 쩍쩍 갈라져 늘 애가 탔다.

하지만 마음이란 간교한지라 처음 맛보는 행복을 누리느라 바빴다. 이제 제희가 없으면 살아가지 못하는 마음을 애써 외면하고 그를 만나면 웃는 데만 온 마음을 쏟았다. 그 행복이 커지면 커질수록 살얼음판 위에서 아슬아슬한 무게를 더해가 지금에 이르렀다.

"그럼 헤어지지 못하겠다, 그 말 하러 온 건가요?"

"제가…… 정말 부족하지만…… 제희한테 해주고 싶고 해줘야 할 게 너무 많습니다. 이대로 더 보지 않는다는 게…… 그 애한테 얼마나 힘들지 알아 더 이상의 상처를 주고 싶지가 않아요. 저도 몰랐는데, 저만 해줄 수 있는 게 있다고 하니……, 그러니 제가 해줄 수 있는 걸 모두 끝낼 때까지라도 시간을 주실 순 없으실까요?"

떨지 않으려 했는데 손가락 끝까지 찌릿거렸다. 누구를 속여가며 몰래 만날 생각은 없었으니 이게 옳다 여겼는데 착잡해하는 그의 어머니를 보고 있자니 그저 죄송스럽다.

"그러다 결혼이라도 하겠다 한다면, 아가씨도 따를 생각 아닌가요?"

"아, 결혼은……, 그런 건 생각해본 적 없습니다. 아니, 생각도 못 해봤어요."

듣기만 해도 꿈 같은 말에 재이가 재빨리 고개를 흔들었지만 보는 이는 영 마음이 불편했다. 사실 이런 질문을 하려던 것이 아니다. 그런데도 제희에게 상처를 주고 싶지 않다 둘러말하는 것이 단순히 지금만 넘기려는 회피의 의도가 아닌지 궁금해졌다.

"설마, 나이도 있는데 결혼 생각은 당연히 하는 줄 알았는데?"

"아……, 결혼을 하게 된다면, 그럴 수만 있다면 저는 더 바랄 게 없을 거예요. 하지만 생각을 못 해본 건 진심입니다. 제희랑 있다 보면……, 그냥 좋고 또 좋아서 그런 생각을 할 겨를이 없었어요."

"네에?"

"제희랑 있으면…… 그것만으로도 시간이 어찌 가는지 몰랐어요."

순간 눈앞에 제 아들이 앉아 있는 건가 그랬다. 사전에 말을 맞춰둘 아이는 아닌 것을 알았고 이쯤 되니 앉혀놓고 사람 떠보고 한다는 게 무의미해졌다. 헛웃음이 나온다는 게 꼭 지금 같은 순간이었다.

"하나만 더 물어볼게요. 우리 제희 어디가 그렇게 좋은가요?"

한 발짝 물러서 있던 체면 다 걷어내고 가장 궁금한 것을 물었다. 맑은 눈이나 거짓 없는 태도, 단아한 미소까지, 제 아들이란 이유로 이 아가씨의 어디가 좋다는 건지는 이미 알아버렸다.

"그렇잖아요. 내 아들이지만 제희가 요즘 아가씨들 좋아하는 것처럼 재미있지도 않고."

다른 조건 따지면야 그 정도는 흠도 안 된다는 것을 안다. 그래도 저 입으로 한번 들어보고 싶었다. 자신의 아들을 남자로 보는 아가씨가 어떤 말을 할지 궁금해서.

"……제희랑 있으면. 제가 꼭 좋은 사람처럼 느껴질 때가 있어요."

조심스레 시작하는 말에 미리 준비해둔 기미도 없다. 말을 하면서도 이제 알았구나, 내가 그랬구나 싶은 기색이 역력하다. 제 질문 하나에 저 감정만 깊어졌으니 이건 누구 탓을 할 일도 아니었다.

"사회에 나오고 나서, 꼭 필요한 사람이 되고 싶어서 노력을 했어요. 잠도 안 자고 정말 노력을 했는데……, 그렇게 죽을 만큼 애쓸 때보다 제희 옆에서 아무것도 안 하고 있을 때가, 더 그런 기분이 들었어요. 저도 제 처지를 알아 한 번씩 속상할 때도 있었는데 이상하게 제희랑 있으면 제가 정말 괜찮은 사람이 된 것 같았거든요……. 저렇게 잘난 남자한테 꼭 필요할 만큼 저도 그럴듯하고 좋은 여자 같아서, 제희가 저를 그렇게 느끼게 해준다는 게, 음…….”

더 들어 무엇할까. 이미 머릿속 자잘한 생각까지 같아진 아이들이다.

쓸데없는 고집을 부리고 싶지도 않고 나름대로 영리하다는 소리도 듣는 그녀였다. 어차피 말리지 못할 사이라면 안 보고 살 것 아니니 곁에 두고 생색도 내는 게 백배는 낫다. 씁쓸한 기분이야 설명할 일 없겠지만 밉게 보던 마음은 들어와서 눈 마주치던 순간에 걷어두었다.

그날 제희 그렇게 돌아가고 이미 오늘을 예견했을지도 모르겠다.

“부모 마음이라는 게……, 지금은 내가 아무리 설명해도 이해하기 힘들 거예요. 나도 낳기 전날까지 몰랐거든요.”

“…….”

“나는 우리 제희……, 스물다섯에 낳았어요. 지금이야 이른 나이인데 그때는 다들 그랬으니까.”

멀리서 숨죽여 동태만 살피던 제하가 잘못 들었나 의자를 끄는 것이 보였다. 사실 자신이야말로 왜 이런 이야기가 나왔는지 궁금하다. 남들이 며느리한테 시어머니 생색 낸다는 것이 자신에게도 예외가 없는지, 아니면 그저 서운한 마음이 한탄처럼 흘러 나한테도 귀한 자식이었다는 걸 말하고 싶은지도.

“남들은 처음 낳으면 다들 예쁜지 모르겠다 하던데. 나는 얼마나 예쁜지 국도 제대로 안 뜨고 우리 제희만 봤죠. 누가 제희 예쁘다, 잘생겼다 하면 그게 꼭 내 칭찬받는 것 같고 안 먹어도 배가 부르더군요. 그 갓난쟁이 데리고 하루에 이름을 백번도 넘게 불러줬어요. 첫애라 그런 것도 있었겠지만……, 돌이켜봐도 그건 제희였기 때문일 거라 생각해요."

"아…….."

"커가면서 칭찬받는 일 늘고, 의젓하고. 더 손댈 게 없었죠. 근데 사람 마음이라는 게 자랑스러우면서도 또 서운하고 그래서……, 그때는 왜 제희는 둘째처럼 곰살궂지 않을까 그랬어요. 대신에 짝 들어오면 좀 달라지지 않으려나, 그 기대를 했죠."

그냥은 달라지지 않을 아이이니 어른들 말대로 제짝 만나면 변하겠거니 했다. 하지만 그 시기가 일러도 너무 일렀다. 그게 그녀를 불안하게 만들었고, 성인이 되지 않은 아들을 두고 배신감까지 느끼게도 했다. 결국 그 모든 책임을 무고한 사람에게 돌려 아들이 괴로워하는 매순간마다 죄책감으로 인한 거리만 벌렸다. 끝없는 자기합리화도 그 마음을 짐작도 할 수 없던 제희 앞에서 바닥을 드러낸 지 오래다.

"부모 마음이야 다 같을 거예요. 내 자식이 이왕이면 빠지는 것 없는 배필 만나서 남들 앞에 부족한 거 없이 살기를 바랐죠. 사실 지금도 그래요."

"…….."

"하지만 그건 가능할 때 이야기고……, 나 역시 부모 마음이라 가져다 붙이고 단순히 돈 많고 직업만 좋은 아가씨를 원하지는 않았거든요."

오늘 이후로는 더 불편한 이야기를 하고 싶지는 않았다. 그렇다고 지금 당장 좋다, 예쁘다, 그런 빈말도 나오지 않아 담담히 마음을 털어놓았다.

"두 팔 벌려 환영한다 이런 말도 못 하겠어요. 딸같이 여기겠다 하기에도 아직은 우리 아들 생각이 더 중요하니까……, 하지만 더 이상 반대는 안 할게요."

"정말……, 으음. 저는 정말."

"그리고, 이게 정말 할 말인데. 그때 그 일, 내가 사과할게요. 어른답지 못했어요. 쉽게 잊히지 않겠지만, 내가 아가씨를 받아들인 것처럼 아가씨도 한 번은 노력해줬으면 해요."

그나마 나오던 대답도 막혀 눈물만 뚝뚝 흘리는 재이의 모습에 벌써 마음이 아렸다. 소리 없는 울음이라는 게 저 나이에는 쉽사리 나오는 게 아니라 그것도 가슴이 아프다. 왜 그때는 저 나이답지 않은 아픔이 안 보였을까. 나이 들었다고 해도 생각이 평평하지는 않아 하루 사이에도 많은 굴곡이 졌다.

"제희 아버지는 제희 많이 닮았어요. 모르긴 몰라도……, 말이 없어 그렇지, 속으로 아가씨 예뻐해줄 거예요."

"흐으윽."

"하루아침에 될 거라 생각은 안 하는데, 그래도 우리 노력은 해봐요."

전화기 옆에 놓인 손수건을 건넸다. 괜찮다고 하다가도 억지로 건네주자 눈가를 꾹 눌렀다. 말간 눈에 붉은 기가 돌아 부으면 어쩌려나. 좋은 마음 먹고도 온갖 악역은 제가 도맡은 것 같아 이만 자리에서 일어섰다.

"그리고……, 아가씨가 괜찮다면 다음부터는 말 놓을게요. 나중에 더 복잡해질 거 같으니까. 괜찮죠?"

"으흐흐흑……, 흐윽."

감추던 울음이 기어이 소리로 터졌다. 이런 일로 우는 딸을 키워본 적이 없어 당황한 그녀가 제하를 쳐다보았다. 나도 모른다 뒷걸음질 치기에 저런 쓸데없는 아들은 어쩌나, 눈을 흘기다 급한 대로 어깨를 두드렸다. 손에 닿는 자그마한 몸집에 앙상한 어깨가 마음 쓰였지만 더는 말 못 하고 그냥 그렇게만 다독였다. 그렇게 제 아들이 좋아 죽는, 서로가 서로를 좋은 사람으로 만들어준다는 아가씨가 돌아갔다. 어쩌면 그 아가씨가 생각보다 더 빨리 며느리가 되지는 않을까. 그리 생각하니 오늘의 자신이 그리 나쁘지는 않았을 듯해 제법 만족스럽다.

"으아, 엄마. 여자들 원래 저렇게 잘 울어요? 깜짝 놀랐네! 또 엄마가 뭐라고 하신 거죠?"

"머리 아프니까 넌 좀 조용히 해. 필요할 때는 도망가다가 무슨."

"그나저나 엄마, 저거 아끼는 손수건인데 저렇게 주시는 거예요?"

"그럼 널 줘? 네가 넣고 다닐래?"

티격태격하다 제하의 어깨를 미는데 좀 전의 느낌과는 천지차이다. 제희는 잘못한 일이 없으니 어깨 한번 제대로 만질 일이 없었지만 제하랑 다른 점은 없을 듯하고. 아무래도 제 덩치 넘어서는 아들보다는 가늘가늘한 딸도 생각보다 괜찮을 듯싶다.

하아, 짐을 하나 더는 건지, 아니면 느는 건지. 그래도 몇 년간 아들을 대하며 어딘가 짓눌리던 마음이 조금이나마 가벼워졌다.

수술 마치고 모든 뒷정리까지 끝냈을 때 영우가 절룩거리며 복도 끝에서 걸어왔다. 심하게 다치지는 않은 모양인데 그래도 친구라고 걱정이 됐다.

"너 뭐야?"

"얌마, 괜찮으냐고 물어야지, 너도 말하는 거 하고는 참."

걷어 올린 발목이 꽤나 부은 걸 봐서는 말로 넘기는 꾀병은 아니었다. 그런데도 이상할 정도로 싱글벙글하던 영우가 그의 옷자락을 끌었다.

"나 진짜 운 좀 트이려나 봐."

"무슨? 너 머리 다쳤어?"

"이 자식! 이 정도야 영광의 상처지. 이거 사실 우리 연희가, 아, 너 알지? 내과 연희. 흐흐."

어제만 해도 은근히 속 끓이고 있더니 오늘 대신 다쳐선 데이트 약속까지 받아냈다며 이렇게 좋아할 수가 없었다. 실없다 싶으면서도 혈기 왕성한 순애보에 결국 웃고 말았다.

"너 벌써 웃으면 안 될 텐데?"

"왜?"

"미리 다 웃었다가 저 끝에 정작 너 찾으러 온 사람보고 못 웃으면 어쩌려고?"

표정이 굳었다가 숨을 들이켰다. 무슨 말을 했다고 벌써 고개를 끄덕이던 영우가 눈을 크게 뜨고 낄낄거렸다.

"나는 역시 러키맨이지! 앞에서 만났는데 너 불러줄 테니 로비에 있으라 그랬어. 아우, 나 오면 좋은 소식만 있지 않냐? 근데 왜 아무도 내 은공을 몰라주지?"

"너……."

주춤하던 제희가 갑자기 돌아서자 영우가 절뚝이는 다리를 주체 못해 몸이 크게 휘청거렸다.

"야! 놀랐잖아. 농담한 거 가지고."

"이거."

주머니에서 손을 넣었다 뺀 제희가 영우의 손에 부스럭 소리 나는 무언가를 쥐여주었다.

"뭐, 뭐야. 나한테 뇌물 주냐? 음……, 야! 이거 뭐야?"

"너 가져."

"너!"

"난 이제 필요 없어서."

다리를 그리 삐고도 싱글벙글인 영우의 얼굴에 경악이 서렸다. 힘 빠진 손에서 투둑 물체가 떨어지자 말 많기로 소문난 간호사 하나가 영우의 곁으로 다가섰다.

"박 쌤. 이거 떨어트리셨는데……, 어머머! 병원에서 이게 뭐예요! 미쳤나 봐!"

"아니, 그게 아니라……."

누가 볼까 멀쩡한 다리로 콘돔을 내리밟던 그가 머리를 싸쥐었다.

말도 없이 찾아온 재이는 어두운 로비에서 무언가를 골똘히 쳐다보고 있었다. 제가 오는 줄도 모르고 여기서 뭘 하나 신경을 곤두세웠다가 몇 발짝을 앞두고 그녀가 먼저 고개를 들었다.

"제희야!"

"약속 있다 밀어내더니 내가 누군지 알기는 하나 보네."

"왜 그래, 자꾸."

속초에서 돌아온 후 그녀는 자신을 이름으로 불렀다. 술에 취하거나 광적인 열기에 휩싸이지 않아도 제가 누군지 분명히 인지했다. 마음에 드는 사실 하나에 심취해 뒤에서 그녀가 보고 있던 흔적을 좇았다.

"아, 이거. 아기가 너무 안돼서."

사연은 각기 달라도 보통 1년 내내 자리하는 모금함에는 소아암 환자의 사진이 붙어 있었다. 주렁주렁 호스를 꽂고 있으면서도 웃고 있는 모습이 그 역시 마음 편히 볼 수 있는 사진은 아니다.

"읽어봤는데 아기가 이제 다섯 살이래. 그런데 밖에도 못 나가고 얼마나 답답할까. 다섯 살이면 원래는 유치원 같은 데 다닐 텐데."

"마음이 안 좋아?"

"응, 좀. 아직 아기인데."

손에 지갑을 쥐고 있는 걸로 보아 벌써 가진 돈을 털어넣은 것이 분명했다. 이래야 이재이답지, 하면서도 마냥 예쁘기만 하다. 그러다 미처

보지 못한 것 하나에 대번 그가 사나워졌다.

"너 울었어?"

"어? 아우, 아냐. 친구랑 어⋯⋯, 영화 보다가."

눈을 억지로 피하는데 감춘다기보다는 부끄러워했다. 그러고 보니 울었던 기색이 있기는 해도 그 어느 때보다 밝고 들뜬 것 같다.

"하아⋯⋯, 도대체 널 어디까지 참고 넘어가야 하는지 모르겠다."

"참긴 뭘. 아, 맞다, 너 몇 시에 마쳐?"

"오늘 좀 늦어."

"음, 그렇구나⋯⋯. 후유."

일을 마쳤고 영우도 돌아왔으니 지금 바로 가도 뭐라 할 사람은 없지만 어디서 울고 와 말도 안 하는 재이가 괘씸했다. 그래도 서운한지 입이 조금 나온 걸 보니 뭘 했다고 벌써 마음이 풀린다.

"윤 선생! 오늘 외래 정리한 거 네가 가지고 있다며? 그런 것 좀 빨리 주면 안 돼?"

뾰족한 목소리 하나가 두 사람 사이를 갈랐다. 전보다 더 힘을 준 듯한 윤지가 재이를 보고도 못 본 체 제 할 말만 이어갔다. 병원에서 제희에게 망신을 당한 이후로도 그 마음을 못 접고 미적대다 펠로우에게까지 처신 똑바로 하라는 소리마저 들었다.

"안녕하세요?"

"아, 네."

여전히 무성의한 목소리가 그의 심기를 건드렸다. 다시 한 번 그 앞에서, 아니, 뒤에서라도 재이에게 마음 아픈 소리를 한다면 그건 그와 끝을 보자는 것이다.

"허억⋯⋯, 윤제희. 아, 숨차. 으음⋯⋯, 재이 씨는 또 봐도 반갑네. 아, 뭐야, 윤지 너는 왜 여기 와 있냐? 정리한 거 내가 제희 줘서 제희가 네 책상에 올려놓았다니까 끝까지 듣고 갈 것이지."

제희에게 망신당한 값 단단히 받아내겠다 따라왔다가 윤지까지 와 있자 이게 더 큰일이다 싶었는지 영우가 정리에 들어갔다. 너 잘하는 거 아니니 이제 들어가자며 윤지의 소매를 끌어도 한번 뒤집힌 눈은 자리를 찾는 데 오래 걸렸다.

"영우 넌 진작 말하든가! 하여튼 제희 너 우리 동문회 하는 거 메일 받았지? 이야기 들으니까 정욱 선배랑 미연 언니도 온다던데. 둘이 부부 피부과 차려서 대박 났잖아. 아무래도 장점이 많은가 봐. 이번에 또 차 바꿨다더라구……."

얘가 또 왜 이러나 싶어 지쳐버린 영우가 재이를 보더니 그냥 이해하시라 민망하게 웃었다. 일부러 끼어들지 못할 만한 이야기만 꺼내는 것이, 날아갈 듯한 마음으로 달려온 재이에게도 씁쓸하기는 마찬가지다.

"저기, 제희야. 너 어차피 지금 못 나오면 나 먼저 갈게. 전화해."

그가 손을 뻗기도 전에 재이가 멋쩍게 웃으며 뒤돌았다. 제희는 하도 어이가 없어 재이를 힐끗거리며 우월감을 높이던 윤지를 노려보았다. 더 이상 한심할 것도 없다.

"전에 그 차도 좋던데. 하기야 기계 새로 들이고 나서 그게 벌써 본전 뽑고도 남았다니까. 부부니까 개원 비용도 적었나 봐. 전에 가봤더니 손에만 익으면 제희 너 정도는……."

"제희야!"

두어 발짝도 못 떼고 머뭇거리던 재이가 웬일로 당당하게 그의 곁에 섰다. 이번에는 보란 듯 그의 팔도 잡았다. 꽉 잡아 소유권을 주장할 정도는 아니라도 옷깃에 닿은 손을 제 곁으로 살짝 당겨댔다.

"생각해보니까 마치고 전화 안 해도 돼. 나 그냥 너네 집에 가 있으려구."

윤지가 재이를 흘겨보는 것이 얄미울 정도로 노련했다면 재이는 익숙지가 않아 대놓고 눈과 입이 따로 놀았다. 또박또박한 말투가 책을 읽는 듯 커다랗다.

"너네 집에. 응? 어차피 나는 네 비밀번호도 아니까."

"……."

"집으로 바로 와. 응?"

아, 어쩌면 이렇게 두서없고 어설프고 사랑스러울까.

세상에 어떻게 이런 사람이 다 있을까.

바로 그 손목을 감아쥐고 입을 맞췄다. 길지는 않았지만 천하의 윤제희가 병원 로비에서 키스를 했다는 것에 보고 있던 두 사람은 완전히 질려버렸다. 이걸로 방금 전 자신의 소문을 잠재울 수 있지 않을까 계산하던 영우가 히죽거리며, 입을 떡 벌리고 씨근덕대는 윤지를 잡아끌었다. 두 사람이 완전히 사라질 때까지 멍하니 눈을 깜빡이던 재이가 뒤늦게 얼굴이 달아올라 망연자실했다.

"……물론 네가 바쁘면 꼭 가 있을 건 아니구. 뭐랄까……, 밥 안 먹으면. 아, 맞다. 전에 우엉, 그거 다시 해놓으려고 그런 거였어. 우엉이랑 오징어채랑. 아, 마트부터 가야 하는데……. 그럼 나 가볼게. 너도 얼른 들어."

"재이야."

"으, 응?"

"나 그 소원 이제 쓰려고."

이 말을 할 수 있기를 얼마나 기다렸는지.

이재이가 제 감정을 감추지 않고 솔직해지기를, 무거운 짐 다 떨쳐내고 오직 제 자신만 보아주기를.

"소원?"

무슨 소원? 하고 작게 되묻다가 짚이는 데가 있는지 입을 꾹 다물고 그의 다음 말을 기다렸다. 그간 수없이 그를 충동에 시달리게 했던 소원이 이제야 그 가치를 발한다.

"우리 마지막 날로 돌아가."

그 커다란 눈이 혼란스러워하다가 차마 그를 보지 못하고 고개가 푹 떨어졌다.

"그날로 돌아가자, 우리."

"……."

"다시 한 번 대전에 가자. 그게 내 소원이야."

- 다섯 번째 메시지입니다.

오늘 학교에서 데모하던 다친 학생 중에 교복 입은 여학생이 있다는 소리를 들었어. 그대로 달려 나가다 생각해보니까……, 넌 더 이상 교복을 안 입는구나 했어. 사실 이번이 처음도 아니고 다리 무너졌을 때나 작년에 백화점 무너졌을 때도 교복 입은 여학생 소리만 들으면 나는 벌써 신발부터 찾았어. 하아……, 왜 내가 기억하는 너는 항상 교복을 입고 있을까. 왜 더 자라질 않아……. 날 불안하게 하지 말아줘. 어른의 모습으로 다시 나타나줘, 재이야. 이렇게 기다리다 보면, 정말 네가 먼저 애태워 나를 찾는 날도 있을까? 내게 달려올 그런 날도 있겠지?

1996년 3월 22일에 저장되었습니다.

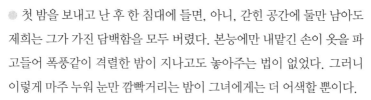

chapter 17
엑스포

● 첫 밤을 보내고 난 후 한 침대에 들면, 아니, 갇힌 공간에 둘만 남아도 제희는 그가 가진 담백함을 모두 버렸다. 본능에만 내맡긴 손이 옷을 파고들어 폭풍같이 격렬한 밤이 지나고도 놓아주는 법이 없었다. 그러니 이렇게 마주 누워 눈만 깜빡거리는 밤이 그녀에게는 더 어색할 뿐이다.

"왜? 하고 싶어?"

"뭘?"

깜짝 놀라 몸을 틀었더니 나지막한 웃음소리가 침실을 채웠다. 어두운 밤에 붉어진 얼굴 정도야 감추겠지만 가슴을 들썩이는 소리는 어쩔 수가 없는지라 제 귀에만 이리 빠르고 큰 건지 이불을 뒤집어썼다. 따로 잘걸, 늦어도 너무 늦은 후회를 했다.

"이재이, 일찍 출발해야 돼. 난 괜찮은데 너 피곤해서 안 돼."

"내가 뭐랬다구?"

"얼른 자. 내가 재워줄게."

이불을 내려 눈을 감고 말하는 그녀를 찾아내 베개도 다시 괴어주고 옆으로 누워 그 머리를 쓸었다. 주인처럼 가느다랗게 감기는 감촉이 손으로만 느끼기 아까워 뺨에 대보는데 우습게도 이게 또 위안이 된다. 여전히 잠 잘 드는 이재이는 커다란 울림 대신 규칙적이고 안정된 소리를 찾아 곤히 눈을 감았지만, 그는 결국 잠들지 못하고 거실로 나왔다. 창가에서 해가 뜨기만을 기다리는 제 모습이 소풍 기다리는 꼬마 같을까, 그 유치함이 싫으면서도 차마 부인할 수는 없었다. 그의 기억에 가장 깊이 남은 미련을 털어내는 날이니 소풍에 비할까.

"제희야, 일어나. 빨리 출발한다며."

잠을 깨우는 손길치고는 지나치게 부드러웠다. 소파 위에서 언제 눈을 붙였는지도 몰랐는데 아침까지 차려놓은 그녀가 코앞에서 그를 깨웠다. 기분 좋은 꿈이라 생각했는데 그녀가 있는 현실이라면 굳이 꿈에 미련을 둘 필요는 없다.

"너 피곤하면 버스 타고 갈까?"

"터미널까지 가는 게 더 힘들 거야."

언제 준비했는지 어젯밤에는 보이지 않던 간식거리도 제법 많다. 전날 와서 자고 가자기에 그녀가 미리 준비해 온 것들이었다.

"재이 너 소풍 가?"

"왜애? 차 안에서 원래 이런 거 먹는 거잖아."

말은 그리 하면서도 막상 그녀 역시 서울과 대전을 오가는 수많은 버스 안에서 물 한 모금을 제대로 못 마셨다. 처음 몇 년간은 눈물이, 후에는 답답함이 허기마저 지웠으니까. 하지만 그것도 오늘로 끝이라는 예감이 든다.

"나 있잖아, 너 이거, 하트 스티커. 처음 네 차 타고 이거 봤을 때 여자친구가 붙인 줄 알았어. 하하."

운전을 하던 그가 조수석 앞 박스에 붙은 스티커를 보더니 그녀의 왼손을 당겨왔다.

"흐음."

"뭐야? 왜 아니라고 안 해?"

이런 너를 보는 것도 좋으니까.

장난이라곤 칠 줄 모르던 그가 짓궂은 미소를 담아 입매를 길게 늘였다. 조금 더 버텨보려다 입이 삐죽한 그녀를 보니 자신은 소소한 재미마저 이재이에게는 접고 갈 모양이구나, 하며 탄식했다.

"영우가."

"아, 네 친구? 전에 봤던 선생님?"

꼬마 환자에게 받은 스티커를 취기에 웃음 흘리며 붙여놓길래 그때는 말리지도 않았다. 날파리 방지용이라고 자신만 믿으라더니 하마터면 가장 소중한 사람이 지레 겁을 먹을 뻔했다.

"난 그런 줄도 모르고."

"왜? 싫었어?"

재이가 아니란 소리도 없이 자그마하게 웃자 그 뜻이 곧 긍정이라 얽힌 손이 더 뜨겁게 파고들었다.

"네가 그럴 일은 없겠지만 영우 미워할 필요는 없어."

"응? 왜?"

뜻한 바는 아니었지만 이미 영우는 얼마 전 일로 병원 내 소문이 파다해졌다. 그 책임이 전적으로 자신에게 있어 어제는 직접 내과에 들러 1년차 선생을 만나 해명까지 하고 왔다.

「그거 원래 제 겁니다.」

다시 생각해도 낯 뜨겁다. 아무리 잘못이 있다 해도 그가 재이를 만나 이 애타는 감정을 몰랐더라면 그따위 일은 하지 않았을 것이다.

"피곤하면 좀 자."

"응. 미안. 나 왜 이렇게 졸린지 몰라."

"뭘 새삼스럽게. 너 원래 차만 타면 잤잖아."

얄미운 마음이 건너와 운전을 하는 그에게 향했다. 흘겨보는 것을 알 텐데도 모른 체 운전만 하길래 그의 손등 위에 맞잡은 손가락을 톡톡 두들겼다.

"그럼 너는 나 처음 봤을 때 무슨 생각 했어?"

"……너 여기. 여기에 뭐가 있을까 겁났어."

그의 가운뎃손가락이 그녀의 약지를 타고 올라 그 끝에 오래 머물렀다. 살피는 바는 달랐지만 서로의 곁에 누군가 있으면 어쩌나 가슴 졸였던 것은 다를 바 없다. 처음부터 두 사람에겐 오직 서로만 있었을 뿐인데, 둘 다 제 마음이 더 절절한지라 상대방에 대한 확신을 못 가지는 바보 같은 짓을 해왔다.

"빨리 자."

"……으응."

천안을 미처 지나기도 전에 재이는 잠이 들었다. 그녀는 잠들 때만 내는 특별한 숨소리가 있어 라디오마저 끄고 그 소리를 감상했다. 운전할 때 좋은 생각은 아니지만 꼭 자장가처럼, 듣고 있는 사람을 노곤하게 만든다.

"재이야, 일어나봐."

"어, 다 왔어?"

"응, 내려야지. 대전이야."

주차장에 차를 세우고 그가 먼저 내려 재이가 내리는 것을 도왔다. 자연히 내밀어진 손을 물끄러미 보다가 웃으며 맞잡았다. 주위를 다시 살피는 것이 겁이 날 만큼 이 여름날에 코끝이 시큰거렸다.

눈이 따가울 정도로 뜨거운 엑스포 공원, 정확히 9년 만에 발을 들였다.

❖

1차 수능 후 방학을 하고 그녀는 여느 날처럼 가게 일을 도왔다. 퇴원한 아버지는 병원에 있을 때와 매한가지로 자리보전했고 엄마는 그사이두 배로 늙어버렸다. 그런 집에서 제가 눈물 뺄 만한 공간도 없다는 걸알아 그녀는 오직 가게 일에 매달렸다. 가게가 조금이라도 잘되면, 그래야 자신에게도 길이 생길 거라 믿었으니까. 한 번씩 친구들마저 드나드는 가게에서도 부끄럼 하나 없이 칼국수를 끓이고 행주를 들었다.

"재이 너, 학교 좀 다녀와라."

"응? 엄마, 왜?"

대전의 이모네로 몇 번 오가던 엄마가 웬일로 집에 계시나 했더니 그날따라 힘겹게 입을 열었다. 엄마가 자신을 부담스럽게 여긴다는 걸 알면서도 대화라도 하게 된다면 '나 정말 잘할 수 있어. 등록금만 좀 해줘.'매달릴 생각이었다. 하지만 좀처럼 그런 기회가 오질 않아 초조함만 쌓이던 중이었다.

"내가 전화는 해놨어. 너네 담임선생님 오늘 나오셨다니까 가서 인사드리고 전학 서류 받아 와."

"엄마……, 전학이라니? 그게 무슨 말이야?"

"우리 이사 갈 거야. 대전으로 일주일 후에."

생각지도 못한 청천벽력에 들고 있던 국수 그릇마저 놓쳐버렸다. 가게 안 손님 모두가 돌아볼 정도로 쩽그랑 소리가 크게 울렸지만 엄마는 처음으로 타박을 하지 않았다. 맨손 그대로 면발을 주워 담으며 별수 없다 지친 표정으로 고개만 저어댔다.

"……이것도 비워줘야 돼. 네 아빠 병원비 하느라 보증금도 다 받아 썼고."

"하지만. 하지만……."

"얼른 학교나 가. 지금 가야 선생님한테 인사라도 드리지."

더 입도 못 떼고 가게에서 밀려났다. 흙바닥에 주저앉자 날이 이렇게 좋은데도 그녀의 마음은 폭우가 내리는 진흙탕 속에 내던져졌다. 자다가 날벼락이라 그 꿈에서 깨고자 거친 흙바닥을 손등으로 쓸어버렸다. 아프지도 않아 정말 이게 꿈이구나 안도했다가 야속하게 맺히는 핏자국에 두 눈을 질끈 감았다.

대학에 가지 못할 수도 있다는 사실이 그녀의 작은 세상에서는 최악의 일이었는데 세상은 항상 그녀의 생각을 뛰어넘었다. 감당할 수 없을 만큼의 더 큰 시련을 준비해놓고 어디까지 버티나 보자 시험이라도 하는 것만 같다. 그 절망감에 바지에 묻은 흙먼지를 털어낼 생각도 하지 못했다.

"재이야. 연락받고 나도 얼마나 놀랐는지. 서운해서 일이 손에 안 잡혔어."

"……선생님."

방학 중에도 나와 있던 선생님은 교무실이 아닌 운동장 벤치에서 서류를 들고 그녀를 기다리고 계셨다. 매미가 목청 높여 울어대는데 정작 울고픈 그녀는 말도 못 하고 눈의 초점도 풀려 있었다.

"그래도 우리 부반장이 정말 열심히 해줬는데. 대전 가서도 지금 성적 유지하고, 음……, 그때 상담할 때 우리 재이는 수의사 되고 싶다고 했지?"

"……."

"와서 좀 찾아봤어. 대전에도 수의대 있는 학교가 있더라. 교차지원 되나 한번 봐야 하는데, 그래도 이왕이면 서울 다시 오면 좋겠다. 그래야 우리 예쁜 부반장 얼굴 볼 일이 있지."

고맙다, 감사하다 말도 못 하고 운동장을 가로질러 보이는 강당에만 넋 잃은 시선을 고정했다. 장학금을 받을 만한 학교나 2지망으로 썼던 교대 이야기 등등 선생님은 끊이지 않고 그녀에게 조언을 해주셨지만 이미 재이의 머릿속은 하얗게 비어 있었다.

"우리 부반장. 아휴, 서운해서 뭐라고 해야 할지 모르겠다. 매년 애들 졸업시키는데 내가 왜 이러나 몰라."

"선생님……."

"난 다시 하라면 선생님 안 할 거 같아. 재이 너도 선생은 하지 마라. 마음이 너무 약해."

"……."

"꼭 수의사 돼서 다시 만나자. 그때 돼서 나 모른 척하면 안 된다, 너."

눈을 감고 있어 무엇이 제 손에 쥐여지는지도 몰랐다. 본능적으로 놓칠까 눈을 크게 뜨자 선생님이 씁쓸히 그 손을 다독였다.

"오늘 너무 갑자기 연락받아서 내가 따로 선물도 못 샀어."

"아, 아니에요."

"이거 대전 엑스포 표야. 너도 들어봤지? 학교에서 받는데……, 난 우리 애도 어리고. 너 대전 간다길래 생각나는 게 이거 외에 있어야지. 그래도 갔다 온 사람 말이 이게 꽤 볼 만하대."

한국에서 처음 열린다는 엑스포였고 수능 바로 다음 날도 대전까지 갔다 와 그 황홀한 경험을 떠들어대는 애들이 있었다. 하지만 그 말을 귀 기울여 들을 만한 여유는 없었다.

"감사해요. 정말 감사드려요."

"우리 부반장한테는 내가 고맙지. 그나저나 애들도 개학하고 알면 굉장히 서운해할 텐데. 제희도 반장인데 알고는 있어야……."

"아니요!"

"어, 응?"

"부탁드려요. 제희한테는……, 반장한테는 아무 말씀 말아주세요. 제발요."

그 커다란 눈에 간절함이 가득 실리자 선생님도 별말 못 하고 고개를 끄덕이셨다. 그녀가 완전히 사라질 때까지 교문 앞에서 걸음을 떼지 못하던 선생님을 알면서 뒤 한번 못 돌아봤다.

이렇게 무정한 제자가 또 있을까, 그러면서 마지막 골목에 숨어 선생님이 먼저 들어가실 때까지 숨죽였다. 이 미안함을 씻으려면 꼭 수의사가 되어 활짝 웃으며 다시 뵙고 싶었다.

"대전 가면 숨통 좀 트일지도 몰라. 네 이모가 가게 자리 봐놨다고 하고 주말에는 또 이모네 가게에서 일하면 되니까. 너도 그렇게 죽을상 하지 마. 여기보다는 나을 테니까, 너한테도 대학이든 뭐든 길이 안 생기겠냐."

엄마는 거짓말을 할 때면 말이 빨라졌다. 이틀 내내 부엌 앞 작은 바닥에 누워 열에 시달리던 재이에게 죽 한 그릇 떠주고 이사비 구하겠다며 나가버렸다.

나쁜 딸이라 그런지, 바보가 아니라 그런지, 엄마 말을 믿으면 안 된다는 것 정도는 안다. 이제 기운 좀 내라는 뜻으로 해본 말이겠지만 그 와중에도 미련을 못 버렸다.

어차피 가야 한다면 그렇게라도 희망을 두고 싶다. 꽁꽁 닫혔던 문에 빛 한 줄기라도 들어온다면 거기에 의지해 꽃도 피고 열매도 맺힐지 모르니까. 허상에 불과한 약속이라도 수척해진 그녀에게 다른 길은 없었다.

"크흐윽……. 재이야. 나 물 좀 다오."

몸이 아파도 더 아픈 사람이 있는 집에서는 누워 있는 것마저 사치였다. 이틀 내내 땀을 내보내고 조금은 춥다 싶은 몸을 추슬러 물 한 잔을 따랐다.

"아빠, 이거 마셔."

"……재이야."

"응."

"우리 대전 가자……. 다른 방법이 없다네."

"……알아."

"미안하다. 너한테 미안해."

아빠는 편히 앉지도 못해 문이 삐걱거리는 장롱에 기대어 그녀의 손을 쓸었다. 앓는 사이 그 고열에 미소마저 흘려보낸 딸에게 미안한 아빠가 팔을 들어 눈을 가렸다.

아빠 마음은 아는데, 내가 괜찮다고는 못 하겠어. 나도 미안해.

땀으로 젖은 옷부터 갈아입은 그녀가 무엇에 홀린 듯 빈 가게의 돈통을 뒤졌다. 얼마인지 세어보지도 않은 채 그 돈을 다 움켜쥐고 가방에 쑤셔넣었다.

돈이 꽤 많은 것 같은데, 우리 식구 서울서 살기에는 턱없이 모자라는 모양이다. 엄마 말대로 있으나 마나 한 돈이라면, 한 번쯤은 자신의 손으로 내보내고 싶었다. 쿨럭, 가게 문을 닫고도 아빠의 끓는 듯 울리는 묵직한 기침 소리를 애써 무시했다. 그녀에게는 처음이자 마지막 일탈이었다.

"반장."

이른 아침부터 무슨 용기가 났는지 그의 집으로 향했다. 지나치게 크고 우아한 주택이 그녀가 잠드는 곳과 너무 격차가 커 현실감이 없다. 어쩌면 그래서 더 용감해졌다. 이게 현실인지 아닌지, 아직도 몽롱해 거리낄 것도 없고.

"이재이, 너 여기 어쩐 일이야? 응? 너 얼굴이 왜 이래? 얼른 들어와."

"아니, 아니. 반장."

그림 같은 잔디밭에서 책을 보던 제희가 그녀를 안으로 끌자 다리에 모든 힘을 실어 아니라 버텼다. 자신이 얼마나 이상하게 보일지 짐작하면서도 그녀에게는 오직 오늘 하루만이 남아 있었다.

"너 오늘 시간 괜찮아?"

"……시간?"

"응. 안 되면 어쩔 수 없는데……, 내가 가보고 싶은 데가 있어서."

"아냐. 잠깐만 기다려. 가서 지갑 들고."

"아니, 나 돈 많아. 오늘 돈 많아."

"……."

"그러니까 그냥 지금 나가자. 응? 부탁이야."

따라 나온 동생에게 한마디만 일러둔다기에 멀찌감치 떨어져 몸을 떨었다. 열도 다 내렸고 더 이상 땀을 흘리지도 않았다. 그런데도 이상하게 몸이 떨려왔다. 열 내리고 뒤늦게 오한 든다는 소리는 못 들어봤는데.

"어디 갈 건데?"

큰 걸음으로 바로 따라온 그가 자꾸 그녀의 얼굴을 살피려 했다. 굳이 피하지는 않아도 재게 발을 놀려 달리다시피 속도를 붙였다. 어서 빨리 이 동네부터 벗어나고 싶어졌다.

"이재이, 너 진짜 무슨 일 있어?"

"우리……, 대전 가자."

"대전?"

"응, 엑스포 가자. 나 표 있거든."

허탈한 웃음이 지나고 그제야 평소의 윤제희로 돌아왔다. 그가 조금만 더 집중했더라면 그녀 얼굴에 어린 홍조와 가쁜 숨소리가 골목을 내달려 얻은 거라는 생각은 안 했을 텐데, 그때는 미처 몰랐다. 유행처럼 떠들썩하던 엑스포 열풍에 이재이도 어쩔 수 없어 휩쓸리고 말았겠거니, 그렇게 웃고 말았다. 사실 그 역시 남 보고 웃을 처지도 못 된다. 이미 그녀가 제집 앞으로 왔을 때부터 그 울렁대는 열기에 편승한 지 오래였으니.

"대전 두 장이요. 고등학생이요."

강남 터미널 경부선에서 표를 끊어주던 아가씨가 의아하다는 눈으로 제희를 넘겨다보았다. 이 키가 큰 총각이 고등학생이 맞는 건가 하다가 옆에 선 재이를 보고야 청소년 표 두 장을 내밀었다.

"반장, 너 남들이 보면 어른 같나 봐."

지하철 타고 내릴 때만 해도 별말이 없던 재이가 터미널에 도착한 후로는 말도 곧잘 하고 잘 웃었다. 쏙 들어가 젖살이 내린 뺨에 눈이 가면서도 살며시 떠오른 미소에 먼저 빠져버렸다.

"넉 달만 더 있으면."

그럼 난 진짜 어른이 돼. 너도 그렇고.

손을 잡아보고 싶었다. 물이며 사탕, 계란 한 꾸러미 사온 그녀가 짐을 넘겨줄 때 부러 그 손에 오래 닿았다. 어색해하며 고개를 돌리는데도 그 얼굴 그대로 내려다보며 손가락 두어 마디가 꾸준히 닿아 있었다.

"연지가 그러는데 엑스포에 진짜 볼 거 많대. 안경 쓰고 보는 것도 있고 외국 사람도 되게 많대."

"그래?"

"응. 테크노관인가 그런 것도 있고 로봇들이 춤추고 그런다더라."

"재이 너 많이 가보고 싶었나 보네?"

엑스포가 아무리 커다란 행사에다 볼거리가 많더라도 그녀의 현실과
는 동떨어져 있었다. 지금 있는 기술과도 백만 광년 떨어진 그녀의 집에
최첨단 기술이 무슨 소용일까. 다만 이왕 가야 할 대전이라면, 그와 먼
저 발을 내딛고 싶었을 뿐이다.

윤제희와 먼저 대전에 가게 된다면, 대전에서 지내는 것이 그렇게 나
쁘지 않을지도 모른다. 아빠가 아프고 돈이 없어 떠나는 대전이 아니라,
제희와 왔던 즐거운 추억이 가득한 곳으로 남게 될 테니.

"……응. 갔다 온 애들이 하도 재밌다고 해서."

"미리 알았으면 뭐라도 좀 챙겨 오는 건데."

"아냐, 나 진짜 돈 많아. 오늘은."

"그래."

"진짠데. 볼래?"

떠보는 듯 눈을 가늘게 뜨던 그가 가방을 뒤적거리는 그녀를 보더니
웃었다. 남자 체면 따지자면 그가 준비해놓은 것이 더 그럴듯했을 텐데
지금은 그냥 아무래도 좋았다. 말없는 재이가 이리 가보고 싶은 곳에 자
신을 동반자로 선택해주었다는 것이 성인의 길목에 선 그를 이만큼 띄
워놓았다.

"졸려서 그래?"

"으응. 자꾸 눈이 감겨서. 나 그냥 눈만 좀 감을게."

그러면서도 한 문장 안에서 말소리가 점점 줄어든다. 교실에서 이른
아침마다 꾸벅꾸벅 졸 때는 안쓰럽기 그지없더니 제 옆에서 잠드는 것

은 이렇게 좋을 수가 없었다.

4개월, 얼마나 긴 시간인지. 하루빨리 어른이 되고 싶다.

그는 자신이 어리다 생각해본 적이 없던지라 어른에 대한 갈망 자체가 무의미했다. 하지만 재이를 만나며 그 생각이 바뀌었다. 어딜 가나 성인으로 인정받게 된다면, 자신에게 제 몸 하나 스스로 건사할 힘이 생긴다면, 그 틈에 작고 작은 재이 하나는 더 끼워넣을 수 있으리라. 너무 가늘어 표도 안 나는 아이이니 덜 입고 덜 먹더라도 당당하게 제 옆에 꼭 붙여두고 싶었다. '너희는 아직 어리다.' 그런 웃음과 비웃음이 섞인 시선은 지긋지긋하다.

"으음."

새근거리며 자는 이재이는 제 마음을 알 리가 없다. 감은 속눈썹이 길게 말려올라가 머리칼과는 그 결이 또 달라 보였다. 창 너머 햇살로 열이 오른 건지 복숭아 같은 뺨과 붉어진 입술을 보니 한숨마저 나온다. 이런 애를 두고도 자신은 열 걸음은 앞서 달리고 또 애가 타 뒤돌아보고, 그 허무한 과정을 끝없이 반복하는 중이었다.

안고 싶다. 만지고 싶다.

불편한지 머리를 살짝 움직이길래 제 어깨를 가까이 대니 무게감도 없이 내려앉았다. 자연히 그 작은 손도 감싸쥐어 가슴께로 들어올렸다. 온몸에 피가 끓어 참고 참은 게 이 정도다. 가느다란 손가락, 그중에서도 그의 욕심이 닿은 약지에 단 한 번 입을 맞췄다. 깨면 어쩌나 걱정도 안 했다. 만약 놀라서 눈이 동그래지면 여긴 이미 내가 맡아둔 내 자리라 무섭게 일러두면 그만이다.

서울에서 대전까지 버스로 단 두 시간이 이렇게 길었으니, 4개월이 얼마나 긴 시간인지는 그에게 절망에 가까운 인내로 남아버렸다.

"그대로야. 그치?"

"사람만 좀 더 있으면."

2002년의 엑스포 공원은 한산하고 조용했다. 한 걸음 내딛기도 힘들었던 인파 속에서 간신히 입장했던 기억을 떠올리자면 이렇게 곱게 들어가는 발걸음이 허무할 정도다.

"재이 넌 여기 자주 왔겠네."

"아니."

"왜? 너 그날 좋아했잖아. 대전 살면서."

"원래 파리에 사는 사람이 에펠탑 안 가는 법이래."

어디선가 들었던 농담을 가져다 붙였지만 벌써 마음이 찌르르 울린다.

한 번도 와본 적이 없었으니까. 자신 역시 이곳은 9년 만이다.

차마 이곳에 다시 올 생각은 못 해봤다. 그럼에도 눈으로 그려낼 듯 선한 것은 걸음 닿았던 곳곳에 제희의 흔적이 남아 있던 탓이겠지. 꼬마가 들고 가는 사탕 하나에도 그의 생각을 먼저 했으니 이곳은 판도라의 상자로 남겨두었다. 무엇보다 추억을 웃으며 받아들일 용기가 없었고, 그 전에 그를 잊지 못하고 살았다.

"여기 이길 쭉 따라가면 미국관이 있었는데."

"와, 제희 넌 그게 기억나? 머리가 좋아서 그런가?"

지금은 비어버린 길을 걸어가며 그 기억을 되살렸다. 제희가 하나하나 짚어주니 날 듯 말 듯하다 몇몇 단편적인 기억들을 맞춰보며 탄성을 내뱉었다.

"아, 맞아! 여기에 있었는데. 우리 여기서 서커스 같은 거 구경도 했는데."

"응."

"너 진짜 대단하다. 한 번 오고 그걸 다 기억한단 말야?"

대단한 애야, 중얼거리며 새초롬하게 웃었다. 처음에는 그를 이기고 싶다 생각도 해보았는데 이제 와 무슨 의미가 있을까. 둘이 다니며 하나라도 똑똑하게 구는 것이 참 다행스러울 뿐이다.

"아! 여기, 제희야. 여기!"

반가운 친구를 만난 것처럼 그녀가 호들갑을 떨며 커다란 건물을 가리켰다. '소재관'이라는 명칭은 이미 빛이 바랬고 그 크기도 입이 떡 벌어질 만큼 거대했던 기억과는 다르다. 다시 들어가도 되는지 몰라 망설이자 그가 앞서 그녀를 끌었다. 파란색, 빨간색의 전용 안경을 받아 문을 여니 화면 속 아이가 튀어나와 그녀를 반겼다. 길을 가다 알아볼 만큼 선명한 아이가 자라지도 않고 노래를 불렀다. 눈이 침침한 것도 아닐 텐데 한순간 모든 것이 뿌옇다. 잘못 본 것이 아닐까 제희를 돌아보자 같이 안경을 쓴 그가 싱긋 웃었다. 입체감을 준다는 안경 때문인지 어지러운 배경 속에서도 그는 한 걸음 더 나와 있었다.

"반장, 정말 신기하지? 나 진짜 놀랐어. 어떻게 사람이 막 튀어나오지? 나 중간에 손도 내밀었어. 누가 봤으면 웃었을 거야."

"그래?"

모른 체했지만 보고 있었다. 3D 입체 안경을 쓰고 무언가가 돋보일 때마다 그녀의 가느다란 손이 허공을 짚었다. 사실 그녀뿐만이 아니라 그 안에 있는 대부분의 사람이 처음 보는 장면에 흠뻑 빠져 손을 내저었고, 그는 그 틈에도 실수인 척 그녀의 손을 스쳤다.

"안 봤으면 후회했을 거 같아."

"3D 나오는 거 다른 관에 하나 더 있다던데. 거기 가볼까?"

"아냐. 사람이 이렇게 많은데, 여기도 줄 서느라 한 시간 걸렸잖아. 이제 괜찮아."

"다 보고 가자. 내가 대신 기다려줄게."

곤란한 듯 웃으면서도 또 무엇이 있을지 궁금해했다. 눈대중으로 건물을 한 바퀴나 감은 인파를 보며 고개를 흔들다가 그가 먼저 끝에 서니 마지못해 따라왔다.

"나 여기 서 있을게. 재이 넌 더 구경 좀 하다가 와."

"아니야, 어떻게 그래."

"너 이제 올라가면 2차 시험 준비해야지. 난 괜찮으니까 오늘은 볼 수 있는 만큼 봐."

그녀의 표정이 잠시 굳었지만 뜨거운 해가 주는 음영에 감춰두었다. 제희 곁에 서 있으면 태연할 자신이 없어 "그럼 잠시만." 하고 광장으로 나왔다. 오늘을 즐겨야 할 사람은 그녀뿐만이 아니다. 굳이 2차를 볼 의미조차 없는 굉장한 성적을 거둔 그와 2차 시험을 치를 기회조차 확실치 않은 자신 모두, 무엇 하나 쫓길 것이 없었으니까.

"하아."

여기서는 그저 웃고 즐기고 행복하고 싶었다. 억지로 부풀려놓은 솜사탕처럼 공기를 가득 들이마셨다. 웃어야지, 제희랑 같이 많이 웃고 대전을 좋은 추억으로 남겨야지. 몇 번의 다짐으로 마음을 가다듬고 그새 한참 줄을 앞선 그를 찾아냈다.

"더 구경하지, 왜 벌써 왔어?"

"너 이거 먹으라고."

그녀의 얼굴보다 더 큰 솜사탕이 허리 뒤에서 나타났다. 제 뺨만큼 발그레해서는 저 손으로는 잡히는 만큼 뜯어먹어도 표도 안 날 것 같다. 그런데도 아껴 먹는다고 손톱만큼 떼어 먹더니 어느새 차례가 가까워지자 허겁지겁 그에게 밀어넣었다.

"얼른 먹어. 아깝잖아. 이거 들고 가면 안 된대."

제 딴에 빨리 먹는다고 오물거리는 입이 바빴다. 피식 하는 정도가 아니라 웃음이 터져 고개를 돌리자 재이가 못마땅하게 팔꿈치로 그를 밀었다.

"왜 웃어? 너도 얼른 먹어."

입안에서 사르르 녹아 그야말로 단맛의 흔적이 전부다. 이걸 어디 입안에 두고 아껴 먹을 것이 있다고 조심조심 녹이는 재이가 신기하고 또 신기했다. 그에게 봐도 봐도 좋은 건 그녀라 3D를 보건, 춤추는 로봇을 보건, 그나마 조금 관심 있던 자기부상 열차를 보고도 무감하게 재이부터 살폈다. 입을 예쁘게 모아 작게 감탄하는 입술이 그의 가슴에 지워지지 않을 화인을 찍어댄다.

"반장, 있잖아, 너 용인 자연농원, 거기 가본 적 있어?"

"응."

엑스포의 마스코트 꿈돌이가 빙글빙글 돌아다니며 사탕을 나눠주자 사람들이 환호성을 질렀다. 그 광경을 물끄러미 보며 웃음 짓던 재이가 눈을 떼지 못하고 그에게 물었다. 지금까지 그녀는 용인의 놀이동산이 세상에서 제일 가보고 싶은 곳이라 생각해왔다.

"나는 한 번도 안 가봤거든. 그래서 어떨지 상상해봤었는데 여기 같을까?"

"……여기가 더 좋아."

"그치? 역시 그럴 거 같았어."

당연한 소리를 들은 듯 고개를 끄덕이다 다시 춤추는 꿈돌이에 빠져 제법 크게 웃었다. 꿈돌이라니, 이름도 마음에 든다. 지금도 그녀는 꿈을 꾸는 것만 같았으니까. 다른 걱정이라곤 그새 모두 잊었다. 오늘 이 기억 하나로 뭐든 버텨낼 수 있으리라.

"웬만한 데는 가본 것 같은데. 우리 슬슬 한빛탑에 가볼까? 전망대 올라가면 볼 만할 텐데."

"난 지금도 좋아."

손 한번 제대로 못 잡았지만 사람이 많아 꼭 붙어 걷는 길이 더없이 좋았다. 가던 길에 오른편에 있던 스리랑카관에서 잠시 머뭇거리던 그녀가 둥근 나무구슬을 꿰어 만든 목걸이 하나를 만지작거렸다. 미국관이나 캐나다관처럼 큰 건물도 아니었고 작은 부스에 불과한 곳이라 그녀의 관심이 가리라고는 생각하지 못했다.

"Lucky! Lucky!"

스태프로 있던 그 나라의 남자 하나가 호들갑스럽게 외쳤다. 무슨 말인지는 알아도 외국인과 대화해볼 일이 없던 그녀가 민망하게 웃으며 제희 뒤에 숨자 남자는 이제 그를 노렸다.

"Your friend?"

"……My girlfriend."

그럴 줄 알았다는 듯 남자가 박수를 쳐도 바로 뒤에 서 있던 재이는 숨이 다 막혔다. 반면 혀를 굴렸던 윤제희는 지극히 태연한지라, 자신이 잘못 들은 것이 아닐까 싶다. 하지만 아무리 외국인이 겁나도 서로 어색한 영어에 저 한마디 못 알아들을 그녀는 아니었건만.

"Love! Love! Your girlfriend, very pretty!"

알 만하다 짓는 웃음이야말로 만국공통이라 남자는 얼른 말을 바꿨다. 그다지 값어치가 나가지 않을 수공예 나무목걸이 하나는 상황에 따라 행운도, 사랑도 되는 모양이었다.

"사고 싶어?"

"아냐. 그냥 잠깐 봤어. 얼른 가."

모양이 예뻐 하나 사볼까 하다가 여자친구라는 말 한마디에 놀라 얼른 그곳을 벗어났다. 까무잡잡한 남자는 아쉬운 듯 어깨를 으쓱했지만 제희야말로 어깨가 바닥에 끌리는 듯했다. 어쩌자고 돈 한 푼 안 들고 와선 이거 하나 제대로 못 사주나. 스리랑카에는 별 관심 없더라도 처음 그녀를 여자친구라 말하고 인정도 받았는데 그 기념 한번 못 하다니.

"재이 너 저거 마음에 들면."

"아니야. 진짜 아니야."

눈 한번 못 마주치고 달려가듯 앞섰다. 몇 번을 더 돌아보다가 그도 아쉬움만 남기고 그녀의 뒤를 따랐다. 벌써 어둑한 노을이 저무는 곳에서 한빛탑이 우뚝 빛을 내뿜었다.

"진짜 예쁘다. 꿈돌이 개랑 비슷하게 생겼어."

"……올라가볼까?"

"이제 돌아가야지. 사람도 많고, 기다렸다 보는 건 힘들 거 같아."

그녀의 목소리에 쓸쓸함이 가득 깃들었다. 이미 날은 저물어가고 머릿속으론 그녀의 말이 맞는다는 것을 인정했다.

"그래도 가보자. 여기까지 왔는데."

"다음에, 다음에 가."

결국은 아니라는 말이겠지만 다음을 기약하는 것 하나가 그의 긴장된 미소를 풀었다. 처음 마음에 둔 순간부터 그녀는 제게 그냥 친구인 적이 없었다.

"이재이."

"응? 왜?"

싫다 소리 한번 못 하고 제 뒤에서 문제집만 받아들고 한숨짓던 그녀를,

뽀얗게 분필먼지 뒤집어쓰고 두 눈이 동그랗던 그녀를,

선생님 댁에서 돌아오는 버스에서 꼴깍꼴깍 음료수를 받아 마시던 그녀를,

하나 남은 고로케에 살짝 어깨 올리며 남몰래 좋아하던 그녀를,

책을 건네다 거친 손등이 민망해 얼른 감추던 그녀를,

처음부터 눈이 가 한 분단을 뛰어넘어서도 자신의 작은 목소리만 들리게 하던 그녀를,

그는 사랑했다. 그러니 그런 외국인 앞에서 충동적으로 꺼낼 말이 아니라 그 소리의 주인은 따로 있었다.

"저기, 반장. 제희야."

"……."

다른 수식어는 못 붙여도 날이 더 저물기 전에 이곳에서 제 마음을 말하고 싶었다. 재이가 거절하지 않을 거라는 확신도 있었는데 그녀가 그의 고백을 막아섰다.

"반장, 내가 사실 너한테 할 말이 있는데……."

"……응."

그의 목이 크게 울렸다. 순간이 천겁으로 흐른다.

"원래 오늘 말하려고 했거든."

"……응."

"그런데 조금만 더 기다려줄 수 있어?"

왜냐고 물을까, 그녀의 눈이 떨렸다.

나 사실 너 많이 좋아했어. 그런데 며칠 후면 대전으로 가야 돼.

좋은 추억 많이 만들고 그 말 한마디쯤 웃으며 흘릴 수 있기를 바랐

다. 하지만 안에 담긴 마음은 흘려버리기 아까워 아직도 손에 꽉 쥐고 풀어놓지를 못한다. 대전으로 오게 되었으니 그 애끓던 마음을 벗어두고 싶었는데 윤제희는 가벼운 말 한마디로 보낼 수 있는 아이가 아니었다. 이곳에서 마음 접으려 그를 데려왔는데 오히려 그럴 수 없다는 것만 뼈저리게 느끼고 만다.

"얼마나?"

"아……, 조금만 더. 11월 지나고."

워낙 없는 집안이었다. 말문 트이기 시작할 무렵부터 떼쓴다고 다 가질 수 없다는 걸 알아버렸고, 자신이 욕심을 내면 남은 식구가 힘들어진다는 것을 일찌감치 깨달아버렸다.

그래도 어디 다치지 않고 식구들 다 같이 사는 것에 감사하고 살았는데 한번 생긴 욕심이 이렇게나 커져버렸다. 단맛만 보고 그 뿌리가 너무 깊어져 도려낼 수가 없다. 할 수 있는 건 모두 해서라도 다시 움켜쥐고 싶다.

"11월? 시험 치고?"

무슨 말이 나오든 고개를 끄덕였을 것이다. 그러면서 엄마 말에 미련을 다시 걸었다. 대전은 서울보다 월세도 더 쌀 것이고, 그녀도 더 할 수 있는 일을 찾아본다면 등록금 정도는 어떻게 될지 모른다. 2차 시험이 끝나고 서울에 가게 되면 제일 먼저 제희네 집으로 찾아가 말해주리라, 내 마음이 이렇다고, 너 보러 힘들게 다시 왔다고. 그러니 이만 화 풀고 나를 봐달라고.

"……알았어."

"아, 고마워."

"뭐가?"

제희의 알았다는 소리 하나에 벌써 그녀가 기다리는 초겨울로 넘어온 것 같다. 이렇게 밤바람마저 습기 가득 머문, 찌는 듯한 더위에 재이 혼자 서늘하고 기분 좋은 착각에 빠졌다. 그러느라 그가 어딘가 아쉬운 얼굴로 자신을 보는 것은 몰랐다.

"올라가서 너 몸 안 좋아 보이니까 일단 며칠은 쉬고, 그리고 정류장 건너서 도서관 알지? 거기서 매일 9시에 만나. 수리 다시 한 번 보고 11월 시험 준비하자."

"······."

"왜 대답 안 해? 자신 없어? 그래도 해야지. 너 꼭 내년에."

"알아······. 그럴게. 고마워."

조곤하게 속삭이는 그녀의 목소리를 놓칠까 한 발 다가갔다. 그의 마음은 여전해 손을 잡고, 안고, 또 입을 맞추고 싶다.

"딱 11월까지만 고생하자."

그의 말은 마음과 다르다. 하지만 그래야 하는 게 둘 모두를 위해서 더 낫다는 걸 안다. 지금 당장 고백하지 못하는 마음이 아무리 애타더라도 또 한 번의 시험을 남겨둔 그녀를 생각해야 했다. 단 2개월이다. 그때까지만 참고 버텨 그녀가 저 작고 예쁜 입으로 이름을 불러주기를. 너의 세상을 모두 가질 수 있기를.

그 간절하고 울컥한 마음을 모두 담아, 겨우 그녀의 어깨를 쓸어보았다.

성인의 유예 기간이 4개월 남은 그들에게는 겨우 그 한 번이 다였고, 그 기억으로 그의 미성년은 끝이 났다.

✤

"아, 여기 바로 올라오니까 이상하다, 그치?"

엑스포에서 갈 수 있는 모든 곳을 돌아보았다. 한적한 만큼 볼거리도 대부분 문을 닫고 있지만 어디 하나 기억과 다른 곳이 있을까 보고 또 보았다. 그러느라 마지막 한빛탑에 올라온 것은 그때처럼 노을이 어스름한 저녁 무렵이었다.

"예전에는 여기 줄이 몇 바퀴를 돌았는데. 그 사람들은 지금 다 뭐 할까?"

전망대 유리창에 붙어 재이가 신기한 듯 집게손가락을 들어 원을 두어 바퀴 그렸다. 그날 서울로 올라가 집으로 돌아갈 때는 설령 맞아 죽는다고 해도 그러려니 했다. 그대로 죽는다면 대전은 안 가도 되겠구나 생각도 해봤다.

「그 돈 내가 줬다니까 왜 그래? 재이 하도 고생만 해서 놀다 오라고 내가 다 줬다고!」

이를 물고 그녀를 노려보는 엄마의 뒤에서 아빠가 없는 기운을 짜냈다. 하지만 꼭 아빠의 말이 아니더라도, 엄마의 슬픈 눈에서 자신에게 야단을 치지도, 때리지도 않을 것임을 직감했다. 고개 돌리고 저녁이나 먹으라는 말에, 그녀는 다시 일상으로 돌아왔다.

그날 그녀의 단 하루는 엄마의 무언과 아빠의 기침 안에서 단단한 족쇄가 되어버렸다. 한 번씩 도망치고 싶어질 때도, 세상 행복을 모두 맛보았던 그날 하루의 죄책감이 남아 그녀를 이 가족 안에 머물게 했다.

「누나, 저거 봐봐. 진짜 신기하지 않아? 우와.」

한 번씩은, 마지막 장소로 이곳에 왔던 것이 잘 한 것인지 의문이 남을 때가 있었다. 1994년 당시 이곳 엑스포는 온갖 첨단기술이 모여 있던 곳이었다. 입을 떡 벌리고 과연 저게 되려나 하던 것들이 세월이 흐르며 하나 둘 세상에 진짜 모습을 드러냈다. 제희와 함께 보았던 무선전화기나 시속 300킬로미터가 넘는다는 기차에 찍으면 바로 화면이 나오는 카메라까지. 그녀가 사는 세상에 새로운 것들이 등장할 때마다 '이것 좀 봐, 반장. 그게 진짜 되는 거였어!' 홀로 속삭이며 그를 그렸다.

"이재이."

전망대에서 눈을 뗄 줄 모르는 그녀의 이마가 유리에 닿지나 않을까, 그 직전에 이름을 불렀다. 웃으며 돌아보는 그녀에게 주머니에서 목걸이를 꺼내 걸어주었다. 잘 때 몰래 걸어놓은 목걸이도 아니었고 그것보다 값이 나가는 목걸이도 아니었다.

"아아……."

"이제 주인 찾았네."

숨이 거칠어지던 그녀가 입을 꾹 다물고 눈을 감았다. 손가락 새로 동그란 나무구슬을 깎아 만든 목걸이의 감촉이 여전히 따스하다.

"새로 산 거 아니니까 뭐라고 할 거 없어."

"으으음……."

"잘 어울린다, 재이야."

대전에는 몇 번을 더 와봤는지 모른다. 그리고 1993년 11월 엑스포가 막을 내릴 때까지 대전에 올 때마다 이곳에 들렀다. 제일 먼저 들렀을 때, 그때는 넉넉하게 준비된 돈으로 이 목걸이부터 샀다.

「Lucky! Lucky!」

혼자 온 그에게 전에 봤던 직원은 다시 사랑 대신 행운을 외쳤다. 가격이 무슨 의미가 있겠냐만 천 원 한 장짜리 싸구려 목걸이를 받아들고 걸어줄 사람이 없어 절망했다.

"으흐흑……, 흐흑."

"11월 지났잖아."

"……흐흑."

"이제 이야기해줘."

그녀가 이야기해주겠다던 11월은 그사이 무정하게도 아홉 번이나 지나버렸다. 그 오랜 기다림 끝에 그녀가 이곳에 다시 섰다.

"……제희야."

"응."

얼마나 기다렸을까. 다시 만난 그날부터 오늘을 기다려왔다.

수줍지만 약속을 잘 지키는 그녀가 자신의 입으로 물리지 못할 말을 해주길 바랐다. 만날 때마다 수백 번 사랑한단 말을 삼켜가며 9년 전의 이재이가 다시 용기를 낼 수 있기를 기다렸다.

"내가 할 말이 있는데……."

"그래."

"나 사실은, 너 정말 많이 좋아했어. 흐흑."

포기하고 지내던 날에도 이 순간은 포기하지 못했다. 꿈에서 여러 번 들어본 말이 그에게야말로 현실이 되었다.

"……그래?"

"응. 내가 너 정말 좋아해서, 그래서 떨어지고 싶지 않다고. 으흐흑……, 그 말 해주고 싶었어."

"지금은?"

"흐흑……, 지금은 너무 사랑해서……, 이제는 떨어진대도 겁나거나 포기하지 않을 것 같아."

그사이 생겨버린 자신감과 믿음에 눈앞에 보이지 않는다는 불안감쯤은 웃으며 넘길 수 있다. 그 오랜 시간을 한결같이 기다려준 남자의 마음이 어디로 향해 왔는지, 어디로 향할지도 잘 알고 있다.

"그래도 우리 이제 떨어지지는 말자."

"으흐흑……, 응."

"사랑한다, 재이야."

윤제희는, 그가 잠깐 보았던 드라마의 남자 주인공처럼, 수없이 그를 시리게 만들던 그의 마지막 퍼즐 한 조각을 드디어 찾아냈다. 더 이상 바람이 드나들 수 없이 견고해진 자리에 마음껏 안고 입맞출 수 있는 그녀가 있었다.

그렇게 2002년의 여름, 그의 꿈이 이루어졌다.

– 일곱 번째 메시지입니다.

이재이, 이제 아무도 나한테 반장이라고 부르는 사람은 없어. 대신에 '제희야.' 하고 부르는데 그럴 때마다 나는 뒤를 돌아보고 싶다. 내 이름은 아버지가 지어주셨는데 여자 이름 같아서 그다지 맘에 든 적은 없었어……. 그런데 지금은 좋아. 내 이름을 불러줄 때마다 네가 생각나. 네가 근처에 있을 것만 같고, 이름 듣고 달려올 거 같아. 너는 어떠니? 누가 네 이름 부르면 내가 생각나? 나는 근처에 없어도……, 멀리서라도 달려갈 수 있는데. 하아……, 재이야. 이재이……, 재이야. 나 한번 불러봐. 응?

1998년 2월 19일에 저장되었습니다.

– 여덟 번째 메시지입니다.

재이야, 나 이제 휴대전화를 샀어. 이거 있으면 아무 때나 전화가 된

대. 번호를 전부 맞추는 게 안 된다길래 뒷번호만 맞췄어. 공일일 오일육 삼구오이야. 삐삐만 들고 다니다가 휴대전화는 훨씬 무거워서 적응이 안 되네. 그래도 너 연락 오면 바로 받을 수 있으니까 좋아. 어디 멀리 가 있거나 외진 지역으로 가면 안 될 수도 있다길래 되도록 서울에만 있을 거야. 그래도 혹시 안 받으면 놀라지 말고 문자 보내줘. 아, 문자 보낼 줄 알아? 삐삐처럼 번호만 남기는 게 아냐. 그래도 헷갈리면 난 상관없으니까 번호만 남겨줘. 휴대전화 있으니 바로 전화할게. 네가 바로 전화할 수도 있다 생각하니 떨린다. 공일일 오일육에 삼구오이. 알았지?

1998년 7월 22일에 저장되었습니다.

마지막
이야기

● 그녀를 만나기 전에는 단장까지는 아니라도 거울 한 번은 보고 나왔다. 볼 때마다 생각했다.

나는 너를 볼 때마다 그때의 너를 찾게 된다고. 잘 웃고 싶다는 소리도 한번 못 하던 입가를 살피고, 늘 사람을 따스하게 보던 눈을 마주쳐 보고 싶다고.

그리고 그때의 너보다 지금의 네가 더 좋을 수 있다는 것이 놀라울 뿐이라 어떻게 표현을 해야 할지 모르겠다고, 그렇게 말해주고 싶었다. 더이상 좋을 수 있을 것 같지 않던 감정의 증폭이 처음으로 불안을 넘어가고 있었다.

"너 이제 가냐? 가는 김에 나도 같이 가자. 편의점에서 라면이나 하나 사와야겠다."

퇴근하는 길에 엘리베이터 앞에서 영우를 만났다. 목하 열애 중이라 이마에 써 붙이고 다니는 영우는 아직도 제희를 볼 때마다 몇 개월 전의 일로 배를 잡고 웃어댔다. 사실 대놓고 웃지 않아 그렇지 영우를 제외한 수많은 병원 사람들 역시 입을 가리며 웃음을 감추곤 했다.

"뭐야? 오늘도 보는 거야? 오올, 이 엉큼한 놈."

로비에 서 있는 재이를 보자마자 영우가 두 손을 입에 대고 야유했다.

떨쳐내기에는 지나치게 끈질긴 놈이라 괜한 힘 빼지 않고 바로 그녀에게 달려갔다.

"어, 제희야. 이제 나와? 영우 씨, 안녕하세요."

"그럼요. 안녕해야죠! 흐흐흐."

"너 안 가고 뭐 해?"

"간다, 가!"

그러면서도 영우는 갈 마음이 없어 보였다. 다 안다는 듯 의미심장한 그 눈길에 재이가 어쩔 줄 몰라 제희의 등 뒤로 얼굴을 감췄다.

"그나저나 재이 씨, 안에 와서 기다리죠. 여기서 뭐 했어요?"

"아, 가려고 했는데……, 그런데 여기서 어떤 꼬마를 봤거든요."

"아는 사람?"

"어? 아니. 그런 건 아닌데. 전에 여름에 왔을 때 여기 모금함에 있던 아기 사진 말이야, 그 사진이랑 똑같은 애 같아서 잘못 봤나 보고 있었어. 어, 벌써 갔나 봐. 저기 편의점 앞에 분명 맞는 것 같았는데……, 아닌가?"

재이는 얼굴을 잘 기억하는 편이었고 그 아이는 사연 한 줄마다 얼굴을 보느라 단 한 번임에도 분명 뚜렷하게 남아 있었다. 머리는 더 자랐지만 활짝 웃는 보조개까지 같아서 긴가민가했다.

"아, 걔 벌써 퇴원할 때 됐나? 항암하러 병원 다닐 텐데, 아직."

"네? 그럼 그 애 맞아요?"

"네. 수술 잘 마치고 조만간 뛰어노느라 바쁠 거예요."

정말 잘됐다, 두 손 꼭 잡고 그녀가 제 일처럼 기뻐했다. 심드렁하게 보던 제희가 그녀의 등을 밀었지만 이미 그 기쁜 소식에 빠져 윤제희는 안중에도 없었다.

"돈 많이 들었을 텐데. 그때 적힌 거 보니까 형편이 많이 안 좋은 거 같

아 걱정했거든요. 영우 씨는 어떻게 그렇게 잘 아세요? 피부과 환자도
아닐 텐데."

"하아……, 그런 게 있어요. 돈이야 어느 미친놈……이 아니라 마음
좋은 놈이 기분 좀 냈나 보죠. 안 그러냐, 제희야?"

아무리 공돈이라도 그게 다 얼마였는데, 월드컵 도박 최후의 승자인
윤제희는 한 치의 망설임도 없었다. 사람들 다 보는 앞에서 그 돈을 봉
투째 넣어버리니 그보다 윗년차나 체면 차리는 사람들 모두 울며 겨자
먹기로 그의 뜻을 따랐다. 그렇게 그는 욕도 많이 먹었지만 대신 복을
더 많이 받았다.

"밖에 눈 와?"

"지금은 조금만. 그래도 춥긴 추워."

크리스마스가 얼마 남지 않은 12월의 겨울 거리를 걸었다. 춥다면서
도 같이 걷고 싶다기에 목도리도 다시 꽁꽁 묶고 단추도 다시 잠그고는,
그래도 모자라 제 품에 쏙 넣었다.

"답답해."

"감기 드는 것보다는 나아."

병원 로비에서도 느꼈지만 오늘따라 그녀는 꼭 그의 오른편에 섰다.
한두 번은 그러려니 했는데 가만있다가도 빙 둘러 오른편에 서니 그가
잠시 인상을 찌푸리며 생각에 잠겼다.

"……머리띠 샀어?"

"어? ……어? 그, 그게 표가 나? 아, 역시 너 눈썰미 좋다, 반장."

처음부터 못 보던 거다 했는데 머리띠 왼편에 달린 보석 장식이 유독
반짝거렸다. 저 어색한 연기는 어찌 안 되나 보다 하면서 그게 또 말할
수 없이 좋다.

"이거 있잖아. 어머님이 오늘 사주신 거야."

"엄마가?"

"응. 이것도 사주시고 나 여기 코트도."

받아들면서도 뭔가 싶었는데 커다란 쇼핑백은 제법 그득했다. 그녀가 날이 갈수록 반짝이는 데는 어머니가 단단히 한몫을 했다. 아들만 둘 키우다 뒤늦게 인형놀이에 빠져버린 어머니는 이재이를 충실히 본인의 입맛에 맞춰 공주로 만들었다.

그녀는 어쩔 줄 몰라 하면서도 집에만 가면 제희 앞에서 장신구니 옷이니 백번을 더 입어보고 빙글빙글 돌며 웃었다.

어머니나 재이나 저것도 여자들 낙이겠거니 넘어갔지만 그 역시 싫을 리 없다. 그는 공주인 이재이를 좋아하지는 않았지만 공주가 된 이재이는 봐도 봐도 좋았다.

예쁘고 귀한 것 모두 그녀 손에 닿기를 바랐고 이번 주 토요일에는 가장 귀한 보석 하나로 여왕님이 될 순서였다. 어머니가 아니라 자신의 손에 의해.

"있잖아, 배 많이 고파?"

"아니. 아직."

"으음……, 그럼 우리 한 군데만 들렀다 가자."

"어디?"

생긋생긋 웃으며 가는 팔로 그를 당겨댔다. 어디든 못 갈까 싶어 따라간 곳은 어이없게도 강남역 근처에 있는 복권방이었다.

"너 여기서 뭐 하려는 건데?"

"응. 나 이거 사려고. 아저씨 로또 다섯 장이요."

"하아……."

몇 주 전부터 이재이는 뜬금없이 일확천금의 꿈에 빠져 있었다. 생전 욕심은 부릴 줄 모르더니 사람 잘못 본 모양이다. 침대 속에서 TV를 보다가 '인생역전, 로또 탄생' 소리 한번 주워듣고는 그가 알기로만 일주일에 한 번은 꼭 복권방에 들렀다.

"너 도대체 이거 되면 뭐 하려고?"

"응? ……하하. 그런 게 있어. 그나저나 제희야, 네가 운이 좋으니까 숫자 좀 불러봐. 빨리."

한번 고민하면 끝도 없이 이곳에서 보낼 거라 어쩔 수 없이 내키는 대로 마구 숫자를 불러댔다.

"야아……, 이거 45까진데 100이 뭐야. 으음, 그런데 이거 1등 돼도 문제야."

"왜?"

"아니, 나는 1등 해서 10억만 있으면 되는데 누적돼서 엄청 올라가버렸어. 아, 그거 다 생겨도 할 게 없는데……, 큰일이야, 큰일. 그냥 2등 하고 말까? 에휴."

중얼중얼, 수능 치듯 혼신의 힘을 쏟아 마킹을 했다. 웃음을 꾹 참고 팔을 괸 채 그녀를 기다렸다. 부질없다 여기면서도 재촉하지 않는 것은 그만한 이유가 있다.

「우리 재이한테는 그간 고생만 시켜서……, 그래도 이런 훌륭한 혼처를 만나서 제가 뭐라 더 감사드려야 할지 모르겠습니다. 제가 다른 건 못 해도……, 이제 결혼하면 재이 찾지 않겠습니다. 최소한 짐은 되지 않겠습니다.」

무슨 그런 말씀을 하시냐 아버지와 어머니가 난감해 손을 내저어도 재이의 어머니는 아니라 고개를 숙였다. 그날 입 꾹 다물고 있던 재이가 집에서 얼마나 울었는지 알기에 그 돈 생기면 뭘 할지는 살짝만 짐작했다. 더군다나 그녀도 보고 듣는 게 있고, 아무리 어머니가 욕심을 접었다 해도 그와 결혼하려면 마음 편할 수 없는 것이 현실이었다.

"이재이, 너 진짜 그 돈 생기면 뭐 할 거야?"

"나? 나……, 그냥 다 쓸 거야."

"진짜?"

"응. 너 병원도 차려줄 거고……, 봐서 좀 얄밉지만 우리 엄마 가게도 내주고……, 나 학교도 다시 갈 거야……. 제하 씨랑, 아니다, 어머님이 그렇게 부르지 말라셨는데, 으음, 도련님. 도련님 옷도 사주고 재우도 옷도 사주고……, 아, 다 됐다!"

기나긴 고뇌 끝에 마킹을 끝낸 그녀가 복권용지를 들고 활짝 웃었다. 못 말린다 포기해버린 제희의 곁에 섰다가 다시 아차 싶어 오른편으로 섰다. 작은 종이를 잊어버리기라도 할까, 그의 어머니가 사주신 예쁘고 작은 가방 안 깊숙이 넣어두었다.

"근데 제희야, 토요일에 어디 가?"

"가서 봐."

"음, 근데 로또 이거 토요일에 발표하는데."

"이재이."

"알았어. 농담이야."

두 사람이 처음 맞이하는 겨울 거리였다. 외로움으로 버티며 지냈던 수많은 겨울날의 만년설은 이미 녹은 지 오래, 그저 여름 열기 그대로 가져온 따스함만 가득했다.

2002년 12월 28일 토요일, 그녀는 로또에 당첨되지 못했지만 또한 로또에 당첨되었다.

― 아홉 번째 메시지입니다.

재이야, 오늘 처음으로 여자 동기 결혼식에 다녀왔어. 멀리서 그걸 보는데……, 그 애랑 동갑인 너도 이제 결혼을 할 수 있다는 걸 이제야 알았어. 지금까지 넌 교복 입은 이재이였는데, 그런데……, 하얀 드레스 입고 그렇게 결혼할 수 있다는 나이라는 게 너무 무섭더라. 네 옆에 다른 남자가 있는 것도, 나만 아는 네 모습을 다른 사람이 보는 것도 다 힘들다 생각했는데……, 네가 결혼을 해버릴 수 있다는 건 숨이 막힐 만큼 무서웠어. 이렇게 무서운 건 처음이라……, 난 늘 너 웃는 거부터 보고 싶었는데. 그런데 지금은 손 한 번만 보고 싶다. 아무것도 없는 깨끗한 손 보고 나면, 그래야 잠이 올 거 같아. 네가 기다려달래서 난 아직 여기 있는데, 너도 날 위해 손가락 하나 정도는 비워줘. 그럴 수 있지?

1999년 6월 27일에 저장되었습니다.

첫 번째 에필로그.
선생님

● 언뜻 보면 재이는 무척 차분해 보였다. 지난여름 대전에 갈 때와 마찬
가지로 도시락이니 뭐니 준비도 철저했고 지금도 옆에 앉아 지도를 뒤
적거리고 있었다. 하지만 불러도 바로 대답이 나오지 않거나 지도가 쓸
데없이 함경북도에 머물러 넘어가지 않는 것을 보면, 확실히 긴장하고
있다는 뜻이다.

"재이야, 떨려?"

"어? 아……, 조금."

한 손을 내밀어 그 작은 손을 만지작거렸다. 이 손마저 어머니의 손길
이 거쳐가 그새 부들부들해진지라 한참을 더 쓸어보았다. 진작 이랬어
야 했는데, 왜 이제야 찾았을까. 남은 한 손은 핸들을 잡느라 어찌하지
못하자 조금 멀어도 버스를 탈 걸 싶었다.

"제희 너 운전하느라 피곤하겠다."

"뭘."

정확히는 운전 때문이 아니라 어젯밤 그녀가 입고 있던 레이스 속옷
덕에 피곤했다. 재이는 방전되어 곯아떨어지기라도 했지만, 그는 그런
그녀가 깨지 않게 또 조심조심 다리를 들어올리느라 동이 트고야 눈을
감았다.

그래도 이전과는 비할 바가 못 되는 것이, 본능적인 수면욕만 남았던 이전의 잠보다 그 반도 안 되는 지금이 더 깊이 잠들 수 있었다. 오히려 이런 그녀가 있다 없는 대부분의 날은 하루 종일 컨디션이 좋지 않았다. 그것도 이제 곧 끝나겠지만.

"아 참, 이거 네가 보기엔 어때?"

똑딱거리는 가방 소리와 함께 지도 위로 네모반듯한 카드가 놓였다. 새하얀 공단 리본은 아무리 봐도 어머니의 취향이었지만 재이는 그게 예쁘다며 하루에 백번은 더 들여다보았다.

"예뻐."

"넌 왜 매번 반응이 똑같아. 어휴, 물어보는 사람 기운 빠지게."

백번을 물어도 백번 다 예쁘니 그대로 대답을 한 것뿐인데 그녀는 한숨과 함께 어깨를 내렸다. 그녀와 자신의 청첩장이니 종이 한 장 찢어 날짜만 적었더라도 그에게는 의미가 충분했다. 거기에 그녀가 좋아하는 리본도 달려 있고 서로가 좋아하는 사람의 이름이 담겨 있으니 예쁘다 말고는 무엇으로 표현을 더 해야 할까. 이건 자신의 표현 부족과는 관계가 없다는 생각에 억울할 뿐이다.

"선생님이 보고 웃으실 거 같아."

"설마."

"아냐, 선생님 애들 잘 놀리셨잖아."

"네가 애야?"

"야아. 하긴 넌 몰라. 넌 매일 칭찬만 듣고 혼 한번 안 났잖아. 그런 게 학창시절 추억인 건데, 넌 선생님 봬도 할 말도 없지? 하하."

그럴 리가. 하지만 그녀가 저렇게 믿고 웃는다면 그냥 웃게 놓아두고 싶었다.

선생님이 우리 남아 있을 때 아이스크림도 사주셨잖아.

선생님이 나만 따로 불러 펜이랑 노트 같은 것도 주셨어. 부럽지?

웃느라 긴장이 풀렸는지 종알대는 재이의 자랑을 기분 좋게 들었다. 그는 원래 담임선생님을 좋아했지만 이재이가 좋다니 그새 더 좋아졌다.

"아, 여기가 국도구나. 난 이런 데는 못 와봤는데. 시골길 같아."

"재이 너 조금 더 자. 아직 두어 시간은 더 가야 돼."

"으응."

어째 차 타고도 오래 깨어 있다 했다. 고르지 못한 국도에 접어들자마자 눈을 깜박거리다 서서히 그 속도가 느려졌다. 저것도 멀미라는데, 마음이 썩 좋지는 않다. 그래도 잠드는 순간까지 그녀의 손가락 사이에 곱게 끼워진 하얀 청첩장을 보니 절로 입가가 올라갔다.

이 청첩장을 받으실 선생님은 자신처럼 그저 웃으실까, 아니면 그 성격 그대로 놀려대실까.

"제희야, 왔니?"

그는 졸업을 하고 나서 선생님을 더 자주 뵈었다. 등교를 하던 횟수로 따지지는 못해도 마주 앉아 대면한 것은 그랬다. 쉽사리 마음 주지 않는 그였지만 달리 찾을 사람이 없었다. 그가 아는 이재이를 같이 기억해주고, 또 좋아해주던 사람은 선생님뿐이었으니.

— 대학생 된 거 정말 축하해. 기분이 어때? 모르겠다고만 하겠지, 넌?

1994년 4월, 봄이라지만 아직은 쌀쌀한 날에 그는 추위를 몰랐다. 좁고 따뜻한 공중전화 박스 안에서 반복청취를 누르는 손가락이 다 닳도록 재이의 목소리만 들었다.

축하한다는 너는, 왜 목소리는 전혀 축하하지 않는 건지. 내 기분이 어떤지는 직접 와서 봐야지, 그렇게 울음 참고 멋대로 단정 지으면 나는 어쩌란 건지.

"야! 윤제희, 너 어디 가?"

신입생 때였고 술을 마시다 울컥, 자신이 허상을 보고 환청을 들었던가, 그렇게 수화기를 내려놓는 손에 부서져라 힘이 들어갔다. 이재이는 원래 존재하지 않는 사람이고 자신은 그 허상을 좇아 무언가에 홀려버린 거라고, 그렇지 않으면 이렇게까지 없을 수가 있냐고. 그런 자신이 틀리지 않았다는 걸 확인받고 싶어 잡는 이를 뿌리치고 늦은 밤 술기운 가득한 채 교문 앞에 섰다.

야간자율 감독을 마치고 오던 선생님이 그를 보자마자 크게 놀라 양팔을 잡았다.

"반장! 윤제희 너!"

"선생님, 재이 기억하시죠? ……부반장이요."

"제희야."

"저한테 음성도 남겼거든요. 하아……, 그럼 진짜 있다는 뜻이잖아요."

인사나 제대로 했는지 기억이 가물거려도 하고 싶은 말은 다 했었다. 선생님은 화도 내지 않고 그를 근처의 고깃집으로 데려가셨다.

"재이는 워낙 착하고 예쁜 애라 잊기도 힘들지."

기억하시는구나, 내가 틀리지 않았어.

재이는 정말 있었어.

그 안도감에 다시 손을 뻗는 그에게 선생님은 술 대신 물을 들려주셨다.

"윤제희, 네가 이러면 안 돼."

"죄송합니다, 선생님."

"우리 부반장, 재이는 어디서건 잘 지낼 거야. 마음이 너무 약한 애라 네가 이러는 거 알면 잠도 잘 못 들지 않을까?"

"……."

그때는 그녀를 그리던 마음에 원망이 크게 남아 있을 때였다. 찾기만 하면 싶다가도 어떻게 말 한마디 없이 그럴 수가 있나 이른 아침마다 화기가 차올랐다. 그런데도 마음 불편해 잠 못 잘 그녀가 결코 통쾌하지 않다. 이미 그에게는 안 그래도 잠이 부족해 창가에서 꾸벅이던 재이만 마음속에 가득 차버렸다.

내가 이러면 안 되는 거구나, 그렇게 또 후회한다.

"……선생님. 혹시, 제가 재이 좋아했던 거 아셨어요?"

택시를 타러 큰길에 나와 기어이 제자 먼저 타고 가는 걸 보겠다는 분이셨다. 재이가 존재한다는 걸 확인시켜준 더없이 고마운 분께 그는 방향 잃은 고백을 던졌다. 자기가 왜 이 밤에 이런 무례를 범하나 이해해달라는 것도 아니고, 그저 이 마음이 다른 이의 눈에 보였는지 궁금했다. 다른 이에게 보일 정도의 감정이라면 재이도 알지 않았을까.

"알았는데, 이렇게 좋아하는지는 몰랐지."

"……."

"인마, 네가 재이 아니면 아무리 붙잡아다 씌워도 반장 감투 그대로 쓰고 있었을 놈이냐? 당장에 내려와서 나 못 하겠다 싹퉁머리 없이 굴 줄 알았지. 하하."

어깨 몇 번을 두드리던 선생님이 지나가던 택시를 세웠다.

역시 아셨구나, 자신도 어른이라 생각했는데 진짜 어른은 또 다르구나, 그렇게 씁쓸함을 머금고 인사를 드렸다.

"제희 너, 다음에 제정신으로 오면 내가 선물 하나 줄게."

"……네?"

"술 마시지 말고. 우리 부반장 맘 편히 자게 해줘야 선물 줄 거야."

택시 문이 닫히기 전, 마지막으로 따라 탄 말에 그는 그때부터 꼭 필요한 자리가 아니면 술을 들지 않았다. 취기로 잊히는 아이가 아니라는 것은, 숙취보다 더한 괴로움만 남겼다.

"또 왔냐? 무슨 의대생이 이래?"

밝은 날, 맨 정신으로 다시 찾아온 그에게 선생님은 타박 아닌 타박을 놓으셨다. 전에는 미처 드리지 못한 음료수 박스를 건네다 다시 재이 생각에 잠겼다. 그날 그녀는 음료수를 세 병이나 마셨는데, 지켜만 보던 그가 다 목을 축일 정도였다.

"넌 나 찾아와서도 딴생각이야? 옛다, 이놈아."

서랍에서 꺼내신 것은 명함 크기의 작은 봉투였다. 졸업 전 같은 봉투를 받았던 기억에 그것이 사진임을, 그리고 자신의 것이 아님을 직감했다.

"예쁘게 나왔더라. 갑자기 가느라……, 돈도 미리 내놨던 거라서 혹시 다시 올까 봐 챙겨놨어. 네가 가지고 있다가 주는 게 더 낫겠지."

단정히 교복 입고 머리를 내린 재이는 가지런히 웃고 있었다. 모든 날을 기억하는 그에게 이 사진은 단지 카메라를 향하던 것이 아니다. 아주 미묘한 높낮이의 차이지만 카메라 너머에서 보는 시선에는 자신이 있었다. 아마 맞은편에서 같은 사진을 찍었다면 자신도 이렇게 웃고 있었을 것이다.

"닳겠다. 잘 가지고 있다가 나중에 전해줘."

지갑을 꺼내 가장 깊숙한 곳에, 그 봉투의 모서리라도 접힐까 조심스레 넣었다.

그 후로 선생님은 재이 이야기를 잘 꺼내진 않으셨다. 한 번씩 들를 때마다 바뀐 수능이 어떻다, 애들이나 부모님이나 갈수록 극성이다, 그런 푸념을 하셨고 그는 조용히 고개를 끄덕였다.

선생님께서 말할 사람이 없어 제게 그런 이야기를 하신다 생각은 안 했지만 그에게 있어 그건 일종의 보답이었다. 저 살기 바쁜 세상에도 이재이를 기억해주고, 그 기억 속에서 예뻐해주고 착하다 말해주시는, 그런 고마운 선생님께 호응 같은 거 못 해도 해드리고 싶었다.

돌이켜보면 그게 그에게는 첫 사회생활이나 다름없었다.

"오랜만이네, 우리 반장! 못 보고 갈 뻔했어."

본과 2학년에 올라 바쁜 생활에 지치고, 또 그녀를 찾는 스스로에게 지쳤을 때 마지막으로 선생님을 찾았다. 곧 지방으로 가신다는 선생님은 이제 보기 힘들 거라는 걸 직감하셨는지 전보다 더 서운해하셨다.

"넌 연락도 안 하고 오는 놈이라, 혹시나 올까 해서 가져다 놨어. 이거."

만년필 한 자루와 무늬 없는 티셔츠 하나가 그의 손에 건네졌다. 만년필이야 그러려니 했지만 남색 티셔츠는 그 계절에 맞지 않아 아리송했다. 그래도 따로 물을 것 없이 고맙게 받자 선생님은 잘 맞을 거라 웃으셨다.

재이를 알고 추억하는 사람이 서울을 떠나고, 그날 잠을 영 이루지 못해 오랜만에 술을 마셨다.

취기에 서랍에 넣어둔 티셔츠는 딱 적당할 때 다시 발견해 몇 년을 편히 입고 다녔다. 눈대중도 좋으신 모양이라 그 말씀대로, 정말 맞춘 듯 편안했다. 선생님에 대한 고마움 때문인지 그 셔츠에 팔을 꿰고 머리를 빼낼 때마다 어쩐지 그리운 향기를 맡고는 했다.

「우리 반장! 다음에 우리 꼭 웃으면서 보자.」

마지막 그 말을 지키고자 다시 나선 길에는 곤히 잠든 재이 못지않게 그 역시 설레고 떨렸다. 원망과 화로 가득했던 그를 졸업 후에도 학생처럼 바로잡아주신 분이었으니까.

ꘋ

"재이야, 일어나. 다 왔어."
"응……, 벌써?"
작은 도시에서도 한참을 더 들어가 면소재지에 있는 작은 중학교였다. 아이러브스쿨이니 뭐니, 알려고만 들면 금방이라 무심했던 스스로를 자책했다. 하지만 따지고 보면 그 역시 웃으며 살게 된 것은 얼마 되지도 않았다.
"어쩌지? 임 선생님 퇴근하셨는데. 집이 여기 바로 앞이거든요. 조금만 내려가시면 되는데 전화 해드릴까요?"
"아, 아니에요. 저희가 가볼게요."
한창 사춘기인 뾰족거리는 여학생들도 제희가 복도를 지나가니 꺄르르 비명과 웃음을 터뜨렸다. 그런 사람이 내 애인이다 하며 그녀가 당당히 팔짱을 끼자 무심하던 그도 피식 그 팔을 죄었다.
"저기 주택 봐. 예쁘다!"
"주택 살고 싶어?"
"하하. 개도 키울 수 있고 좋잖아."

이래도 좋고 저래도 좋던 재이는 약도 속의 반듯한 전원주택이 눈에 보이자 걸음이 느려졌다. 일부러 연락도 안 드리고 왔는데 기어이 제가 들겠다던 선물 꾸러미를 쥔 손이 떨리기 시작했다.

"아우, 아빠! 학교에서 제발 애들 좀 뭐라 하지 마!"

"뭐? 이놈의 자식! 애지중지 키워놨더니 아빠한테 하는 말 하고는."

"애들이 아빠보고 맨날 짖는다고 개장수라고 한단 말이야!"

"뭐? 개장수? 내가 왕년에는 핵주먹 타이슨이었는데 뭐? 그러기에 요놈들이 옷을 옷같이 입어야 야단을 안 치지."

그들의 뒤에서 쌩하니 자전거 하나가 앞질러 나가 주택 앞에서 멈췄다. 뭐가 그렇게 분한지 씩씩거리던 중학생 아이가 원망이 가득해 입이 나왔다. 그때 그 꼬마가 저리 컸나 할 것도 없이 마당에 물을 주던 선생님이 보였다. 아주 뿌옇게.

"당신이나 옷 똑바로 좀 입어! 매번 옷을 허물 벗듯이 벗어놔! 당신 뱀이야? 도대체 이거 하나 제대로 못 해? 왜 사람 일을 두 번씩 하게 만들어."

"아이구, 예. 마나님. 죽을죄를 지었습니다."

창문을 벌컥 열어젖힌 사모님이 아이를 불러들이고, 선생님은 한숨을 쉬시다 다시 물을 틀었다. 흥얼흥얼 노래를 부르시는 옆모습이 그때 그대로다.

"……들어가자, 왜."

"어, 응."

이번에는 안 가겠다는 것도 아닌데 재이의 눈에 벌써 눈물이 그렁거렸다. 입을 꾹 다물고 숨을 들이켜던 그녀가 매달린 그의 팔에 힘주어 몸을 지탱했다.

"거기 누구세요? 어……."

"선생님……."

"우리 부반장 아냐! 재이야! 이재이!"

몸을 돌리던 선생님이 그녀를 보자마자 호스를 던져놓고 대충 머리에 얹어둔 밀짚모자도 벗어버렸다. 한 걸음도 바로 떼지 못하던 그녀가 선생님이 손을 내밀자마자 곧장 달려가 거기에 안겼다. 뜻밖의 적극적인 표현에 두 남자 모두 어쩔 줄을 모르고 굳었다.

"흐으흑, 선생님. 죄송해요. 흐윽."

"뭐가, 뭐가 죄송해! 제희도 왔구나. 둘이 같이 왔어!"

사모님이 안에 계신데도 무서운 것도 없이 그녀를 꼭 안고 등을 두드렸다. 마주 보던 제희가 고개를 숙이자 다 안다는 표정으로 그에게 손짓했다.

"흐으윽."

"잘됐어, 정말 잘됐다. 우리 반장, 부반장."

"서, 선생님. 뵙고 싶었는데……, 흐흑. 너무 죄송해서……, 흐으윽."

"너는 아직도 이렇게 마음이 약해. 제희 너도 이리 좀 와라. 이제 의사 선생님 된 거지?"

입술 꽉 깨물고 울음을 참는 그녀에게서 한 손을 떼어 가까이 선 제희의 어깨에 손을 올렸다.

"선생님, 이제야 찾아뵙습니다. 정말 죄송합니다."

"됐어, 됐어. 여기까지 와줬으면 됐어."

"으흑."

"이놈들, 만날 사람은 다 어떻게든 만나는구나. 짐을 덜었지, 덜었어."

벌써 흰머리가 제법 눈에 띄었다. 장난 좋아하시고 웃음도 많으시던 입가에는 주름이 깊게 파였고 힘주면 무섭던 눈도 둥글어졌다.

"가만있자. 너희 결혼하는 거지? 맞지?"

결혼 적령기의 두 남녀가 함께 있어 그리 말하는 것이 아니다. 그냥 같이 서 있는 걸 보자마자 결국 이렇게 되는구나, 웃음이 났다.

"말 안 하면 모를까 봐? 이래 봬도 여기서 내 별명이 천리안이야. 하하하."

"……선생님."

"잘됐다, 정말 잘됐어, 우리 예쁜 부반장."

"……흐윽."

"그리고 우리 멋진 반장도."

─ 여섯 번째 메시지입니다.

학교에 다녀왔어. 선생님이 이제 멀리 가신대. 그럼 나는 이제 어디서 너를 기억하지? 선생님은 널 착하고 예쁜 이재이라 하셨는데 누가 널 그렇게 말해줄까. 너무 쓸쓸하다, 재이야. 지금 술을 좀 마셔서 더 그런가 봐. 아직 나타날 마음이 없다면……, 대신에 선생님 말고도 네가 착하고 예뻤던, 그런 사람이라도 좀 알려줘. 그럼 나는 거기 가서 또 물어볼게. 이재이 기억하냐고, 너 어땠냐고. 그렇게라도 버텨볼게. 그것마저 안 된다고 하면……, 넌 정말 착한 애가 아냐. 그런데 네가 착하지 않다는 건 나만 알아서……, 그것도 쓸쓸하긴 매한가지네.

1997년 4월 1일에 저장되었습니다.

어느 주례사

자, 오늘 여기 93년 중앙고등학교 3학년 3반 친구들이 제법 많이 모였네요. 누가 보면 결혼식이 아니라 동창회 하는 줄 알겠어요. 그래서 저도 마음 편하게 여기를 교탁이라 생각하고 짧고 간결하게 몇 마디만 하겠습니다. 요새는 이런 것도 짧게 해야 센스 있다고 하네요. 너네도 짧게 하는 게 좋지? 으흠.

일단 우리 반장, 윤제희. 제희는 학교 다닐 때 웃는 걸 통 못 봤어. 다른 흠이 없으니 그거 하나 참 안타깝다 했었는데, 남들 다 울상 짓는 고3 되니 웃더라구. 그래서 임자는 다 따로 있구나 했었지, 허허. 나는 네가 한 가정을 이루어도 그때처럼 늘 깊고 진지한 마음으로 가족을 보살필 거라 믿어. 어른이 되었다는 것과 가장이 되는 것은 그 책임의 무게가 다르니까. 그래도 네가 보여준 그 인내와 사랑으로, 네 가정도 그렇게 잘 이끌어나가길 바란다.

다음 우리 재이, 예쁜 부반장. 내가 교사생활 하면서 맡은 제자가 좀 더 있으면 얼추 천 명쯤 되지 않을까. 그런데 이거 하다 보면 유독 기억에 남는 제자가 있다더니, 나한테는 그 사람이 너야. 착하고 잘 웃고, 또 싫은 소리도 못 하던 우리 재이. 그러면서도 늘 솔선수범하고 꾀 한번 부리는 걸 못 봤지.

1학년 때나 3학년 때나 한결같이 성실해서 난 재이 네가 조금 힘든 일이 있더라도 그 끝은 누구보다 좋을 거라 생각했어. 지금 보니 역시 내가 맞네. 그렇지 않니?

그리고 뭐든 늦은 게 없다는 말, 지금도 기억해주면 좋겠다. 하하.

둘 다 참 조용해서 어떻게 연애를 하고 결혼까지 왔는지 잘 모르겠다. 하기야 이중에 그거 아는 사람 별로 없겠지? 안준우, 넌 인마. 어째 남의 결혼식에서도 떠들고 있냐. 아이구.

하여튼 그때 우리 반이 중앙고에서 제일 모범적이고 잘나가던 거 다들 인정할 거야. 그렇지? 거기 이경욱, 너는 대답할 자격도 없다, 이놈아.

아, 마지막으로, 아, 정말 마지막이야. 뭘 소리를 질러, 이놈들!

제희야. 재이야. 너희가 9년 전에 그 교실에서 서로 도와주고 의지하고, 또 다른 애들의 본이 되었던 것처럼 두 사람이 함께하는 날들도 그러기를 바라. 생각해보면 교실이나 가정이나 별로 다른 게 없더라. 뭐든 지금처럼이 어려운 말이라는데 이상하게 너희는 늘 그럴 거 같아 불안하지도 않네. 그 긴 시간 동안 증명이 된 거겠지. 둘 다, 이렇게 착하고 훌륭하게 자라 가정을 꾸린다니 나한텐 그저 고맙고 기쁜 일이야.

잘 살거라, 우리 반장, 부반장.

얘들아, 이만하면 진짜 짧게 한 거 맞지?

두 번째 에필로그.
그녀의 남편 제희, 그의 후배 재이

● 제희가 살던 아파트가 신혼집이 되며 대대적인 리모델링에 들어갔
다. 사실 그다지 오래되지도 않은 신축 건물에 리모델링 자체가 낭비였
지만 그 이면에는 뒤늦게 극성 엄마가 된 어머니가 있었다. 거기다 공직
에 있는 몸이라 옷 한 벌도 마음대로 사지 않는 그의 아버지도 이번 일은
적극 방관했다. 불편한 거 없이 새집처럼 고치라며 공사 현장까지 오셔
서 훈수를 두셨으니까.

사실 어머니나 아버지나 그 이유는 하나밖에 없었다.

"엄마! 아버지 전화 오셨는데 선반 위에 서류봉투 좀 가져다 달라시는
데요?"

"뭐? 이 양반은 혼자 다 알아서 한다더니. 알았어, 금방 간다고 해."

"어……, 아뇨. 엄마 말고……, 형수더러 오라시는데요."

어이가 없어 코웃음을 치던 어머니가 2층에서 내려오던 재이를 불렀
다. 여자들끼리 나가서 쇼핑 좀 하고 오려 계획을 잡았더니 이런 식으로
망가트려놓았다.

"재이 네가 가야겠다. 아버지가 나는 싫다시네."

"네에? 아니에요. 설마요."

"됐어, 애. 나도 미련 없다."

416

그러면서도 미련 가득한 얼굴로 재이를 보고 있었다. 이렇듯, 그녀가 이 집에 들어오고 나서는 단 하루도 혼자인 적이 없었다. 하루는 어머니가, 하루는 아버지가, 저녁이 되면 제하까지 가세해 재이와 있고 싶어했다. 새 식구가 든다는 건 이런 거라 '안녕히 주무셨어요, 어머님.', '아버님, 오늘 멋지세요.' 같은 곱상한 인사를 받는 재미가 어찌나 쏠쏠한지, 이건 들어봐야만 그 기분을 안다. 두 아들 중 제희는 입을 여는 게 드물었고 제하는 집에 붙어 있는 게 드물었으니 노년의 부부가 더욱더 딸 키우는 재미에 빠져버렸다.

"서류, 여기. 어딘지 알지? 제하 네가 나가면서 형수 태워줘."

길 모르는 어린애도 아니고 도련님 차 얻어 타고 편히 가는 길인데도 어머님은 대문 밖까지 따라 나오셨다.

"어머님, 들어가세요. 어머님 옷도 제대로 안 입으시고 감기 드시면 어떡해요."

"응, 됐어. 이 날씨에 뭐."

"그래도 들어가시는 거 보고 출발할래요."

이런 예쁜 말만 하는데 더 보내는 게 아쉬워 발을 굴렀다. 제희 같았으면 뒤를 안 돌아보니 제 엄마가 서 있는지도 몰랐을 거고, 제하는 안 봐도 벌써 운전석에서 키득거리고 있을 것이다.

이 커다란 집에 혼자 있는 시간이 얼마나 길었는데, 문득 공사 다 되고 나가면 어쩌나 절로 한숨이 나왔다. 아무래도 하나하나 더 꼼꼼하게 해달라 들러봐야 마음이 놓일 것 같다.

죄를 지은 것도 없지만 경찰서나 법원은 발을 들일 때마다 가슴이 내려앉았다. 괜히 지나가는 사람들도 신경이 쓰이고 큰 소리가 나면 깜짝 놀라기도 했다. 그래도 몇 번 와본 곳이라 두리번대지 않고 바로 사무실로 찾아갔다.

"어머, 며느님 오셨네. 판사님 잠깐 자리 비우셨는데 금방 오실 거예요. 안에 들어가 계세요."

한문 가득한 법전이 한 면을 채우는 개인 사무실에서 혹여 제가 알 만한 것은 없나 살펴보았다. 책상에 몇 개씩 놓인 액자는 그녀도 처음 보는 거라 제일 먼저 눈이 갔다. 결혼식 사진부터 신혼여행 때 보내드린 사진, 그리고 생신을 맞아 함께 외식했던 사진까지 모두 최근에 찍은 것들이다.

그런데.

"어."

모두 교묘하게 사진의 초점이 모두 재이 자신에게 맞춰져 있었다. 결혼식 사진은 그녀가 중간에 서 있으니 옆에 사람들이 잘려나가도 어쩔 수 없겠지만 다음 사진부터가 문제였다. 일단 신혼여행 사진에선 그녀가 웃으며 하트를 그리는 모습이 하트 모양 액자에 담겨 있었다.

언뜻 봐서야 이상할 게 없다. 다만 원래 이 사진은 제희와 같이 찍어 그녀가 그린 반쪽 하트 너머로는 제희가 있어야 했는데, 액자 속에는 처음부터 독사진인 것처럼 제희는 온데간데없었다. 거기다 별 모양에 담긴 외식 사진은 그녀가 중간에 있고 제하가 별 귀퉁이에 팔만, 제희가 또 다른 귀퉁이에 어깨만 출연했다.

"재이 왔니?"

"아버님!"

어머니 말씀처럼 아버님은 제희와 많이 닮았다. 말수도 별로 없는 데다 표현도 마찬가지다. 하지만 마음 씀씀이는 누구보다 깊었다.

"힘드시죠?"

"아니다."

"이거 가져왔어요."

집에서부터 가져오라는 서류니 중요한 거겠거니 했는데 뜯어보지도 않으시고 다시 그녀에게 내미셨다. 열어보라는 뜻 같아 조심히 서류를 꺼내다 어쩔 줄을 몰라 올려다보았다.

"우리 재이도 학교 가야지."

"……아버님."

"사람이 꼭 대학을 나와야 하는 건 아냐. 안 그래도 선하게 살고 성공한 사람도 많으니까. 하지만 넌 아직 젊잖니. 이것저것 해보기에는 뭐라도 배워놓는 게 나쁘지 않아."

텅 빈 수능원서를 들여다보며 고개를 떨군 그녀에게 아버님이 직접 펜을 건네주셨다. 이 서류를 직접 작성할 거라 상상도 못 하고 나왔다가 펜 대신에 눈물 한 방울이 먼저 종이에 뚝 떨어졌다.

"이걸 어쩌나."

결혼식 때도 그랬지만 며느리가 울자 그보다 당황한 일이 없어 얼른 손수건부터 건넸다.

"억지로 하라는 건 아닌데, 일전에 제희한테 듣자하니 하고 싶었던 게 있다길래."

"……네."

"늦게 해도 유일하게 용서되는 게 공부라더구나."

아버님이 지켜보는 와중에 펜을 잡은 손에 힘을 꾹 눌러 한 자 한 자 제 이름을 적었다. 이른 나이에 사회에 나오고 나서 생각해보면 이렇게 이름을 적을 만한 일이 없었다. 인사를 건네거나 명함을 주는 것으로 제 이름은 잊힌다 생각했는데 하얀 서류에 이름을 써 넣으니 그 자체로 벅

차올랐다.

"아버님, 정말 감사드려요."

"아니다."

"저 진짜…… 잘해볼게요. 지금 시작하면 좋은 대학은 못 갈 수도 있겠지만 허락만 해주시면 내년까지는 준비해보고 싶어요."

"내 허락이 왜 필요해, 네 스스로 허락을 해야지."

벅찬 숨이 완전히 가라앉자 벌써부터 머릿속이 빙글거렸다. 어느 과를 가야 할지, 어느 학교가 좋을지, 이걸 누구에게 먼저 말하면 좋을지.

"제희 생각하니?"

"아? 네. 아버님 진짜 대단하세요. 어떻게 아셨어요?"

놀란 재이가 통찰력이 대단하다 추어올렸지만 그거야 새색시 발그레한 표정만 보면 누구나 알 만한 것이라 속으로 웃었다. 사실 이렇게 다 커서 생긴 딸이 박수를 치며 감탄하자 그 기분도 말로는 다 못 했다.

"나가보자. 집에서 기다릴 텐데. 재이 넌 병원 갔다가 제희랑 같이 오너라."

"아니에요. 같이 들어갈래요."

그러면야 좋겠지만 가뜩이나 제 아들이 빨리 분가 못 해 심술이 가득 오른 것을 알고 있었다. 이러다 수틀리면 월세방이라도 찾아 나서겠다 할 테니 그 전에 적당히 풀어주는 것도 수였다.

"이쪽으로 가자꾸나."

그대로 나가면 뻥 뚫린 입구로 편히 나갈 텐데 아버님은 일부러 사람이 많은 곳을 가리키셨다. 반박할 마음도 없었지만 품에 안은 서류를 놓칠까 꼭 끌어안고 뒤를 따랐다.

"안녕하십니까, 윤 판사님."

"……지금 올라가나?"

"아, 네."

"……그래."

"아……, 하하. 그런데 같이 계시는 분은?"

"우리 며느리. 재이야, 이리 와 인사드려라."

분명 친한 사이도 아닌 듯했고 어려운 상사 만나 민망해하는데도 아버님은 자리를 뜨지 않고 뒷짐을 지셨다.

"며느님이셨구나. 어쩐지. 결혼식 때도 뵀지만 정말 미인이시네요."

"요리도 잘해."

"네?"

"그뿐인가. 차분하니 손도 야무지고. 목소리가 고와서 그런지 노래도 잘해. 거기다 퇴사하기 전까지는 일찌감치 대리 달고 인정도 받고……."

끝도 없는 자랑에 그녀가 고개를 푹 숙이고 차마 앞을 못 봤다. 단순한 칭찬도 아닌 제 자랑을 이렇게 적나라하게 들은 것은 처음이라 불타는 얼굴에 손부채를 흔들었다.

"그럼 바빠서 이만. 재이야, 우리는 저쪽으로 내려가자."

다시 한 무더기 사람들이 모인 곳을 가리키고는 먼저 방향을 트신다. 얼굴을 가릴 원서가 제법 커 다행이다 하면서도 눈물이 핑글거렸다. 만약 아빠가 보고 계신다면 얼마나 좋아하고 감사할 것인가. 재력이나 직업, 위치는 다르다 하겠지만 어린 시절 동네에서 그녀를 목말 태워 지나가던 사람들에게 예쁘다 소리 듣게 하던 아빠의 그 마음은 그대로였다.

"아버님."

무슨 용기가 났을까.

잰걸음으로 그 옆에서 살짝 팔짱을 끼자 생전 놀랄 게 없어 보이던 분의 목이 크게 울렸다.

"흐흠."

"저는 그냥, 음, 죄송해요."

"아니다. 우리 그냥 저쪽으로 내려가자꾸나."

어디 다녀오는 길인지 단체버스에서 내려 올라오던 커다란 무리를 발견하고는 그쪽을 향해 손을 드셨다. 멀리서도 주춤대며 불편해하는 기색이 역력한데도 아버님은 팔짱을 낀 손이 풀릴까 남은 손으로 그녀의 손등을 작게 두드리셨다.

"우리 재이, 이제 보니 손도 곱구나."

재이가 다시 시험을 준비해 대학에 간다는 소식은 네 식구뿐인 집에서는 그야말로 빅뉴스였다. 그러나 특종 기자에게 질시가 따르듯 어머니는 옷을 받아 걸면서도 남편에게 불만이 가득했다.

"그러니까 당신은 혼자 호인인 척했단 말이에요? 같이 이야기해도 될 걸 굳이 거기까지 불러선! 나도 하면 했을 텐데!"

"그럼 당신이 먼저 하지 그랬어."

콧노래만 부르지 않을 뿐이지, 남편은 전에 없이 기분이 좋아 보였다. 눈물이 글썽한 며느리가 제희도 팽개쳐두고 팔짱까지 끼고 집까지 왔으니 왜 안 그러겠는가. 그러면서도 혼자 좋은 역할 도맡아 한 남편에게 서운함을 토로했다.

"그럴 필요 없어. 다 당신 좋자고 한 거니까."

"무슨 말이에요? 재이 좋으라 그런 거면서."

"다 좋은 거지."

"……네?"

"안 그래? 재이도 수험생이라면 수험생인데 집에서 뒷받침이 제대로 돼야지. 아들은 해주고 며느리는 못 해준다는 건가?"

"무슨 소리를 그렇게 해요?"

팔짱을 끼고 눈을 흘기다가 어느 순간 뭔가를 깨달았는지 자리에서 벌떡 일어섰다.

"어디 가?"

"인테리어 회사에요."

처음부터 리모델링에는 유유자적 방관하던 아버지가 '아마 멈추게 될 공사'에는 더욱더 흐뭇해하며 넥타이를 풀었다.

"형수님, 제가 영어는 어떻게든 가르쳐드릴게요. 저 영어 만점이었는데, 엄마 기억나죠?"

"제희는 거의가 만점이었어, 애. 그럼 과외는 천천히 알아봐야 하나?"

"일단 재이가 오랜만에 공부하는 거 적응부터 해야지. 안 그러니, 제희야?"

모든 식구들이 한자리에 모여 기쁜 소식을 나눌 때 혼자 어두운 사람이 있었다.

"네. 그건 그런데 도대체 남편인 제가 왜 그 소식을 지금에야 알았을까요?"

"제희야, 너 왜 그래?"

식구들 틈에 끼어 무슨 말을 해도 나는 다 좋아요, 고개를 끄덕이던 재이가 의아해하며 그를 말렸다. 가장 좋아할 줄 알았는데 왜 저러는지 모르겠다.

"넌 재이 새출발 하겠다는데 왜 혼자 그러고 있니? 못 할 거 한다는 것도 아닌데."

"저도 좋죠. 그런데……, 도대체 왜!"

"으응?"

"삼성동에 인테리어 공사가 진전이 없을까요?"

"......"

"처음부터 이상하다 했죠. 몇 번을 들러도 왜 등 하나 제대로 안 달려 있는지! 문고리 하나 안 달리는지!"

오죽하면 퇴근을 서두르는 새신랑이 신부가 있는 본가보다 신혼집부터 들러 공사를 체크했다. 학교 다닐 때 배웠던 김유정의 '봄봄'처럼 매일 공사가 얼마나 되는지를 키 안 크는 점순이처럼 체크했다.

"너도 참. 남자가 뭘 그렇게 나서서 보러 다니니. 좋은 소리 못 들어, 애."

"어머니, 그걸 말씀이라고."

일단은 불리하다 싶은 어머니가 자리를 떠보려 일어났다. 하지만 제희가 재이를 끌고 가 세뇌시켜 말을 맞추기 전에 여기서 결판을 보는 게 더 나을 거란 판단을 했다.

"지금 중요한 거야 재이 대학 가는 거지. 너도 그러면 안 돼. 공사 돼서 그 집에 간다고 쳐. 공부하는 애한테 밥이니 살림이니 그런 걸 시키겠다는 거야?"

"에이, 말도 안 되죠, 엄마. 그럼 형수 공부 언제 해요?"

"내 말이. 그리고 인테리어 막 하고 나면 새집증후군인가, 아토피 그런 거 생기면 어떡하려고? 독기 다 빠진 후에 들어가는 거야."

"그게 도대체 언제 빠지는데요?"

"음, 한 1, 2년이면 괜찮지 않을까?"

"무슨 말도 안 되는 소리를."

"엄마, 그런데 그사이에 형수님 임신이라도 하면? 그럼 아기는 누가 봐요?"

철저히 큰아들을 묵살해가며 주장을 펼치던 가족들이 제하의 돌발발

언에 그대로 석고상이 되었다. 가장 먼저 입을 뗀 것은 흐르는 웃음을 억지로 잡아둔 그의 어머니였다.

"음……, 글쎄다. 아무래도 피곤하긴 하겠지만 어쩔 수 있니. 재이는 학교도 다녀야 하니 내가 보는 게 낫겠지?"

"좋은 생각이군. 아기야 엄마가 키우는 게 좋겠지만 여의치 않을 때는 할머니 손도 좋지."

"당신도 참, 할머니가 뭐예요. 당신이야말로 할아버지죠. 호호."

"엄마, 그럼 나는 삼촌이겠네?"

"대체 왜 생기지도 않은 아이로 그런 고민을 하시는데요?"

이대로 두면 안 그래도 귀 막은 가족들의 거품이 어디까지 넘쳐날까 제희가 더 늦기 전에 찬물을 끼얹었다.

"하아……, 재이야, 올라가자……, 이재이?"

이 상황에도 한구석에서 꾸벅꾸벅 졸던 재이를 보고는 맥이 다 풀려 헛웃음을 쳤다.

"얘 오늘 심부름 다니고 피곤했나 봐. 그러게 왜 애를 몰아붙여? 조금 쉬게 놔두면."

"됐어요."

보란 듯 졸고 있는 그녀를 들어 안았다. 제하 혼자 사진이라도 찍을 듯 촐싹거리고 어머니는 차마 못 보겠다 고개를 돌렸지만 그는 더할 나위 없이 당당했다.

"으으응……, 제희야. 어…… 어머! 뭐 하는 거야? 빨리 내려줘. 어른들 다 계시잖아!"

계단을 오르던 중 흔들리는 느낌에 억지로 눈꺼풀을 들어올린 재이가 발버둥을 쳤다. 하지만 그럴수록 무릎 아래 닿은 제희의 손은 더욱더 힘을 주어 그녀를 옭아맸다.

"나도 몰라! 보기 싫으면 분가시켜주든가!"

잠이 홀라당 달아난 재이는 그 관심을 남편에게 쓰지 못하고 눈치도 없이 다시 서류를 꺼내 떼굴떼굴 굴렀다.

"제희야, 제희야, 나 이거 좀 봐. 글씨를 너무 크게 써서 튀어나왔는데 괜찮을까?"

"안 돼."

그건 그가 들은 말 중에서 제일 바보 같은 질문이었지만 대답은 기분 내키는 대로 성실히 해주었다. 재이가 "이 정도는 봐줄 거 같은데." 하고 풀죽어 시무룩하자 그가 들고 온 가방에서 같은 서류를 꺼냈다.

"어, 제희야."

"여기에 새로 써. 아버지도 참……."

재이한테 그렇게 점수를 따고 싶으셨을까.

그런 분이 어떻게 그들 형제한테는 말 한마디도 구두쇠처럼 아끼셨는지 도무지 모를 일이다. 점심도 안 먹고 택시까지 타고 교육청에서 서류를 받아 왔는데 한발 늦었다는 걸 알고 허탈한 마음을 감출 수가 없었다.

"너는 언제 이걸 다 받아 왔어?"

"이재이 로또도 매번 실패하니까 공부라도 시켜야지."

그게 뭐야, 하하 웃다가 속 깊은 남편이 그저 고마워 등에 매달렸다. 제희는 그녀에게 단순한 남편 이상이었다. 그녀가 상상도 해보지 못한 가족을 주었고 사랑을 주었다. 무엇보다 제 자신이 그런 사랑을 받는 이라는 자신감이 그녀를 하루하루 더 밝은 사람으로 만들었다.

자신이 이렇게 웃음이 많았다는 것이, 천하에 둘도 없이 무뚝뚝한 제희로 인해 알게 되었다는 게 그저 신기할 뿐이다.

"너 벌써 이러면 공부를 하겠다는 거야, 뭐야?"

바로 몸을 돌려 침대 위로 잡아 누른 그가 손목에 힘을 지그시 가했다. 긴장한 그녀가 눈을 둥그렇게 뜨자 아직 아무것도 하지 않은 그의 눈과 숨이 벌써부터 거칠어졌다.

"아, 잠깐만. 제희야!"

"왜애?"

버럭 짜증이 터져도 재이는 재빠르게 그의 품을 벗어났다. 어찌할까 문부터 열고는 누가 들을까 속닥거렸다.

"너 어차피 씻어야 되잖아."

"하고 나서 씻으면 되잖아!"

"조용 좀 해, 제발! 너 자꾸 왜 그래?"

자신이 떠들어 이재이의 애를 태울 수 있다면 여기서 고함도 지를 수 있다. 하지만 이미 어머니와 다니며 여우짓을 제법 배운 그녀가 다음 말로 그의 간을 홀랑 내갔다.

"그게 아니라……, 네가 좋아하는 그거……, 넣어놨단 말이야. 몰래 가져올게."

꿀꺽, 새로 산 그녀의 망사에 가까운 레이스 속옷을 생각하며 그가 얼른 다녀오라 손을 흔들었다. 말만 들었는데도 분출해버릴 듯한 이 마음을 어찌지 못하고 기어이 찬물로 샤워를 하고 나왔다. 일단 몸이라도 식혀놔야 본 게임에 들어갔을 때 최대한 오래 버틸 수 있으니까.

"이재이……, 재이야!"

일부러 숨을 참고 욕실 문을 천천히 열었지만 그의 펌업걸은 침대에도, 심지어 이 방 안에도 없었다. 그리 이름을 크게 불렀는데도 못 듣는 것을 보면 2층에도 없다는 뜻이다.

"후우……."

기다리고 기다리다 못해 최대한 간단히 꿰입고 계단을 내려왔다. 어두운 거실 한편에 불이 환해선 그림같이 행복한 가족이 하하호호 웃고 있었다. 그만 빼고.

"아버님도 드실 거죠? 같이 드세요."

"에이, 형수, 아빠는 김치볶음밥 같은 거 안 드신다구."

"그래, 재이야. 야채는 내가 썰 테니까 너는 저기 김치나 좀 꺼내 와."

"누가 안 먹는대? 해줘 보고 하는 소린가?"

속옷 가지러 세탁실에 내려온 그녀는 물 마시러 나온 아버님과 제일 먼저 만나고, 5분 차이로 출출하다 배를 잡고 나온 제하와 만났다. 거기다 남편 찾으러 나온 어머님까지 만나, 에라, 모르겠다 하고 4인분의 볶음밥을 준비하는 중이었다.

"어, 형도 왔네! 형수, 5인분 하셔야겠는데?"

"어머, 얘, 너도 먹을 복 있다. 얼른 와."

제희를 보자마자 뜨끔한 그녀가 일부러 눈을 피하고 김치냉장고를 열었다. 침대에서 제희가 보여주는 격정이야 그녀도 좋아하는 바였지만 요새는 유독 잠이 와 피하고 싶을 때도 있던 것이 사실이다.

"어머님, 야채 거기 두세요. 제가 이거부터 꺼내놓고 할게요……, 우욱."

들고 있던 김치통이 떨어지며 뚜껑까지 열리자 혹여 그녀가 다칠까 온 식구가 재이의 팔을 잡아당겼다. 뭐가 그리 역한지 입을 틀어막던 그녀가 괜찮다 말도 못 하고 고개를 젓다가 바로 화장실로 달려갔다.

"……형."

"……제, 제희야."

"……윤제희, 너 빨리."

가족들이 차례로 제 이름을 불렀지만 의사인 그는 머릿속이 하얗게 비었다. 한두 걸음 천천히 떼다 바로 화장실로 달려가자 주방에서는 아주 난리가 났다. 김치통이 다 쏟아져 벌건 국물이 흘러넘치는데도, 제하는 파리도 미끄러질 이전의 주방보다 지금이 더 사람 사는 집 같아 즐거웠다. 지금도 이런데 고물고물한 식구가 하나 더 늘면 얼마나 집에 들어오고 싶어질까?

세 사람 모두 같은 생각에 빠져 인테리어고 뭐고 집을 팔아버려야겠다 음흉한 결심을 했다.

워낙 마른 체구에 입덧도 심했던지라 재이는 두어 달 동안 더 홀쭉해졌다. 제발 혼자 쉬게 놔두라는 그의 요구에 기어이 신혼집으로 돌아온 이후로 그는 매일 저녁 칼국수를 끓였다. 입덧 심한 그녀가 먹는 유일한 음식이었다.

"물 너무 많잖아. 생각보다 훨씬 적게 넣어야 돼."

"알았어. 들어가 있어."

부르지도 않은 배를 잡고 온갖 걸 다 참견하는 그녀를 보니 웃음이 터져 억지로 얼굴을 찡그렸다. 싫은 말 못 하고 착하디착한 재이라 그녀가 하는 임산부 유세라고는 그게 다였다.

괜히 천천히, 그리고 지독히 조심히 걷는 것.

"오늘도 다 왔다 갔지? 내일부터는 오지 말라고 할게."

"왜 그래? 여기 오셔서 다 치워주시고 음식도 한가득 해주셨어."

"너 먹지도 않잖아. 너 어차피 이거밖에 못 먹잖아!"

내가 해주는 거, 칼국수 이거 하나!

그녀에게 나는 이리 특별하다, 그저 흔한 가족이 아니다, 그렇게 내세울 만한 유일한 장기였다. 아버지가 아무리 아기 옷을 사다 날라도, 어머니가 아무리 음식을 해 와도, 또 제하가 아무리 영어를 가르친대도 그의 칼국수만은 못하다 자신했다. 그녀가 후루룩 뚝딱 한 그릇 싹 비우는 것을 보면 역시 자신이 칼국수 집 사위가 맞기는 맞는 모양이다. 신기하기도 했다.

"그나저나 너, 공부하는 애가 매일 밀가루 음식만 먹어도 돼?"

"먹고 싶은 게 없는데 어떡해?"

공부 이야기가 나오자 잘 먹던 그녀가 조금 우울해했다. 임신을 하고 그 기분이 빠져 통 공부를 못 하다가 이제 좀 해야지 싶으니 벌써 수능이 다가와버렸다.

내년도, 또 그 후년도 생각한다 했지만 그녀야말로 한 해라도 빨리 대학생이 되고 싶었다. 꿈을 모두 이루었다 했는데 욕심은 끝도 없이 새로운 꿈을 만들어냈다.

"……그래도 너 밤마다 열심히 했잖아."

"아냐, 못 했어. 에휴."

"한숨 쉬지 마. 꿈돌이 들을 거야."

"아, 맞다. 꿈돌아, 엄마 한숨 쉰 거 아냐."

제하와 영우가 듣고 오만상을 찌푸렸던 아이의 태명은 부모인 두 사람에게는 매우 만족스러웠다. 병원에서 초음파 사진을 들자마자 둘 모두 입을 모아 '꿈돌이!'를 외쳤다. 다른 후보조차 없이 아이는 무조건 꿈돌이였다.

"엄마가 꿈돌이 태어나기 전에 대학생이 돼야 우리 꿈돌이가 나중에 안 부끄러울 텐데. 에구."

우울한지 별생각을 다 하는 재이를 뒤에서 끌어안고 그는 '아닐 거야.' 섣불리 말하지 않았다. 그에게 위로의 한마디는 쉬운 것이었지만 그는 늘 이렇게 말보다 먼저 안아주었다. 한참 따스히 안고 있으면 재이가 먼저 '아닐 거야.' 하고 기운을 차렸다. 제희는 재이가 타인의 말이나 시선보다는 제 스스로 자신감을 찾는 모습을 그 무엇보다 좋아했다.

"하긴 우리 꿈돌이처럼 착한 애가 그럴 리 없지. 아닐 거야."

지금처럼.

"그럼."

대답은 꼭 해준다. 재이 웃는 거 보려고.

이렇게 풍족하고, 또 즐겁다. 그녀는 그에게 말과 웃음이 많아진 가족을 주었고, 그 스스로를 삶에 대한 의지로 가득 찬 남자로 만들었다. 살고 있으니 사는 게 아니라, 살고 싶어서 사는 그런 남자로.

"고맙다, 이재이."

"응, 그래."

뭔지도 모르고 책을 뒤적이며 끄덕거리는 재이의 이마가 반질거렸다. 오늘 해야 할 페이지를 펴놓고 족집게 과외를 기다리던 그녀는 그의 키스를 선물로 받았다. 10년 전의 교실에서는 상상도 할 수 없을 만큼 깊고 진한 키스가 나무책상을 사이에 두고 오래오래 이어졌다. 살짝 부른 배에 손을 올린 그녀가 아니었다면, 둘 모두 교복만 입지 않은 학생으로 보였으리라.

첫 수능이 있었던 1993년을 제외하고는 다시 수능은 연 1회로 바뀌었다. 그래서 어디 가서 '나는 수능 두 번 쳤다.' 이야기를 하면 '말도 안 돼!' 하는 그런 시대에 살고 있었다. 그만큼 시간이 흘렀고 같은 추억을 공유한 사람들은 그 동질감에 더욱 끈끈해졌다.

"이리 와봐. 감기 들라."

부부 사이라면 더욱 그랬다.

"아, 전처럼 8월에 보면 좋은데 너무 춥다. 그치?"

"응."

2003년 11월 5일, 그녀가 그토록 고대하던, 그리고 겁을 내던 수능을 보기 위해 교문 앞에 섰다. 차에서 내리기 전에 다시 한 번 그가 목도리를 잡아맸지만 수능한파라는 말이 그냥 나온 말은 아니었다. 콜록, 작게 하는 기침 소리 하나에도 그는 미간을 모았다.

"나 들어갈게."

"재이야, 아가! 여기!"

왜 안 오나 했는데 역시나 왔다. 일찌감치 교문 앞에서 기다리던 식구들이 재이를 보자마자 에워싸고 선물을 건넸다.

"어머님, 아버님. 어떻게 여기까지 오셨어요? 날도 추운데."

"당연히 와봐야지. 제희 저게 끝까지 안 가르쳐줘서 겨우 알았어."

한숨을 쉬면서도 이곳에 모인 수험생 중에서 가장 열렬히 응원받는 사람이 재이라는 것에 그의 불만이 스르르 녹아들었다. 아마 재이는 남은 평생, 다음 생애까지도 이렇게 살게 될 것이다.

"형수! 내가 생각해봤는데 형수는 국문학과 같은 데 가면 잘 어울릴 거 같아요."

"넌 무슨 소리야? 얘 수의대 간다고 공부한 거 잊었어? 한국대 수의대 갈 거야, 우리 재이는."

"교차지원 하면 법대도 괜찮지. 안 그러냐, 재이야?"

저 누나 공부 엄청 잘하나 봐. 이리저리 수군거리는 소리가 커지자 그녀가 목도리 속에 얼굴을 푹 파묻었다. 어제 군에서 재우가 보낸 사탕을 받을 때도 그렇게 푹 파묻고 울더니 지금은 부끄러워 그러는 모양이다.

"자, 얼른 들어가. 늦겠다. 난로 넉넉히 넣었으니까 시간마다 바꿔. 그리고 허리 너무 구부려 앉지 마. 배 땅기니까. 과일도 안에 있는데……."

"엄마, 형수 이러다 못 들어가겠어요."

"그래. 참, 제희 너도 한마디 해줘야지!"

급한 마음에 너무 수선을 피웠다 싶은지 제일 뒤에 있던 큰아들을 뒤늦게 앞세웠다. 뭐가 그렇게 부끄러운지 아직도 고개를 푹 파묻고 커다란 눈만 내놓은 재이에게 제희가 웃으며 시선을 마주했다.

"이재이. 고개 들고."

"어."

무슨 말을 하려 그리 무게를 잡았나, 어디를 보내려 그렇게 다른 사람이 말할 때마다 찡그렸나, 남은 가족들이 더 애태우며 그의 입이 열리길 기다렸다.

"재수해도 돼."

"……."

"장학금 받지 않아도 돼. 알지?"

"……으응."

시험 보러 들어가는 사람에게 어쩌면 저런 소릴 하는지 혀를 찼지만, 그래도 듣는 며느리는 훌쩍거리며 그 어느 때보다 씩씩하게 고개를 끄덕였다.

자신들이 아무리 잘해준다 해도 겨우 저런 말이나 하는 남편이 더 좋겠거니, 당연한 사실에 제희의 부모님이 서운한 웃음을 지었다.

"그만 가자."

"네, 먼저 들어가세요. 차 있으니 천천히 갈게요."

재이가 학교에 들어가고 어머니가 이만 돌아가자 아무리 끌어대도 그는 그 긴 수능한파를 온몸으로 버텨냈다. 그녀가 다시 나올 때까지, 거기 그 자리에서.

그것 역시 오직 남편이니까 가능한 일이었다.

‒ 열 번째 메시지입니다.

재이야, 오랜만이지? 더 빨리 남기고 싶었는데 아껴두느라 못 했어. 여기 저장할 수 있는 메시지가 딱 열 개거든. 지우려 해도 뭐 하나 지울 수 있는 게 없어서, 그래서 아끼고 아끼다 지금이 마지막이야……. 오늘은 너한테 정말 해야 할 말이 있어. 내가 널 기다린 건 올해가 겨우 8년인데, 밀레니엄이라고 연도가 바뀌니 꼭 천년을 넘어 기다린 기분이야. 내가 인내심이 없는 걸까? ……이제는 너무 힘들어서, 그래서 너 그만 기다리고 싶어. 원망이라도 해주면 좋은데 넌 아직도 답이 없겠지? 하아……, 정말 힘들다, 재이야. 나도 살고 싶어서 그만 기다리려 하는데 그 생각만 해도 사는 것 같지가 않아……. 그래서 10년까지는 놔둬보려고. 그때도 못 찾으면 그때 정말 지울 거야. 하지만, 정말 널 다시 만나게 되면……, 그때는……, 아, 생각만 해도 너무 좋아서 뭐라 말해야 할지 모르겠다, 재이야.

2000년 5월 28일에 저장되었습니다.

세 번째 에필로그.

Winter Sonata

● 2004년 1월, 다시 찾은 겨울 바다는 그 색이 더 짙어졌다. 여름처럼 들어와보라 손짓하는 맑은 초록은 아니었지만 앉아서 차분히 감상을 하기엔 이편이 더 좋았다. 짙고 푸른 바닷물에 하얀 눈이 녹아들자 어디 밤하늘을 뚝 떼어내 펼쳐놓은 기분이다.

"추운데 바로 서울로 가지, 왜 여기까지 와선."

"그냥, 좋잖아. 너랑 꼭 같이 오고 싶었어."

제희가 깔아준 자리 위에 접고 있던 다리를 펴자 절로 손이 허리 뒤를 짚었다. 배가 부를 만큼 불러 이렇게 앉는 것도 쉽지가 않다.

"괜찮겠어?"

"뭘. 그래도 오늘은 겨울치고는 따듯하다, 그치?"

보는 것도 불안해 그 어깨를 감싸며 찌푸리는 제희와 달리 그녀는 몹시 밝았다. 1년 반 만에 다시 찾은 속초는 바다 색 말고는 변한 것이 없다. 세상을 다 내려놓을 듯 힘겹게 걸음 했던 그때는 오늘 같은 날이 있을 줄 알았을까.

"영미 오늘 예뻤지?"

그랬었나, 그가 생각에 잠겼다. 그에게 이제 여자라면 이름과 얼굴을 짝짓는, 딱 그 정도 인지력이 다였다. 이재이가 옆에 있는데 다른 여자꾸민 모습이 눈에 들어올 리 없으니까.

설령 미끈한 여자가 벌거벗고 다닌다 해도 '춥겠네.' 이 말 말고는 해줄 것이 없다. 원래 그리 무심했고, 그에게 예외는 한 사람으로 족했다.

"응. 예쁘더라."

"맞아, 예뻤어. 하하."

그래도 영미는 그녀의 친한 친구였고, 오늘 갓 결혼한 신부에게 빈말 해줄 정도의 공감능력은 남아 있었다. 하지만 듣자마자 싱긋 웃는 그녀가 너무 해맑아 거기에 또 빠져버렸다. 이런 때 질투라도 한번 해주면 좋은데 이재이는 그럴 여자가 아니다.

"저기 있잖아, 제희야."

"응."

"그럼 나 드레스 입었을 때, 그때는 무슨 생각 했어?"

질투는 아니라도 이렇게 예쁘다 소리는 듣고 싶어 했다. 그가 뭐라고 할지 기다리는 짧은 순간 두근두근 박동을 높였다.

"그냥."

"그게 뭐야……. 하긴 너한테 뭘 기대해."

실망한 듯 입이 삐죽하기는 했지만 그녀는 끝까지 졸라대지도 않았다. 오히려 그럴 줄 알았다는 듯 삐죽대는 입 끝에 웃음이 걸렸다.

달리 무슨 말을 해줄까.

그들은 그날 처음부터 함께했다. 아버지가 돌아가셨으니 혼자 들어올 그녀를 두고 볼 수 없어 시작부터 끝까지 그녀의 손을 잡고 있었다. 그러느라 보이는 거라곤 오직 그 얼굴뿐.

인사를 할 때마다 파르르 떨리던 속눈썹부터 발그레한 뺨과 한 번씩 올려다보는 커다란 눈까지, 그 기분을 사람의 말로 설명할 수 있다는 것이 그에게는 더 이상한 일이다.

오래 두고 보아온 사람도 아니었고 때로는 환상 속에 존재하지는 않을까, 취해 있을 때 살짝 다녀가는 그림자가 아닐까 했던 사람이다.

그런 그녀가 실제로 존재해 고운 손 내밀어 그를 불안의 늪에서 건졌다는 것이 이미 그에게는 기적이었다. 옷이나 머리, 또는 화장이 달라졌다 해서 그 벅찬 마음이 어느 한편으로 기울지는 않는다.

「야, 윤제희! 이 자식 말하는 거 보게? 으아아아, 소름 돋아. 들었죠, 다들?」

다만 나중에 그날의 사진을 보고서야 '이재이가 확실히 예쁘긴 예쁘구나.' 그렇게 누구나 들을 만한 혼잣말을 한 적은 있다. 사람이 많은 스테이션이었고 신부 사진을 구경하고자 더 많은 이들이 그의 곁에 있었다. 그나마 그 말을 한 사람이 윤제희라 다행이지, 만약 영우가 그랬다면 가루가 될 때까지 두고두고 야유를 당했을 것이다.

"에이, 난 그날 너 멋있다고 생각했는데."

"흐음, 그래?"

"어. 그런데 나도 취소하려고."

새침한 척 눈을 살짝 내리깔면서도 입은 벌써 웃고 있다. 연기 참 못한다.

"말 바꾸지 마."

어디까지나 자신은 자신이고, 그럼에도 재이에게 멋진 남자가 되고픈 마음은 같다. 오늘 아침에도 거울을 보았을 때 앞머리가 제법 길어져 막 눈을 뜬 그녀에게 다가가 무릎을 낮췄다.

「이 정도면 돼?」

「으음……, 뭐야, 그게. 나 잘래.」

무슨 말이냐 밀어내고 다시 잠드는 그녀를 보며 허탈하게 웃었다. 거
치적거리는 게 딱 싫은 그가 왜 평균보다 조금 긴 머리를 고수하는지,
재이는 전혀 관심이 없는 모양이다. 전화 속 자신의 말 한마디에 의지해
지금까지 다른 모양은 생각도 못 했다는 것을 언제쯤 알까.

지금 와 알아주기를 바라지는 않지만 최소한 나온 말을 취소해서는
안 된다, 이재이는.

"아야."

"왜?"

허리를 짚던 그녀가 답지 않게 콧등을 살짝 찌푸렸다. 배를 짚은 손에
힘이 들어가는 걸로 보아선 배가 땅기는 듯했다. 아직 산달은 되지 않았
지만 이제 누가 보아도 만삭의 임부라 그의 눈썹에도 같이 힘이 들어갔
다.

"아니……, 갑자기 조금 아파서."

"빨리 들어가자니까 왜 고집을!"

기어이 큰소리가 나왔다. 배가 나올수록 얼굴이나 팔목께는 더 가늘
어 보여 한 번씩은 보기조차 위태롭다. 친구의 결혼식이니 꼭 와보겠다
고집을 부리더니 거기까지만 들어줄걸, 한 시간여 떨어진 이곳까지 오
겠다는 것은 말렸어야 했다. 아무리 합격자 발표를 앞두고 심란해하더
라도 그랬어야 했다.

"화내지 마. 응?"

"……."

"그냥 좀 세게 차서 그래."

"아까는 아프다며."

"구분을 못 한 거야."

왜냐면 첫아기잖아. 저것도 변명이라고 입 모양이 벙긋거린다. 그래도 첫아이라는 말의 어감이 그렇게 좋을 수가 없었다. 뭐든 처음이 있어야 둘도, 셋도 있으니까. 뒤에서 허리를 감아 조심스레 일으키는데 축 내린 손이 그녀의 배에 닿았다. 어제 만져볼 땐 이 정도는 아니었는데 하루가 다른 모습에 뭔가 코가 찡하다. 그녀의 말대로 오늘은 겨울치곤 푸근해 결코 그럴 만한 날씨도 아니었는데.

"아!"

이번에는 제희의 입에서 나온 감탄사였다. 그녀의 배가 나오는 만큼 아이도 자라고, 놀랄 일도 많아졌다. 과연 이 정도 세기라면 헷갈릴 만도 하다 싶어 두 손을 들었다.

"좋아, 인정할게."

"……뭘?"

"나도 첫아기니까."

그 말을 기다리기라도 한 듯 그녀가 뒤로 돌아 눈을 빛냈다. 그거 보라는, 너도 모르지 않느냐는, 아주 의기양양한 턱이 얄밉지 않게 들려 올라갔다. 그리고 그 턱 끝이 그의 입술에 살짝 닿자 저 파도만큼이나 시원한 웃음이 터졌다.

"우아, 꼭 붓으로 그린 거 같다. 그치?"

"응."

손을 꼭 잡고 눈 오는 해변을 걸었다. 모래에 소복이 쌓인 하얀 눈이 한결 더 부드럽게 밟힌다. 하늘, 바다, 그리고 그들이 발을 내린 설원까지, 각자가 선명하게 대비되어 그 색감도 병사탕 못지않다. 잡으면 잡힐 듯, 그런 행복이다.

"이재이, 자신 있나 보네? 긴장도 안 하는 거 같은데?"

"내 남편이 그랬거든. 재수해도 된다고."

"아, 부반장, 너 결혼 잘했구나?"

드문 농담이 오가자 마냥 웃던 그녀도 날이 저물어가며 조금은 초조한 기색을 비쳤다. 지금쯤이면 합격자 발표가 나왔을지도 모른다. 말로는 기대하지 않겠다고 했지만 사람의 마음이라는 게 꼭 하나만이 전부가 아니다. 그녀는 세상 누구보다 '대학생'이 되고 싶던 사람이었으니.

"5시야."

"……어."

겨울의 5시는 여름의 그것과는 달랐다. 벌써 붉은색 노을이 져 조금전 그 예쁜 색감에서 살짝 부족하다 싶었던 화사함까지 더해졌다. 그 아래 그녀의 뺨이 같이 물든다.

"음……, 떨어졌음 어쩌지?"

"괜찮아, 재이야. 다 괜찮아."

응, 그녀가 밝게 웃었다. 인터넷이 안 되는 곳이니 미리 적어뒀던 번호를 꺼내자 그가 휴대전화를 들었다. 수험번호가 있다는 것이 꿈 같기만 하더니, 이제는 합격자 명단에도 들어 있기를 바라본다.

"아, 저기, 잠깐만."

"응?"

"우리 저걸로 하자. 저걸로 듣고 싶어."

해변 끝의 등대를 향해 두 손으로 그를 끌었다.

하얀 등대 아래 공중전화를 보고서 여자는 여자구나, 설핏 웃음이 났다. 여름과 달리 오가는 사람이 거의 없는 곳에서 나란한 발자국을 찍어가며 전화기 앞에 섰다.

"내가 할까?"

"아니, 괜찮아."

이상하게 이곳에 들어오니 그녀는 한결 여유를 찾은 듯했다. 사실 그녀는 처음부터 그를 이곳으로 데려오고 싶었다. 그 여름, 그녀는 이 안에서 난생처음 슬퍼서 울지 않았다.

"나가 있을까?"

"음, 아냐. 자, 그냥 네가 듣고 이야기해줘."

마지막에 약해지나 싶어 수화기를 건네받자 재이는 부른 배가 불편한지 문밖으로 나가버렸다.

눈으로 그 모습을 좇으면서도 수험번호를 꼭 쥔 손에 힘이 들어갔다. 부담될까 웬만하면 시험 이야기는 하지 않는데 그가 보기엔 아슬아슬한 점수라 더 애가 탔다.

— 제희야, 안녕? 나야. 재이.

눈앞에 보이지 않는다 싶더니 한순간에 그녀가 살짝 고개를 내밀었다. 부끄러운지 사르르 웃으며 손을 흔드는 그녀에게 같이 손을 흔들어주었다.

유리창 너머의 그녀야말로 가장 그림 같다. 부른 배가 아니라면 수화기 속 목소리를 따라 잠깐 들른 환상같이 보였을 테다.

— 놀랐지? 그럴 거 같아. 나도 그때 정말 놀랐거든. 음……, 네가 너무 안 자는 통에 이거 하나 녹음하는 것도 어려웠어. 나는 요새 잠이 진짜 많이 오거든. 영미 청첩장 받고 속초 가기 전에 꼭 녹음해야지 했는데, 며칠 만에 겨우 성공이야. 거기다 휴대전화는 녹음도 이렇게 오래 할 수 있대. 난 운이 좋은가 봐. 음……, 시험은, 말했던 것처럼 돼도, 안 돼도 다 괜찮아. 비밀인데 난 재수생도 한번 해보고 싶었거든? 그냥 공부만 하면 되는 사람이라잖아……. 하하.

무슨 말이 나오는지 아는 것처럼 재이가 유리에 가까이 붙어 이마를 기대자 그가 손가락으로 톡톡 두드렸다. 그러면서도 울컥한다.

– 난 우리 다시 만났던 여름에 네가 있던 자리에 있었어. 사실 난 네가 없는 시간 동안……, 너만큼 네 생각은 못 했어. 너무 힘들었거든. 살아 있으니까 그냥 사는데……, 왜 사는 건지는 몰랐어. 꾀를 부린 것도 아니고 정말 열심히 사는데도 그걸 모르겠더라. 제희 네가 있었음 물어볼 수 있었을 텐데, 그치? 아……, 그래도 지금 생각해보면 널 다시 만나려고 힘들면서도 그렇게 살았는지 모르겠어. 아니, 모르겠는 게 아니라 그럴 거야. 그거 말곤 이유가 없잖아.

그녀는 다시 걸어가 등대를 끼고 돌았다. 몇 번을 그렇게 빙그르르, 그 잠깐 보이지 않는 시간에도 그의 마음은 백 층 난간을 걷는다.

– 우리가 다시 만나고, 또 이렇게 결혼하고, 몇 년, 몇십 년 시간이 흐르면 그때도 그렇게 생각할 거야. 이렇게 살려고 그 시간을 견뎠다고……. 그러니까 너도…… 이제는 그때의 너를 놓아줘. 10년이잖아. 대신 나는 너 20년, 30년, 그렇게 기다릴게. 매일 널 기다리면서 그렇게 너랑 살게. 그걸로 네 가장 힘들었던 시간을 보내줘. 그럴 수 있지?

어깨를 으쓱거리며 장난을 치는 그녀에게 고개를 끄덕였다.

그럴 줄 알았다는 듯 웃으면서도 눈물이 글썽거린다. 이젠 그녀를 찾아 달래줘야 할 때가 됐다. 더 이상은 그에게도 벅차다.

– 제희야, 그거 알아? 넌 늘, 볼 때마다 멋있어. 하하……. 사실 1년 전에 여기서 네 목소리 들으면서……, 네가 하는 말 하나하나 다 기억하려고 열 번도 넘게 들었어. 그런데 너는 그러지 마. 왜냐면 난 임신부고 잠이 오거나 추울 수도 있잖아. 그러니까 내가 그만 들으라 표시를 할게. 음, 뭐냐면……, 그래, 좋은 생각이 났어. 네 옆에서 등대를 막 빙글빙글 돌면 그건 춥다는 뜻이야. 그러니까 그땐 날 데리러 와줘.

뭐야, 왜 이렇게 늦어, 그렇게 입술 뾰족해진 그녀가 먼저 다가왔다. 삐걱대는 문을 열어 그녀를 당긴 그가 바로 그 입술을 찾아들었다.

– 아! 그때 난 그 작은 곳에서 세상에서 제일 행복해졌는데, 너는 어떨지 모르겠다. 제희야, 어때? 넌 지금 행복하니?

– fin.

외전.
그 이후, 나는

● 7개월이 된 지원이는 이제 제법 낯을 가렸다. 품 안에서 옹알거리며 놀다가도 낯선 이를 보면 순식간에 입술을 삐죽거려, 그 모습을 보는 어른들을 즐겁게 했다. 이 집안 식구들 중 누구도 지원이처럼 제 감정에 충실한 사람이 없었으니까.

그러니 눈 한번 찌푸리기도 힘든 아이의 투명함은 탐내는 사람이 지극히 많았다.

"'엄마, 다녀오세요.' 해야지."

아웅, 알아듣지 못할 소리를 내며 작은 입술을 오물거리는 지원을 대신해 제희의 어머니가 고사리 같은 아이 손을 잡아 흔들었다. 문 앞에서 몇 번을 돌아보며 망설이던 재이가 못내 아쉬워 서성였다.

"우리 지원이, '엄마 학교 잘 다녀오세요.' 하자. 저러다 너네 엄마 첫날부터 지각하겠다."

"어머니, 엄마도 제대로 못 하는 애한테 뭘 그런 걸 시키세요?"

손을 내밀면 꼭 감아쥐는 하얗고 포동한 손을 차마 뿌리치지 못하는 건 제희도 마찬가지다. 하지만 이러다 재이가 정말 늦게 생겼다.

"아, 어머님. 저 이제 갈게요. 지원아, '엄마 안녕.', '엄마 안녕.' 해봐."

방금 그의 말을 뭐로 들었는지, 재이 역시 돌도 안 된 아기를 두고 무리한 요구를 했다. 거기다 정말 그 말을 할 것처럼 아이의 입을 바라보는 온 집안 식구들의 기다림도 제법 볼 만했다.

"백번 쳐다봐도 아직 못 해, 빨리 나가."

"알았어, 알았다구."

결국 그녀의 팔을 잡아끌고서야 이산가족 상봉이 끝났다. 하지만 재이는 그의 옆자리에 타고도 영 집중을 못 한 채 자신의 집게손가락을 만지작거렸다. 방금 전까지 지원이가 매달리듯 꼭 잡고 있던 손가락이다.

"그렇게 해서 학교 다니겠어?"

"으음……. 아냐. 왜 그래?"

그래도 학교 이야기가 나오니 그녀도 조금은 울적한 마음을 환기시켰다. 입학식을 고작 사흘 앞두고 출산을 한 그녀는 그해 약대 입학생들 중 처음으로 신입생이 되자마자 휴학을 신청했다. 대학생치고는 몹시 드문 이유로 휴학까지 하고 나니 2학기가 시작하는 오늘을 얼마나 기다렸는지 모른다.

"수의대 못 가서 어떡해?"

"아닌데? 난 좋은데?"

고개를 기울인 그녀가 살짝 웃었다. 이제 아이 아빠가 되었으니 새신랑은 아니지만, 제희가 왜 지원이 못지않게 뾰로통한지 이미 눈치를 채고 있었다. 연기는 잘 못해도 가진 관심을 모두 돌려 몇 번이나 매만지던 집게손가락을 그의 오른손 손가락에 엮었다. 당기듯 힘을 주자 바로 감겨드는 강한 힘이 절대 그녀를 놓아주지 않는다.

"난 지원이 엄마랑 결혼한 게 아니야."

그는 착하고 예쁜, 그리고 윤제희의 여자인 이재이와 결혼했을 뿐이다.

"알아, 알아. 그만 좀."

"하여튼."

뭐가 하여튼이라는 건지, 어울리지 않는 여우짓도 그는 기쁘게 받아들였다. 제희는 여전히 그녀가 이리 나오는 것이 떨렸다. 손가락에서 시작된 그 묘한 긴장감이 학교에 가는 내내 차 안에서 맴돌다 문이 열리며 흩어졌다. 그의 아쉬움과 함께.

"잘하고 와."

"응."

"괜히 지원이 생각한다고 수업 허투루 듣지 말고."

"응."

"내 말도 좀 잘 듣고. 딴생각하지 마."

"그럼 네 생각은? 그것도 하지 마?"

조그마한 그녀의 얼굴만큼 남은 틈으로 재이가 싱긋이 장난을 쳤다. 알아들었으니 이만 가라는 뜻인데 제희가 또 말을 아끼는 모양새를 보니 더 할 말이 남은 듯했다.

"……네가 언제 내 말 들었어?"

"응?"

뜬금없는 타박에 눈을 크게 뜨자 그가 한쪽 눈을 살짝 찡그렸다.

"상황 봐서 하든가."

그가 이 정도로 이야기했으면 없는 상황도 만들라는 뜻이다.

원래 급한 일은 없는 과였고 4년차에 국시가 가까워오자 관례상 잡다한 일에선 제외되었다. 그래도 출근은 해야 했기에 나오긴 했지만 제희의 마음은 7개월 지원이의 그것만큼 싱숭생숭했다.

"……그러니까, 이거 너네가 마저 정리하고. 꼼수 쓰다 걸리면 죽는다? 알겠냐?"

이제는 의국장이 된 영우가 1년차들을 불러놓고 제법 감투 쓴 흉내를 냈다. 잔뜩 쫄아 있는 새내기의 모습에 괜히 의기양양해서는 한껏 어깨를 펴고 뿌듯함을 드러냈다.

그의 지시에 따라 1년차들이 후다닥 사라지자 영우가 평소보다 배로 심각해 있던 제희를 툭툭 건드렸다.

"야, 나 제법 그럴듯하지 않냐?"

"……뭘?"

"애들이 나한테 확 쫄잖아. 아, 이게 권력의 맛이라는 거지."

싱거운 놈, 한마디 하고 다시 눈을 감으려던 제희가 뭔가 생각이 났는지 영우를 향해 눈을 가늘였다. 못마땅함이 그대로 드러나는 거친 눈빛에 영우가 괜히 주춤거렸다.

"야, 뭐? 또 왜 그래?"

"……1년차 애들 대강 좀 잡아."

"뭐라는 거야? 갑자기 웬 착한 척?"

뭐라는 건지는 알 바 아니고 착한 척도 아니다. 다만 잔뜩 몸을 움츠리며 선배의 눈치를 보는 1년차들에게서 재이를 떠올렸다. 물론 이곳처럼 군기가 센 과도 아니었고 그녀는 나이가 있으니 대놓고 뭐라고 하지도 않겠지만, 걱정이 되는 건 그로서는 어쩔 수가 없다. 만약 재이가 방금 전 영우 같은 선배에게 걸려 한소리 듣는다면 마음 같아선 벌써 방망이를 들고 나섰다.

"아, 뭐 어쨌든. 우리도 이 생활 얼마 안 남았고 말이지. 나는 또 우리 장금이 누님 보러 간다는 거지, 흐흐."

1, 2년차 시절에도 사방에서 눈치 줘도 꿋꿋이 TV를 틀던 영우였으니 이제 누구 하나 뭐랄 것 없는 상황에서는 대놓고 시청자 패널로 나섰다. 그 여름 겨울연가에 허우적대던 영우는 이제 장금이의 손맛에 빠져 있었다. 사람은 원래 그렇게 잘 변하지 않는 법이다.

"야 그런데 말야. 제수씨도 약간 장금이 과지 않냐?"

"뭐라고?"

"생긴 건 다른데 얼굴도 하얗고 눈도 크고 그렇잖아. 거기다 동안이구, 솔직히 누가 제수씨 보고 애 엄만 줄 알겠냐? 이제 신입생 됐을 테니 남자들이 가만히 안 놔둘 텐데. 아우, 뭘 또 째려보고 난리야? 아니 뭐, 그렇다구. 흐흐."

영우가 의미 없이 흘리는 말에 제희의 촉수가 물 먹은 듯 돋아났다. 오직 한 사람에게만 집중되는 그런 촉수가.

"……내가 왜."

"응?"

그 생각을 못 했을까.

이재이처럼 예쁘고 또 예쁜 애가 구박당할 걱정을 왜 했을까. 정작 걱정해야 하는 건 늑대들의 음흉하고 빤한 시선인 것을.

"하여튼 신입생이라고 술도 엄청 먹이고 그럴 텐데. 우리 때도 그랬잖아. 약대도 만만찮을걸? 흐흐, 너 걱정돼서 어쩌냐?"

"일이나 해. 안테나 뽑아버리기 전에."

"아이고, 또 눈에 불을 켠다! 농담이야, 농담! 어디 제수씨가 그럴 사람이냐? 집에서 지원이 데리고 너 오기만 눈 빠지게 기다리겠지."

영우는 뒤늦게 눈치를 살피며 그의 기분을 맞춰보았다. 그러면서도 정말 안테나가 뽑힐까 제희의 시야로부터 TV를 슬그머니 가리는 것 또한 잊지 않았다. 그는 눈치가 빠르기도 했지만 경험에서 교훈을 얻지 못

하는 바보도 아니다.

「야! 저거 올인에 송혜교 좀 봐봐! 여자랑 남자랑 헤어지는데 기다리는 게 말이 되냐? 으유, 말도 안 돼. 요새 누가 미련스럽게 기다려? 소설을 써라, 써!」

그 말 했다가 작년에 뽑힌 안테나에 감긴 하얀 테이프엔 아직 끈적함이 마르지도 않았다.

기대는 잠시였고, 지원이와 함께 그가 오기를 눈 빠지게 기다려야 할 새색시 이재이는 어디에도 없었다. 그가 떠날 때처럼 여전히 할머니에 품에 안긴 지원이만 그를 향해 손을 내밀었다.
"……재이 안 왔어요?"
"응? 전화 안 왔어? 나한테 전화했길래 좀 놀다 오라 그랬는데."
"놀다 온다구요?"
"어. 걔한테는 첫날이잖아. 친구도 사귀고 해야지. 과에서 사람들 모여서 술 한잔씩 한다길래 그러라고 했어. 어머, 제희야. 지원이가 그래도 아빠라고 너 아나 보다. 얼른 안아줘."
내가 이렇게 손을 내미는데 아빠는 왜 모르는 체해!
그게 화가 나는지 지원이가 바로 입술을 삐죽하며 그의 옷깃을 잡아 흔들었다. 꼭 제 엄마가 토라질 때처럼 통통해진 입술에 웃음이 나 얼른 한 팔로 받아들었다.
"아, 나도 이제 좀 살겠네. 손이 타서 하루 종일 안고 있었더니, 네 아버지 오기 전에 장도 좀 봐야 하는데.”

“……힘드셨죠, 어머니?”

“어어…… 뭘. 우리 지원이 보는 건데. 제희 너도 참.”

생전 입을 딱 붙이고 살던 아들이 결혼하곤 조금이나마 변했지만 아직도 이런 말에는 쑥스러워 손사래를 치게 된다. 육체적인 피로가 없다고는 못 하겠지만 하나뿐인 손자를 안는 즐거움은 그런 피로 따위와 비할 바가 아니다. 거기다 생각만 하고 입 밖에 안 낼 말이지만 손자 지원이는 아들인 제희나 제하보다 훨씬 더 예뻤다. 얼마나 예쁘냐면, 고민하나 없이 그저 예쁘고 또 예뻤다. 내리사랑에 막중한 책임감을 덜어낸 핏줄이라는 것이 원래 그런 모양이다.

“나 앞에 마트 좀 다녀올게. 할머니 갔다 올게. 지원이 안녕. ‘할머니 다녀오세요.’ 해야지.”

“……못 할걸요?”

“하, 제희 너도 참. 네가 이렇게 고지식하게 구니까 재이가 들어오고 싶겠어?”

어머니다 보니 영우한테처럼 화는 못 내겠다. 그렇지만 그가 싫어 안 들어오겠다고 하는 재이를 떠올려보니 저절로 팔에 힘이 들어가버렸다.

“아.”

이가 올라온 지원이 제법 아프게 어깨를 깨물고서야 그는 정신이 들어 아들을 고쳐 안았다. 애가 무슨 잘못이라고, 이게 다 뭔가 싶다.

“……윤지원. 엄마가 아빠 때문에 안 들어오는 거 같아?”

식구들에게 핀잔을 날리던 것과 별개로 이 답답한 마음을 어디 물어볼 데가 없다. 그래서 가장 가까이에 있는 사람인 7개월 지원이를 찾았다. 멀뚱히 깜빡거리는 초롱초롱한 눈을 보다가 그가 헛웃음을 지었다.

나도 참.

"……아웅, 아이, 아이야."

"뭐라고? 아니라고? 아빠 때문이 아니라고?"

사람이 간절하면 저 좋을 대로 듣게 된다. 깜짝 놀란 제희가 옹알이하는 지원이를 높이 들어올리자 자그마한 입이 한계치만큼 벌어지더니 지원은 고개를 흔들었다.

"아니야? 엄마는 아빠 때문에 안 들어오는 게 아니란 거야? 우리 지원이가 이렇게 똑똑했어?"

"……못 봐주겠네 진짜."

신발 벗자마자 조카를 찾아 들어오던 제하가 멀리서 제희를 보고는 혀를 찼다. 제희는 아이에게 괜한 대답을 바라는 가족들을 팔불출이라 단정 지었지만 정작 고슴도치는 따로 있었다. 그래도 어디 하나 흠잡을 데 없는 다정한 부자라 제하는 따로 흠을 잡지는 못했다.

그날을 시작으로 고삐 풀린 재이는 시어머니의 비호 아래 날로 어려졌다. 신입생인 그녀는 액면가조차 스무 살로 변하고 말았다. 그리고 오늘도 신입생답게 적당히 술과 흥이 올라 웃음을 흘려가며 집 안에 발을 들이다, 조금 찔리긴 한지 제희를 보자마자 억지로 웃음을 잠가두고는 시선을 피했다.

"……즐거워 보이네."

"어, 어? 아, 그렇지 뭐. 오늘 환영회 해준다고."

"환영회를 일주일씩 해?"

"아, 오늘은 동아리 환영회. 애들이 자꾸 가지 말라고 잡더라구. 원래 신입생은 다 그런가 봐. 하하."

"······그래? 나는 그런 기억 없는데."

"에이, 왜 그래. 어, 우리 지원이 자네? 지원아, '엄마 다녀오셨어요.' 해야지."

얼렁뚱땅 넘어가볼 심산이었는지 재이가 그의 품에서 잠든 지원이의 뺨을 조심히 쓸었다. 솜털이 올라 보송한 뺨이 끝까지 닿지 않았는데도 손끝을 간질여댔다.

"왜 매일 어머니한테만 전화해?"

"하하, 너한테 하면 빨리 오랄 거 같아서 그랬지."

알긴 아는구나. 그나마 다행이라 생각하던 제희는 아이의 뺨에 제 뺨을 가져다 대는 재이의 볼에 먼저 입을 맞췄다. 무뚝뚝한 입술에서 살짝 느껴진 뜨거운 체온에 그녀의 눈이 감긴다.

"뭐, 뭐야······."

"인사."

"그게 무슨."

이번에는 조금 더 아래쪽으로 입을 맞췄다. 뺨에서 조금 아래라면 한 군데뿐이다.

"으음."

"오늘은 얼마나 마신 거야?"

입술을 살짝 떼고는 그녀의 입김을 들이마셨다. 모르긴 몰라도 한두 잔은 넘어선 것이 분명했다.

"조금."

주저하는 그녀의 말소리와 함께 두 사람 주변의 온도가 한껏 올라갔다. 결국 아이를 중간에 두고 키스가 길어지자 예민한 지원이 몸을 뒤척이며 칭얼거렸다. 얼굴을 붉힌 재이가 한 걸음 물러서 딴청을 부렸다.

"아, 불편할 텐데. 내가 안을까?"

"······아냐."

"아기띠라도 하지. 식탁 옆에 뒀는데. 그거 하면 편해."

"난 그런 거 별로."

하긴 아기띠를 한 윤제희라니, 생각만 해도 우습다. 제희 딴에야 이 열기를 지워내는 그녀가 얄미워 해본 말이었지만 재이가 그것을 알 리는 없다.

"하면 진짜 편한데. 팔도 안 아프구."

"이재이."

"어, 응?"

"너네 과에 이상한 애들 없어?"

"이상한 애? 이상한 애가 다 뭐야, 하하. 그런 애······."

"남자애들."

그에게는 이재이 주위에 있는 이재이와 성별이 다른 애들은 모조리 이상한 애들이다. 재이 눈엔 착하고 순진해 보이는 애들도 모두 그렇게 매도당했다. 편을 들 생각은 없지만 제희가 저런 식으로 나오니 괜히 눈치가 보여 고개를 끄덕였다.

"휴우······."

그걸 본 제희가 한숨을 길게 쉬었다. 재이 쟤는 아직 남자를 모른다. 그의 직관상 나이 먹을 만큼 먹은 남자보다 그맘때 남자들이 가장 위험했다. 장담하건데 그 역시 그 나이에 이재이를 다시 만났다면, 지금쯤 지원이는 초등학교에 다니고 동생도 둘은 더 있었을 것이다.

"내일 또 술 마시러 가자면 어떡할 거야?"

갑자기 진지해지는 그의 물음에 그녀가 망설였다. 사실 잘 모르겠다. 생각보다 낯가리지 않고 스스럼없이 대해주는 한참 어린 동기들이 그저 고마워 그간 뿌리치지도 못했다. 내일이라고 뿌리칠 수 있을 것 같지는 않은데, 제희를 생각하면 이제 더는 안 되지 싶다.

"알았어. 안 갈게."

"가."

"응? 가라고? 진짜?"

아기띠 없이도 능숙하게 지원이를 토닥거린 그가 쉬잇, 하는 소리로 들뜬 아이의 잠을 마저 재웠다. 그리고 나서야 정말인지 떠보는 재이를 향해 날카로운 턱을 들었다.

"꼭 가."

가라는 거야 말라는 거야. 그보다는 한 수 아래인 그녀가 이리저리 그를 훑어도 더 알아낼 수 있는 것은 없다.

"대신 전화는 나한테 하고."

세 시간 연강 수업까지 마치고 건물을 나서자 이른 밤이다 싶을 만큼 주위가 어두웠다. 커다란 캠퍼스에는 오직 가로등과 신입생들의 웃음소리만 밝았다.

"언니, 언니. 소개팅 해요, 네?"

"아하하……. 난 그러면 안 돼."

"에이, 왜요? 알고 보면 우리 사촌오빠가요……."

"야! 재이 언니 결혼했다잖아. 애기도 있다구. 너 못 들었어?"

"아, 맞다."

묻지 않는데 먼저 말하기 뭐해 며칠간은 입을 다물고 있다가 서서히 뭉치는 그룹이 생기자 '나 사실은 결혼했어.' 하고 살짝이 이야기했다. 약대 특성상 다른 일을 하다가 들어오거나 나이가 찬 사람도 제법 있기는 했지만 결혼을 한 사람은 그녀가 처음이었다. 그러다 보니 별거 아닌 데에도 반응이 상당한지라 수줍은 많은 그녀는 이런 대화가 나올 때마다 얼굴이 빨개졌다.

"난 거짓말인 줄 알았지."

"그런 거짓말해서 뭐해?"

"그냥. 아우, 그런데 누가 재이 언니보고 결혼했다고 하겠어, 그냥 대학생인 줄 알지. 우리 과에도 남자애들 몇 명 재이 언니 찍었을걸?"

"그건 그래. 내가 봐도 알겠더라. 언니 좋겠어요."

이맘때 여학생들의 모든 관심은 오직 남학생들의 시선이다. 그건 남자애들도 마찬가지였고. 뻔히 오가는 어린 눈빛들을 지켜보는 것도 대학생활의 예상치 못한 재미 중 하나다.

"좋긴, 너네가 좋지."

이 아이들과 같은 이십 대 초반이었던 때, 그녀는 오직 하루하루를 버티는 데 온 힘을 쏟느라 이제야 처음 겪는 것들이 많다. 그래서 아무 생각 없이 밝고 즐거운 어린 동기들을 볼 때마다 괜히 덩달아 즐거워졌다. 내용도 없고 돌아서면 잊혀질 수다를 들으면서도 그저 웃다 어느새 휩쓸려버렸다. 만약 자신이 정말 스무 살을 이렇게 보냈다면 지금보다 말이 더 많아졌을지도 모를 일이다.

─ 어디야?

"아, 나 방금 나왔어. 넌?"

제희도 양반은 못 되는지 계단을 반도 내려가기 전에 전화가 왔다. "언니 남편인가 봐." 하는 기대 가득한 목소리와 눈빛이 온전히 그녀를 향하자 괜히 부끄러워 고개를 푹 숙였다.

─ 술 마시러 가?

"아…… 모임 있어서. 그냥 갈까?"

– 아냐. 어디로 갈 건지만 알려줘.

이름 대면 알까 싶다가 그도 엄연한 이 학교 출신의 선배라는 것이 뒤늦게 기억났다. "산토리노." 하고 속삭이자 그게 또 뭐가 웃기다고 어린 동기들이 키득거렸다. 그리고 거기에 장단 맞춰 같이 키득거리느라 전화가 어떻게 끊어진지도 몰랐다.

"아, 언니 남편 어떻게 생겼는지 보고 싶다. 잘생겼어요?"

"으음."

"와, 아니라고 안 하는 거 봐! 자신 있나 봐!"

"으음…… 하하하."

맞는 걸 아니라고 할 필요는 없으니까.

재이는 본인이 그래도 꽤 어른스런 언니라 생각했겠지만 지나가던 사람들 보기엔 계단 위에서 깔깔거리는 여학생 중 하나일 뿐이었다. 조금 시끄럽기는 해도, 신입생이 어쩔 수 있나.

"누나! 여기 앉아요!"

"누나 이쪽이요! 여기로 오라니까요?"

고등학교 때나 대학교 때나 건너뛴 기간은 길었지만 여전히 사람들은 그녀를 좋아했다. 하찮은 고민상담도 진지하게 답변해주다 보니 어딜 가나 그녀 몸은 하나인데 그녀의 자리는 서너 개 비워진다.

"저기 그런데, 나 오늘은 빨리 들어가야 돼."

"에이 왜요? 일단 우리 거국적으로 한잔씩 해요!"

동기들은 일단 자리에 모여 앉기만 하면 잔부터 들고 봤다. 자꾸 이러면 안 되는데 싶은 그녀가 시늉만 하자 곧 끼리끼리 대화가 흘러갔다.

"근데 누나는 다른 거 하다가 약대 온 거랬죠? 뭐 했어요?"

"나? 나 그냥 회사 다녔어."

"우와! 돈 많이 벌었겠다."

열아홉이나 스물이나, 그녀 역시 그때는 회사에 다니면 돈을 많이 버는 거라 생각했었다. 그래도 허풍 치는 재주는 없는지라 아니라 고개를 흔들며 웃었다.

"그럼 더 많이 벌려고 약대 왔어요? 난 그냥 점수 맞춰서 왔는데."

"난…… 원래는 수의대 가고 싶었어."

역시나 수능을 치자마자 가장 먼저 알아봤던 것은 수의대의 커트라인이었다. 모든 학교에 있는 과가 아니라 신중하게 검토했지만 마지막에는 이곳 약대를 선택했다.

"그럼 왜 수의대 안 가고 약대 왔어요?"

10년의 세월은 짧지가 않아 수의대는 4년에서 6년제로 변해 있었다. 지원이를 떼어놓고 2년을 더 보낸다는 것이 초보 엄마를 커다란 기로에 서게 했다.

하지만 무엇보다 큰 이유는…….

"이재이!"

"어! 제희야!"

흥겨운 술자리에서 그의 존재감은 이십 대 초반 애송이들과 비할 바가 아니었다. 그녀가 이름이 불리는 동시에 뒤를 돌아보자 양옆에서 그녀를 보좌하던 남학생과 무리들이 한순간에 일어나 그를 살폈다.

"누나, 누구예요?"

"어, 언니! 누구세요?"

내 남편이야, 그렇게 말하는 건 어려운 일이 아니지만 일단 그녀는 이 상황을 쉽게 납득하지 못하고 있었다. 빤히 두 눈을 마주치면서 '너 지금 뭐 하는 거야?' 하는 강렬한 눈동자가 그녀를 잡아맸다. 사실 대답을 기다리는 그녀의 무리보다 남편에게 물어보고 싶은 마음이 더 컸다.

"제희야, 너 지금 이게…….”

"엄마!”

"……”

"지원아. '엄마 여기서 뭐 하세요?' 해야지.”

아기띠 안에서 자고 있던 지원은 영문도 모르고 아빠의 손에 손목이 잡혀 흔들렸다. 지원이 눈을 찌푸리며 웅얼거리는데 제희는 태연자약하게 아이를 돌렸다.

엄마 보라고, 라기보다는 그녀의 옆에 있던 잔챙이들이 똑바로 보라고.

"윤지원. '엄마 재미있게 놀다 오세요. 지원이는 아빠랑 차에서 기다릴게요.' 해야지.”

"……”

우와, 장난 아니다.

스무 살의 솔직한 동기 하나가 생각나는 대로 말했는데, 그 소리가 좀 컸다. 다소 민망한 듯한 남학생들과는 달리 여자 동기들은 바로 제희와 지원이를 둘러싸고 꺅꺅 비명을 지르며 난리가 났다.

"아, 완전 귀여워. 언니 닮았어!”

"언니 신랑 완전 멋있어요! 부러워요. 다른 남자는 눈에도 안 차는 게 당연하겠다!”

윤제희는 평생 잘생겼다 소리를 들어오면서도 감흥이 없던 남자였지만 지금 이 순간은 꽤 뿌듯했다. '봤지?' 하는 가늘어진 눈매가 그녀와 남학생들을 훑었다.

"아, 미안해. 나 오늘 먼저 갈게.”

"왜? 놀다 오지.”

애초에 이 자리에 온 건 어디까지나 '확실한 경고' 차원에서이지 그녀를 가둬둘 마음은 없었다. 아직 지원이가 말 못 하는 거 세상 누구보다 잘 아는 그가 7개월 아들의 입을 빌렸지만, 내일쯤이면 소문이 흘러흘러 넘칠 것이다. 한국대 약대 04학번 이재이는 엄연히 남편과 아이가 있는 몸이라고.

수줍은 그녀가 미리 말하고 다니지 않아도 될 테니 이 정도면 자신은 꽤 좋은 남편이 아닌가.

"어……, 누나 진짜 가시게요?"

"어. 응."

그가 오기 전까지 그녀의 옆에 앉아 떨어지지 않던 남학생이 아쉽게 그녀를 쳐다보았다. 그 눈빛에서 자신이 오길 잘했구나 느낀 제희였지만, 여기서 더 자라나는 새싹을 잘근잘근 밟을 정도로 잔인하지는 않았다.

"나 갈게. 아 참……"

가방을 들고 나서던 그녀가 마지막 순간에 남학생과 하던 대화가 생각났다.

"아까 하던 말 말이야. 나 수의대 안 간 거."

"네? 아, 네."

"그거. 우리 남편이 동물 알레르기가 심해서."

언젠가의 영미처럼 무슨 말인가 싶어 황당해하는 남학생을 두고 얼른 제희의 손을 잡고 나섰다. 아무 말 없이 저를 흘끗 넘겨보는 제희와 함께 캠퍼스의 후미진 정원까지 걷기만 하다 결국 재이는 못 참고 웃음을 터트렸다. 찡그리는 그의 손에는 어머님이 챙겨둔 보온병과 분유, 손수건까지 든 가방이 들려 있다.

"다 웃었어?"

아냐아냐. 그녀가 입을 꾹 다물고 아빠에게 매달려 움찔거리는 지원이의 발을 매만졌다. 웃음을 멈추려고 아들의 발에 집중했는데 짝짝이 양말을 보니 급했구나 싶어 눈을 꼭 감았다. 이제 시선을 더 둘 만한 곳도 없다.

"그리고…… 너 그거 진짜야?"

척하면 척이라고, 그가 무얼 묻는지 바로 알아들었다.

"내 알레르기 때문에 안 간 거야? 빨리 졸업해서 지원이 보려고 그런 게 아니라?"

"아냐. 지원이는 어머님도 계시고. 그리고 나 만약에 수의대 갔으면……."

어떻게 널 이렇게 바로바로 안을 수 있겠어.

아무리 연기가 늘고 웃음이 늘은 그녀라지만 부끄러움은 여전해 말로는 힘이 들었다. 대신 행동으로 보여주고자 그를 꼭 안았다.

"하여튼."

마음에 든단 말이지. 그 역시 행동으로 보이는 그녀의 진심에 간지러운 재이의 머리칼에 묻혀 웃음을 감췄다. 그리고 고개를 완전히 떼기 전에 입술을 찾았다.

"이잉. 히이잉."

난데없고 눈치도 없는 지원이가 두 사람 사이에 끼어 칭얼대기 시작해도 이번에는 엄마 아빠의 사정이 더 바빠 별 관심을 못 끌었다.

여기는 청춘이 넘쳐흐르는 캠퍼스고, CC는 원래 남의 눈치 안 보는 법이니까.

– '그 이후, 나는' 외전 fin.

작가 후기

 안녕하세요. 독자님들.

처음 '그 여름, 나는'을 내고 2년 반이 넘어 다시 만나게 되었습니다. 그 간 잘 지내셨는지요.

그사이 벌써 두 번의 여름이 더 지나갔네요. 어쩌면 금세 잊힐 수 있었 던 이야기가 이렇게 다시 예쁜 옷 입고 나온 것 자체가 모두 독자님들의 사랑으로 이루어진 일이라 더욱 뜻깊고 감사합니다.

제희, 또 재이.

비슷하면서도 남녀 분위기가 모두 나는 이름을 쓰고 싶었는데 하도 많 이 부르고 들었더니 이제는 꼭 친구 같은 느낌이 듭니다. 처음 이야기 구상을 했을 땐 단순한 재회물이 쓰고 싶었고, 정말 아무런 생각 없이 첫 문장을 적었던 기억이 납니다. ^^

처음 후기에도 밝혔지만 두 주인공보다 엑스포와 월드컵, 두 가지 행사 를 먼저 정해 두었는데요. 쓰면서도 그 분위기를 살릴 수 있을까 고심 을 하기도 했습니다. 설령 마음먹은 대로 안 되더라도 이왕 시작한 거니 '열심히 해보자.' 하면서 앞만 보고 달렸습니다. 이번에 양장본을 내게 되면서 오랜만에 확인을 해보니 그 여름 첫 화부터 마지막 화까지 약 한 달간의 시간이 걸렸더라구요. 정말 말 그대로 여름 열기에 취해 푹 빠져 있었던 것 같습니다.^^ (다시 쓰라면 못 쓸 것 같아요.)

저에게 '그 여름, 나는' 이 뜻깊은 또 하나의 이유는 이 글을 통해 더 많은 독자분들을 만나 뵐 수 있었습니다. 제 글을 좋아해주시고 기다려주시는 모든 분들에게 다시 한 번 감사하다는 말씀 드려요.

사랑하는 가족들, 그리고 처음부터 지금까지 함께하고 계신 도서출판 가하의 이승진 부장님과 기지영 차장님, 박은미 대리님. 말씀 안 드려도 아시겠지만 이번 기회에 꼭 감사의 마음 전하고 싶습니다. 그럴 기회가 생각보다 잘 없더라구요.

저는 남은 계절 시리즈와 전에 썼던 책 작업을 꾸준히 해서 늦지 않게 또 인사드리겠습니다. 아직은 겨울이지만 곧 세 번째 여름이 오겠네요. 특히나 이번 여름엔 저 멀리 러시아에서 월드컵이 열린다니 더 기대가 됩니다.

제희와 재이도 이번 여름엔 편하게 경기장에서 구경을 하지 않을까 기대해봅니다. (형편이 폈겠죠. ㅎㅎ) 지원이가 그새 많이 컸겠네요!

2018년 1월

최수현